UM CASO DE VERÃO

Elin Hilderbrand

UM CASO DE VERÃO

Tradução
Maria Clara Mattos

Copyright © 2008 by Elin Hilderbrand

Título original: *A Summer Affair*

Capa: Humberto Nunes
Foto de capa: Wildcard/Latinstock

Editoração: DFL

Texto revisado segundo o novo
Acordo Ortográfico da Língua Portuguesa

2011
Impresso no Brasil
Printed in Brazil

CIP-Brasil. Catalogação na fonte
Sindicato Nacional dos Editores de Livros – RJ

H543c	Hilderbrand, Elin 　　Um caso de verão/Elin Hilderbrand; tradução Maria Clara Mattos. – Rio de Janeiro: Bertrand Brasil, 2011. 　　392p.: 23 cm 　　Tradução de: A summer affair 　　ISBN 978-85-286-1520-3 　　1. Romance americano. I. Mattos, Maria Clara. II. Título.
11-5011	CDD – 813 CDU – 821.111(73)-3

Todos os direitos reservados pela:
EDITORA BERTRAND BRASIL LTDA.
Rua Argentina, 171 – 2ª andar – São Cristóvão
20921-380 – Rio de Janeiro – RJ
Tel.: (0xx21) 2585-2070 – Fax: (0xx21) 2585-2087

Não é permitida a reprodução total ou parcial desta obra, por quaisquer meios, sem a prévia autorização por escrito da Editora.

Atendimento e venda direta ao leitor:
mdireto@record.com.br ou (21) 2585-2002

Para a estrela mais luminosa do meu céu.

*Três coisas na vida são importantes. A primeira é ser gentil.
A segunda é ser gentil. E a terceira é ser gentil.*

— Henry James

PRÓLOGO

*O fio invisível
que a liga a ele*

Março de 2003

A culpa era como um punhado de piche no cabelo dela, quente e viscoso, impossível de remover. Quanto mais mexia, pior ficava. O piche grudava em suas mãos. Tentou usar água, formou-se uma película escorregadia, leitosa. Ela precisava de tesoura, de terebintina.

O piche fora real quando Claire tinha quatro ou cinco anos; ela e os pais moravam na primeira casa de Wildwood Crest, uma caixa de sapatos na qual Claire não se lembrava de ter vivido, mas que sua mãe adorava apontar quando passeavam por aquela parte da cidade. Claire brincava na beira da estrada recém-asfaltada, não estava sendo supervisionada (a criação dos filhos era diferente naquela época) e, quando entrou em casa com o piche pesando em um lado de sua cabeça, aquela porcaria grudenta, a mãe disse de maneira direta e premonitória:

— Nunca mais vai sair.

Exatamente como acontece com a culpa.

Naquela manhã de março, o telefone tocou cedo. Claire estava exausta, e as crianças, em toda parte. Shea, ainda bebê, comia os ovos mexidos caídos dos pratos de J.D. e Ottilie. Claire tirou a filha do chão e atendeu o telefone. Siobhan, claro. Ninguém mais telefonaria antes das oito da manhã de domingo, fora Siobhan, melhor amiga e cunhada de Claire, mulher de Carter, irmão de Jason. Siobhan era a alma gêmea de Claire, uma pessoa querida, sua defensora, seu lembrete de realidade — e, na noite anterior, sua comparsa. Haviam saído juntas e bebido, algo tão raro que podia ser chamado de um acontecimento. Siobhan devia estar ligando para comentar a noite, relembrá-la, revivê-la, analisá-la, desconstruí-la momento a momento. Muita coisa acontecera.

— Você já soube?

— Do quê?

— Meu Deus — disse Siobhan. — É melhor você sentar.

Claire levou a bebê para a sala de estar, que nunca era usada. No entanto, o lugar perfeito para receber más notícias.

— O que foi? — perguntou.

No quarto, Jason roncava, podia ouvi-lo do outro lado da parede. Era uma regra cumprida à risca: aos domingos, ele podia ficar em casa dormindo. Dia de descanso e tudo mais. Será que precisaria acordá-lo?

— Fidelma ligou da delegacia — disse Siobhan. — Aconteceu um acidente. Daphne Dixon atropelou um veado e o carro capotou. Eles a levaram para Boston.

— Ela está...? — Claire não sabia como perguntar.

— Viva? Está. Mas por um fio, eu acho.

Embolado, pegajoso, insolúvel. *Nunca mais vai sair.*

— Ela estava bêbada — afirmou Claire.

— Totalmente — completou Siobhan.

Eram sete mulheres: Claire, Siobhan, Julie Jackson, Delaney Kitt, Amie Trimble, Phoebe Caldwell e Daphne Dixon. *Mas não eram todas farinha do mesmo saco.* Daphne era veranista — o que é o mesmo que dizer que era muito rica — e recentemente decidira se mudar para Nantucket por um ano. Claire a conhecia superficialmente. Haviam se encontrado numa festa à beira da piscina, e Daphne e o marido interessaram-se pelas esculturas de vidro soprado de Claire. Talvez um dia fossem querer uma peça — quem sabe? Claire gostava de Daphne. Ou se sentia lisonjeada com o fato de Daphne parecer gostar dela. Haviam se esbarrado na lavanderia (Daphne estava buscando uma pilha que parecia conter cinquenta suéteres de casimira). Claire fizera o convite: *Vamos sair no sábado à noite!*

Foram ao bar do Brant Point Grill, onde havia música ao vivo. Daphne vestia uma camiseta transparente e uma echarpe de seda vermelha em volta do pescoço. Desde o começo da noite, ela se mostrara solta, relaxada, interagindo com as pessoas, permitindo-se um pouco de loucura. Não era como o ambiente recatado de Boston, dissera, bêbada, no ouvido de Claire.

Haviam bebido muito: incontáveis taças de chardonnay e alguns cosmopolitans — e margueritas, sem sal, para Daphne. Ao final da noite, Claire fora ao bar e pedira uma Coca-Cola diet antes que o ambiente começasse a girar, e Daphne disse:

— E uma marguerita, sem sal, para mim, por favor, Claire.

Uma Coca-Cola diet e uma marguerita, sem sal, por favor, pediu Claire ao barman.

Agora, na sala de estar que ninguém usava, Claire tirava sobras amarelas e secas de ovo do cabelo arrepiado da bebê, a cabeça a mil. Daphne já havia bebido bastante quando Claire pedira a marguerita para ela. Quantos drinques tomara exatamente? Claire não estava prestando atenção. Será que um a mais fizera a diferença? Claire queria ver Daphne feliz, queria que ela se divertisse. Afinal, a convidara. Daphne já pagara uma rodada, várias rodadas. Fazendo uma retrospectiva, parecia que Daphne passara a noite tirando dinheiro do bolso, dando gorjetas gordas ao barman, jogando sessenta dólares na caixinha em cima do piano para o cantor. Claire ficara contente de poder retribuir pagando pela marguerita, sem sal.

Totalmente, dissera Siobhan.

A marguerita não fora o problema, a marguerita em si não fizera nenhum estrago. O problema fora que, no fim da noite, depois de fecharem o bar, as sete mães saíram pela Easton Street, e Daphne entrara no seu carro, um Lincoln Navigator. Claire, Siobhan e Julie Jackson entraram num táxi e encorajaram Daphne a acompanhá-las. *Vem, Daphne, tem espaço para todo mundo! A gente leva você em casa.*

Na cabeça de Claire, os detalhes estavam embaçados. Lembrava-se de terem insistido para que Daphne entrasse no carro, mas não chegaram a obrigá-la. Não disseram: *Você não devia dirigir* ou *A gente não vai deixar você pegar no volante*, embora essa fosse a atitude correta. A mulher consumira várias margueritas e depois atravessara a rua escura sacudindo as chaves no ar, a echarpe vermelha caindo elegantemente nas suas costas. Claire, intimidada, não conseguira impedi-la. Pensara: *Ela é rica o suficiente para saber o que está fazendo.*

Claire sentou-se perto do telefone, esperando que Siobhan telefonasse novamente com detalhes de Fidelma, sua conexão irlandesa com a delegacia e que também conseguia informações do primo Niamh, enfermeiro do CTI do Hospital Geral de Massachusetts: *Daphne está indo para a cirurgia. Vão ter que abrir para ver. Eles não sabem o que vão encontrar.* Daphne estava dirigindo a cem por hora na estrada de terra a caminho de casa — o carro devia estar sacolejando como uma máquina de lavar. E depois o veado, vindo de lugar nenhum. Ela partiu o animal ao meio e o carro capotou. Ninguém viu ou ouviu o acidente — a estrada era ladeada de casas de veraneio, e estavam em meados de março. Não havia ninguém nas redondezas. Daphne ficou presa nas ferragens, inconsciente. Quem a encontrou, passado algum tempo, foi o marido, Lock Dixon. Depois de ligar para o celular da mulher umas quarenta vezes, sem obter resposta, ele deixou a filha de dez anos, Heather, dormindo em casa e saiu à procura de Daphne. Ela estava a menos de duzentos metros de casa.

Claire chorou e começou a rezar, passando a mão pelas contas do rosário enquanto os filhos assistiam a Vila Sésamo. Depois, foi à igreja com as três crianças que precisavam tirar um cochilo e acendeu quatro velas — uma para Daphne, uma para Lock, uma para a filha deles, Heather, e uma, inexplicavelmente, para si mesma.

— A culpa é nossa — sussurrou Claire ao telefone com Siobhan.

— Não, querida, não é — respondeu Siobhan. — Daphne é uma mulher adulta, capaz de tomar decisões. A gente falou para ela entrar no táxi, caramba, e ela se recusou. Repete comigo: *Ela se recusou.*

— Ela se recusou.

— A gente fez o que estava ao nosso alcance — disse Siobhan.
— A gente fez o melhor que pôde.

Horas tensas se tornaram dias tensos. O telefone de Claire não parava de tocar. Eram Julie Jackson, Amie Trimble, Delaney Kitt, todas as testemunhas.

— Não consigo acreditar — disse Julie.
— Eu também não — disse Claire, com o coração acelerado, a culpa subindo pela garganta como bile.
— Ela estava tão bêbada — disse Julie.
— Eu sei.
— Então ela foi dirigindo — disse Julie.
— Eu devia ter feito ela entrar no táxi — completou Claire.
— Humm — disse Julie.
— Estou péssima.

Houve uma longa pausa, durante a qual Claire sentiu pesar em vez de culpa compartilhada.

— Você vai... sei lá, levar comida, alguma coisa? — perguntou Julie.
— Será que devo? — respondeu Claire com outra pergunta. Era esse o costume quando alguém ficava doente ou dava à luz: uma pessoa mobilizava e todo mundo se dispunha a levar comida. Seria Claire quem deveria organizar? Ela não conhecia Daphne bem o suficiente para enviar uma fila de rostos desconhecidos carregando pratos.

— Vamos esperar e ver o que acontece — disse Claire, pensando: *Ela vai sobreviver e ficar bem. Meu Deus, por favor!*

— Não deixe de me manter informada — pediu Julie. — E pode ter certeza de que estou pensando em você.
— Em *mim*?

Isso deveria ser confortador, mas contribuiu para sua culpa. As pessoas ouviam falar do acidente de Daphne e pensavam em Claire.

— Obrigada — concluiu Claire.

Daphne sobreviveu à cirurgia. Ficou hospitalizada em Boston durante semanas, embora não tivesse ficado claro o que havia de errado com ela. Não havia ossos quebrados, nenhum dano na coluna — graças a Deus

— e não perdera muito sangue. Houvera uma concussão, certamente, e outros problemas incluídos no grupo de "lesão na cabeça". Um pouco de amnésia — e, nesse caso, as histórias variavam. Ela sabia o próprio nome? Reconhecia Lock e Heather? Sim. Mas não se lembrava de nada sobre a noite do acidente, e quando Lock lhe dissera que ela estava com Julie Jackson, Claire Danner Crispin, Siobhan Crispin, Daphne balançou a cabeça. *Eu não conheço essas pessoas.* A memória voltara, eventualmente, mas certas coisas não se encaixavam. Ela não era a mesma, não estava bem. Havia algum dano irreparável que não tinha nome.

A culpa permaneceu com Claire. Fora *ela* quem convidara Daphne para sair. Pagara pelo último e maldito drinque, quando Daphne já estava para lá de bêbada. Tentara fazer com que Daphne entrasse no táxi, mas não a arrastara pelos braços como deveria. Não telefonara para a polícia nem pedira a ajuda do segurança do bar. Passava e repassava essas informações na cabeça. Às vezes, eximia-se da responsabilidade. Como poderia ser culpa sua? Mas a verdade era brutal: Claire falhara em exercer o bom-senso necessário para garantir a segurança de Daphne. Um pecado de omissão, talvez, mas um pecado mesmo assim. *Nunca mais vai sair.*

Quando Daphne saiu do hospital e foi para casa, Claire encheu um cesto com caldo de mariscos caseiro, salpicão de frango, dois livros, um CD de jazz e sabonetes perfumados. Algo ia psicologicamente mal com Daphne, era esse o rumor, mas ninguém sabia exatamente o que havia de errado. Claire ficou bastante tempo dentro do carro, do lado de fora da enorme casa de verão dos Dixon, antes de tomar coragem para levar o cesto até a porta da frente. Era empurrada pela culpa e contida pelo medo. Se Daphne abrisse a porta, o que Claire diria?

Bateu timidamente, sentindo-se a Chapeuzinho Vermelho com sua cestinha; depois, castigou-se. Estava sendo ridícula! Siobhan gostava de frisar o quanto era irônico o fato de Claire se chamar Claire, ou seja, "clara" — porque Claire era confusa. *Sem limites!*, gritava Siobhan. Durante toda a sua vida, Claire tivera problemas em entender onde terminavam as outras pessoas e onde ela começava. Sempre assumira como suas as dores do mundo. De alguma maneira, achava-se responsável. Mas por quê?

Claire ouviu passos se aproximarem. Parou de respirar. A porta se abriu e ela se viu face a face com Lock Dixon. Ele era, como todo mundo sabia, um homem incrivelmente rico, um bilionário, apesar dos rumores de que venderia sua empresa em Boston. Com isso, ele passaria a viver em tempo integral em Nantucket e cuidaria de tudo até que Daphne voltasse ao normal.

— Olá — disse Claire, sentindo suas faces corarem. Empurrou a cesta para Lock e os dois olharam o conteúdo. Sopa, sabonete — Claire não sabia o que Daphne queria ou do que precisava, mas tinha de levar alguma coisa. Claire conhecia Lock Dixon de passagem; haviam conversado sobre seu trabalho com vidro, sobre seu ateliê nos fundos da casa. Mas será que ele se lembrava? Claire tinha certeza de que não. Ela não era memorável; frequentemente a confundiam com qualquer outra ruiva de Nantucket. — Eu trouxe isso para Daphne.

— Ah — balbuciou ele. A voz era rouca, como se não a usasse há dias. Pareceu-lhe mais velho, mais careca e mais pesado. — Obrigado.

— Eu sou Claire Danner — apresentou-se. — Crispin.

— Sim — falou ele. — Eu sei quem você é. — Ele não sorriu nem disse mais nada, e Claire percebeu que era disso que tinha medo. Não de Daphne, mas de Lock. Ele sabia da marguerita e das outras falhas de Claire com sua mulher, e culpava-a. Seus olhos a acusavam.

— Desculpe — disse Claire. Um cheiro estranho vinha da cesta — mariscos estragados, salpicão de frango azedo. Claire sentiu-se mortificada. Deveria dizer mais alguma coisa — *Espero que Daphne esteja melhor. Por favor, mande um beijo para ela.* Mas não, ela não conseguiu. Virou-se e correu para o carro.

PARTE UM

CAPÍTULO UM

Ele a convida

Início do inverno de 2007

Claire Danner Crispin nunca estivera tão nervosa por causa de um almoço na vida.

— O que você acha que ele quer? — perguntou para Siobhan.

— Ele quer transar com você — respondeu ela. Em seguida, riu como se a ideia fosse absurda e hilária, o que, de fato, era.

Lock Dixon ligara para a casa de Claire e a convidara para almoçar no Iate Clube.

— Eu queria conversar algo com você — dissera. — Você está livre na terça?

Claire fora pega completamente de surpresa. Quando vira o nome no identificador de chamadas, quase deixara a ligação ir direto para a caixa postal.

— Estou, estou livre. Terça.

Tinha algo a ver com caridade, concluiu ela. Depois de vender a empresa de Boston e se mudar para Nantucket por um ano, Lock Dixon tivera a gentileza de concordar em ser diretor executivo da Nantucket's Children, maior organização sem fins lucrativos da ilha. "Gentileza", porque Lock Dixon era tão rico que nunca mais precisaria trabalhar.

Claire se juntara ao conselho de diretores da Nantucket's Children pouco antes de engravidar de Zack, mas, por causa de sua queda no ateliê, do nascimento prematuro de Zack e de todas as complicações subsequentes, fora pouco mais do que um nome na lista. Ainda assim, era a caridade que os conectava.

Mas havia um fio invisível, também: uma acusação silenciosa relativa ao acidente de Daphne. Será que Lock queria voltar a falar da noite do acidente, depois de tantos anos? Claire inquietou-se. Abotoou errado o cardigã, quase trancou as chaves dentro do carro no estacionamento do Iate Clube.

E, ainda assim, quando sentaram-se de frente para o gramado do clube, o píer azul adiante, era ele quem parecia nervoso, ansioso, agitado. Remexia-se na cadeira de ferro, preocupava-se com o que Claire escolheria para comer. ("Escolha o que você quiser" disse. "Peça a salada de lagosta. Fique à vontade.") Depois dos pedidos e de exaurida a conversa despretensiosa, houvera uma pausa dramática, um espaço para o que viria a seguir, pigarros. Claire quase riu; sentiu-se como se tivesse acabado de receber uma proposta de casamento.

Será que ela consideraria a possibilidade de produzir a noite de gala do verão da Nantucket's Children em agosto?

Claire ficou muito aliviada. Sentia-se leve como se estivesse exalando gás nitrogenado, como se pudesse levitar. Parecia que o fio invisível fora esgarçado, cortado: estava livre do peso terrível que sustentava sua conexão com Lock Dixon. Poderia, então, imaginar que a acusação que vira nos olhos dele tantos anos antes não passara de um produto de sua imaginação?

Presa do próprio questionamento, não respondeu. Na verdade, seria justo dizer que nem mesmo ouvira a pergunta. Era como da vez em que desmaiara na corrida de revezamento aos dezessete anos e se convencera de que estava grávida. Morreria, tinha certeza. Orientara Matthew a vender a guitarra a fim de pagar o aborto, mas chorava no travesseiro, preocupada porque queimaria no inferno; então, decidira ter o bebê. Sua mãe o criaria enquanto estivesse na faculdade.

Quando Claire foi ao médico, ele disse: *Você não está grávida. Seu problema é anemia.*

Anemia!, gritara, exultante.

— Produzir? — retrucava agora.

— É muito trabalho, mas provavelmente não tanto quanto você imagina. Você vai ter um assistente. Sei que é muito ocupada, mas...

Sim, três crianças, um bebê e um ateliê de esculturas em vidro soprado postergado até um futuro próximo para que Claire pudesse se concentrar na família. Não era a pessoa certa para aquilo. Não naquele ano. Talvez mais à frente, quando tivesse conseguido desafogar um pouco. Claire, então, se deu conta do que ele estava lhe pedindo: a festa de gala era um *show*. Lock a estava procurando porque queria que Matthew se apresentasse. Max West, seu namorado da adolescência, agora uma das maiores estrelas do rock mundial.

Claire respirou um pouco do ar rarefeito do Iate Clube. Milhões de pensamentos cruzavam sua mente: Jason a mataria. Siobhan cairia na gargalhada e a chamaria de banana (*Sem limites!*). Marguerita, sem sal. *Nunca mais vai sair.* Será que Matthew aceitaria se ela pedisse? Não falava com ele fazia anos. Talvez, talvez aceitasse. Anemia! Nantucket's Children era uma boa causa. A melhor causa.

Acima de todos esses pensamentos, pairava mais um: Lock Dixon era a única pessoa para quem Claire não podia dizer não. O que acontecera na noite do acidente de Daphne permanecia entre eles, era assunto não finalizado. Permanecia entre eles, e Claire sentia que devia algo a Lock.

— Claro — disse ela. — Eu adoraria. Juro. Vai ser uma honra.

Mesmo com quatro filhos para criar? Mesmo não tendo soprado mais do que um simples cálice desde que Zack nascera?

— Jura? — indagou Lock. Parecia surpreso.

— Com certeza — completou ela.

— Bem, então tudo certo. — Ele suspendeu o copo de chá gelado suado e Claire fez o mesmo. Brindaram, selando o acordo.

— Obrigado.

Jason iria matá-la.

Estavam casados há doze anos, juntos há catorze. Haviam se conhecido em Nantucket durante o verão mais quente do mundo. Jason nascera e crescera na ilha, conhecia-a de cabo a rabo, e tinha orgulho de dividi-la com Claire. Cada dia era como um presente: nus, iam catar mariscos ao cair da tarde, no litoral sul. Nus, nadavam nas piscinas privativas da Avenida Hulbert (Jason sabia quais piscinas tinham sistema de segurança e quais não). O romance deles era, sob todos os aspectos, um caso de verão. Claire acabara de se graduar na Escola de Design de Rhode Island, com especialização em vidro soprado. Via-se dividida entre aceitar um emprego em Corning ou se juntar a um grupo de artesãos que viajava pelo país. Jason graduara-se na Northeastern, com especialização em ciências políticas, diploma que declarava inútil. Quatro anos desperdiçados, dizia a respeito da universidade, exceto a cerveja, a proximidade com o estádio de beisebol Fenway e a introdução a Tocqueville (mas estava certa de que ele só dizia isso para impressioná-la). Ele queria morar em Nantucket e construir casas.

Estavam apaixonados naquele verão, mas Claire se lembrava de como parecia algo temporário, frágil, fugaz, etéreo. Na verdade, mal se conheciam. Claire contou a Jason sobre seus anos com Matthew — Max West, o Max West de "This Could Be a Song", mas Jason não acreditou nela. Não acreditou nela! Tampouco acreditou que ela soprasse vidros. Ela lhe mostrou seus cálices e compoteiras, ele balançou a cabeça, admirado, mas não em reconhecimento.

Velejaram no Hobie Cat de Jason, pescaram, mergulharam nas águas escuras, acenderam fogueiras em Great Point e dormiram sob as estrelas, fizeram sexo com o abandono selvagem dos jovens de vinte e dois anos que nada têm a perder. Saíam com o irmão de Jason, Carter, *chef* do Galley, e a namorada dele, Siobhan, que era de County Cork. Siobhan usava óculos de armação quadrada e tinha sardas escuras no nariz pálido, como grãos de pimenta sobre purê de batata. Claire se apaixonou por Carter e Siobhan, assim como por Jason, e, certa noite, bêbada e suficientemente destemida, disse:

— E se eu não voltar para Corning depois do feriado? E se eu ficar em Nantucket e me casar com Jason? Siobhan, que tal você se casar com Carter, criarmos nossos filhos juntos e vivermos felizes para sempre?

Riram dela, e Siobhan pediu que a deixasse em paz — mas ela, Claire Danner, estava certa, e eram agora, todos eles, Crispin. Ao todo eram dez, contando as crianças. Pareciam um livro de fábulas — mas era uma realidade dura, frustrante. Claire e Jason deixaram de ser duas crianças bronzeadas e com areia nas dobras do bumbum e se tornaram mamãe e papai, donos de uma pequena empresa, a família Crispin, residentes na travessa Featherbed, número 22. Jason trabalhara para Eli Drummond durante anos, e nos fins de semana era escravo do próprio lar, assim como do ateliê de Claire nos fundos da casa. Depois, Jason contratara quatro lituanos e começara a trabalhar por conta própria. Claire mantinha cinco clientes de gosto caro e erudito para objetos de arte feitos de vidro. Dera à luz, numa sucessão rápida, J.D., Ottilie e Shea. Trabalhava em horários irregulares — depois de colocar as crianças para dormir, antes que acordassem. Quando Shea fora para a alfabetização, Claire passara a trabalhar mais. Tudo estava correndo bem, excelente às vezes, mas houvera tropeços. Jason começara a fumar no trabalho — fumar! — e tentava esconder os sinais com cerveja ou balinhas de menta. Ficara ressentido quando Claire não quisera fazer sexo com ele. Ela tentara lhe explicar como era ser sugada por três crianças o dia inteiro. Era escrava deles, sua empregada, trabalhava para eles. Era estranho que ao fim do dia quisesse ser deixada em paz? Jason nunca fora intelectualmente curioso (depois do primeiro verão, nunca mais voltara a mencionar Tocqueville) e, com o tempo, tornara-se um viciado incorrigível em televisão. Claire achava a tevê uma coisa exasperante — a mudança de canais, os esportes. Jason tinha uma picape grande e preta que parecia um carro de funerária, um consumidor de combustível que ele chamava afetuosamente de Darth Vader. *Darth Vader?*, perguntara Claire, não acreditando que se casara com um homem que tratava o carro como um irmão de fraternidade ou um animal de estimação. *As crianças gostam*, dizia Jason. A picape, o namoro com a tevê, os cigarros disfarçados e os cafés da manhã no Downyflake para fazer alguns contatos e se inteirar sobre novos negócios — tudo isso empurrava Claire para o seu limite.

Mas também eram tantas as coisas maravilhosas em Jason. Trabalhava duro e era um provedor para sua família. Orgulhava-se de ser simples e direto, honesto e verdadeiro. Era um ângulo reto, nivelador de superfície, sempre ao centro. *O que você vê é o que você leva.* Ele adorava os filhos. J.D. era seu soldado inseparável. Ajudava o pai com projetos da casa: passava rolos de tinta nas paredes, girava a chave de fenda enquanto sugava intensamente o lábio inferior. *Sou o braço direito do papai.* Construíram um kart usando um cortador de grama velho; retiravam juntos moluscos e mariscos da areia molhada e pantanosa com uma ferramenta que Jason fizera com um pedaço de cano de PVC. *Você nunca vai passar fome se tiver os homens Crispin por perto!* Jason também era exemplar com as meninas — o pai do ano. Levava Ottilie e Shea às aulas de dança, comprava flores para elas nos dias de apresentação e assobiava mais alto do que qualquer um na plateia. Explicava incansavelmente que Ottilie era um nome francês à moda antiga. *Queríamos algo exclusivo*, dizia ele, cheio de orgulho.

Quando Claire engravidou de Zack, as coisas estavam tranquilas. Ela fazia um trabalho grande para seu melhor cliente, Chick Klaussen: uma escultura para a entrada do escritório dele na West Fifty-Fourth Street, em Manhattan. Planejava terminá-la antes do nascimento do bebê. Jason sentia-se feliz porque, no fundo, era um procriador. Teria tido dez filhos se Claire desejasse, uma penca de crianças, um bando, um time de futebol, uma tribo: o clã Crispin.

Quando Claire estava com trinta e duas semanas de gravidez, trabalhava na escultura de Klaussen. Precisava de mais uma ou duas semanas, no máximo. *No máximo!*, prometera a Jason, ainda que o médico houvesse receitado que ela repousasse. Fazia muito calor no ateliê, alegara. Não era seguro nem para ela nem para o bebê. Claire trabalhava pesado, queria terminar, polia e lustrava, não bebia muita água e acabou desmaiando. Cortou o braço, quebrou duas costelas e entrou prematuramente em trabalho de parto. No avião-ambulância, disseram-lhe que provavelmente perderia o bebê. Mas Zack sobrevivera. Depois da cesariana de emergência, passou cinco semanas numa incubadora de UTI neonatal. Ele sobreviveu, Claire ficou bem.

Jason ficara muito abalado. Permanecera na sala de cirurgia enquanto abriam Claire — Claire, cujo corpo sugara duas bolsas de soro intravenoso em menos de trinta minutos, de tão desidratada que estava — e ele realmente imaginava que tirariam de dentro dela um natimorto.

No entanto, em seguida, o choro. Fora uma revelação para Jason; era seu renascimento, o momento em que um homem adulto, que pensava saber tudo, aprendia algo sobre a condição humana. Sentou-se ao lado da cama de Claire enquanto Zack passava seus primeiros trinta e cinco dias de vida na UTI neonatal, e fez a mulher prometer que pararia de trabalhar.

Por um período, dissera ele. *Peça para outro ateliê terminar o trabalho do Klaussen.*

Foi o mais próximo que chegou de culpá-la. Mas pouco importava — Claire culpava a si mesma, assim como se culpara pelo acidente de Daphne. Seu tipo sanguíneo era o raro AB positivo: receptor universal. E isso se encaixava perfeitamente. Entregue a Claire a culpa, a vergonha, o que fosse: ela não tinha limites, fronteiras, assumiria tudo. Concordou em parar de trabalhar, passou a encomenda de Klaussen para um estúdio do Brooklyn finalizar.

Zack conquistou o coração de Jason — e o de Claire também —, pois estiveram bem perto de perdê-lo. Mesmo agora, sete meses depois, Claire acordava no meio da noite, preocupada com os efeitos permanentes de sua queda. Observava Zack, ansiosa para que ele respondesse de acordo com a idade, desejando que seus olhos mostrassem aquele brilho, aquela promessa que os outros filhos haviam mostrado: inteligência, motivação, determinação. Desde o nascimento de Zack, ela convivia com um sussurro: *Há algo de errado com ele.* Perturbava constantemente Jason: *Você acha que aconteceu alguma coisa quando ele nasceu? Acha que a dra. Patel não nos contou tudo, ou não viu tudo?* E Jason sempre respondia: — Pelo amor de Deus, Claire, ele está bem! — Mas, para ela, aquilo soava como uma negação. Era como se Jason estivesse cego pelo amor.

Como iria contar a Jason sobre a festa de gala? Claire esperou até o jantar — frango frito, o favorito dele. Esperou até depois do banho e das historinhas para as meninas, de uma chuveirada e do dever de casa de J.D. Esperou até que Zack terminasse sua mamadeira, até que Jason estivesse relaxado no sofá, controle remoto nas mãos. A tevê estava ligada, mas Jason ainda não havia parado em nenhum programa. Agora era a hora certa de contar! Assim era a vida deles atualmente, mas Claire podia se lembrar de Jason nu e sorridente, com uma penca de mariscos na mão, o cabelo queimado de sol brilhando como ouro.

— Eu almocei com Lock Dixon, hoje — disse ela. — No Iate.

Ele ouviu, mas não estava escutando.

— Foi?

— Isso o surpreende?

Jason mudou de canal. A televisão chateava Claire, cada uma das trinta e duas polegadas falantes e iluminadas.

— Um pouco, talvez.

— Ele me convidou para produzir a festa de gala do verão.

— O que é isso?

— O evento da Nantucket's Children. O show. A gente foi a um no mês passado.

Na última festa, enquanto Jason estava no bar com seus amigos de pescaria, Claire aplaudira as duas diretoras que recebiam flores no palco. Como se tivessem sido nomeadas rainhas do baile. Como se tivessem ganhado um Oscar. Claire ficara envolvida com todo aquele glamour. O simples fato de ter *se sentado* para um *almoço civilizado* no Iate Clube fizera com que ela acreditasse que, se concordasse em produzir a noite de gala para a Nantucket's Children, sua vida estaria mais próxima daquele glamour. Claire nunca tinha almoços como o daquela tarde. Almoço para ela significava um pacote de biscoito que deixava no console do Honda Pilot e enfiava cegamente na boca enquanto pegava as crianças no colégio. Se estivesse em casa, almoço era uma tigela de cereal que comia às onze e meia (café da manhã *e* almoço) e que ficava mole antes que pudesse terminar de comer, porque o bebê chorava, o telefone tocava, ou as migalhas no chão, já cheio de poeira sob seus pés, a empurravam até o aspirador de pó. Se Claire concordasse em produzir o evento, sua vida poderia adquirir certa distinção, o brilho dourado que acompanhava uma existência devotada às boas ações. Como explicaria isso a Jason?

— Ele chamou você para coordenar o evento?

— Coordenar, produzir. Teria alguém me ajudando.

— Espero que você tenha dito não.

Ela acariciou a cabeça de Zack. — Eu disse sim.

— Meu Deus, Claire!

Qual era o problema? Ela e Jason haviam passado os últimos sete meses louvando a própria sorte. Não era hora de pensar nos outros? De levantar dinheiro para crianças cujos pais estavam se matando, trabalhando em três empregos?

— É por uma boa causa — disse ela.

Jason bufou, aumentou o volume. E isso, ela supôs, era o melhor que podia esperar.

—Você é uma banana, Clairsy. Uma completa banana.

Foi o que Siobhan disse, na manhã seguinte, ao telefone, depois de Claire lhe contar, *Lock Dixon me convidou para produzir o show de gala do verão da Nantucket's Children, e eu me rendi como um soldado desarmado.*

— Eu não sou banana.

— Totalmente banana.

— Ok — respondeu Claire, perdendo o entusiasmo. — Jason não ficou nem um pouco contente. Será que cometi um erro sem tamanho?

— Cometeu — concluiu Siobhan.

Claire passara as últimas vinte horas convencendo-se de que era uma honra ter sido convidada.

— Vai ser divertido.

— Vai ser trabalho, estresse e dor de cabeça como você nunca imaginou.

— É por uma boa causa — retomou Claire, tentando mais uma vez.

— Isso parece uma resposta pronta — retrucou Siobhan. — Fale a verdade.

Aceitei porque Lock me convidou, pensou Claire. Mas isso irritaria Siobhan.

— Não consegui dizer não.

— Exato! Você não tem limites. Suas células não têm membrana.

Correto. Era um problema desde a infância: os pais de Claire viviam às turras, seus problemas tinham trinta sabores diferentes. Claire era filha única, achava-se responsável pela desgraça deles, e os pais não faziam nada para convencê-la do contrário. (As coisas *eram* realmente diferentes na criação dos filhos, naquela época.)

Ela era um alvo fácil, fácil demais. Não era capaz de dizer não para Lock Dixon, para ninguém, verdade seja dita.

— Quero que você trabalhe na minha equipe — disse Claire. Siobhan e Carter tinham uma empresa de bufê, chamada Island Fare. Faziam grandes eventos, shows em Jetties Beach, assim como centenas de coquetéis e jantares menores, almoços, *brunches*, piqueniques e casamentos, mas nunca tinham feito a festa de gala do verão. Claire estava convidando Siobhan porque ela era sua melhor amiga, sua aliada, mas imediatamente percebera certa tensão no ar.

— Você está me convidando para fazer o *bufê* do evento? — perguntou Siobhan. — Ou você espera que eu seja apenas mais uma escrava na sua equipe enquanto outra empresa pega o trabalho?

— Ah... — Claire deixou escapar. Claro que, por ela, Siobhan e Carter fariam o bufê, mas Claire não sabia se o fato de ser diretora do evento lhe dava poderes para contratar qualquer empresa, e, mesmo que tivesse esse poder, não estava preparada para usá-lo, por ora. E se contratasse Carter e Siobhan e alguém a acusasse de nepotismo (o que, claro, alguém faria)? Pior ainda, e se Claire contratasse Carter e Siobhan e os membros do conselho esperassem um desconto maior do que eles quisessem ou pudessem dar? Deus, que roubada! Estava no comando havia cinco minutos e já encarava uma situação difícil.

— Escute — falou Claire —, você não precisa...

— Não, não. Eu topo.

— Mas não posso prometer nada quanto ao bufê.

— Tudo bem.

Claire não estava certa de em que pé tinham ficado as coisas. Siobhan faria parte da equipe? Ela iria ao encontro de quarta-feira, no dia 19 de setembro, às oito da noite? Não iria, concluiu Claire. Esqueceria da reunião, e Claire não telefonaria para lembrá-la.

Portanto, quando Claire Danner Crispin chegou ao topo da escada estreita da Elijah Baker House (uma casa grande, construída em 1846 para Elijah Baker, homem que fizera fortuna criando corpetes femininos feitos de osso de baleia) e adentrou o escritório da Nantucket's Children, encontrou somente... Lock Dixon. Lock estava sentado atrás de sua escrivaninha, camisa azul listrada e gravata amarela, o corpo pendendo para a frente, e Claire pôde ver a parte calva no topo de sua cabeça. Escrevia num bloco e parecia não ter ouvido os passos de Claire subindo as escadas (impossível: ela estava de tamancos). Provavelmente a ouvira se aproximando, só faltava demonstrar que estava ciente de sua presença. Claire ficou envergonhada. Devia ter ligado para Siobhan e arrastado a amiga com ela, não importava o quanto isso parecesse desconfortável ou pouco ético.

— Lock? — chamou Claire. — Olá.

Lock levantou a cabeça. Estava de óculos, e os tirou imediatamente, como se fossem uma espécie de segredo. Sorriu para Claire. Um sorriso verdadeiro, espalhado em seu rosto, e Claire sentiu o ar praticamente crepitar no escritório, com o poder daquele sorriso. Sentiu uma corrente elétrica alcançar seu coração; poderia tê-la trazido de volta à vida, aquele sorriso.

Claire aceitou-o como um prêmio por ter dito *Claro, eu adoraria. Será uma honra.* Quando se aceita produzir algo desse tipo, as pessoas ficam satisfeitas ao ver você atravessar uma porta e entrar no escritório. Ou agradecidas. Ou aliviadas.

Lock levantou-se.

— Olá, Claire. Vem até aqui, eu vou...

— Eu estou bem, estou bem — respondeu ela. — A gente vai se reunir aqui ou na...

O escritório da Nantucket's Children possuía duas salas divididas por um corredor, e, ao final deste, havia um banheiro e uma pequena cozinha. Uma das salas era o escritório onde Lock trabalhava, e Gavin Andrews, contador e gerente, tinha sua mesa, e, do outro lado do corredor, ficava a sala do conselho, com uma grande mesa redonda e oito cadeiras Windsor. Cada detalhe do escritório da Nantucket's Children transportava qualquer um à época áurea que colocara Nantucket no mapa: o piso de pinho de 150 anos e as portas encimadas por vitrais. Com o charme à moda antiga, no entanto, vinham as conveniências antiquadas, ou a falta delas. As reuniões do conselho eram quentíssimas no verão e geladas no inverno, e, toda vez que Claire usava o banheiro, o vaso sanitário entupia.

Naquela noite, pelo menos, o escritório estava extraordinariamente convidativo. Como era setembro, estava escuro do lado de fora. Através das janelas atrás de Lock Dixon, Claire podia ver toda a Main Street: Nantucket cintilava como uma cidade de faz de conta. Lock trabalhava sob a luz de um abajur e o azul da tela de seu computador. Metade de um sanduíche — peru, molho e geleia de mirtilo — descansava em cima de um bloco de papel em branco sobre a mesa, o que significava que eram oito da noite e ele ainda não fora para casa jantar. O pensamento de Claire voltou-se para Daphne. Se Lock passava o dia todo no escritório, será que Daphne fazia o jantar? Ela lia revistas, tomava banho, via tevê? Daphne nunca parecia estar muito bem em público, mas, e na vida privada? A filha deles, Heather, estava num internato em Andover. Esse fora um tópico bastante discutido pelo círculo de amizades de Claire: como Heather tinha conseguido entrar num colégio particular com notas baixas e problemas de comportamento? Só podia ser o hóquei, todo mundo concordava, e provavelmente estavam certos. Heather Dixon era uma atleta, mas Claire acreditava que ela fora para o internato para fugir da mãe. Lock se desesperara ao ver a filha partir, e era estranho que dirigisse uma instituição de caridade chamada Nantucket's Children, isto é, as Crianças de Nantucket, quando a própria filha não se classificava mais como tal. Heather Dixon raramente voltava à ilha. No último verão — Claire ficara sabendo —, ela fora acampar no Maine.

— Vamos fazer a reunião aqui — disse Lock. Sua voz assustou Claire. Ela estava tão ocupada pensando nele que esqueceu que ele estava na sala. — É mais aconchegante.

Aconchegante?, pensou Claire. Corou quando Lock puxou uma cadeira à mesa para ela. "Mais aconchegante" dava a impressão de que os dois estavam prestes a se aconchegar debaixo de um cobertor. Mas Lock tinha razão: o escritório *era* aconchegante, com sua luz baixa, o ligeiro perfume de madeira vindo da janela semiaberta, a música clássica saindo do aparelho de som portátil.

Agora que era codiretora, talvez pudesse ter mais momentos calmos e silenciosos como aquele. O escritório — os detalhes arquitetônicos e a mobília de época combinavam para oferecer um ar de erudição, de gente próspera fazendo trabalho nobre — estava em oposição direta ao ambiente que Claire deixara em casa. Lá, havia jantar a ser preparado: *tacos* — sua especialidade —, milho orgânico com salada verde e molho ranch, que ela mesma preparava (ervas frescas colhidas no jardim, cebolas picadinhas). Jason, como sempre, ficara à porta por cinco minutos, cheirando a cigarro mentolado, e as crianças pularam em seus braços e o puxaram. Como Claire era capaz de negar a eles a atenção do pai? Aquela era a hora dele. Ela não podia interromper a rotina simplesmente porque tinha uma *reunião*. Portanto, precisou levar tudo da cozinha para a mesa de jantar, tentando não parecer apressada. Jason terminara sua sessão de brincadeiras pegando Zack no colo e colocando-o em sua cadeirinha, o que foi muito útil, porque, quando Claire tentara fazer isso, Zack aprontara um escândalo. O jantar correra bem, o que significava que só restavam mais sessenta ou setenta tarefas a cumprir, e Claire levantou-se imediatamente após a oração de graças, passou manteiga no milho das crianças, levantou-se duas vezes para buscar mais leite e, quando sentou-se novamente, começou a enfiar cenoura na boca de Zack com uma colher, o que significava uma colherada dentro, duas fora. Zack ainda não estava habituado a comer sólidos. Empurrava a maior parte da comida para fora da boca com a língua, a comida caía no babador ou na bandeja da cadeira, e ele gostava de amassar a sobra com as mãos. Claire, na tentativa de criar um ambiente artístico para as crianças, fazia referências a Jackson Pollock. Jack, o que deixa pingar, assim como Zack, que também deixava pingar. Mas as outras crianças ficavam, na maioria das vezes, com nojo. J.D. (aos nove, o mais velho de Claire) chamava Zack de débil mental. Claire detestava quando ele usava esse termo, não porque Zack tivesse idade para compreender, mas porque era um eco de seus próprios medos secretos. *Existe alguma coisa errada com ele.*

Sentada naquele escritório, Claire se deu conta de que estava faminta. Com tudo que acontecera à hora do jantar, ela não tivera um segundo de sossego para comer a própria comida.

Lock percebeu que Claire olhava fixamente para a metade intocada de seu sanduíche. — Está com fome? — perguntou. — Você quer... não sei se é indelicado oferecer sobras a alguém, mas não toquei nessa metade, juro. Você quer?

— Não, não — disse Claire, rapidamente. — Eu comi em casa.

— Ah — disse Lock. — Claro. Bem, que tal um vinho, então?

— Vinho? — repetiu Claire. Em casa, Jason estaria preparando as crianças para dormir. Isso, em geral, era cronometrado: banho nos três mais novos enquanto J.D. terminava o dever de casa, depois era ele quem ia para o chuveiro. Então, historinhas para as meninas e Zack, o que dava certo quando Jason se lembrava da mamadeira do pequeno, que tinha de ir trinta segundos no micro-ondas. Será que Jason sabia disso? Devia tê-lo lembrado, devia ter deixado anotado. Claire vislumbrou o telefone na mesa de Lock. O certo seria ligar para casa e checar como andavam as coisas. Pan, a babá tailandesa que viera morar com eles depois do nascimento de Zack, estava em casa, mas raramente saía do quarto à noite. Mas, se Jason se enrolasse, poderia chamá-la, ela prepararia a mamadeira de Zack e o ninaria até que dormisse.

— Adoraria uma taça de vinho — respondeu Claire.

Uma das boas coisas de se fazer parte da noite de gala do verão e ter de ir à reuniões, pensou Claire, era que Jason teria mais tarefas com as crianças.

— Maravilha — disse Lock. Ele desapareceu pelo corredor e voltou com duas taças penduradas entre os dedos e uma garrafa de vinho.

Muito estranho, pensou Claire. *Vinho no escritório.*

Lock levantou a garrafa para ela, como um sommelier.

— É de uma uva viognier. Branca. Do vale do Rhône. Minha uva preferida.

— É mesmo? — perguntou Claire.

— Minha mulher acha muito viscosa. Muito ácida. Mas eu adoro o brilho. — Serviu uma taça para Claire, e ela deu um gole. Vinho, assim como música clássica, era uma das coisas sobre as quais Claire queria saber mais. Tentara fazer com que Jason se interessasse por uma aula de degustação de vinhos na escola da comunidade, mas ele se recusara, pois só bebia cerveja. Aquele vinho brilhava e tinha gosto de grama — será que deveria dizer isso ou pareceria ignorante? Queria agradar Lock (podia ouvir Siobhan gritando: *Sem limites!*) e declarou: — Adorei.

— Gostou?

— Adorei. Tem gosto de campo.

Mais um sorriso de Lock. Ela passara os últimos cinco anos tendo certeza de que aquele homem a odiava, de que a culpava — mas ali estava ele, sorrindo... Sentiu um calor na boca do estômago.

— Que bom que você gostou — disse Lock. Serviu uma taça para si igual à de Claire. Aquilo estava certo — tomar vinho no escritório, sozinha com Lock Dixon? Será que as reuniões com os diretores anteriores tinham sido assim?

— O Adams vem? — perguntou Claire. Adams Fiske, um advogado local de cabelo repicado e um dos mais queridos amigos de Claire, era presidente do conselho.

— Ele foi para Duxbury esta semana — respondeu Lock.

— Convidei minha cunhada, Siobhan — continuou Claire. — Mas duvido que ela apareça.

— Tudo bem — disse Lock. E seu comentário soou como se não desse a mínima. Ele suspendeu a taça. — Saúde! — brindou. — À noite de gala do verão!

— À noite de gala do verão — repetiu Claire.

— Fiquei tão feliz de você aceitar o convite — disse Lock. — A gente realmente queria que fosse você.

Claire corou novamente e tomou um gole do vinho.

— O prazer é meu.

Lock estava sentado na beirada de sua mesa. Vestia calça cáqui, mocassim sem meia, cinto de couro com fecho de monograma prateado. A gravata estava frouxa e os dois botões de cima da camisa, abertos. Claire o achou surpreendentemente fascinante — mas por quê? Não sabia nada a respeito dele, a não ser que era um homem rico — o que era interessante. Ou melhor, era interessante que ele tivesse aceitado esse trabalho (o que Claire, como membro do conselho, sabia significar que ele ganhava $82 mil por ano), embora fosse muito rico e não precisasse trabalhar nunca mais.

— Acho que encontramos alguém para coproduzir o evento com você — disse Lock.

— Ah — retrucou Claire. — Que bom! — Isso era muito bom. Claire certamente não seria capaz de arcar com toda a responsabilidade do evento sozinha. E, ainda assim, estava nervosa por ter alguém trabalhando ao seu lado. Ela era uma artista, costumava trabalhar só. De alguma maneira, podia dizer que Jason era seu codiretor — o codiretor da família —, mas, se Claire chegasse em casa naquela noite e encontrasse J.D. no computador (sem banho, dever de casa incompleto), as meninas na cama com o cabelo embaraçado (é preciso pentear com cuidado) e Zack acordado no colo de Jason em frente à tevê, jogaria os braços para cima, rendendo-se. — Quem é?

— Isabelle French — respondeu Lock. — Conhece? Ela entrou para o conselho na primavera.

Isabelle French. Será que Claire a conhecia? Visualizou uma mulher com o cabelo preso, brincos pendurados e uma túnica do tipo indiana que fazia Claire pensar nos Beatles dos anos psicodélicos. Era isso que Isabelle vestira na festa de gala. Bebia cosmopolitan e dançava; Claire a vira saindo da pista de dança sem fôlego, o rosto corado. Perguntou-se se estaria se lembrando da mulher certa.

— Eu... acho que sim — disse Claire.

— Ela é ótima. Está ansiosa para se envolver mais.

— Ela mora...?

— Em Nova York.

— Ok. Ela...?

— Trabalha? Não, acho que não. Quer dizer, nada a não ser projetos desse tipo.

— Ela tem...?

— Filhos? Não, não tem filhos.

Houve um breve silêncio entre eles. A instituição se chamava Nantucket's Children, era para pessoas que se preocupavam profundamente com crianças, o que geralmente significava ter uma ou mais em casa.

— Não tem filhos? — insistiu Claire, perguntando-se se Adams Fiske teria sido cara de pau o suficiente para colocar alguém no conselho só por causa da conta bancária.

— Não tem filhos — confirmou Lock.

— Ela é...?

— Divorciada — completou Lock. — De um cara que fez faculdade comigo em Williams. Embora isso não tenha influência alguma. Não vejo Marshal French há anos e, honestamente, só conheço Isabelle vagamente. Adams foi quem trouxe Isabelle. Mas sei que ela é competente. E determinada.

— Ótimo — disse Claire. Então, para não parecer desinteressada, tirou um caderno de dentro da bolsa — que trouxera exatamente por essa razão — e disse: — Vamos começar a trabalhar?

A festa de gala da Nantucket's Children tinha por objetivo vender mil ingressos. A noite começava com um coquetel. Depois, haveria um jantar, durante o qual Lock fazia uma apresentação em PowerPoint dos programas que a instituição financiava. Ao final do jantar, os convidados (presumidamente) já teriam bebido alguns drinques e estariam prontos para o leilão. A marca registrada da Gala do Verão da Nantucket's Children era o fato de só leiloarem *um* item (um item fabuloso, e a expectativa era de que fosse arrematado por, pelo menos, cinquenta mil dólares). Depois do breve leilão, era a hora do show de algum artista ou banda que tocasse ritmos muito dançantes, como o Beach Boys (2004), o Village People (2005), Frankie Valli e o Four Seasons (2007). Com as doações, o evento arrecadava mais de um milhão de dólares. O dinheiro era distribuído entre vinte e dois programas e iniciativas criados exclusivamente para as crianças da ilha.

— O fator mais importante, não importa o que digam, é o talento, o artista convidado — disse Lock a Claire. — E o que distingue o evento. Qualquer um pode organizar um evento. Qualquer um pode contratar um bufê e fazer um leilão. Mas a gente tem a música. É isso que nos faz atraente. É por isso que as pessoas comparecem.

— Certo — concordou Claire.

— E o que ouvi dizer por aí é que você conhece...

— Max West — concluiu Claire.

— Max West — repetiu Lock. Novamente aquele sorriso, agora exacerbado pela admiração. Bem, evidentemente. Max West era um rock star do calibre de Elton John, Jon Bon Jovi, Mick Jagger. Tinha mais de trinta grandes sucessos. Cantava há quase vinte anos, desde o último verão dele e de Claire no colégio, quando tocara Stone Pony em Asbury Park e um agente o ouvira e... Rock star. O coração de Claire fora partido. Deus, ela chorara todas as noites depois do show, nos fundos do bar, envolta pelo cheiro de garrafas de cerveja vazias e de lixo acumulado — ela chorara e se pendurara no pescoço de Matthew, porque sabia que estava acabando. Ela ia para a Escola de Design de Rhode Island, e ele... para a Califórnia. Gravar um disco. Seriam pessoas diferentes a partir de então. Ele fora, de fato, uma pessoa diferente — Matthew Westfield — antes de se tornar Max West e tocar em festas inaugurais em Washington, antes de tocar para a Princesa Diana, antes de esgotar os ingressos do Shea Stadium por seis noites seguidas, antes de gravar um álbum ao vivo em Katmandu, vencedor de dois discos de platina. Antes de se casar por duas vezes e ir parar em clínicas de reabilitação três vezes.

— É verdade, eu o conheço. A gente estudou junto. Ele era meu... namorado.

— Foi o que alguém me disse — falou Lock. — Mas eu não...

— Você não acreditou? — perguntou Claire. Certo. Ninguém acreditava logo de cara. Claire e Matthew haviam sido melhores amigos desde a sétima série, e, então, uma noite, anos depois, quando tinham idade suficiente para sentir tesão e curiosidade, Matthew a beijara — num ônibus escolar, à noite. Haviam cantado juntos no coral e voltavam de uma apresentação num asilo de idosos. Matthew não só era do coral como também tenor principal do quarteto, e eles tocavam o som de que o pessoal da terceira idade mais gostava. *Sweet Rosie O'Grady*. Aplaudiram loucamente, e Matthew demonstrou sua emoção, curvou-se, beijou a mão de uma senhora. De pé, na sessão dos sopranos, Claire sentira-se incrivelmente orgulhosa dele. No ônibus de volta à escola, no escuro, sentaram-se juntos como já haviam feito centenas de vezes, e Claire descansou sua mão na coxa de Matthew, depois a cabeça em seu ombro e, quando percebeu, estavam se beijando.

— Não é que eu não tenha *acreditado* — disse Lock. — Apenas que não sei, ele é tão famoso...

— Mas, naquela época, não era — complementou Claire. — Era só um menino, como tantos outros.

— A pergunta é.... — disse Lock. — Será que a gente consegue que ele faça o show?

— Eu posso tentar.

— De graça?

Claire tomou um gole de vinho.

— Eu posso tentar.

Lock inclinou o corpo em sua direção. Os olhos brilhando. Tinha olhos doces, pensou Claire. Muito doces ou muito tristes.

— Você faria isso?

— Só preciso saber por onde ele anda — disse ela. Anotou na primeira linha da primeira página do caderno: *encontrar Matthew*. Essa seria a parte difícil, encontrá-lo. — Não falo com ele há anos.

— Jura? — perguntou Lock. Agora parecia preocupado e, possivelmente, até mesmo hesitante. — Você acha que ele se lembra de você?

— Fui a namorada dele na escola — disse Claire. — Você não se esqueceria de um amor dessa época, esqueceria?

Lock olhava fixamente para ela. Claire sentiu um arrepio percorrer sua espinha e o som de uma tuba reverberar em seu estômago. Estar com Lock, sozinha, naquela "reunião", estava mexendo com ela. Ou talvez se sentisse daquele jeito por pensar em Matthew — como uma adolescente apaixonada, como se o mundo fosse feito de possibilidades românticas inimagináveis.

— O que mais? — perguntou ela.

Antes que ele pudesse responder, o olhar de Claire captou algo nas prateleiras à esquerda da janela. Era um vaso de vidro, tigrado de verde e branco, com a abertura em formato de estrela. Era uma das peças de Claire, logo ali, bem na sua frente, mas ela não havia percebido até aquele instante. Era como se não reconhecesse os próprios filhos. Levantou-se e pegou o vaso na prateleira, erguendo-o contra a luz. Dois verões antes, quando estava num intervalo entre trabalhos, fizera doze vasos daquele para a Transom, uma loja de artesanato da cidade. As cores variavam, mas todos tinham listras tigradas ou pintas de leopardo. Série *Selva*, chamava-se. As peças de vidro soprado de Claire sempre foram exclusivas, peças únicas encomendadas por clientes muito ricos. Portanto, era algo divertido, libertador para Claire fazer aqueles vasos leves, simples e extravagantes. A Transom vendera tudo em duas semanas.

— Onde você conseguiu isso? — perguntou Claire.

— Na cidade. Naquela loja...

— Transom?

— Naquela esquina, isso.

— Você comprou?

— Comprei.

— Comprou... para você?

— Para mim, sim. Para o escritório. Colocamos flores nele durante algum tempo, mas eu o prefiro vazio. É uma obra de arte.

— Ah — balbuciou Claire.

— Adoro o seu trabalho com vidro.

Agora Claire suspeitava. — Quanto do meu trabalho você conhece?

— Nós somos amigos dos Klaussen — disse ele. — Eu vi o *Bolhas*.

— Ah — balbuciou Claire novamente.

— E eu leio a *Arte em Vidro*. Vejo suas peças lá. Também conheço as peças de museu.

— Uma peça — disse Claire. — No Whitney.

— E os vasos no museu em Shelburne — disse Lock. — São lindos.

— Uau — disse Claire. Seu rosto ficou quente e vermelho, duas rosas apareceram nas bochechas. Ela se sentia constrangida e lisonjeada ao mesmo tempo — Lock Dixon conhecia seu trabalho. *Conhecia*, conhecia de verdade. Lia a revista *Arte em Vidro*, cuja tiragem era de setecentos exemplares.

Lock pigarreou. — Isso é um pouco fora de hora, mas eu adoraria colocar uma peça sua para lances, como um item do leilão.

— Você está falando do leilão de gala?

Lock assentiu.

Claire balançou a cabeça, confusa. O item de leilão da festa de gala era algo caríssimo, algo que o dinheiro não comprava: uma semana num castelo da Escócia, com uma partida de golfe em St. Andrews, ou um banquete italiano para doze, preparado pelo *chef* Mario Batali.

— Não entendi. A gente tem que ganhar dinheiro.

— Exatamente, então a peça teria que estar à altura da série *Bolhas*.

Claire voltou à sua cadeira e terminou o vinho. Como não comera nada, sua cabeça vibrava como um diapasão. — Eu não trabalho mais. Fechei o ateliê quando meu filho nasceu.

— Mas, pelo que sei, foi uma coisa temporária, não é? Um retiro, não uma aposentadoria.

Claire levou as mãos ao rosto, para refrescar as bochechas. Lock Dixon sabia mais sobre ela — muito mais — do que ela teria imaginado. Claire estava curiosa. De onde ele tirara toda aquela informação? De quem? Ela própria não sabia quando voltaria a trabalhar. O ateliê nos fundos da casa estava fechado e trancado, frio e inativo. Claire olhava para ele com desejo — claro que sim, o trabalho com vidro estava no seu sangue —, mas também com a noção de que era uma mulher com prioridades. Tinha quatro filhos que precisavam dela. Podia voltar ao trabalho quando todos estivessem no colégio.

— Não estou mais trabalhando — repetiu Claire.

— Então você não vai fazer uma peça para o leilão?

Claire o encarou. Ele a estaria desafiando? Ofereceu-lhe mais vinho, e ela, agradecida, aceitou.

— Não estou trabalhando — disse ela.

— Pense no quanto isso vai valorizar suas peças — disse Lock. — Você não produz nada há mais de um ano... quase dois em agosto, certo? Seria uma volta triunfante.

— Mas a arte é subjetiva. E se eu fizer uma coisa de que ninguém goste?

— Você é uma artista genial.

— Agora você está me provocando.

— Deixe eu lhe dizer uma coisa — disse ele.

— O quê? — indagou Claire.

Então, ele ficou em silêncio, olhando para ela, a sombra de um sorriso no rosto. Claire estava confusa. Lock a estava provocando, e ela estava gostando daquilo. Sua sensibilidade era estimulada, assim como sua inteligência. Lock Dixon era, talvez, a única pessoa no mundo — fora seus clientes abastados — que se importava com o fato de ela voltar a soprar vidro. Mas ele não poderia induzi-la a isso só porque era um homem, um homem rico, um homem que lhe servira uma taça de vinho, um homem cuja mulher Claire prejudicara sem intenção. Ele não imporia isso a ela. Ela *tinha* limites!

— O quê? — repetiu ela.

— Eu mesmo farei um lance de cinquenta mil dólares.

— O quê? — indagou Claire mais uma vez, agora incrédula.

Ele inclinou o corpo na direção dela para olhá-la nos olhos. Seu rosto estava tão próximo que Claire poderia tê-lo beijado. Só de pensar de maneira fugidia em um beijo, sentiu a cor voltar ao rosto. Afastou-o mentalmente e recuou alguns centímetros na cadeira.

— Você não faria isso.

— Vou fazer. Cinquenta mil dólares. Se você criar uma peça para o leilão, uma peça original de Claire Danner Crispin, com qualidade de museu, única, aquilo que vier à sua cabeça, vou oferecer cinquenta mil dólares por ela.

Claire balançou a cabeça. Ele estava brincando. Só podia estar brincando: cinquenta mil dólares era quanto ele ganhava agora como diretor executivo.

— Você é louco — disse ela.

— Talvez eu seja — respondeu ele, de maneira que parecia significativa, e, apesar de Claire estar um pouco tonta por causa do vinho, não deixou que comprometesse sua decisão.

Levantou-se. — Eu não trabalho mais — declarou, impressionando até a si mesma. Ela queria devolver algo ao universo, queria ser gentil... mas até mesmo ela tinha limites.

As crianças estavam dormindo quando Claire chegou em casa, e ela conferiu um por um, esgueirando-se como uma raposa no escuro. Pareciam razoavelmente limpos, os cabelos das meninas estavam penteados e o dever de casa de J.D. feito, apesar de jogado na mochila como se fosse lixo. Claire esticou as folhas e guardou-as perfeitamente arrumadas. No quarto das crianças, puxou a manta de Zack para cobri-lo e acariciou-lhe o rosto. Deus, como se preocupava com ele! Ele *era* saudável, embora prematuro; a pediatra, dra. Patel, garantira isso repetidas vezes.

No seu quarto, Jason esperava por ela. Ele queria sexo o tempo todo, mesmo depois de tantos anos de casamento. Esta noite seria bom agradá-lo com um empenho verdadeiro, criativo, mas sexo parecia muito pouco para o estado em que Claire se encontrava. Seu encontro com Lock Dixon a deixara fervilhando. Queria ver exemplares antigos da *Arte em Vidro*. Queria ir ao ateliê — peça com qualidade de museu! — e desenhar até o amanhecer.

— Vem para a cama — disse Jason.

Pensar no ateliê de repente pareceu algo ilícito.

— Como estão as crianças?

— Estão bem. Vem para a cama, querida.

— Você não quer saber como foi a minha reunião?

— Como foi a sua reunião?

— Foi incrível — disse ela. Ele não pediu para que ela entrasse em detalhes, e Claire pensou, *Para que se incomodar?* Sua definição de incrível era completamente diferente da definição de incrível de Jason. Jason era empreiteiro e pescador. Incrível para ele era o encanador chegar na hora. Um peixe grande fisgado com uma mosca.

— Vem para a cama, por favor, Claire. Por favor, querida?

— Tudo bem — disse ela. Escovou os dentes, depois ganhou tempo lavando o rosto, passando hidratante, limpando a bancada e a pia, na esperança de que Jason pegasse no sono. Mas, quando subiu na cama, Jason estava aceso. Olhava para o lado dela da cama com os braços estendidos, como se ela fosse uma bola de basquete que ele estivesse prestes a agarrar.

— As crianças não o deixaram exausto? — perguntou ela.

— Não. Elas são ótimas.

— Você leu para elas?

— Li para o Zack. Ottilie leu para a Shea. J.D. fez o dever de casa e, depois, leu o capítulo de um livro.

— Que bom! — exclamou Claire, relaxando. — Então, a reunião... — Fez uma pausa — não porque hesitasse em admitir que somente ela e Lock estavam na reunião, mas porque as mãos de Jason já passeavam embaixo de sua camisola. Não estava interessado no que acontecera na reunião. Claire segurou os punhos de Jason, mas ele era persistente, e ela o deixou ir adiante. A vida sexual deles era excitante, mas havia uma parte do casamento que enfraquecera, se é que algum dia existira. O que era exatamente? Eles não conversavam. Se Claire dissesse agora essas palavras a Jason, *A gente não conversa*, ele lhe diria que ela estava sendo boba. Diria: *A gente conversa o tempo todo*. Sim, sobre as crianças, sobre o que tem para o jantar, sobre o conserto do carro, o aniversário de quarenta anos de Joe na próxima semana, as contas que precisavam ser pagas, a que horas ele chegaria em casa depois do trabalho. No entanto, se Claire tentasse explicar sua reunião com Lock e suas muitas tangentes — Matthew, o que sentia ao pensar em Matthew, sobre Daphne e o acidente, o interesse de Lock no seu trabalho e o pedido para que saísse do ostracismo em nome de um item para o leilão —, Jason olharia embaçado para ela. Entediado. Ela o estaria impedindo de fazer o que realmente importava — sexo! E, mais, ele poderia ficar com raiva se Claire contasse a ele: quem era *Lock Dixon* para dizer à sua mulher que voltasse a soprar vidro? Era mais fácil ficar de boca fechada, agradar fisicamente Jason e tentar silenciar a agitação da própria mente.

Entrar em contato com Matthew. Peça com qualidade de museu. Cinto de fecho prateado. Série Selva. Corpetes de osso de baleia. Vinho com gosto de campo. Cinquenta mil dólares. Música clássica: ela realmente devia aprender mais sobre isso.

Fechou os olhos e beijou o marido.

CAPÍTULO DOIS

Ele a persegue

As crianças Crispin começavam a acordar às seis e meia. Acordavam em ordem contrária às idades — Zack primeiro, depois Shea. Aos quatro anos e meio, Shea era muito desafiadora. J.D. e Ottilie sempre haviam sido rotulados de "crianças grandes", o que deixava Shea e Zack com o título de "bebês", mas Shea não gostava de ser chamada de bebê, nem gostava de ser misturada a Zack. Resultado: tentava constantemente se destacar, tudo tinha que ser feito "à moda de Shea". Suas panquecas precisavam ser cortadas com faca afiada porque ela gostava de "pedaços quadrados"; caso contrário, as fatias seriam chamadas de "feias" e, portanto, não comestíveis. Ela não se sentaria ao lado de Ottilie em nenhuma refeição, e não queria o cabelo como o de Ottilie, nem vestiria as roupas herdadas dela. Ottilie, por sua vez, era naturalmente bonita, o cabelo comprido mechado de tons de madeira — mogno, pinheiro, jatobá. Era, aos oito anos, uma adolescente, já usando a técnica do balé para mover o quadril de maneira provocante. Ottilie era preciosa, radiante, adepta de conversas carinhosas com os pais, professores, sua legião de amigos. E J.D., o filho mais velho, era uma criança de ouro, leitor de nível avançado, líder esportivo do basquete, coroinha da igreja St. Mary. Era agradável, sociável e respeitoso. Se Claire recebia cumprimentos como mãe, era porque tinha filhos maravilhosos. Mas eles eram ótimos por conta própria, haviam nascido ótimos. Claire não queria crédito.

No entanto, era uma mãe esforçada. Claire diria que sempre colocara a necessidade de seus filhos em primeiro lugar — mas, agora que não havia vidro em sua vida, canalizava toda a sua energia criativa para a maternidade. Os filhos só seriam crianças uma vez, e ela queria aproveitar. Agora tinha tempo de preparar almoços saudáveis, acompanhar passeios escolares das três idades, ler *Harry Potter* em voz alta à noite, chegar no horário a todos os jogos, apresentações, aulas de balé. Estava mais concentrada; sua casa estava mais limpa; os filhos, pensava, eram mais felizes agora que tinham sua total atenção. A educação que dava não era perfeita, mas era honesta e bem-intencionada.

Bastava ver Claire naquela manhã: fizera café da manhã para os quatro filhos (bacon, panqueca amanteigada, chocolate quente, vitaminas). Escolhera a roupa dos quatro (o único que ela ainda vestia era Zack; com os outros três, a luta era escolher as peças que combinavam, o que era apropriado para o colégio, o que estava limpo). Ela embalava os lanches das três crianças (J.D. gostava de morango, Ottilie demandava uma quantidade obscena de maionese no sanduíche e Shea era "alérgica" a morangos — a única "fruta" que comia sem discutir era tangerina.) Claire controlava os deveres de casa, os livros da biblioteca, permissões e equipamentos — chuteiras, luvas, skates, óculos — necessários às atividades extracurriculares (havia uma tabela de horários colorida presa na geladeira). Nem sempre a vida era a máquina lubrificada dos sonhos de Claire. Frequentemente, as circunstâncias eram extenuantes: alguém tinha "dor de barriga" ou um dente mole; o tempo fechava, chovia ou Zack tinha um de seus surtos inexplicáveis, e o barulho deixava todos à beira da insanidade. *Mãe, faz ele parar!* Muitas vezes, Claire ficava parada na cozinha e pensava: *Não acredito que vou conseguir chegar ao fim da manhã, quanto mais ao fim do dia!* Muitas vezes, sentia-se como uma enfermeira: quem precisava de sua atenção primeiro?

Essa era a vida que escolhera. Repetia certos pensamentos como mantras — *Seja uma boa mãe! São crianças somente uma vez! Aproveite-os!* — enquanto os escoltava até a porta.

* * *

Claire levou as crianças ao colégio. Deixou dois na pré-escola e um no Instituto Montessoriano. Zack estava preso em sua cadeirinha dentro do carro, chorando pela mamadeira, e nenhum dos outros três se dignava a entregá-la ao irmão. Shea tapava os ouvidos. O carro estava barulhento, mas Claire resolvera telefonar para Siobhan mesmo assim. Siobhan parara no segundo filho, mas Liam e Aidan eram endiabrados, brigavam sem descanso, e o carro de Siobhan era tão barulhento quanto o de Claire.

— Acordei hoje de manhã e conferi minha agenda — disse Siobhan. — Vi que esqueci a reunião de ontem. Como foi?

— Ah — exclamou Claire. A reunião acontecera doze horas antes e já escorrera pelo ralo junto com a água da máquina de lavar louça. Sua animação evaporara. No entanto, algo permanecera, alguns sentimentos em relação a Lock Dixon. Será que poderia compartilhá-los com Siobhan? Ela e a amiga eram casadas com dois irmãos e francas uma com a outra a respeito de seus casamentos. Adoravam reclamar — *cigarros escondidos, televisão demais, sempre atrás de sexo* — e disputavam o primeiro lugar nas críticas. (Como Siobhan e Carter trabalhavam juntos, ela afirmava que ficavam duas vezes mais cansados um do outro no final do dia.) Siobhan tinha uma paixonite por um carteiro coreano; Claire achava uma graça o rapaz de vinte anos que recolhia seu lixo. Falavam sobre outros homens de maneira divertida e descompromissada o tempo todo. Mas Claire decidira não falar nada sobre Lock, no mínimo porque não sabia dizer quais eram exatamente os seus sentimentos. — Foi legal. A gente falou sobre as coisas básicas.

— Você tem uma codiretora? — perguntou Siobhan.

— Tenho. Uma mulher chamada Isabelle French.

— Isabelle French?

— Isso. Você a conhece?

Siobhan ficou calada, o que era muito estranho. Claire checou o aparelho, achando que a ligação poderia ter caído.

— Alô? — disse ela.

— Oi.

— Está tudo bem?

— A gente fez um almoço para a Isabelle French no último verão — falou Siobhan.

— Fez? Onde ela mora?

— Em Monomoy. Mas não no porto. Nas montanhas. Na Brewster Road. Entre Monomoy e Shimmo, na verdade.

— E qual é o problema? Ela não pagou? É caloteira?

— Não, ela foi legal. Comigo.

— Ela foi grosseira com o Alec? — Alec era o chefe dos garçons de Carter e Siobhan, um jamaicano. — Racista?

— Não — respondeu Siobhan. — Ela foi legal, simpática, bem bacana. Mas teve esse episódio horrível quando ela foi conversar na varanda e um bando de bruxas entrou na cozinha e começou a detonar a mulher. Acho que foi alguma coisa que aconteceu em Nova York. Ela foi a uma festa chique, bebeu demais e beijou o marido de alguém na pista de dança. Algumas pessoas pararam de falar com ela, não a convidam mais para nenhum evento. Ela era do conselho de um hospital importante, mas acho que pediram para se demitir. A história não soou muito bem.

— As pessoas estavam falando mal por trás, na cozinha *dela*? — perguntou Claire.

— Exatamente. E isso me deixou com nojo, para dizer a verdade.

— Elas sabiam que você estava ouvindo?

— Sou a dona do bufê. Você acha que elas se importaram com a minha presença?

— Então você acha que não é uma boa ela ser a minha codiretora?

— Não, não acho isso — respondeu Siobhan. — É só para você saber que algumas pessoas não gostam dela.

Claire e Zack voltaram para casa às oito e dez, e o silêncio soara como uma espécie de suspiro de alívio. Pan estava sentada à bancada da cozinha comendo uma tigela de cereal proibido para crianças.

Por que Pan comia aquilo?

Bem, Pan é adulta.

Pan tinha vinte e sete anos, vinha de uma ilha no sudoeste da Tailândia, no mar de Andaman. Viera depois do nascimento de Zack para ajudar no trabalho doméstico, apesar de Claire tratar do assunto como "intercâmbio cultural". Com a dificuldade no parto de Zack e as demandas de quatro crianças, contar com um par de mãos extra em casa parecia algo inteligente. Ter Pan por perto permitia que Claire fosse uma mãe melhor. Pan fazia jogos criativos com as crianças mais velhas, limpava e arrumava, preparava comida tailandesa de dar água na boca, mas era melhor, talvez, com Zack. Aparentemente, na Tailândia, as crianças nunca saíam do colo. Eram carregadas constantemente, portanto, não choravam. Quando Zack estava com ela, era carregado e ninado. Quando estava com Claire, e Claire, por necessidade, o colocava no chão — *Preciso fazer o jantar, meu amor* —, ele se queixava. Às vezes tanto que Pan vinha de onde estava, pegava-o no colo e, embora aliviada, Claire ficava com o pé atrás. Talvez o problema de Zack fosse ser mimado demais. Talvez todo o cuidado de Pan tivesse suprimido o desejo de aprender, de explorar e de interagir de Zack. Ou talvez Pan o segurasse o tempo todo porque ela, também, sentia que havia algo errado.

— Pode deixar — disse Pan. — Eu fico com ele. — Levantou-se do banco e estendeu as mãos na direção de Zack.

— Termine de comer. Eu fico com ele.

— Eu fico — retrucou Pan. Zack não era bobo. Ansiava por ela.

— Tudo bem — disse Claire. Depois, automaticamente, completou: — Tenho uma tonelada de coisas para fazer. — Como lavar a louça do café da manhã — pratos pegajosos de geleia, copos com restos de chocolate grudados no fundo — e, em seguida, a pia e os banquinhos. Depois Claire foi para o segundo andar da casa. As crianças normalmente faziam suas camas, mas Claire tinha de refazê-las. Não gostava de pensar em seus filhos deitando-se em camas desarrumadas. Gostava de lençóis limpos e esticados, mantas bem-dobradas. Deu descarga no banheiro das crianças, colocou as escovas de dente no copinho plástico e enxaguou a pasta de dente endurecida na pia. Mas o que percebeu foi que assistia a si mesma fazendo essas tarefas em vez de simplesmente fazê-las.

Fazia-as e, ao mesmo tempo, perguntava-se o que Lock Dixon pensaria se a estivesse vendo. Ou Matthew. Meu Deus, ela tinha de encontrar Matthew.

Começou a lavar as roupas. Se passasse um dia sem lavá-las, as coisas saíam totalmente do controle. Algum desses detalhes tinha alguma importância para alguém que não fosse Claire? Os detalhes que regravam sua vida, as cinco mil tarefas que surgiam em seu dia como obstáculos num jogo de videogame. Se Claire morresse ou ficasse doente, ou assumisse um trabalho que a consumisse, como o evento de gala do verão, e essas tarefas não se concluíssem, o que aconteceria? A casa cairia? As crianças ficariam abandonadas? No fundo do coração, acreditava que a resposta fosse afirmativa. Seu esforço tinha importância. Jogou um punhado de roupas escuras na máquina.

Às dez da manhã, tentou fazer um pouco de ioga no chão do quarto. Desenrolou a esteira e fez a posição do cachorro invertido. O cômodo estava iluminado pelo sol, e Claire sentia-se bem naquela posição. Pensou novamente em Lock Dixon. Se pudesse vê-la naquele segundo, ficaria impressionado com sua flexibilidade? (Não. Até mesmo a avó de Claire, aos noventa e dois anos, era capaz de fazer um cachorro invertido.) Era muito preguiçosa para fazer outra posição e, honestamente, já fazia tanto tempo que não praticava ioga que esquecera todas as outras possibilidades. Se tentasse uma agora, seria incorreta e não ofereceria nenhum benefício.

Sentou-se. Sua cabeça zumbia. Não comera nada, esquecera-se de si mesma. Essa era a razão de ela ser tão magra, não tinha nada a ver com ioga.

O telefone tocou. Seria Lock? Uma das possibilidades como codiretora da festa de gala era o fato de que o telefone tocaria e poderia ser Lock ou Isabelle French — ou Matthew! — em vez de Jeremy Tate-Friedman, seu cliente de Londres, dizendo que sonhara com uma orquestra que tocava instrumentos de vidro. Será que Claire consideraria, por um preço justo, fazer uma flauta de vidro que funcionasse? (Seu trabalho estava sujeito às excentricidades de gente muito rica — na verdade, dependia disso.) Claire conferiu o identificador de chamadas: Siobhan. Não atendeu, estava com a cabeça cheia. Ainda era Lock. A situação era de dar pena. O homem a seguia em sua própria casa como um fantasma que ainda tinha coisas a tratar com os vivos. Por quê? O que ele queria? Queria que ela criasse uma peça com qualidade de museu para o leilão. Queria que saísse do ostracismo como uma mulher saindo de um bolo em frente a convidados de uma festa. Queria que quebrasse as algemas da maternidade, deixasse a caverna na qual estivera enfurnada como um ermitão. Estava fora do ateliê havia meses e — *Admita, Claire!* — sentia falta dele. Uma parte sua clamava por ele. Pessoas como Jeremy Tate-Friedman haviam ligado, e Elsa, a dona da Transom, também telefonara. (Será que Claire produziria outra série *Selva*? Os vasos haviam vendido tão rapidamente!) Mas essas pessoas não ofereciam o ímpeto que faria Claire voltar ao ateliê. Lock, de alguma maneira, acionara um botão diferente. Usara o elemento surpresa. Ele lia *Arte em Vidro*; conhecia não somente sua peça do Whitney, mas também a que estava no Yankee Ingenuity Museum de Shelburne, em Vermont. Gostava do trabalho dela, portanto, gostava dela — Claire — de uma forma que poucas pessoas demonstravam. Quem adivinharia? Lock Dixon era um fã. Sempre a deixara nervosa, Claire pensava que isso se devia a Daphne e ao acidente.

Mas talvez não fosse assim.

Claire se perguntou se Lock Dixon já entrara num ateliê. Se estava interessado em pagar cinquenta mil dólares por uma peça de vidro, devia saber algo sobre essa arte. Talvez estivera em Simon Pearce — havia dois estúdios ali, onde era possível ver os rapazes soprando algumas taças, depois ir a um restaurante sofisticado no segundo andar e comer uma salada de queijo de cabra e pecãs. Ou talvez Lock tivesse visto artistas soprando vidro em Colonial Williamsburg, Sturbridge Village, ou numa viagem escolar a Corning. Perguntaria quando estivessem sozinhos novamente. Ficariam sozinhos novamente? Por que aquilo importava? Achava Lock Dixon atraente? Bem, ele estava quase dez quilos acima do peso e começava a ficar careca, portanto, não, não era um Derek Jeter ou um Brad Pitt, e não tinha vinte e poucos anos, como o garoto que trabalhava para Santos Rubbish. Não era bonito como Jason (Jason tinha barriga de tanque, cabelo louro e cheio). Mas Lock tinha belos olhos e um belo sorriso. Algo se passara entre eles na última noite no escritório — uma conexão, uma energia — que não estivera presente no almoço do Iate Clube ou na reunião do conselho à qual Claire comparecera. Uma centelha, algo que pegava fogo. Interesse, desejo. Mas por quê? Esse era o tipo de pergunta que Siobhan *adorava*: por que tal pessoa e não outra? Por que agora e não antes? Por que o amor, o desejo e o romance, por que as coisas sérias, profundas e verdadeiras que sentimos pelo marido são sempre moderadas (e, em alguns casos, azedam)? E se o arrefecimento fosse inevitável, isso significava que a pessoa simplesmente desistira daquela excitação, do frio na barriga, do sentimento frívolo de "estou apaixonada para sempre"? Só restava aquela paixonite sem esperança por George Clooney ou pelo cara do correio? Siobhan poderia falar sobre esse tipo de coisa por horas, enquanto recheava massa com lagosta e milho fresco, mas até aquele momento essas questões nunca haviam interessado Claire. Até aquele momento, ela não dera a mínima para nada disso.

O ateliê de Claire estava trancado como se fosse um forte. Quando ela trabalhava, o calor era infernal dia e noite, e o termo "hot shop", também usado para designar ateliê, fazia jus à realidade. Jason chamava o lugar de Barriga do Inferno. Ele construíra o ateliê para Claire porque não havia nenhum estúdio de vidro soprado na ilha. Fizera o trabalho com alguma relutância. *Hobby muito caro*, dissera ele. Gastaram milhares de dólares no forno, armários, equipamentos, bancadas, moldes, ferramentas de contorno, de coloração, temperadores. Uma pequena fortuna. No entanto, Jason acabou fascinado pela construção do ateliê. Estava construindo o único estúdio de vidro soprado da ilha. Para sua mulher, artesã do ofício, com um diploma universitário. Podia fazer vasos, taças e esculturas, e vendê-las. Agora o ateliê já se pagara, e Claire ganhara dinheiro suficiente pelas extravagâncias de seus clientes excêntricos para pagar pelo carro e pela poupança para a universidade dos filhos.

Ela não podia acreditar no que estava fazendo. Olhou para a casa furtivamente, sentindo-se uma criminosa ao destrancar a pesada porta de ferro. Mas por quê? Não havia nada de errado em voltar a soprar vidro. Pan tomaria conta de Zack, e as outras crianças ficavam no colégio o dia inteiro, portanto... por que não? Mesmo assim, havia a culpa. Tinha a ver com a sua queda. Claire nunca deveria ter-se sujeitado ao calor com a gravidez tão avançada. Deveria estar bebendo mais água. O médico a alertara. E Zack pagara o preço. *Havia algo errado com ele.*

Mesmo assim, ela entrou no ateliê. Era como uma alcoólatra abrindo um armário de bebidas, uma toxicômana batendo à porta do traficante. Mas aquilo era ridículo! Entrara no ateliê muitas vezes no ano anterior para pegar ferramentas, checar os livros-caixa, mostrar a Pan peças que fizera quando iniciante, mas nunca entrara ali com a intenção de voltar a trabalhar. Quando desligara os fornos, fora em nome de quatro filhos, um marido e um lar que precisavam dela.

Claire ficou parada no meio do ateliê e olhou em volta. *Admita!* Estava morrendo de vontade de entrar ali de novo.

A fascinação de Claire pelo vidro derretido era atávica; estava impressa em algum lugar do seu DNA. Ela era atraída até a chama, às temperaturas elevadas, à luz cegante. Uma bolha de vidro derretido no final do tubo de soprar continha o sentido de sua vida, mesmo que fosse quente e perigoso. Queimara-se e cortara-se vezes demais para se lembrar, tinha cicatrizes cujas histórias esquecera. Mas amava trabalhar com o vidro do mesmo jeito que amava seus filhos — incondicionalmente e a despeito de qualquer possibilidade de fracasso. O vidro derretido já caíra no chão, ela já errara a manobra e acabara com uma peça irregular, soprara uma peça muito fina, cortara-a incorretamente e não fora capaz de transferir a peça para o aparelho de finalização, esfriara uma peça apressadamente, e ela se quebrara. Nada no vidro era perdoável; era uma arte, mas também uma ciência. Era necessário haver precisão, concentração e técnica.

Encontrou um bloco na mesa de trabalho. *Peça com qualidade de museu?* A peça do Whitney era uma escultura de esferas muito finas — tão finas que tivera de ser exposta numa sala à prova de som —, com prismas coloridos e entrelaçados, como se fossem bolhas de sabão. A escultura se chamava *Bolhas III* (*Bolhas I* e *II* estavam nas galerias de

Chick e Caroline Klaussen, e Chick Klaussen fazia parte do conselho do Whitney). O Yankee Ingenuity Museum expunha uma série de vasos com aberturas de formatos diferentes. Quando se olhava dentro deles, era como se fosse um caleidoscópio. Claire fizera os vasos em cores marinhas — turquesa, cobalto, jade, verde-claro. Claire, Jason e as crianças viajaram a Vermont para ver os vasos expostos. Eram adoráveis e estavam muito bem-dispostos no museu pequeno e rústico, apesar de não se compararem à *Bolhas* do Whitney. Claire não poderia fazer outra peça da série *Bolhas* para o leilão, isso seria o mesmo que Leonardo pintar outra vez a *Mona Lisa*. No entanto, possivelmente seria capaz de criar outra série de vasos. Será que valeriam cinquenta mil dólares?

A porta foi aberta e o ambiente se encheu de brisa. Claire se virou. Pan estava de pé sob o vão. Claire sentiu-se como quem é pego em flagrante.

— Cadê o Zack? — perguntou.

— Dormindo — respondeu Pan.

— Ando pensando em voltar a trabalhar — disse Claire.

Pan concordou com um gesto de cabeça. Ainda estava muito bronzeada do verão. Vestia camiseta preta e calça capri cáqui, e tinha uma fina corrente prateada com um sininho pendurada no pescoço. Claire já pagara duas vezes o conserto da corrente, depois de Zack tê-la arrancado. Sugerira a Pan que não a usasse mais enquanto trabalhava, mas Pan ignorara o conselho. A corrente e o sino faziam parte da *persona* de Pan, eram parte de sua magia. Ela era baixinha e graciosa, e seu cabelo preto sedoso era curto e arredondado como o de um pajem. Era, ao mesmo tempo, adorável e andrógina. Com aquela correntinha e o sino, Claire achava que Pan lembrava um elfo ou coisa do gênero.

— O que você acha? — perguntou Claire.

Pan inclinou a cabeça.

— De eu voltar a trabalhar?

Pan encolheu os ombros. Possivelmente não entendera a pergunta e certamente não compreendia o que a volta de Claire ao trabalho acarretava.

Claire balançou a cabeça. — Deixa para lá — disse.

Pan foi embora, mas Claire permaneceu no banco por mais alguns minutos, folheando seu bloco de desenho. Uma vez fizera um elaborado par de candelabros para o sr. Fred Bulrush, de São Francisco. Candelabros de pirulitos retorcidos. Chegara ao formato por acaso, segurando as pontas com a pinça enquanto girava o tubo de sopro, depois derramara o vidro fundido com roxo e azul na mesa de moldagem. Era como uma criança brincando com argila, e achava que o resultado seria um desastre, mas as cores se misturaram lindamente, a peça resfriou e Claire reconheceu a base de um candelabro nela. Acrescentou um pé, soprou uma pequena vasilha, e, quando a peça ficou pronta e temperada, Claire pensou: *Ficou realmente legal*. Pareceu-lhe um picolé psicodélico. Jason foi quem achou que lembrava uma bala. Gostou do objeto tanto quanto Claire, mas depois disse: *O que você vai fazer com um candelabro?*

E Claire pensou: *Nem em um milhão de anos serei capaz de fazer outro desses.*

Ela tentou novamente e chegou bem perto — a cor não era idêntica e a torção não ficou tão boa — mas era isso que fazia da peça uma obra de arte. Tirou uma fotografia dos castiçais e mandou para o sr. Fred Bulrush, um milionário misterioso — antigo sócio de Timothy Leary — que adorava o trabalho de Claire, pois acreditava que continha o que ele chamava de "júbilo e dor" da alma. Bulrush pagou dois mil e quinhentos dólares pelo par.

Que tal virar a ideia de cabeça para baixo? Castiçais de cabeça para baixo: um lustre candelabro. Claire sempre quisera fazer um lustre. E, se fizesse um retorcido, descendo em cascata do teto como serpentinas, cada ponta terminando com uma lâmpada do tamanho de uma uva? Seria fantástico. Será que Lock gostaria?

Eram duas da tarde, e Claire fora buscar J.D. e Ottilie no colégio, depois Shea no Instituto Montessoriano. J.D. e Ottilie tinham beisebol às três, e Shea futebol às três e meia. Claire trouxera lanche e bebidas para todos, as luvas, as camisetas, os bonés de J.D. e Ottilie, as chuteiras e as tornozeleiras de Shea. As crianças se empilharam no carro com suas merendeiras, mochilas e trabalhos escolares. J.D. trazia o panfleto de uma festa, que flutuava como uma folha de outono no banco da frente.

— Como foi o colégio? — perguntou Claire.

J.D. abriu um pacote de biscoitos. Ninguém respondeu. Claire olhou pelo retrovisor, Shea estava lutando com o cinto de segurança.

— O que você fez hoje? — retomou Claire. — J.D.?

— Nada — respondeu J.D.

— Nada — respondeu Ottilie.

— Shea?

— Não consigo colocar o cinto.

— J.D., você ajudaria a sua irmã, por favor?

J.D. bufou. — *Claro* — respondeu.

Claire sorriu. Não era como Julie Andrews, e essas não eram as crianças Von Trapp, eram crianças que, aparentemente, não haviam feito nada o dia inteiro na escola — mas estava tudo bem. Ela fora ao ateliê, porém, o fato que realmente importava era que gostava de sua vida do jeito como ela era. Consumia-se para garantir que os filhos tivessem tudo de que precisavam. Como gastara muito tempo com o bloco de desenho, esquecera-se de colocar a roupa lavada na secadora e não havia providenciado nada para o jantar; portanto, as coisas estariam uma loucura quando chegasse em casa, além de ainda ter de cuidar de Zack, porque Pan saía às cinco. Claire não tinha tempo para criar uma peça com qualidade de museu. Ainda assim, a sensação persistia, aquela angústia. O lustre retorcido era a ideia mais excitante que tivera em muito tempo. Claire virou e entrou no estacionamento do centro recreativo da cidade. Era ali que seria a festa de gala; o único lugar grande o bastante para acomodar um show para mil pessoas. Claire se perguntou se havia alguma razão para encontrar Lock Dixon ali, e concluiu que a resposta era não.

Os campos de futebol eram um ótimo lugar para dar uma olhada nas "crianças de Nantucket". Só no time de Shea, falavam-se cinco idiomas

— havia duas haitianas, um búlgaro, um casal de gêmeos lituanos, filhos de pais surdos (falavam inglês, lituano e linguagem de sinais). A diversidade era impressionante e muito excitante também. A escolinha de futebol era muito bem-organizada e impecavelmente administrada. Fora fundada pela Nantucket's Children.

Quando Claire avistou o próprio grupo de amigas — Delaney Kitt, Amie Trimble, Julie Jackson —, sentiu-se como devem se sentir os homens em relação aos seus companheiros de infantaria: *Estamos todos no mesmo barco, combatendo a mesma guerra.* Educando os filhos, curtindo-os, porque são pequenos apenas uma vez.

Claire foi até Julie Jackson. Julie tinha uma beleza natural; o cabelo louro ondulado era ainda mais fino que o de Claire. Julie Jackson tinha três filhos, vendia artigos de papelaria e, ocasionalmente, apresentava um programa de tevê em casa, além de ter sido membro do conselho de patinação no gelo. Quando Claire a viu, pensou: *Comitê!*

— Olá — saudou Claire.

— Olá! — exclamou Julie. — Tudo bem com você? Trouxe o bebê? Meu Deus, não vejo essa criança há séculos. Deve estar enorme.

— Está mesmo — concordou Claire. O bom humor de Julie era como um balão solto acidentalmente: flutuando, subindo além das árvores, escapando do campo de visão. Claire não levara Zack ao campo de futebol por uma razão: não queria que outras mães o vissem e tivessem a sensação de que havia algo errado para depois se reunirem e falarem sobre o fato de ele ser assim porque nascera *prematuro.* — Ele está em casa com a Pan.

— Então, quais são as novidades? — perguntou Julie.

— Ah, nada de mais — respondeu Claire. Como abordar o assunto? Devia mandar um e-mail, concluiu. Mas essa seria uma atitude covarde — e aquele era o lugar ideal para fazer o convite. Estavam diante de uma variedade digna da ONU, diante do time de pequenos, de seis anos ou menos. — Concordei em produzir o evento de gala do verão. Sabe, a Nantucket's Children beneficente? Por falar nisso, eu adoraria que você fizesse parte do comitê. Você pensaria no assunto?

Julie Jackson estava com os olhos grudados no filho, Eddie, de posse da bola. Julie não respondeu, e Claire se perguntou se deveria repetir a pergunta. De repente se sentiu como se tivesse perguntado a Julie se ela queria ir para a cadeia.

— Você sabe do que estou falando? — continuou Claire. — O evento, a festa de gala do verão? É em agosto...

— Eu sei — disse Julie. — O evento do Lock Dixon. Foi ele quem a convidou?

— Foi — respondeu Claire. Percebeu-se aturdida diante da menção ao nome de Lock. Julie estava no táxi na noite do acidente de Daphne. Será que estava ligando as coisas? — Eles querem que eu tente trazer o Max West.

— Ah, claro — disse Julie. — Esqueci que você o conhecia. — Ela fora irônica ou Claire era sensível demais?

— Conheço — afirmou Claire.

— Não posso pegar mais uma tarefa. Simplesmente não dou conta — disse Julie.

— Tudo bem — assentiu Claire. — Eu entendo.

— Também não posso — disse Delaney Kitt.

— Nem eu — corroborou Annie Trimble. — Ted me mataria. Sempre parece inofensivo entrar para esse ou aquele comitê, mas acaba que são mil horas e milhares de dólares.

— É verdade — concordou Julie. Sorriu para Claire. — Mas acho ótimo que você esteja fazendo isso, Claire. Você é uma pessoa do bem e conseguiu arrumar tempo na sua vida para isso.

— *Super do bem* — complementou Delaney.

— É muito trabalho — disse Amie. — Melhor você do que eu!

Claire se atrasou para chegar em casa depois da ida ao centro recreativo, porque havia um pássaro ferido no acostamento da estrada. Um pardal ou coisa do gênero, atropelado por um carro ou atacado pelo cachorro de alguém, ferido, debatendo-se, porém vivo. As crianças estavam cansadas e quietas no banco de trás, e Claire pensou, *Continue dirigindo*! Só tinha cinco minutos para chegar em casa a tempo de liberar Pan. Mas não, ela não poderia ignorar aquilo. Quando encostou e disse "Coitado desse passarinho", as crianças se empertigaram um pouco, mas não saltaram do carro.

Claire se ajoelhou ao lado do pássaro. Algo estava errado com a perna e a asa do bichinho. Ele saltitava sem equilíbrio. Claire ouviu a buzina de um carro. Amie Trimble desacelerou.

— O que você está fazendo?

— Patrulha de pássaro ferido — respondeu Claire.

Amie balançou a cabeça, sorriu e seguiu caminho.

Claire estendeu o braço para pegar o pássaro, mas ele não estava interessado no socorro. Saltitou para longe, e Claire correu pelo acostamento na tentativa de pegá-lo. Julie Jackson passou por ela. Claire se levantou e olhou para o carro de Julie, que se afastava. Claire sabia ser a única pessoa capaz de parar por causa de um pássaro, a única pessoa capaz de aceitar produzir algo tão colossal e desgastante quanto a festa de gala — mas, em vez de isso fazer com que se sentisse virtuosa, sentiu-se uma completa tola. *Você é uma pessoa do bem e conseguiu arrumar tempo na sua vida para isso. Ela não* tinha *tempo — volte para o carro!* — mas não podia deixar o pobre pássaro ali e ir embora com a consciência tranquila. Esticou-se até o passarinho e pôs a mão por baixo dele. As crianças agora a exaltavam. Era só do que o pequeno pássaro precisava: alçou voo e partiu. Claire ficou aliviada. Voltou para o carro. As crianças a aplaudiram.

Alguns dias depois, Claire e Siobhan saíram para uma de suas raras noites de meninas, só as duas, para comer cheeseburger e batata frita com vinho no Le Languedoc. Havia um viognier na carta de vinhos, e a mente de Claire voltou-se para Lock e seu desejo, durante aquela reunião, de agradá-lo. Pediu o vinho, mas não trouxe à tona o tema Lock Dixon, porque, se o fizesse, Siobhan a provocaria. Siobhan tinha um quê de travessa. Provocava, cutucava, estava sempre fazendo sugestões bizarras e desafiando Claire a acompanhá-la. Era fato consumado que Siobhan era a perversa, e Claire, a boazinha. Claire era doce, e Siobhan, sarcástica. Siobhan carregava o tridente, e Claire, a auréola. Siobhan falava palavrão como um marinheiro e dançava em cima das mesas. Claire levava as aranhas para fora em vez de esmagá-las com papel-toalha como qualquer pessoa normal. Siobhan era a pessoa desejável para se ficar presa numa ilha deserta; Claire seria a escolhida se o avião estivesse caindo e só houvesse um paraquedas. Ela o doaria imediatamente.

— Vamos ao Chicken Box — sugeria Siobhan agora. — Vamos encontrar dois caras gostosos e sair para dançar.

— Nem pensar — respondeu Claire.

Siobhan deu um muxoxo. Os óculos escorregaram-lhe até o nariz.

— Você não é divertida — disse, tomando seu vinho. — Por que não arrumei uma cunhada mais divertida? Você é o tédio dos tédios.

É verdade, Claire se sentia o tédio dos tédios, mas também sentia-se duplamente virtuosa, porque sabia que Siobhan não iria atrás de confusão sozinha. Pagaram a conta e foram para casa ao encontro dos seus maridos.

No dia seguinte, no treino de hóquei, Liam, filho de Siobhan, foi empurrado e quebrou o braço. Carter viajou com Liam para Boston, onde ele seria operado, enquanto Siobhan ficava em casa com Aidan, chorando e rezando o terço.

Cirurgia, disse ela. *Jesus, Maria e José. Vão cortar meu bebê. Ele vai ser anestesiado.*

Claire foi ao supermercado enquanto as crianças estavam no colégio, pensando em comprar um frango para assar e levar para Siobhan e Aidan, além de biscoito e sorvete para tentar animá-los. A loja estava silenciosa e quase vazia.

Claire sentiu-se aliviada com o fato de ela e Siobhan não terem se comportado mal há algumas noites. Diferentemente dos irmãos Crispin, Claire e Siobhan eram irlandesas católicas e, portanto, unidas pela crença de que, quando se faz algo ruim, algo ruim lhe acontece.

E se isso *não* fosse verdade? Claire pensava enquanto andava pelo corredor de congelados em busca de Häagen-Dazs. E se as coisas não tivessem relação alguma? Afinal, Siobhan comportara-se como uma santa e, ainda assim, Liam se ferira.

Claire ouviu uma gargalhada rouca. Olhou para cima e, do outro lado do corredor, viu Daphne Dixon. Aaaaaaaaaaaaaaaahhhhhhhhhh. Péssimo. Claire poderia passar horas batendo papo numa loja de conveniência com qualquer pessoa, mas Daphne Dixon era alguém que fazia o máximo para evitar. Quis esconder-se atrás da prateleira enorme de rações para cães e desaparecer, mas Daphne a viu. A risada, que soara como a gargalhada de um cantor de rock satânico, parecia dirigida a Claire.

— Olá — cumprimentou Claire. Acenou, mas não se mexeu. Poderia escapar daquele jeito, talvez — um aceno e uma meia-volta — e, a despeito do sorvete de Siobhan, saiu dali. Antes, no entanto, passou olhos por Daphne e se surpreendeu ao perceber que sua aparência era fabulosa. A cor da tinta do cabelo era de um tom bem escuro, ela vestia uma camiseta branca por debaixo de um casaco trabalhado e usava uma gargantilha com um medalhão dourado que brilhava sobre seu colo.

A primeira vez que Claire vira Daphne Dixon fazia dez anos. Claire estava grávida de J.D., e ela e Jason deram uma festa na piscina. Claire sentia-se péssima, primeiro porque vestia um maiô de grávida do tamanho de uma tenda de circo, e segundo porque todo mundo bebia cerveja e marguerita, menos ela. Jason, que nunca aprendera a ser um bom parceiro de gravidez, estava extremamente bêbado. Apontou para Daphne Dixon, do outro lado da piscina, com um biquíni tão pequeno que era quase como se estivesse nua, e disse: "Aquela mulher tem peitos lindos."

Ela até podia ter belos seios, e Jason até podia estar fazendo um comentário inocente, como ele mesmo justificara depois, mas, quando se ouve o marido dizer que uma mulher tem "peitos lindos", não se pode dar cem por cento de aprovação a tal mulher.

De alguma forma, contudo, Daphne conquistara Claire. Depois, na mesma festa, Daphne a reverenciara por estar grávida. Daphne e Lock Dixon tinham uma filha de cinco anos, chamada Heather, e ela confidenciou-lhe que queria ter outro filho, mas sofrera complicações depois do parto de Heather. Quando descobriu que Claire trabalhava com vidro soprado, ficou muito entusiasmada. Ela adorava vidro, era fã de Dale

Chihuly. Adoraria, um dia, conhecer as obras de Claire. Tudo bem, pensou Claire. (Ela também era fanática por Chihuly.) Daphne sabia do que estava falando.

Mais ou menos um ano depois, Daphne e Heather começaram a passar mais tempo na ilha. Daphne matriculou a filha no colégio, e Lock vinha de Boston de trem nos fins de semana. Claire e Daphne viam-se com frequência e conversavam sobre aulas de natação, sobre o colégio dos filhos e sobre as peças que Claire estava criando. Depois, Claire engravidou de Ottilie, e Daphne, mais uma vez, mostrou-se interessada e atenciosa. Até mesmo levou um suéter cor-de-rosa minúsculo para o hospital, com um bilhete que dizia: "Assim que estiver pronta para a noite das meninas, é só ligar!"

A Daphne Dixon de que Claire se lembrava daqueles tempos era extremamente normal e gentil. Realmente adorável.

Claire parou na seção de frangos e jogou o maior que encontrou no carrinho. Estava com medo de olhar para trás.

— Claire?

Claire virou-se bem devagar. Daphne estava logo ali, a centímetros de seu rosto. Podia sentir o perfume de Daphne, além de algo mais vulgar: vinagre. Molho de salada, talvez do almoço. Claire pensou novamente: *Aaaaaaaaaaaaaaaahhhh, péssimo.*

— Oi — respondeu Claire. Não via Daphne Dixon há séculos, sua voz deveria indicar mais animação. Em vez disso, encerrava falso entusiasmo, temor, a velha culpa inútil, e o medo de que o que estava por vir não seria bom. — Daphne, tudo bem com você?

— Bem, bem, bem, bem, bem, bem, bem — disse Daphne de maneira que fez Claire, como J.D. o faria, pensar: *Debiloide.* — Tudo bem. Lock me disse que você vai produzir a festa de gala deste ano.

— Vou — confirmou Claire. — Vou sim.

— Você sabe por que a convidaram, não sabe? — indagou Daphne. — Sabe, sabe, sabe?

— Sei — respondeu Claire. — Porque...

— Eles querem Max West — concluiu Daphne. — Mas o Lock acha que você não vai conseguir. — Elas estavam conversando havia alguns segundos, e Daphne já lhe dera uma patada. O resultado mais evidente do acidente de carro era o fato de Daphne ter perdido o poder de distinguir o apropriado do inapropriado. Perdera a habilidade de ser refinada em situações sociais, de fazer vista grossa, disfarçar, enfim, mentir.

— Então, Lock ligou para Steven Tyler, do Aerosmith. Nós o conhecíamos de Boston.

— Tudo bem, mas eu tenho quase certeza...

— E a outra, a Isabelle French? Ela tem dado uns telefonemas para o pessoal da Broadway. Apesar de, francamente, eu achar que ela finge ter mais contatos do que realmente tem.

— Não nos conhecemos ainda — disse Claire. — Mas temos uma reunião na semana que vem.

— Quero que você me conte se a Isabelle fizer qualquer movimento para cima do meu marido. Você me conta?

— Movimento?

— Se encostar nele, se eles ficarem muito tempo juntos. Quero que você me conte. Aqui entre nós, essa mulher é um perigo. Vou lhe dar meu cartão.

Daphne enfiou a mão na bolsa, que também era atoalhada. Vestia jeans e um par de sandálias de camurça de Jack Rogers. Estava ótima, mas o todo era decepcionante. Daphne puxou seu cartão de visitas e entregou-o a Claire. Era branco, com o nome dela e vários números de telefone impressos em azul-marinho. Claire nunca conhecera alguém que tivesse um cartão de visitas apenas pessoal, sem relação com o trabalho. Era pouco comum, seria uma afetação de gente rica? No cartão deveria estar escrito: *Daphne Dixon, pessoa louca* ou *Daphne Dixon, debiloide*, para que você soubesse que nunca deveria discar aqueles números, mesmo que visse Isabelle French agarrando Lock Dixon pela gravata e tascando-lhe um beijo na boca.

— Tudo bem — disse Claire. — Farei isso.

— Estou falando sério, Claire — disse Daphne Dixon. Colocou o cabelo escuro atrás das orelhas. Por que a orelha dela estava tão vermelha? Agitação? Estava tão perto de Claire que podia ver as veias delicadas de Daphne. — Quero que você me ligue se vir alguma coisa, se *suspeitar* de qualquer coisa. Quando digo "perigo", estou falando de *perigo*. Ela beijou o marido de outra, na frente de todo mundo, na pista de dança do salão do Waldorf-Astoria, na primavera passada. E é fato conhecido que Isabelle French quer transar com o meu marido.

Claire riu. Não achava o comentário engraçado, de jeito nenhum, mas não via sentido algum naquilo. Apenas concorde — *Pode deixar, Daphne! Eu lhe aviso!* — e dê um jeito de se livrar da conversa. Saia já daí!

— Pode deixar — disse Claire. Empurrou o carrinho para a seção de presunto, bacon, salsicha, chucrute e picles. Podia sentir a presença de Daphne Dixon atrás de si, mas teve medo de conferir. Parou, fingindo interesse no chucrute, pensando que, se fosse para ter a sombra de Daphne Dixon atrás dela pela loja, preferia deixá-la passar. Pegou uma embalagem de chucrute — ninguém em casa além de Claire gostava de chucrute — e depois examinou o pote de temperos kosher.

— Picles? — perguntou Daphne. Claire levou um susto tão grande que quase deixou o pote cair. Daphne estava grudada às suas costas. — Você não está grávida de novo, está, Claire?

Mais uma vez, Claire riu.

— Não — disse.

— Tem certeza? Eu disse isso para o Lock. Que o problema de lhe convidar para produzir o evento é que você sempre fica grávida.

— Não estou grávida.

— Pelo menos você faz sexo — disse Daphne. — O que é mais do que eu posso dizer da gente, na verdade. E, se você tem orgasmo, está realmente anos-luz à minha frente.

Claire ficou perturbada ao perceber que se interessava por aqueles comentários. Lock e Daphne não transavam? Lock tinha uma *queda* por Isabelle French? Claire estava se metendo numa situação complicada? Amiga de faculdade, divorciada... e se tivesse sido Isabelle na reunião aconchegante da semana anterior, em vez de Claire? Teria acontecido alguma coisa entre eles? Achou melhor parar por aí. Daphne parecia um pedaço de papel higiênico imundo que Claire tivesse arrastado para fora do banheiro feminino, preso no salto alto.

— Você toma banho? — perguntou Daphne. Apontava o nariz na direção de Claire, e Claire olhou para as próprias roupas: calça de ioga, tênis velhos, camiseta branca, agora cinza-claro, com uma mancha de suco na manga que mais parecia uma ferida de tiro. Havia praticado um pouco de ioga pela manhã, tentara fazer um esboço do lustre, falara vinte vezes ao telefone sobre o braço de Liam — o que o médico dissera, como será a cirurgia —, mas não havia tomado banho. Deveria explicar a Daphne o que acontecera com Liam, Siobhan, o hospital para crianças, o frango assado? Certamente não cheirava a flores, mas cheirava mal? Daphne também fedia — a vinagre.

— Eu tomo banho — afirmou Claire —, mas hoje ainda não tomei. Não tive tempo.

— Essa é outra coisa complicada nesse convite do Lock para você produzir o evento. Todo mundo sabe que você se estica feito chiclete velho. Quatro crianças, uma delas bebê, e você deixou sua carreira ir por água abaixo...

— Minha carreira não foi por água abaixo — disse Claire.

— Eu e o Lock somos fãs do seu trabalho com vidro. Mas agora já era. — Daphne estalou os dedos. — Virou poeira. Fumaça. — Respirou profunda e dramaticamente. — Precisamos que a festa dê certo, Claire. Precisamos de alguém *dedicado*.

Claire sentiu lágrimas comprimindo suas pálpebras. Esse era o problema de Daphne atualmente: dizia a verdade sobre você até você chorar. Não o fazia por maldade, simplesmente não conseguia se controlar. Minutos antes, Claire pensara que as coisas não tinham ligação com o passado, não era um acerto de contas, não havia retaliação às suas ações por parte de alguém lá de cima — mas talvez estivesse errada. Aquela agressão verbal que acabara de acontecer era uma pequena parte do pagamento por tudo que acontecera na noite do acidente. O dano irreparável que não tinha nome era este: Daphne agora era rude, não apenas rude, mas cruel; esquecia facilmente as coisas; repetia-se centenas de vezes — pensamentos e ideias, palavras soltas. A repetição se tornara um tique, transformara-se em gagueira. Ela dissera a Julie Jackson enquanto sua cabeça ainda estava enfaixada: "Eu vejo tudo agora. Tudo claríssimo." Mas isso parecia significar que ela se desligara completamente das normas de educação e sociabilidade, da conversa despretensiosa, do desejo de parecer gentil e amável. Em vez disso, tinha uma língua ferina e venenosa; era notoriamente brutal. Ninguém mais gostava de Daphne Dixon, ela feria as pessoas como uma vespa. Tornara-se seu próprio fantasma depois do acidente. Uma tigela de mingau azedo.

Era sempre Claire quem a defendia.

Na verdade, ela não é má. Quando está medicada, fica ótima.

A culpa, velha e inútil, era piche no seu cabelo; uma trama invisível emaranhada em volta do seu coração. Claire comprara o último drinque, não *insistira* para que Daphne entrasse no táxi, e a personalidade de uma mulher fora alterada para sempre. Daphne era outra pessoa agora, e Claire se culpava por isso.

Ali, na seção de congelados do supermercado, Claire estava recebendo o que lhe era devido: Daphne segurava um espelho e forçava Claire a enxergar a si mesma. Como pode produzir o evento se não tem tempo nem de tomar banho? Quando é descuidada no ateliê e se arrisca a um parto prematuro? Quando não encara o fato de que seu bebê não está, e pode nunca vir a ficar, bem? Como você pode ser dedicada?

— Meu sobrinho quebrou o braço jogando hóquei e foi levado para Boston — disse Claire. — Eu tenho que ir. Quero fazer um jantar para Siobhan.

O rosto de Daphne suavizou-se.

— Meu Deus — declarou ela. — Que horror! Por favor, vá, vá. Me diga se eu puder fazer alguma coisa para ajudar.

Claire olhou para Daphne. As orelhas dela estavam rosadas novamente, como as de uma pessoa comum. Era, por um segundo, a mesma pessoa de antigamente — mas isso era parte do problema, a inconstância. Daphne quicava como uma bola de tênis entre dois estados mentais. Com que personalidade se iria deparar? Claire não era tola. Arrumara uma boa desculpa e a usaria.

— Tudo bem, eu aviso — disse Claire. — A gente se vê, Daphne.

CAPÍTULO TRÊS

Ele a convida
(de novo)

Quando Claire subiu as escadas da Elijah Baker House para a segunda reunião sobre o evento, encontrou Lock Dixon sentado à mesa assim como o encontrara duas semanas antes, exceto pela ausência do sanduíche. Vestia uma camisa cor-de-rosa desta vez e uma gravata de estampa vermelha; a estação de rádio de música clássica estava sintonizada e tocava um concerto à base de espineta, instrumento muito antigo. O escritório se encontrava às escuras, não fossem o abajur e o brilho azulado da tela do computador de Lock. Claire olhou as horas, confusa. Eram oito e cinco.

— Onde está todo mundo? — perguntou.

E, quase ao mesmo tempo, Lock respondeu: — Você não recebeu o recado?

— Que recado? Não.

— A reunião foi cancelada. Adiada para a semana que vem.

— Ah — balbuciou Claire. — Não, eu não recebi nenhum...

— A gente devia ter tentado seu celular. Falei isso para o Gavin, e ele procurou seu número no escritório, mas não o encontrou. Desculpe. Adams está gripado e Isabelle não podia vir esta noite, então empurramos a reunião para a semana que vem. Sinto-me péssimo por você ter vindo até aqui para nada.

Para nada — bem, de certa maneira fora para nada, mas Claire não se arrependera. Virou-se para olhar o restante do escritório.

— O Gavin está aí?

— Não — respondeu Lock. — Ele saiu às cinco.

— Ah — fez Claire. — Bem, eu e você podíamos tratar de alguns assuntos...

E Lock ofereceu: — Quer uma taça de vinho?

— Viognier? — perguntou Claire. Preocupou-se com a possibilidade de estar pronunciando o nome errado, apesar de ter praticado em casa, no chuveiro: vii-o-niê.

— Adoraria.

Quando Lock voltou da cozinha com o vinho, perguntou: — Você pensou na minha proposta?

— Sua proposta? — indagou Claire, corando imediatamente.

— Sobre a peça para o leilão — respondeu ele. — Sobre seu retorno triunfante como artista.

— Puxa — disse ela. Respirou profundamente, depois se enfiou na cadeira em frente à mesa. Ele sentou-se na beirada, perto dela. — Eu não tinha certeza se você estava falando sério.

— Claro que falei sério.

— Cinquenta mil dólares?

— As suas esculturas da série *Bolhas* valem muito mais que isso.

— Certo, mas...

Ele tomou um gole de vinho e balançou a cabeça.

— Deixa para lá, então. Foi só uma ideia.

— Uma ideia muito gentil — afirmou Claire. — Fico lisonjeada de você acreditar que meu trabalho mereça isso.

— Mereça? — perguntou Lock. — Seu trabalho é muito mais que merecedor.

— Quase ninguém da ilha me conhece pelo que eu faço com vidro — observou Claire.

— Ah, até parece. Claro que as pessoas conhecem o seu trabalho.

— Quer dizer, as pessoas sabem que eu faço... fazia isso. Mas quase ninguém viu o meu trabalho. Os vasos, sim, mas não o meu trabalho de verdade.

— É uma pena — declarou Lock.

— Eu tenho uma clientela seleta — disse Claire. — Cinco pessoas. Sou o que você pode chamar de "extremamente exclusiva".

— Era para você ser tão famosa quanto o Simon Pearce — disse Lock. — Uma das coisas boas do leilão seria a exposição.
— Mas não é isso que eu quero — observou Claire. — Nunca quis ser Simon Pearce. Produção em massa e tudo mais.
— Claro que não. Você é uma artista.

Claire olhou para as próprias mãos. Haviam sido calosas durante tantos anos, calosas e gastas, com cortes e queimaduras. Estavam começando a parecer mãos normais de mulher, vermelhas da máquina de lavar pratos, riscadas de caneta — mas isso era uma coisa boa? Ela não sabia. Falar novamente sobre trabalho a deixava dividida. Fora maravilhoso abrir o bloco de desenho, e a imagem do lustre retorcido não a deixava em paz. Mas, depois Claire pensou nos filhos, sobretudo em Zack: será que deveria explicar a Lock que Zack pesava um quilo e duzentos ao nascer e passara as primeiras cinco semanas de vida na incubadora? E que agora, oito meses depois, ainda não engatinhava, embora seus outros filhos nessa idade já tivessem se aventurado até mesmo a andar, segurando-se nos móveis? Dra. Patel lhe dissera para não se preocupar: *As crianças se desenvolvem em velocidades diferentes, Claire.* Claire gostaria de procurar um especialista, mas tinha medo do que ele pudesse dizer. Tinha certeza de que havia algo errado e que a culpa era sua. Seu médico a avisara para fazer repouso.

— Eu não posso — disse ela.

Lock olhou-a por um longo tempo, com uma expressão impenetrável.

— Tudo bem — concordou.

Claire sentiu a aproximação das lágrimas. O que havia de *errado* com ela? De repente sentiu uma tristeza profunda e teve pena de si mesma. Tentou parar as emoções, chorar na frente de Lock seria bastante constrangedor. Em casa, não havia um único momento em que pelo menos uma das crianças não estivesse chorando. Claire era quem oferecia os lenços de papel, limpava os narizes, beijava os machucados, ralhava com o culpado. Ela não chorava, dera-se conta, porque não havia ninguém para confortá-la. Jason era emocionalmente tão frágil quanto as crianças. Se a estivesse vendo agora, chorando silenciosamente, não saberia o que fazer.

Lock ofereceu-lhe um lenço. Claire secou o rosto, pensando em como era charmoso o fato de existir pelo menos um homem no mundo que ainda carregava um lenço de pano.

— Tudo bem com você? — perguntou ele. — Deixei você nervosa? Eu não queria...

— Não — disse Claire. — Tudo bem. — Lock passou-lhe o vinho. Ela deu um gole e tentou se controlar. — Posso fazer uma pergunta?

— Pode.

— Por que você trabalha aqui? Quer dizer, você é... você não precisa trabalhar, certo?

Lock abriu mais um de seus sorrisos encantadores.

— Todo mundo precisa fazer alguma coisa significativa. Vendi a minha empresa, então pude me mudar para a ilha permanentemente, mas nunca pretendi parar de trabalhar. Nunca quis viver só de jogar golfe e bater papo com o meu corretor da Bolsa. Esse não sou eu.

— Não — disse Claire. — Na verdade, nem é da minha conta...

— Procurei descobrir onde seria mais feliz na ilha. Pensei em comprar uma construtora, mas isso me pareceu meio vazio a esta altura da vida. Conheci uma enfermeira no hospital enquanto Daphne estava fazendo fisioterapia. O nome dela era Marcella Vallenda. Você a conhece?

— Não — respondeu Claire.

— Dominicana. Quatro filhos, três garotos adolescentes, sempre arranjando problema, e uma filha. O marido era um zero à esquerda, um alcoólatra que trabalhava alguns dias e passava os outros jogando cartas. Pude conhecer um pouco a Marcella. Ela tinha três empregos, ficou viciada em cocaína, basicamente para aguentar ficar acordada, mas a casa era um inferno, e, um dia, a filha, Agropina, encontrou um rato na tigela de cereal.

— Meu Deus — disse Claire.

— Acontece — comentou Lock. — Eu não fazia ideia, até conhecer Marcella, mas isso acontece aqui, como em todo lugar. Eu queria dar dinheiro para ela, mas dinheiro não ia resolver, ia direto para as drogas. Ela precisava de assistência, e foi aí que descobri a Nantucket's Children.

— Nunca tinha ouvido essa história — disse Claire.

— Bem, todo mundo se pergunta o que estou fazendo aqui, mas poucas pessoas são corajosas o bastante para me perguntar. Você perguntou.

— Ah — balbuciou Claire.

— Arrecadar fundos para a Nantucket's Children é o trabalho mais importante que já tive.

Quando Claire se levantou, suas pernas fraquejaram. Sentia-se vulnerável novamente. Deviam ser os hormônios; ela não andava bem desde que parara de amamentar Zack. Mas não, não era isso; era algo maior. No seu universo, uma decisão apocalíptica estava sendo tomada. Não que o discurso de Lock fizesse diferença ou o rato na tigela de cereal da menina, pelo menos não inteiramente. Claire estava tomando aquela decisão porque queria. Sentia-se como alguém que se perdera no meio da multidão: a si mesma, seu antigo eu.

— Vou fazer a peça para o leilão — disse.

— Vai? — perguntou, surpreso. — Tem certeza? Agora estou me sentindo como se a tivesse pressionado.

— Tenho certeza — confirmou ela. Esperou, sem respirar. O momento era intenso ou a emoção estava toda na sua cabeça? Tomara, afinal de contas, uma decisão monumental. Lock estava de pé diante dela, absolutamente imponente, um deus do acaso, alguém capaz de fazer as coisas acontecerem.

— Acho que está na hora de eu ir — disse ela.

— Espere — disse ele. Havia algo na voz de Lock que fez com que ela ficasse.

— O quê? — sussurrou ela.

— Obrigado — disse ele.

Ele pensou que ela fazia aquilo por ele ou pela causa. Mas ela o fazia, na verdade, para si mesma.

— Não — disse. — Eu é que agradeço.

Quando Claire chegou em casa, Jason estava acordado, vendo tevê com Zack, que dormia sobre seu peito. Porque o mundo inteiro agora estava transformado, Claire olhou para eles com carinho. Seu marido e seu bebê. Não sabiam nada sobre ela.

— Como foi a reunião? — perguntou Jason.

— Tudo bem. Tenho que tentar encontrar o Matthew amanhã.

— Ele está em turnê na Ásia — disse Jason. — Vi no *Entertainment Tonight*.

— É mesmo?

— É sim. O sultão de Brunei foi ao show. Foi uma grande comoção. O cara mais rico do mundo dançando "This Could Be a Song".

— Engraçado — disse Claire. Sentou-se cuidadosamente na cadeira perto de Jason. — Preciso conversar com você sobre uma coisa.

A atenção de Jason estava novamente na televisão, no programa *Deal or No Deal*.

— Jase?

— Hummmmm.

— É sério. Preciso conversar com você.

Jason emitiu um som que era parte um suspiro, parte uma bufada. Ela estava se intrometendo em seu encontro encantador com a tevê.

Claire ensaiara uma fala no carro. Diria de uma vez. Pularia os comentários alentadores; ele não desejaria escutá-los. No entanto, Claire achou difícil dizer as palavras cruas. Jason sorria para ela. Tinha apenas tirado o som da tevê; não a desligara.

— *O que foi?* — perguntou ele.

— Vou voltar a trabalhar.

Instintivamente, ele apertou Zack. A culpa foi tão automática que os dedos de Claire começaram a coçar. (Ela recobrara a consciência na ambulância aérea enquanto Jason acariciava seus cabelos. *Eles não sabem como está o bebê*, dissera ele. *Eles não sabem como está o bebê.*) Agora, a acusação estava clara e retumbante no silêncio de Jason: o trabalho dela quase matara o filho deles. Se fosse por ele, ela nunca mais pisaria naquele ateliê. Ouvira-o, por acaso, repetir para Carter que queria destruir aquele lugar, jogar uma bomba, colocar fogo.

— *O quê?* — perguntou ele.

— Vou voltar a trabalhar. Para um projeto.

— O Chick ligou?

Era a pergunta certa. Chick Klaussen fora até Boston ver Claire no hospital. Ficara tomado de culpa por ela ter se acidentado enquanto trabalhava em uma peça sua, e Claire se sentia culpada por ter de pedir que um estúdio finalizasse o trabalho. Dissera a Jason que só voltaria a soprar vidros por Chick, mas os dois sabiam que ele nunca mais a convidaria.

— Não — respondeu ela. — Não foi o Chick. Vou criar uma peça para o leilão do evento.

— Deus, Claire — disse Jason.

— Lock me pediu — disse ela. — Ele acha que podemos conseguir uma grana boa.

— Isso é pedir muito — falou Jason. — Você já está produzindo essa porcaria.

— Eu sei — completou Claire. — Mas estou pronta para voltar. Quero voltar. Sinto falta. É quem eu sou.

— É uma parte do que você é — retrucou Jason.

— Uma parte importante.

— E as crianças?

— Elas vão ficar bem. A Pan pode me ajudar. Não vai tomar muito tempo.

— Claro que vai — retrucou Jason. — Eles não estão lhe pedindo para fazer bolinhos para vender, Claire. Eles querem uma peça de leilão. Uma coisa complicada.

— O que eu vou fazer é escolha minha.

Ele estremeceu, balançando o bebê. Zack começou a chorar. Amargo, Jason disse:

— Ótimo. Você acordou o garoto.

— Eu esperava que você fosse entender. Esperava que você me conhecesse. Estou pronta para voltar — disse Claire.

— Toma. — Jason estendeu Zack para ela. O pequeno tentou agarrar o ar, como um besouro de cabeça para baixo. Jason continuou: — Não tem nem um ano. O Zack ainda é um bebê, e um bebê precisa da mãe. Você devia ter dito não. Não só para o trabalho com o vidro, mas também para tudo isso. Todo o evento.

Claire pegou o filho e beijou-lhe a testa. Não sabia como responder, e não importava. Jason voltou a assistir à tevê.

* * *

Não havia como prever que a ideia de voltar a trabalhar a faria tão feliz. Claire voltava a ser como antes, e, ao mesmo tempo, era uma nova pessoa. Tinha mais energia com as crianças, era mais solícita, mais brincalhona. Beijava J.D. na bochecha e ele enlouquecia, e Claire ria animadamente, fazendo cócegas debaixo do braço dele até que dissesse: "Mamãe, para!", com um largo sorriso no rosto. Comprou um bloco de desenho novo e separou dois lápis; apontou-os e rabiscou o papel grosso. Depois passou duas horas desenhando o candelabro retorcido com meticulosidade de detalhes. Seria quase impossível executá-lo sozinha com as próprias mãos, mas o desafio a estimulava.

Siobhan ligou justamente quando Claire estava pronta para fazer um intervalo.

— Como vai o *trabalho*? — Mas foi cética ao ouvir as novidades de Claire. Não compreendia por que a amiga trabalharia se não tinha necessidade; não compreendia por que Claire voltaria à escravidão por um projeto pelo qual nem mesmo seria paga. *Você é uma boba, Clairsy! Não tem limites!*

— É muito melhor que uma massagem de pedras quentes — disse Claire.

Siobhan retrucou: — Ah, para com isso! — E riu.

— Juro — disse Claire.

— Você não regula muito bem — brincou Siobhan.

Era tão bom ter uma missão. Reservar duas horas para "trabalhar" fazia com que o resto do dia fosse mais eficiente: ela não gastava muito tempo em posições inúteis de ioga, e não gastava preciosos momentos tentando convencer Zack a comer cereal. Conseguia mais. Descobriu-se com uma hora de sobra antes de buscar as crianças, e quando fora a última vez que isso acontecera? Pôde dar um descanso a Pan e levar Zack para um passeio na praia. Mas queria voltar a encontrar Lock na segunda-feira com um presente, uma surpresa, um agradecimento pela mudança que proporcionara em sua vida, então levou o telefone para o quarto e trancou a porta. Procurou no caderninho de telefones, o qual estava cheio de envelopes amassados e vários anúncios de "Nos mudamos" — Claire fizera a si mesma o favor de datar essas informações, mas nunca encontrara tempo para anotá-las.

Matthew Westfield (também conhecido como Max West): lá estava um número de celular, que Claire sabia ser inútil. A última vez que tentara contatá-lo fora dois anos antes, em nome do irmão de Siobhan, Declan, em busca de ingressos para um show em Dublin. Não conseguira falar com Matthew no celular daquela vez, portanto deixara recado com o agente dele, Bruce, em L.A., e, prontamente, os ingressos chegaram por correio para Declan. Mas fazia quase doze anos desde que Claire falara com Matthew pela última vez. Ele telefonara para ela do aeroporto de Minneapolis. Estava a caminho de Hazelden para reabilitação.

— Eu não consigo parar, Claire — dissera Matthew. — A bebida. Não consigo parar, caramba.

A bebida, pensava Claire, era para ter sido mais fácil do que a cocaína — mas, nos últimos doze anos, Matthew fora preso três vezes por abuso de álcool. Claire pensou nos tempos de colégio. Naquela época, ela era a única que conseguia comprar cerveja sem ser flagrada. Prendia o cabelo num coque e vestia a saia preta longa e os sapatos baixos da mãe — parecia, costumava dizer Matthew, uma amish, mas nunca lhe pediram identificação. Eles bebiam nos campos, na floresta e, no verão, nas rochas, de onde Matthew, bêbado, costumava mergulhar no mar verde-jade, do alto das pedras. Era tão destemido; imaginava-se indestrutível. Bebiam na praia ou numa das casas de veraneio vazias na rua em frente à praia. Andavam no calçadão, adoravam a atmosfera das feiras e dos parques — os neons azuis e verdes das rodas-gigantes, os fios de lampadinhas redondas que se entrelaçavam no céu, as barracas de algodão-doce, caramelo e bebidas coloridas, as centenas de lojinhas cafonas (*Saudações de Wildwood!*) — e seus questionamentos divertidos. A bebida era inocente, um estimulante do humor, e era uma forma de rebelião também, claro. Era geralmente uma parte da noite, e não a noite em si (apesar de ter havido exceções, noites em que ela ou Matthew, ou ambos, bebiam tanto que vomitavam até o amanhecer). Na maior parte do tempo, as noites de sua juventude eram preenchidas com música.

Matthew levava a guitarra a todos os lugares; pendurava-a nas costas e deixava-a perto deles na praia ou na grama enquanto faziam amor. Cantava para amigos, para estranhos, cantava para Claire, cantava para si mesmo. Muitas vezes, Claire tivera ciúmes da música, acusava Matthew de ser obcecado por ela. Música era a sua droga naquela época.

Claire ficou surpresa ao saber que o álcool fincara suas garras e pegara Matthew pelo pescoço quando ele se tornara adulto. Por que ele, e não ela? Claro, a vida dele — no intervalo entre o último mês que haviam passado juntos, agosto de 1987, e o presente — tivera excessos que Claire só era capaz de imaginar. Matthew lhe contara um pouco — sobre as drogas, o álcool, as garotas, as festas, a total falta de escrúpulos característica de um ônibus de rock'n'roll em turnê. Não havia uma única coisa saudável que se pudesse dizer da turnê de *Stormy Eyes*: nenhuma noite em que tivesse bebido água e ido dormir cedo, nenhuma frase dita sem um palavrão, nenhum legume no vapor, nenhuma gota de ar que não contivesse a doce sugestão de fumaça de maconha. Tudo era vodca e peitos, dissera ele. E pressão. Esse era o verdadeiro monstro em suas costas: a pressão.

Claire falara com Matthew quando ele estava no aeroporto de Mineápolis esperando seu acompanhante para Hazelden durante quase uma hora. A maior parte do telefonema fora ele falando, recordando, desculpando-se.

Eu nunca devia ter abandonado você. A gente era feliz.

Éramos felizes, concordara ela.

Seu pai me odiava.

Não odiava.

Sua mãe achava que eu era desafinado.

Deixa de ser bobo. Ela achava que você tinha uma voz de anjo.

Lembra quando cantei no Pony? As coisas eram simples naquela época.

Sim, eram simples, dissera Claire. Então rira. *Lembra quando você me deixou tocar tamborim?*

Você podia tocar na Família Dó-Ré-Mi.

Ela podia ouvir a risada dele.

Eu sinto sua falta, dissera ele. *Se precisar de alguma coisa, qualquer coisa mesmo...*

Ou se você precisar de alguma coisa..., dissera ela.

Basta pedir, dissera ele.

Basta pedir, dissera ela.

Então... Ela tinha o celular antigo e o telefone de Bruce em L.A. Ligue para Bruce! Ainda era outubro. Se Max ligasse de volta dali a três semanas ou um mês, ou até mesmo em dois meses, ainda haveria tempo de sobra para agendá-lo para o evento. Ou ela podia escrever para a mãe dele, Sweet Jane Westfield, moradora da East Aster Road em Wildwood Crest. Claire mandava um cartão de Natal para ela todos os anos. Sweet Jane era uma constante na vida de Matthew; se Jane recebesse um bilhete de Claire, iria prendê-lo na cortiça em cima da pia (Claire conseguia ver claramente a cortiça, assim como o paninho de crochê da chaleira) e mencionaria o fato a Matthew quando ele telefonasse, o que acontecia todo domingo.

Claire faria as duas coisas. Encontrou o endereço de Sweet Jane no caderninho e escreveu um bilhete à mão, em letras grandes, explicando que precisava falar com Matthew. Queria que ele fizesse um pequeno show na festa beneficente de uma instituição de caridade. *Não é para mim*, escreveu Claire. *É para as crianças da ilha. Você pediria para ele me ligar, por favor? Meu telefone é...* fez uma pausa, mencionando que seus filhos iam bem — sem dúvida, Sweet Jane ainda tinha o aviso do nascimento de Zack afixado na cortiça — e perguntou por Monty, o gato dela.

Em seguida, ligou para Bruce Mandalay, agente de Matthew. Mandalay era a pessoa que descobrira Matthew tocando no Stone Pony. Fora uma surpresa porque, apesar de sempre haver agentes e empresários e produtores no Stone Pony (graças a Springsteen e Bon Jovi), eles normalmente eram fáceis de identificar. Tinham cabelos lisos e longos e brincos de diamante, vestiam terno. Bruce Mandalay parecia um gerente de fábrica de caixas — ele era *comum*. Gordinho, careca, óculos de grau sem aro, bigode e mocassim bico fino. Falava baixo, sem ameaças, era quase invisível. Matthew assinara com ele porque era sério, inteligente e sensível. Bruce achava que a música "Parents Know" podia ser um *single*, uma música para estourar; ofereceu-se para investir dinheiro do próprio bolso para que Matthew a gravasse profissionalmente em Nova York. Matthew o fez, e, então, quase imediatamente, Bruce o conectou à Columbia. De uma hora para outra, Matthew fora lançado ao estrelato.

Quando foi gravar a música em Nova York, Matthew insistiu para que Claire fosse com ele. Ela viajou no banco de trás do Ford Pinto de Bruce, de Wildwood até Manhattan. Bruce a tratara bem, melhor do que imaginava que uma namorada a reboque seria tratada. Quando pararam para descansar, Bruce comprou um cheeseburger e uma Coca para ela; fez perguntas sobre a faculdade. Ela lhe disse que ia para a Escola de Design de Rhode Island, e ele exclamou: "Impressionante!". Tinha cinco filhas, contara a ela.

Porém, quando Matthew ficou mais importante para Bruce, Claire se tornou menos importante. Quando apareceu nos bastidores do Beacon Theater um ano e meio depois (Max West estava abrindo o show do Allman Brothers), Bruce não a reconheceu. Era muito fácil esquecê-la ou eram tantas as garotas que Bruce não conseguia acompanhar? Claire estivera longe durante tanto tempo que deveria ter lembrado a Bruce quem ela era, mas preferiu deixar para lá. Havia centenas de garotas para Matthew, possivelmente milhares, inclusive duas esposas e uma amante desafortunada (a atriz mais famosa dos tempos modernos), mas Claire tinha a vantagem de ser a primeira namorada, aquela que Matthew amara antes de ter sido famoso.

— Alô? Bruce Mandalay.

— Bruce? — respondeu Claire. — Aqui é Claire Danner.

Houve uma pausa. O pedido de ingressos acontecera dois anos antes, e é possível que Claire tenha exagerado sua importância na vida de Matthew.

— Sou amiga do Matthew...

— Sei — disse Bruce. — Claire, eu sei, olá. — A voz dele parecia a mesma, muito tranquila e calculada. Era um agente não agente; nada o excitava ou tirava do sério. Ser agente de Matthew deve tê-lo tornado rico e poderoso, mas nunca se sabe. Claire perguntou-se como andariam suas cinco filhas. Elas eram mais jovens que Claire, mas já estavam todas crescidas. Bruce talvez tivesse netos. Não tinha tempo de perguntar. Precisava buscar as crianças no colégio em quinze minutos.

— Eu queria lhe pedir um favor, Bruce.

— Ingressos? — perguntou Bruce. — O Max está na Ásia. Não vai tocar novamente nos Estados Unidos até a primavera.

— Não, não tem nada a ver com ingressos — disse Claire. Era tão mais do que ingressos que ela não sabia como pedir. Um show gratuito de noventa minutos numa quadra de beisebol para mil veranistas ricos que talvez nem dançassem. Comera sanduíche de salame no almoço, e agora estava com azia.

— Não? — continuou Bruce, e sua voz soou ao mesmo tempo interessada e preocupada.

— Estou coproduzindo um evento beneficente aqui em Nantucket — disse Claire. — O nome é Gala de Verão. Haverá um coquetel e um jantar para mil pessoas. E, tradicionalmente, um show.

Silêncio.

— É um evento de caridade — continuou Claire. — Ingressos a mil dólares, e todo o dinheiro vai para essa instituição para a qual estou trabalhando, chamada Nantucket's Children.

Silêncio.

— Eu queria que o Matthew... quer dizer, Max... tocasse.

Silêncio.

— De graça.

Será que Bruce desligara? Não o culparia se o tivesse feito.

— É no dia dezesseis de agosto, um sábado — disse Claire. — Aqui em Nantucket. Nantucket fica no litoral...

— Eu sei onde fica Nantucket.

— Ok — respondeu Claire. Respirou fundo. — O que você acha?

Ela ouviu o barulho de alguém mexendo em papéis. Bruce Mandalay pigarreou:

— O Hospício de Hollywood, o Médicos sem Fronteiras, o Salve as Crianças, o United Way de Orange County, o Metropolitan Museum of Art, o Centro de Reabilitação Druckenheimer de Idosos de Saint Louis, o asilo de Dade County, a Escola Kapistan para Cegos, a Cruz Vermelha, a Sinfonia de Seattle, o torneio de pesca pela fibrose cística, a clínica para crianças com síndrome de Down de Rock City, Iowa, o projeto conservacionista de Estes Park, a Primeira Igreja Batista de Tupelo, o Jardim Botânico de Jackson, Mississípi, a Cleveland Clinic, a Arthur Ashe Youth Tennis and Education, a DATA — aquela coisa do Bono na África —, a restauração do monte Rushmore...

— Ok — disse Claire. — Pode parar. Já entendi.

Bruce suspirou. Era um agente não agente e comprara cheeseburger com Coca para Claire tanto tempo atrás, quando ela não tinha o próprio dinheiro para almoçar — mas também não era exatamente gentil. Talvez tivesse sido gentil uma vez, mas representar Max West durante vinte anos de sucesso meteórico fizera dele... um realista. Era difícil ser realista *e* gentil.

— Claire... — disse ele.

Ela nunca devia ter ligado. Deveria ter mandado uma carta para Sweet Jane e esperado a resposta. Jane Westfield *era* doce, *era* gentil, conhecia-a desde que tinha doze anos, não viria com evasivas... mas como Claire podia adivinhar? Talvez devesse saber. Claire teve vontade de chorar. Era rejeição, pura e simples, e a verdade era que ela merecia — por ser tão convencida, por supor que fora uma influência inesquecível na vida de Matthew. *Ninguém esquece o primeiro amor, esquece?* Mas as pessoas esquecem, sim. Ela não via Matthew há séculos.

Lock acha que você não vai conseguir. Ela não podia conseguir. Experimentou os vestígios de uma dor antiga — Claire, do lado de fora do Stone Pony, abraçando Matthew, sabendo que o perderia —, somada à dor que sentiria ao dizer para Lock Dixon, que a admirava e acreditava nela, que não conseguira convencer Max West.

— Tudo bem — sussurrou. — Eu entendo. Toda essa gente quer um show dele.

— Esses são só pedidos para este mês — disse Bruce. — Isso foi o que apareceu depois que ele viajou. Ele recusou o *Bono*, Claire. E quase todas essas organizações estão dispostas a pagar...

— Eu sei — argumentou Claire. — Só quis mesmo perguntar.

— Você fez o certo — disse Bruce.

Ele ficou em silêncio novamente, e Claire pensou: *Por favor, encerre logo este telefonema*. Será que ele esperava que ela perguntasse gentilmente pelas filhas dele?

— Você sabe para quem trabalho? — perguntou ele.

— Para quem? — disse Claire.

— Max West.

— Certo.

— Ele é como se fosse meu filho — disse Bruce. — Sei tudo sobre ele. Por exemplo, sei que ele está em Brunei agora, se picando com heroína porque o sultão é muçulmano e o reino é seco.

— Entendi — disse Claire. Ela só tinha dez minutos até a hora de buscar as crianças, precisava desligar. — Escute, você me faria um favor? Se você falar com o Max, diga que eu liguei, e pergunte para ele. Diga que é muito, muito importante para mim...

— Eu não preciso perguntar — disse Bruce. — Sei tudo sobre ele. Se eu disser que você ligou e fez esse pedido maluco e inconcebível, sei o que ele vai dizer.

— O quê?

— Ele vai dizer sim.

— O quê?

— Ele vai dizer: *Para Claire Dannes, sim*. Show gratuito, com certeza, sem problema. Sábado, dezesseis de agosto. Você tem sorte porque, por um acaso, a data está livre. Ele vai para a Espanha alguns dias depois. Então a resposta é sim, ele vai estar lá.

Claire se levantou da cama. Começou a quicar — não era capaz de evitar, mas não queria que Bruce soubesse que quicava.

— Jura? — indagou. — Você acha?

— Eu não acho — respondeu Bruce. — Eu sei. Ele estará lá.

CAPÍTULO QUATRO

Ele a surpreende

No domingo, Jason e J.D. passaram o dia todo catando mariscos, e, na segunda-feira à noite, Claire preparou-os para o jantar e os serviu com risoto e aspargos. Claire queria que Jason ficasse feliz com o jantar porque ele *não* estava feliz em saber que sua mulher tinha outra reunião do evento de gala.

— É assim que vai ser agora? — perguntou ele. — Duas, três noites por semana, você e suas reuniões? Me deixando aqui com as crianças?

— São seus filhos também — disse Claire. — Vai ser bom para eles passarem mais tempo com você.

— Só responda à minha pergunta — disse Jason. — Vai ser assim agora?

— Só no começo — prometeu Claire cegamente.

— Eu falei que isso era um erro. Você devia ter dito não.

— Bem, eu não posso dar para trás agora, posso?

— Não — disse Jason de mau humor.

— Não — concluiu Claire. Havia uma mensagem na secretária eletrônica, deixada tarde da noite de sexta-feira enquanto Jason e Claire estavam no aniversário de quarenta anos de Joe. Era Matthew, ligando de Brunei, dizendo que iria a Nantucket em agosto.

— Mal posso esperar para ver você de novo — disse ele. — Meu Deus vai ser incrível.

Até Jason havia ficado impressionado por Claire ter conseguido convencer Max West tão rapidamente, e de graça. Claire deixara a novidade escapar depois de algumas taças de champanhe na festa de Joe — *Parece que Max West vai tocar na festa de gala* — e voilà!, cinco pessoas concordaram em participar do comitê, até mesmo Brent, o marido de Julie Jackson. Talvez a própria Claire fosse uma estrela agora. A mulher de Joe colocou um CD de Max West para tocar, todo mundo dançou, e Claire ouviu Jason dizer:

— Ele provavelmente vai ficar lá em casa. É louco pela Claire. Eles namoraram no colégio. Quase se casaram.

Então não havia como retroceder agora.

As crianças encaravam a comida do jantar com tristeza. Nem mesmo J.D., o pescador orgulhoso de dois baldes de mariscos, queria comê-los.

— A gente tem que comer? — perguntou Shea.

— Tem — respondeu Jason.

Ele estava devorando a comida, mas Claire só beliscava, igual aos filhos. Ligara para Lock pela manhã e dissera: *Tenho uma coisa para contar!*

Ótimo, o que é?

Quero contar pessoalmente. Esperara um segundo, dois, três. Parecia que ele remexia papéis. Será que entendera?

Ele disse: *A gente pode se encontrar hoje à noite?*

Ao subir as escadas da Elijah Baker House, Claire sentiu-se leve e enjoada. Os sintomas eram os mesmos de insolação: respiração ofegante, calor, pele seca, coração disparado. Parecia que ia desmaiar. Como estava conseguindo andar? Subia as escadas para se encontrar com Lock — só isso. A ideia de que pudesse ser algo mais era completamente sem sentido. Casos amorosos só acontecem nos livros e na tevê — mas isso não era bem a verdade, era? Todo verão alguém em Nantucket tinha um caso — um juiz, o professor de química da escola, a professora particular de piano — e todo mundo ficava sabendo dos detalhes indiscretos: pega na cama com o gerente do Atlantic Café... pertences arremessados pela janela.

Siobhan era fã do Histórico Anual dos Casos Extraconjugais. Era a primeira a massacrar o casal — pelo caso amoroso e pelo fato de terem sido pegos.

Gente imoral, ordinária, traiçoeira, Siobhan dizia em êxtase. *Idiotas! Descuidados!*

O que sempre passava pela cabeça de Claire era como a pessoa tinha de ser corajosa, além de infeliz. Claire não era corajosa (não tivera coragem de sugerir uma reunião noturna, simplesmente desejara que Lock o fizesse). E Claire não era infeliz. Amava seus filhos, amava Jason, tinha Siobhan e um monte de outros amigos, contava com ajuda em tempo integral e nutria um recém-descoberto entusiasmo pelo seu trabalho. Não era infeliz.

E, como não era corajosa nem infeliz, nada poderia acontecer. Contaria a Lock a novidade inacreditável sobre Matthew — era uma grande notícia, *deveria* ser anunciada pessoalmente — e depois iria embora.

O escritório estava tão escuro que Claire pensou que estivesse vazio e, imediatamente, entrou em pânico. Lock esquecera? Se fosse esse o caso, ficaria magoada, mas também aliviada. Sairia do escritório e tentaria esquecer que qualquer coisa interessante acontecera ali. Mas, quando virou o corredor e entrou na sala, lá estava Lock, trabalhando no computador. O abajur estava desligado, o rádio também. Havia pouca luz e nenhuma música — nem sanduíche nem vinho —, mas Lock estava ali, no computador, de óculos. Claire observou-o: era apenas uma pessoa. Um homem ligeiramente acima do peso, perdendo cabelo, na meia-idade, um olhar profundo e um sorriso magnético (talvez essa fosse a coisa mais atraente nele) e uma autoridade inquestionável.

— Oi — cumprimentou Claire.

Ele tirou os óculos e esfregou os olhos, como se estivesse sonhando com algo bom demais para ser verdade.

— Eu vi você andando na rua — disse ele.

— Viu?

— Vi. Ando observando você há... há uns cinco dias.

— Ah — declarou Claire. Ficou sem fala e abalada. Ele dissera isso mesmo? Era verdade? Ela queria dizer algo igualmente doce de volta, mas era como se segurasse um instrumento que não sabia tocar. Não importava o que dissesse, tocaria a nota errada.

Ele se levantou e ela se aproximou da mesa. Pensou que estavam indo para seus lugares: ela sentaria na cadeira e ele, na beirada da mesa. Mas Lock passou pela mesa e foi em sua direção. Ela parou. Ele parou. Lock olhou para Claire, e ela sentiu um frio na barriga — uau! — gelado. Ele tocou o rosto de Claire, depois passou o dedo pelos lábios dela. Beijou-a.

Ahhhhhhhhhhhhhhh.

Era algo tão fantasioso na vida de Claire que ela não podia acreditar que estivesse realmente acontecendo.

Lock Dixon a beijou somente uma vez. Depois se afastou. Claire achou que fosse cair para trás. Tinha medo de se mover, de falar. Estava dentro de uma bolha em que a única coisa importante era o fato de Lock tê-la beijado e que talvez a beijasse de novo.

— Claire — disse. Ele falou o nome dela com dúvida e respeito, como se fosse um nome bonito, como se ela fosse uma mulher bonita. Era uma mulher bonita? Raras vezes se achava bonita. Era muito comum, frequentemente vestida com calça de ioga, o cabelo vermelho preso num coque de maneira desleixada. Jason ia atrás dela na cama o tempo todo, mas será que a achava bonita? Se ela perguntasse, ele riria e diria algo condescendente. A parte do casamento que se dissolvera fora aquela em que ele dizia que ela era bonita; a parte em que davam as mãos durante o jantar ou tomavam um drinque juntos em frente à lareira. A parte em que ela dizia que tinha algo a dizer, e ele desligava a televisão em vez de simplesmente abaixar o volume. A parte do casamento que se dissolvera fora a dos momentos de tirar o fôlego, como aquele.

— Não sei o que dizer. — Essa era a pura verdade para ela.

Ele aquiesceu. — Vou beijar você de novo. Tudo bem?

Ela concordou. Ele a beijou mais profundamente, mais longamente, um ou dois segundos inteiros a mais. A boca de Claire se abriu. Sentiu o gosto dele. O céu. Tinha doze anos novamente. Era seu primeiro beijo.

Permaneceram inocentes assim: somente um beijo. Nenhuma parte de seus corpos se encontrou, fora seus lábios, suas línguas. Era doce, inebriante. Claire ardia por ele. Será que ele ardia por ela? Não fazia ideia. Mas sabia o bastante sobre relacionamentos para ser a primeira a afastar-se.

— É inteligente fazer isso? — perguntou ela. Agora soava como alguém que conhecia. — E se alguém encontrar a gente aqui, no escuro?

— Quem? — contrapôs Lock. Tocou novamente o rosto dela. Segurou-o com as duas mãos, e ele lhe pareceu pequeno e delicado como o de uma criança, um rosto de boneca.

Como Gavin Andrews, pensou Claire. *Ou Daphne. Ou Jason. Ou Adams Fiske.* Mas não disse nada, estava presa às mãos de Lock em seu rosto e, no segundo seguinte, pelo beijo que ele lhe deu. Beijavam-se novamente. A cabeça de Claire virara um furacão. Por que aquilo estava acontecendo? Por que ela, entre todo mundo? Ele sentia algo por ela havia algum tempo ou era uma coisa nova, como seus próprios sentimentos? Aquilo iria adiante? Lock Dixon tinha uma autoridade inquestionável, era um líder, um comandante, sabia o que estava fazendo, sempre. Claire não precisou ser corajosa; ele o fora pelos dois. Ela seria carregada no lombo do cavalo, e ele faria o animal galopar pelos campos. Mas, se ele soubesse que ela estava pensando naquelas coisas absurdas, não iria querer mais beijá-la. Ao mesmo tempo que a mente de Claire repassava todas as suas convicções e expectativas, estava fisicamente presente naquele momento. Beijava-o, provava-o, sentia o calor das palmas da mão dele em seu rosto, em seguida no seu cabelo, depois nas suas costas. Ele pressionava seu corpo de encontro ao dela, ela perdeu o equilíbrio e ele a resgatou. Claire se afastou.

— O que a gente está fazendo? — perguntou.

— Eu não sei.

— Muito bom — falou Claire. — Ótimo.

— Você quer parar? — perguntou ele. Parecia preocupado, quase temeroso. — Estou pressionando você a fazer uma coisa que você preferia não fazer?

— Não, não, não...

— Não tenho uma explicação — disse ele. — Estou tão chocado quanto você. É como se alguém tivesse me enfeitiçado. Desde o minuto em que você entrou aqui para a primeira reunião.

— A primeira reunião — disse Claire. — Mas não... antes? Não no dia do almoço? Não dois ou cinco anos atrás? Nós já nos conhecemos há algum tempo.

— Mas não de verdade — afirmou Lock. — Não é?

— É verdade — respondeu Claire. — Eu achava que você me odiava.

— Claire se lembrava dos olhos dele quando ela aparecera na porta com aquele cesto para Daphne. Aquele olhar terrível.

— Odiava?

— Por causa da Daphne. Na noite do acidente, comprei o último drinque. Depois, teve a história do táxi. A gente falou para ela vir junto, implorou, mas ela não quis.

— E você pensou que eu a *odiava*?

— Que me culpava, eu achei. Eu me culpo.

— Porque você é assim. Uma pessoa que se preocupa com os outros. Você se preocupa. Você é alguém que se culparia por alguma coisa que claramente não é culpa sua. — Lock afrouxou a gravata. A camisa branca tinha os punhos impecavelmente dobrados; o relógio brilhava sob a luz do abajur. — Sei há muito tempo que você é uma boa pessoa, boa como o restante de nós tenta ser. E admiro seu trabalho. Mas, quando você entrou aqui, e a gente passou algum tempo juntos, de repente percebi que sou um homem solitário.

O pensamento de Claire se voltou para a metade do sanduíche de peru e geleia sobre o saco de papel. Para a filha — Heather, em Andover — estudando, comendo, jogando hóquei e dormindo, tudo isso sob a supervisão de pessoas que não eram seus pais.

— Sou solitário há tanto tempo — disse ele —, mas não me sentia só até passar algum tempo com você.

— Então fiz com que você sentisse solidão?

— Você me fez sentir a falta da solidão. Depois que você foi embora, não consegui mais parar de pensar em você.

— Eu tive o mesmo problema.

— Não sou assim — afirmou ele. — Não beijo uma mulher que não a minha há vinte anos.

Verdade? Era verdade? Claire pensou em Isabelle French.

— E a Isabelle French?

— O que é que tem?

— Encontrei sua mulher no supermercado. Parece que ela acha que pode acontecer alguma coisa entre você e Isabelle French.

— Ela disse isso?

Claire olhou para o chão. Agora tinha a sensação desagradável de trair a confiança de Daphne. O que lhe parecia ofensa pior, de alguma forma, do que ter beijado Lock.

— Disse — confirmou Claire.

— Daphne nem sempre se dá conta do que diz.

Esse era um comentário generoso sobre a realidade dos fatos, mas Claire não iria discutir o estado mental de Daphne com Lock.

— Eu não sinto nada pela Isabelle French — disse ele. — Fora pena.

— Pena?

— Um péssimo divórcio — completou ele. — E algumas péssimas decisões depois disso.

— Ainda não estive com ela — disse Claire.

— Vai estar.

— Vou. — Parecia uma espécie de conversa sobre o evento de gala, o que era estranho porque os dois estavam muito próximos um do outro, mais próximos do que seria normal. Claire estava dentro da órbita de Lock; era uma prisioneira do campo magnético dele.

É como se alguém tivesse me enfeitiçado.

Aquilo era uma besteira completa? Certamente, parecia. Se Jason tivesse ouvido Lock dizer aquelas palavras, teria dado uma gargalhada e engasgado com o próprio riso. Teria questionado a sinceridade de Lock e possivelmente sua orientação sexual. Mas Claire também se sentia assim. Fora ao almoço no Iate Clube morrendo de medo de Lock Dixon, mas, depois da primeira reunião, ela pensava nele de maneira totalmente nova, pensava nele o tempo todo. Ele a cortejara de alguma maneira.

E agora se beijavam, e ela não compreendia, ele também não, aparentemente, e isso era uma espécie de alívio. Ele não era um bravo cavaleiro, no final das contas. Se aquilo se tornasse algo maior, seria assim para os dois, tateando no escuro, o que fazia com que Claire se imaginasse capaz de administrar a situação.

Como estavam falando de algo referente ao evento, Claire decidiu mencionar o motivo ostensivo que a trouxera ali.

— Consegui o Max West — disse. — Ele vai fazer o show de graça.

— Eu sei — disse Lock. — Fiquei sabendo.

— Como? — perguntou Claire. — Como ficou sabendo?

— Alguém me disse.

— Quem?

— Prometi não revelar minha fonte. Mas foi alguém que esteve com você numa festa no fim de semana.

Então, uma das vinte e cinco pessoas. Era uma ilha muito pequena.

— Achei que você fosse ficar impressionado. Você achava que eu não ia conseguir.

— Claro que achava.

— Então, está orgulhoso de mim?

— Estou orgulhoso de você. — Ele inclinou o tronco e beijou-a na testa.

— Comecei a desenhar o candelabro — disse ela.

— Isso é ótimo — afirmou ele.

— É ótimo. Eu estava mesmo querendo voltar ao ateliê. Só precisava de um empurrão.

— É o que faço melhor — declarou ele. Olhou o relógio. — Eu tenho que voltar para casa.

Estupidamente, isso a feriu. Claire pensara que ele tentaria persuadi-la a ficar. Não queria que ela ficasse? Não queria beijá-la mais algumas vezes? Estava tendo um caso havia apenas vinte minutos, e já sentia ciúme.

— Ok — disse ela. Ainda bem que existiam palavras como "ok", empregáveis em qualquer situação, mesmo quando o que se queria dizer era exatamente o oposto de "ok". Claire tinha que sair dali, estava correndo o risco de mergulhar num atoleiro emocional. Não tirara o casaco, portanto não podia se ocupar em vesti-lo novamente. Não havia nada a fazer a não ser se virar e ir embora. Era isso o que deveria fazer?

— Então, eu vejo você... — Ela queria saber se aquilo era tudo. Se haveria mais e, se houvesse, quando, onde?

— A gente tem uma reunião na quarta à noite — disse Lock.

— Certo — respondeu Claire. Ela mencionara a reunião de quarta-feira às pessoas que haviam se voluntariado para o comitê; teria que telefonar para lembrá-las. — Vejo você na quarta, então. — Ela se virou para ir embora — sim, ir embora — e ele a pegou pelo braço. Puxou-a para si. Ela exultou. Ele não estava disposto a deixá-la partir. Beijou-a tão suavemente que ela suspirou, e depois a beijou de forma mais voraz. Ele a queria, ela podia sentir seu desejo, podia sentir os braços dele à sua volta, tremendo — de medo, de desejo ou da tentativa de segurá-la, ela não fazia ideia, mas gostava daquilo. A pessoa que ela era — uma boa pessoa, uma pessoa comprometida com a bondade, que visitava uma convalescente com um cesto de sopa e sabonete, uma oferta de paz — não fazia coisas como aquela. Mas o tremor de Lock, seu beijo, era uma droga, uma atração forte demais para que pudesse resistir. Claire pensou em Jason, nas crianças, e eles lhe pareciam distantes, mas doces também, puros e seguros.

O que ela estava fazendo? Estava sendo muito fácil. Era a Aceitação Universal.

Lock encostou-a contra a parede. Passou as mãos por dentro do suéter dela. Tocou seus seios, suavemente, com as palmas das mãos. Claire ficou sem ar. O toque dele era vibrante. Ela podia ir agora. Pedira isso em pensamento e ali estava: incrível, estranho, assustador. O que viria em seguida, o que aconteceria agora? Aquilo ainda era relativamente inocente; ainda não estava pesadamente tachado de "adultério" e "traição". Mas estava se encaminhando para algo que geraria sérias complicações, algo de que Claire se arrependeria, algo que não seria capaz de desfazer ou desejar que desaparecesse. E, mesmo assim, não queria parar. Não queria se afastar. Não queria. As mãos dele estavam na sua cintura; ele segurou o fecho do cinto dela.

Você me fez sentir falta da solidão...

— A gente devia ir embora... — sussurrou ela.

— Devia — disse ele.

Eles não pararam. Beijaram-se. Ele a tocou. Claire tinha medo de tocá-lo, portanto manteve as mãos nos braços dele e percebeu como seus músculos eram fortes e rígidos, e como a camisa era macia. Correu os dedos pelos braços dele até os ombros. Tocou no colarinho da camisa e na parte de trás do pescoço, e ele se afastou, dizendo: — Faz tanto tempo que ninguém me toca assim.

Claire sentiu certa melancolia ao pensar em Lock, um homem rico, dono de autoridade inquestionável, alguém de bom coração, honesto e inteligente, mas tão solitário. Ele não era Derek Jeter ou Brad Pitt, mas, apesar disso, Claire tinha certeza de que poderia ter tido qualquer mulher que desejasse, e escolhera ela. Passou as mãos pelas orelhas dele e pelo cabelo muito curto na nuca. Era tocada quatro vezes por semana por Jason, mas compreendia o desejo de Lock.

— Falando sério — disse ela. — A gente devia ir embora. — Claire não sabia nada sobre casos amorosos, mas era uma expert no que dizia respeito à finesse e ao tempo certo das coisas. Esses eram dons de alguém que soprava vidros — saber como não soprar uma peça até que ficasse fina demais, saber quando parar, quando esfriar. Sentia-se assim agora. Eles não podiam ir adiante.

Ele a soltou, relutante. A relutância era o que ela saboreava.

— Vejo você na quarta — disse ela e desceu rapidamente as escadas.

Ao descer as escadas do escritório e adentrar o ar esfumaçado do outono, Claire sentia-se preenchida por bolhas, ou plumas. Lock Dixon a beijara, eles haviam se beijado. Ele não a odiava; afinal de contas, *gostava* dela. Claire não podia acreditar. Pensara nisso, nele, mas com cuidado, circunspecção, porque nunca se permitira acreditar que seus sentimentos fossem recíprocos, em sua intensa curiosidade, em seu desejo nascente. O que sentira, basicamente, era uma paixonite, e paixonites nunca eram mútuas — mas sim, naquela noite, sim. Claire flutuou até o carro, sentindo como se fosse explodir numa chuva de luz, ou de pétalas, ou confetes. Queria contar a alguém, e isso significava Siobhan, claro, mas, mesmo que Claire chegasse a pegar o celular, sabia que jamais se abriria a Siobhan. Apesar de ser a melhor amiga de Claire e algo mais próximo de uma irmã que ela já tivera, Siobhan não seria capaz de administrar a novidade. Não era uma fantasia envolvendo o rapaz que buscava o lixo ou o carteiro que batia à porta e as duas o convidavam a entrar. Não era um desafio lançado por Siobhan, do qual ela se livraria no último minuto. Aquilo era real; *acontecera*. Claire não poderia contar a Siobhan. Não poderia contar a ninguém.

Na terça-feira, Claire quebrou as próprias regras (nem sequer sabia que tinha regras, mas, ao subir as escadas da Elijah Baker House, o coração acelerado, sabia que o que fazia *não era inteligente*, aparecer no dia seguinte, do nada). Mesmo assim, não conseguiu evitar. Bruce Mandalay enviara um fax para a casa dela — o contrato e um adendo para o show de Max West — e Claire queria deixar isso a cargo de Lock ou de Adams. Matthew se apresentaria de graça, mas havia alguns pontos no contrato que diziam respeito a Claire. Ele traria Terry e Alfonso (baixo e bateria da banda — ele nunca tocava sem os dois), e eles receberiam dez mil dólares cada. Além disso, a Nantucket's Children ficava encarregado de contratar quatro músicos, os quais também seriam pagos. Eram páginas de notas referentes à produção, as quais Claire não compreendia — refletores, instrumentos, amplificadores, sistemas de som, microfones. O adendo especificava que a banda deveria ser hospedada em hotel cinco estrelas, com todo tipo de comida e bebida, desde sorvete de cereja italiano, wafers Nilla, até achocolatados Quick, o que fez Claire rir, porque lembrou-se das corridas às lojas de conveniência na madrugada de vinte e cinco anos antes. A coisa mais alarmante era a última cláusula do contrato, que Lock deveria assinar, dizendo que, devido aos problemas de Matthew com drogas e álcool, Bruce não poderia garantir seu desempenho. Uma nota estava afixada na dita página, escrita à mão por Bruce: *Ele está fazendo isso como um favor pessoal a Claire, e não há nada que possa fazê-lo desistir, mas...*

Mas era Matthew. Estava sempre à mercê de seus vícios.

Claire queria entregar o contrato e o adendo a Lock o mais rápido possível. Aquilo era um negócio. Queria esclarecer sua parte antes da reunião. Tinha todos os motivos para estar ali no escritório, mas, mesmo assim, sentiu-se óbvia, como se estivesse se atirando aos pés de Lock.

Ouviu o som de música clássica. Claire bateu à porta e enfiou a cabeça pela fresta. Seus olhos miraram imediatamente a mesa de Lock — vazia.

— Claire?

Gavin Andrews, atrás da mesa, encarou-a, expectante.

— Oi, Gavin. Tudo bem?

— Comigo? — perguntou Gavin. Olhou para a própria gravata listrada de azul-marinho e vermelho — peça de vestuário semelhante às dos colégios particulares —, como se estivesse conferindo a si mesmo. — Tudo bem.

Claire, na verdade, não o ouviu dizer "tudo bem"; estava tão ocupada perscrutando o escritório — não viu Lock — e, ao mesmo tempo, tentando descobrir se ele estaria no banheiro, na cozinha, na sala de reunião. Não. Ele não estava lá. Sentiu alívio a princípio, depois desânimo.

— Lock está aí? — perguntou Claire, querendo parecer desinteressada.

— Ele foi almoçar com alguns doadores — respondeu Gavin. — Posso ajudá-la?

Claire olhou para Gavin. Não gostava dele, e isso nada tinha a ver com o fato de ele ser um substituto apagado de Lock. Seria melhor descrevê-lo como convencido, enxerido e condescendente. E também alguém muito difícil de classificar. Quem era ele? Quantos anos tinha? Claire lhe dava trinta e cinco, embora talvez tivesse trinta e dois, ou trinta e nove. Era excepcionalmente bonito, o cabelo louro, os olhos verdes, a face lisa, bem-barbeada, e, assim como Lock, sempre usava camisa e gravata. Mas era pretensioso e crítico; na única vez em que Claire conversara com ele sobre assuntos pessoais, ele dissera que sua regra era nunca sair com a mesma mulher mais de três vezes. Mais de três vezes, afirmara ele, e elas começavam a choramingar por um anel de noivado. Gavin morava na casa dos pais em Cisco Beach. Eles eram idosos, viviam em Chicago e só iam a Nantucket em agosto. Os pais tinham dinheiro, apesar de não estar muito claro quanto cabia a Gavin. Ele sempre reclamava do alto custo de vida em Nantucket (apesar de Claire imaginar que não pagava aluguel), e sempre abordava o conselho com pedidos de aumento, o que Lock apoiava, dizendo: *Ele é muito organizado. E meti-*

culoso. No geral, Claire o via com certa suspeita — ele vivia em Nantucket, na casa dos pais, trabalhando como secretário de uma organização beneficente, desperdiçando seu óbvio potencial: a aparência, a pose e a lucidez, a formação universitária. Por quê? Era absolutamente educado com ela e com os outros membros do conselho, mas Claire tinha a sensação de que ele a desprezava. Ele devia pensar, assim como Daphne Dixon (talvez até conversassem a esse respeito), que Claire era desleixada, uma artista excêntrica que reproduzia como uma coelha — todos aqueles filhos! E era casada com um carpinteiro das cavernas, um homem que fumava e cuspia, que pescava e bebia cerveja direto da lata, além de dirigir uma picape que chamava de Darth Vader. (Gargalhadas sonoras, dificilmente reprimidas.)

Gavin era o oposto de Claire: sua aparência era a de alguém que ia em casa na hora do almoço para tomar banho, usava calça e camisa passadas como páginas de um livro novo, tinha uma devoção irretocável por Lock Dixon e pela administração impecável da Nantucket's Children.

Claire deixou o contrato sobre a mesa, de maneira que provavelmente soara rude.

— Você ficou sabendo que a gente conseguiu o Max West para tocar na festa de gala?

Ele fez um gesto afirmativo com a cabeça. — Lock me contou. Parabéns.

— Os parabéns não são apenas para mim. São para todos nós. A gente deverá ganhar um bom dinheiro.

— Com certeza.

— Você gosta do Max West? — perguntou Claire. — Já viu algum show dele?

— Eu gosto de música clássica, Claire, você sabe disso.

— Mas não *só* música clássica.

— Só música clássica. E jazz, de vez em quando, nos fins de semana.

— Nada de rock? — continuou Claire. — Nada de blues, rap, country? Nenhuma música com letra?

Gavin sorriu para ela. A música clássica soava como uma afetação, assim como o Minicooper vermelho e branco que Gavin dirigia.

A imagem de Gavin dentro daquele carro a incomodava, embora não soubesse dizer o motivo.

— Aqui estão o contrato e o adendo. Eu queria que o Lock desse uma olhada, passasse para o Adam, o procedimento que for.

Gavin ajeitou os papéis.

— Eles vão direto para a correspondência do Lock.

— Obrigada, Gavin. — Claire sorriu da maneira mais carinhosa que pôde.

— Mais alguma coisa?

Claire olhou as horas. Dez para uma. Almoço com doadores? Teria saído ao meio-dia ou meio-dia e meia? E se ela fosse embora agora e o perdesse por uma questão de segundos?

— Tenho algumas perguntas sobre o bufê.

— Hummm — resmungou Gavin. — Quais são as perguntas?

Claire fez uma pausa. Não sabia que perguntas fazer referentes ao bufê. Convidara Siobhan para o comitê da festa de gala porque ela era sua melhor amiga e queria incluí-la nesse projeto. Mas seria estranho se Siobhan fizesse parte do comitê e, por alguma razão, ela e Carter não fizessem o bufê? Qualquer um seria capaz de enxergar a posição difícil em que Claire se encontrava. Queria proceder de forma justa, mas, quanto mais pensava no assunto, mais claro ficava que teria de interceder em favor de Siobhan, de alguma maneira. Ela olhou para Gavin. Seria seguro falar com ele sobre isso? Não seria, concluiu.

— Minha cunhada tem interesse em se candidatar para o serviço de bufê — disse Claire. — Você conhece a Siobhan e o Carter, não conhece? Island Fare?

Gavin fez um sinal afirmativo.

— Então, qual é o procedimento?

— Eles podem enviar uma proposta — respondeu Gavin. — A gente já recebeu duas.

— Já?

— É um grande negócio, a festa de gala. Coisa séria — declarou Gavin. Como se ela não o soubesse.

— Posso ver as propostas? — perguntou Claire.

— Bem, tecnicamente, pode. Quer dizer, você é coprodutora. Mas vou ter que lhe pedir para não passar as informações das propostas para a Siobhan nem para o Carter. Se você disser a eles, por exemplo, qual o preço proposto por pessoa, e chegarem com valores um pouquinho mais baixos, isso acabaria sendo injusto. Para você ficar isenta, sugiro que não veja as propostas. Na verdade, eu sugeriria que você delegasse o bufê a outra pessoa. É para isso que você tem um comitê.

— Certo — concordou Claire, relutante. Como explicar a Gavin que Siobhan era sua melhor amiga, e que não lhe negaria o bufê?

— Você poderia me dizer quem fez as propostas, pelo menos? — perguntou.

— Poderia — disse ele. — Eu certamente poderia. Você é coprodutora. Mas o que você deve se perguntar é se realmente quer saber. Não seria melhor, do ponto de vista ético, ficar isenta nesse caso? Porque, você sabe, aqui no escritório, nós temos, por princípio, fazer as coisas de maneira honesta e imparcial.

Claire olhou fixamente a parede ao lado da mesa de Gavin. Havia apenas dezoito horas, Lock Dixon a imprensara contra ela. O que Gavin acharia disso se ficasse sabendo? Nunca acreditaria — e, se visse com os próprios olhos, é provável que caísse duro.

A gente tem por princípio fazer as coisas de maneira imparcial. Gavin era um encrenqueiro, concluiu Claire. E se dava muita importância. Era o tipo de homem que assumia que qualquer mulher com quem saísse mais de três vezes desejaria casar-se com ele, e agora estava tratando as propostas de bufê como se fossem documentos confidenciais do Pentágono. Mas, de maneira diferente de três semanas antes, quando Claire não sabia nada a respeito da festa de gala, não fizera nada e não contribuíra com nada, ela agora sentia que tinha alguma voz, algum poder de barganha. Conseguira convencer Max West rapidamente, e de graça. Certamente poderia interceder em favor de Siobhan, não?

— É um negócio tão grande assim? — perguntou Claire.

— Só estou tentando manter as coisas claras e honestas. Você não quer que a sua integridade seja questionada, quer?

Sua integridade já estava se tornando um ponto fraco.

— Claro que não — disse ela. — Você tem razão. Esquece que eu perguntei.

Gavin fez um novo gesto afirmativo e voltou ao trabalho, dispensando-a solenemente.

— Você vai passar o contrato para o Lock?
— Quando ele voltar.
— Ok. — Ela não podia mais se atrasar um minuto sequer. Queria se atrasar? Queria ver Lock? Sim, desesperadamente, mas se o encontrasse agora ficaria muito nervosa, sem fala, e Gavin, com seu olhar clínico e agudo, detectaria algo suspeito no ar, algo mais suspeito que as propostas de bufê. *Saia já daí!*
— Tchau!

Na noite seguinte, quarta-feira, havia uma reunião de verdade. Jason reclamou e Claire revidou. Ele estava com raiva porque ela voltara a trabalhar, e ela estava com raiva porque ele estava com raiva. Ela estava mais do que com raiva, estava desiludida. Jason não dava valor à sua carreira — não somente não dava valor como também a detestava. Dissera ao próprio irmão que queria jogar uma bomba no ateliê de Claire. Jogar uma bomba — como se fosse um terrorista! Quando Claire o ouvira dizer aquelas palavras, não pareceram tão ofensivas quanto agora. Jason pedira a Claire que desistisse de sua carreira, fizera com que ela sentisse que seu trabalho era uma coisa ruim. Ele não apreciava nem respeitava seu trabalho. Lock era o responsável pela sua volta ao ateliê. Esse era um elo além do beijo no escritório.

Quando ela pegou a bolsa, Jason disse:
— Divirta-se na sua reunião.
— Obrigada — respondeu Claire, francamente hostil. — Eu vou me divertir.

Claire podia ver as luzes do escritório da Nantucket's Children brilhando a um quarteirão de distância. Depois viu Brent Jackson, o marido de Julie e o amigo dele, Edward Melior (que tinha o diferencial de ter sido, um dia, noivo de Siobhan) dirigindo-se ao escritório a partir da Water Street. Claire acenou e subiram juntos, e ela ficou satisfeita por entrar com aqueles homens bonitos e bem-sucedidos (Brent e Edward eram corretores de imóveis), em vez de sozinha. O escritório estava em plena atividade. Adams Fiske se encontrava lá, apertando mãos, dando tapinhas nas costas, conduzindo-as à sala de reunião. Francine Davis também comparecera, uma das recrutas de Claire, assim como Lauren van Aln, e a mais importante delas, Tessa Kline, editora da *NanMag*, a maior e mais sofisticada revista da ilha. Ela daria a eles uma ótima mídia. Imediatamente, formou-se um grupo eclético, todas aquelas pessoas, um verdadeiro quem é quem da ilha, e Claire estava triunfante e tão feliz consigo mesma por ter reunido todas aquelas almas tão boas que quase se esquecera de procurar Lock. Lá estava ele, no canto, falando com uma mulher que Claire não reconheceu. Era atraente, vestia um casaquinho chinês de seda vermelha e jeans. Tinha o tipo de cabelo liso e comprido que perturba os homens, e estava solto, o que parecia um convite, um pedido de atenção para uma mulher na casa dos quarenta. Por que não prendê-lo ou usá-lo para trás? O cabelo — castanho claro, lindo — era uma espécie de afirmação, e Claire não gostou do que aquela afirmação comunicava. Sentiu como se o próprio cabelo — de um vermelho intenso e naturalmente ondulado — fosse uma palha de aço em comparação ao outro. Sentiu-se imediatamente na defensiva, não apenas em relação ao cabelo mas também quanto ao fato de que Lock conversava com uma mulher atraente. Claire se deu conta — no momento exato em que Lock se virou e olhou para ela (inexpressivo, como se não a reconhecesse) — de que a mulher era Isabelle French. Ali, em pessoa. Claire fora pega de surpresa; esperava que Isabelle fosse telefonar de Nova York. Preparara-se para uma voz sem corpo, não para uma presença intrigante em carne e osso.

— Claire! — chamou Lock, e acenou para que fosse encontrá-los, de maneira que Claire se sentiu uma empregada.

Tentou suavizar as rugas do pensamento. Quando soprava uma peça fina demais, ou quando a peça saía torta, a melhor coisa a fazer era começar de novo — voltar ao momento crucial e tomar um novo caminho. Poderia fazer isso agora, com Isabelle: começar do zero, com uma possibilidade moldável que poderia se transformar em algo divino.

A sala pareceu rachar ao meio quando Claire se encaminhou em direção a Lock e Isabelle.

— Claire, *essa* é a Isabelle French, sua coprodutora. Isabelle, Claire Crispin.

Claire sorriu. Ela e Isabelle se cumprimentaram como dois chefes de Estado. Claire imaginou a legenda sob a fotografia oficial: *Coprodutoras do evento de gala encontram-se pela primeira vez.*

— É um prazer conhecê-la — disse Isabelle. Sua voz era suave, doce e um tanto velada, como um molho sofisticado. — Conheço o seu trabalho.

Fora um bom começo, pensou Claire. *Conheço o seu trabalho.* O comentário fez com que Claire se sentisse Gertrude Stein.

— Obrigada — respondeu Claire. — É ótimo poder finalmente dar um rosto ao nome. — Essa era a mulher de túnica indiana que Claire se lembrava de ter visto no evento de caridade. Também a vira outra vez antes, em uma reunião do conselho, mas nunca teria imaginado em nenhum desses encontros-relâmpago que trabalhariam juntas.

— Vamos começar — disse Lock. — Tomem seu lugar. — Puxou uma cadeira para Isabelle e sentou-se ao lado dela. Claire sentiu uma pontinha de ciúme. Lembrou-se de Daphne Dixon: *Se ela encostar nele, se eles ficarem sozinhos, quero que você me ligue...* Mas quem era a ameaça real? Bem, era Claire! Claire fora a única mulher que Lock beijara, exceto Daphne, em vinte anos. Mas Lock Dixon não puxara a cadeira para ela. *Ok, já chega,* pensou. *De volta ao mundo real.* Precisava lembrar-se do motivo de estarem ali — ajudar pessoas como Marcella Vallenda, levantar dinheiro, angariar fundos para os programas de assistência, melhorar a vida das pessoas.

Claire queria ficar longe de Lock, mas as cadeiras estavam sendo tomadas rapidamente... Sentiu um pânico momentâneo, como se estivesse brincando de dança das cadeiras, a música estivesse prestes a parar e ela tivesse que conseguir um lugar... e o único disponível era à direita de Lock. Claire sentou-se — agora ela e Isabelle o ladeavam. À direita de Claire, por sorte, estava Adams Fiske, com sua cabeleira castanha e óculos no meio do nariz. Claire o adorava incondicionalmente. O filho mais novo dele, Ryan, era o melhor amigo de J.D. Adams era da tribo de Claire, tomaria conta dela.

Isabelle pigarreou.

— Preparei uma pauta para a reunião — disse. Abriu uma pasta de couro, retirou um bloco de papéis e passou-os adiante. Claire sentiu a primeira gota de veneno manchar as águas de sua nova relação com Isabelle. Ela preparara uma pauta? *Tudo bem*, pensou Claire. Fazia sentido. Ela não se despencaria de Nova York para uma reunião, em plena quarta-feira, despreparada. Portanto, vejamos a pauta. Claire olhou para Lock, que acabara de colocar seus óculos bifocais. Quarenta e oito horas antes, os dois estavam aos beijos na sala ao lado, como se fossem dois adolescentes, no entanto agora tudo parecia imaginação de Claire.

O primeiro item da pauta de Isabelle era *"Artista"*. *Discutir possibilidades. Levantar nomes. Fazer o orçamento de produção do show (inclusive as despesas de viagem e acomodações).*

Isabelle colocou o cabelo comprido atrás de uma orelha, depois jogou as pontas para trás do ombro. Era um movimento ensaiado de sua encenação pessoal, Claire tinha certeza, e sabia que veria muitas vezes o cabelo de Isabelle balançando de agora até agosto. Mais uma gota de veneno.

— Como o evento de gala é, em essência, um show — disse Isabelle —, pensei que a gente devia começar discutindo o artista.

Claire abriu a boca para falar, mas Brent Jackson foi mais rápido.

— A gente conseguiu o Max West — disse. — Max West concordou em tocar de graça.

Isabelle voltou-se lentamente para Lock. Claire e todos os outros assistiram, fascinados, à sua movimentação. Lock não *contara* a Isabelle sobre Max West?

— Max West? — repetiu Isabelle. — Max *West*? — Ela deveria ter dito o nome com espanto e admiração, ou mesmo incredulidade, mas o que Claire escutou foi desdém. — A gente *quer* o Max West?

Claire recostou-se na cadeira para poder sentir todas as vértebras, e pressionou os pés contra o chão, simultaneamente baixando a pélvis. Estava criando a própria posição de ioga. Essa distração durou alguns segundos antes que sua cabeça começasse a gritar. *A gente* quer *o Max West?* Era o mesmo que perguntar se queriam Billy Joel, John Cougar

Mellencamp, Tom Petty. Max West era provavelmente o maior astro do rock de todas as gerações, de todo o *mundo*. Do mesmo nível de Jimmy Buffett e Elton John. *A gente quer o Max West?*

Ela estava brincando?

— Claro que a gente quer — respondeu Brenton Jackson. — É por isso que estou aqui. Amo o Max West. Todo mundo ama o Max West.

Isabelle inclinou a cabeça para trás, de maneira que seu nariz apontou para cima.

— Não tenho certeza se ele é a pessoa certa para o nosso público — disse. — Nossos doadores principais têm entre cinquenta e setenta anos. Eles não querem ouvir Max West. Querem escutar sucessos da Broadway.

— Com todo respeito ao nosso público, se o Max West está disposto a cantar para a gente de graça, a gente vai de Max West — desafiou Adams.

— Eu acho um equívoco — disse Isabelle. — Um grande equívoco.

Lá estava: o poço envenenado. Claire *detestava* Isabelle French. Siobhan tentara alertá-la, mas Claire não prestara atenção ao alerta — sentira *pena* de Isabelle French! (*Divórcio complicado*, dissera Lock. *E algumas péssimas escolhas subsequentes.*) Mas agora Isabelle fazia Claire parecer uma idiota na frente de Adams, do comitê e de Lock. Superando o constrangimento, a humilhação, a indignação (deveria recitar a legião de instituições de caridade solicitando Max, sem sucesso? Deveria informar a Isabelle que Max recusara *Bono*?), estava a raiva crescente de Lock. Ele deveria ter falado sobre Max West com Isabelle antes da reunião, e deveria estar defendendo Claire agora. Nunca passara pela cabeça dela que alguém não desejasse Max West tocando no evento. Claire ficou completamente sem palavras. Estava muda de raiva.

— Acho que a gente pode dar uma olhada em outras opções... — disse Lock.

— Não — declarou Claire. Estivera olhando para o próprio colo, e havia uma razão para isso: sabia que seu rosto estava sem cor. Sua pele branca como leite agora ganharia uma pitada de vermelho, uma maçã em cada face. Olhou para Brent Jackson e Tess Kline, editora da revista — *Deus, em que ela estava pensando?* —, depois se voltou para Isabelle e Lock.

— Nem pensar. Se vocês me fizerem cancelar com Max West depois de terem pedido esse favor, eu caio fora. — Levantou-se para demonstrar que estava falando sério, seria uma ameaça? Alguém se importava se ela desistisse de ser coprodutora? Lock se importava?

Lock disse para Isabelle:

— Claire nos trouxe o Max West. Eles são amigos de infância. — Fez com que Claire parecesse um gato que trouxera um rato morto para o meio da sala.

— Esquece — disse Claire. Sentiu-se uma menina de nove anos, de sete, de quatro. — Vou ligar para ele e dizer que a gente não quer o show. Ele não atinge o nosso público.

— Andei falando com algumas pessoas — disse Isabelle. — Kristin Chenoweth, a voz mais famosa da Broadway atualmente. E Christine Ebersole também está pensando no assunto. Conheço o empresário dela há anos.

— Christine Ebersole? — indagou Lauren van Aln. — Nunca ouvi falar.

— Quantos anos você tem? — perguntou Isabelle.

— Trinta e um.

— É por isso.

— Também nunca ouvi falar de Kristin Chenoweth — rebateu Brent Jackson.

— Ela é a estrela da remontagem de *South Pacific* — disse Isabelle. — O rosto dela está em todos os ônibus e outdoors da cidade. Ela é *tudo!*

— Qual é a sua verdadeira objeção quanto ao Max West? — perguntou Claire. — Que mal lhe pergunte. Ele tem oito discos de platina. Trinta e um hits. Tem apelo de massa. É uma celebridade confiável, todo mundo conhece. E vai fazer com que a venda de ingressos dispare.

— Ninguém vai pagar mil dólares por alguém de quem nunca ouviu falar — disse Francine Davis.

Fez-se silêncio. Todos aguardavam a fala de Isabelle. Quando ela se pronunciou, olhou para Lock, embora Claire estivesse de pé, esperando uma resposta. Mas Isabelle se dirigiu apenas a ele.

— Max West é um rock star — disse. — As músicas são altas e algumas até histéricas. A gente realmente quer que a nossa noite de gala acabe com uma guitarra arranhando?

— É guitarra acústica na maior parte do tempo — ressaltou Brent Jackson. — E os vocais são incríveis.

— Eu o acho vulgar — disse Isabelle. — É banal, de mau gosto. Vai fazer o evento parecer barato. Não estamos vendendo ingressos para um jogo de beisebol, esse é um evento de alta classe. Devemos ter um artista do mesmo nível.

— Faz sentido — declarou Lock.

— Me pediram para entrar em contato com o Max West — afirmou Claire. — Eu consegui o Max West, mas agora estou ouvindo que vocês não o querem. Estou ouvindo que ele não serve. Todo mundo acha a mesma coisa?

— Não! — exclamou Brent Jackson. — Nem sei por que a gente está discutindo isso.

Exatamente por quê?, pensou Claire. Olhava para o ponto careca no topo da cabeça de Lock com tanto ódio que esperava que pegasse fogo.

— A gente quer Max West ou não? Tudo bem, posso cancelar com ele e sair de cena.

Adams segurou o braço de Claire.

— Não cancele. A gente está nisso para levantar dinheiro para a organização, e acho que a melhor maneira é ter a maior estrela que a gente conseguir. Max é um achado para nós e vai cantar de graça. Para mim, não há dúvida. Talvez percamos alguns coroas que considerem a música dele muito alta, mas a gente alcança os mais jovens.

— Vamos cometer um erro — disse Isabelle. — E a vida pessoal dele? As drogas, a bebida, as clínicas, o caso com Savannah Bright em todos os tabloides. É essa pessoa que a gente quer representando um evento de caridade para *crianças*?

Claire levou as mãos às faces em fogo. Não conseguia definir que pensamento lhe viera primeiro à cabeça: *O que você sabe sobre crianças? Sabe, pelo menos, quem é Garibaldo? E beijar o marido de outra mulher na pista de dança do salão do Waldorf-Astoria na frente de oitocentos convidados? E o pedido uma semana depois que você saísse do conselho do Manhattan East Hospital? Você é a pessoa certa para representar um evento de caridade para crianças?*

— A gente fica com Max West — disse Adams. Adams costumava se mostrar conciliador, sempre aberto a outros pontos de vista e pronto para qualquer debate, mas, naquela noite, sua voz foi firme. — Não vamos mais falar sobre isso.

Isabelle riu desdenhosamente. Sacudiu a mão no ar.

— Tudo bem — disse. — Vou tirar o meu time de campo. Mas quero que fique claro que considero um equívoco.

— Está claro — disse Adam.

— Ele é o maior nome do evento — comentou Brent Jackson.

O sorriso de Isabelle soara tão falso que parecia doloroso.

— Ok — disse ela. — Tudo bem.

Claire voltou a se sentar. Tecnicamente, ganhara a discussão, mesmo assim se sentia vencida. Sua coprodutora não estava feliz quanto a Max West, e Lock estivera assustadoramente perto de mudar de ideia — isso depois de ter *pedido* a ela que fosse atrás de Matthew, para começo de conversa! Isabelle já chegara cheia de palpites, chamara Matthew de vulgar, banal, barato, de mau gosto, e, como ele era amigo de Claire, como haviam crescido juntos e compartilhado uma história, Claire agora sentia como se fosse a ex-namorada de um traficante. Ela não tinha o perfil para esse tipo de trabalho, nem para o jogo político necessário.

Claire não queria brigar com Isabelle, não queria competir para ver quem seria a chefe da matilha, mas não era exatamente o que Isabelle estava fazendo? Não era esse o ponto ao criar uma pauta em primeiro lugar? Isabelle estava testando seu controle, assumindo o comando. Não passara pela cabeça de Claire fazer uma pauta para a reunião. Pensara que Lock lideraria o encontro, talvez Adams o fizesse, mas não ela, e certamente não Isabelle.

— Claire vai ser a pessoa responsável pelo artista, então. Tudo bem para você, Claire? — perguntou Isabelle.

— Tudo bem — respondeu Claire. — Inclusive já entreguei o contrato e o adendo.

Adams acenou com os documentos.

— Estão aqui comigo. Vou dar uma olhada.

O próximo tópico eram os convites. Isabelle conhecia um designer em Nova York que os faria *for free*. Disse exatamente isso, *for free*, em vez de "de graça" ou "grátis, ou até "sem custo", e Claire estremeceu. O designer, dissera Isabelle, era jovem e moderno; morava em Nolita. (Claire entendeu que devia ser um bairro em Manhattan, mas não sabia onde ficava, porque, da última vez que fora a Nova York, Nolita não existia.)

— Precisamos modernizar o convite — disse Isabelle. — Nos últimos anos esses convites pareceram ter saído diretamente de um asilo de velhos de tão careta.

Perfeito para o nosso público, pensou Claire.

Isabelle procurou algo dentro de sua pasta.

— Fiz uma cópia para cada um de uma lista de convidados para vocês darem uma olhada. Por favor, adicionem pessoas, excluam pessoas, me avisem se souberem de alguém que já morreu ou, pior, que tenha se divorciado. — Olhou para cima, na expectativa de alguma gargalhada, mas ninguém riu. Claire sentiu-se ligeiramente melhor.

— Essa lista está velha, precisa de um refresco. A gente não quer a mesma gente velha de sempre.

A mesma gente velha caduca, pensou Claire.

— Como eu disse, o fato de termos o Max vai trazer gente nova — disse Adams.

— É mesmo — concordou Brent Jackson. — Como eu. Finalmente vou pagar mil pratas para assistir.

— Tudo bem para todo mundo eu ficar encarregada dos convites? — perguntou Isabelle.

As pessoas acenaram positivamente. Tudo bem, tudo bem. No entanto, qual era a função de haver um comitê, se ninguém recebia tarefas?

— Item três — anunciou Isabelle. — Bufê.

Claire se preparara, ao se dirigir à reunião, para lutar pelo bufê. Estava tão chocada depois da batalha por causa de Max West, contudo, que não conseguia lembrar como planejara abordar o tema.

— No ano passado, tivemos problemas com o bufê — disse Isabelle. — Algumas pessoas disseram que os bifes estavam malpassados, e outras que tinham gosto de sola de sapato.

Claire tentou manter a ansiedade longe da própria voz quando disse:

— Talvez a gente devesse trocar o bufê.

— Com certeza — concordou Isabelle, e, por uma fração de segundo, houve harmonia. Alívio palpável em volta da mesa. As coprodutoras estavam de acordo!

— Você tem alguém em mente?

Claire fez uma pausa. Deveria arriscar-se a dizê-lo?

— Conheço uma empresa que tem interesse em apresentar uma proposta.

— Qual é?

— Island Fare.

— Nunca ouvi falar — disse Isabelle.

— Jura? — fez Claire. Pressionou as costas contra a cadeira novamente e fez o mesmo movimento com os pés e a pélvis na tentativa de manter a boca fechada, mas foi impossível.

— Siobhan, a dona do bufê, é minha cunhada. Ela me disse que fez um almoço na sua casa no verão passado.

— Ah — fez Isabelle. — Bem, eu dei vários almoços no verão passado. Não lembro quem serviu em cada um. — Houve certo silêncio na sala. Se o restante do comitê não havia detestado Isabelle French antes, agora detestava. Claire tentou manter a expressão neutra. Nunca tivera um inimigo, tampouco uma rival, não estava acostumada a sentir prazer quando alguém dizia algo estúpido.

Adams pigarreou.

— Eles são ótimos — disse. — Fazem o Boston Pops todo ano.

— A gente não quer usar o mesmo serviço do Pops — retrucou Isabelle. — A gente quer se distinguir, não?

— A comida seria diferente — disse Claire. — Eu acho que a gente quer a comida mais criativa e deliciosa pelo melhor preço. Sim ou não?

A mesa murmurou sim. Edward Melior endossou:

— Acho ótimo que seja a Siobhan.

— Vamos pedir que enviem uma proposta — disse Adams. — Tenho outras duas comigo, embora uma delas seja da empresa que fez o nosso bufê no ano passado.

— Esquece essa — disse Isabelle. — Eles eram péssimos. Metade da minha mesa recebeu as entradas enquanto a outra metade teve que esperar mais de meia hora.

As coisas pareciam ir bem para Siobhan, pensou Claire, e ela mal precisara dizer uma palavra.

— Edward, você fica encarregado do bufê? — perguntou ela. Sabia que ele escolheria Carter e Siobhan, porque ele e Siobhan já haviam sido apaixonados e quase se casaram, e todo mundo sabia que ele ainda tinha uma queda por ela. A única pessoa que não ficaria nada entusiasmada com a ideia seria Carter — ele não gostava de Edward —, mas Siobhan queria o trabalho, e esse era um modo de consegui-lo sem que Claire precisasse criar subterfúgios com as propostas.

— Vai ser um prazer — disse Edward.

— Item quatro — retomou Isabelle. Era imaginação de Claire ou parecia que ela estava perdendo as forças?

— Leilão.

Lock mantivera-se sentado o tempo todo, imóvel como uma estátua, as mãos entrelaçadas sobre o bloco de notas. Não fizera uma única anotação e não olhara (como Claire desejara) significativamente na sua direção. Possivelmente estivera com medo de falar. Tinha à sua esquerda uma coprodutora que transformara a reunião em algo difícil e desagradável, e, à direita, a coprodutora que beijara dois dias antes. Claire estava magoada porque ele não se posicionara com firmeza em seu favor, mas talvez ele tivesse medo de tomar uma posição. Tinha sentimentos por Claire, mas não podia deixar que ninguém desconfiasse, portanto, deixaria que Claire caísse e pegaria no ar as flechas de Isabelle. Ou talvez estivesse exercitando o julgamento imparcial, escutando todas as opiniões antes de dar sugestões. Claire deveria admirar sua imparcialidade em vez de deixar que a incomodasse.

— Eu tenho algumas ideias espetaculares para o item leilão — disse Isabelle. Fez aquele gesto de balançar o cabelo novamente. Claire tinha certeza de que nenhuma das "ideias espetaculares" de Isabelle incluía uma peça de vidro com qualidade de museu, concebida e executada por Claire Danner Crispin. Se Lock não contara a Isabelle sobre Max West, certamente não abrira a boca a respeito deste tema. Claire considerara levar um esboço do candelabro, mas, no final, ficara com medo. A arte era subjetiva e sempre incluía a possibilidade de fracasso. Já passara algumas noites imaginando, antes de pegar no sono, Pietro da Silva, maior leiloeiro da ilha, dando início aos lances para sua peça, olhando para um mar de pessoas de mão levantada.

— Como não vamos convidar Kristin Chenoweth para se apresentar — disse Isabelle —, podíamos pedir que doasse aulas particulares de canto.

— Aulas de canto? — perguntou Tessa Kline, cética.

— O rosto dela está estampado em todas as estações de metrô de Nova York — falou Isabelle.

Edward Melior encolheu os ombros.

— Que tal lugares na orquestra para assistir ao show, com direito a um encontro com Max depois da apresentação?

— Ou um jantar — disse Tessa.

— Parece interessante — afirmou Isabelle, entrando no jogo.

A respiração de Claire parecia fraca. Ninguém iria querer sua arte. Não era atraente, não era interessante.

— Também tenho um amigo louco para participar com seu G5 — disse Isabelle. — É um jatinho particular. Eu poderia pedir uma viagem para qualquer lugar dos Estados Unidos para vinte pessoas, com direito a coquetel.

— A ideia parece incrível — disse Edward Melior.

— Incrível — corroborou Claire. Sentia-se uma idiota completa. Lock fizera-a acreditar que as pessoas gostariam de sua peça de vidro. Mas, comparando-a com aulas de canto de uma atriz vencedora do Tony ou de um coquetel num jato particular voando para Palm Beach ou sobrevoando as Montanhas Rochosas, o que Claire oferecia era o mesmo que um desenho feito com lápis de cera.

Lock Dixon bateu com a caneta no bloco de anotações como um juiz bate seu martelo.

— Claire e eu já discutimos o item do leilão — disse. — E ela concordou em criar uma peça de vidro exclusiva com qualidade de museu.

Claire sentiu as bochechas pegarem fogo, tão óbvias como dois círculos de feltro carmim. Provavelmente esse era o momento mais embaraçoso de sua vida inteira. Por que deixara Lock convencê-la? Ela não tinha limites. Suas células, como Siobhan perspicazmente ressaltava, não tinham membranas. Quando olhou para cima, encarou uma mesa repleta de olhares indagadores, de pigarros, de cabeças sendo coçadas. Peça com qualidade de museu? *Hein?*

Tessa Kline soltou um gritinho.

— Meu Deus! Claire, você vai fazer isso?

— Humm — sussurrou Claire. — Eu disse para o Lock que faria. Mas não faço a menor ideia. — Agora, pensou ela, além das bochechas rosadas, seu nariz começaria a crescer. — Além disso, a arte é algo subjetivo. As pessoas podem odiar o que vou fazer.

— Mas você é uma artista genial! — emendou Tessa. — Claire tem peças no Whitney Museum, sabiam?

— Eu disse a ela que seria um retorno triunfante — disse Lock. Parecia, naquele momento, um proprietário orgulhoso, e, embora Claire se sentisse lisonjeada, também estava tensa. Será que as pessoas agora adivinhariam que havia alguma coisa entre eles? — Depois de dois anos de intervalo.

— Mas Claire levantou um ponto importante — disse Adams. — A arte é subjetiva. Eu detestaria que ela gastasse tempo e energia criando uma peça que depois não fosse vendida por um bom preço.

— Isso seria constrangedor para mim — disse Claire. — E ruim para a Nantucket's Children. Quer dizer, se a gente não conseguir o dinheiro. — Nas duas semanas seguintes à menção do item para o leilão da festa de gala, ele impulsionara sua carreira e ameaçara seu casamento. E agora Claire se flagrava com vontade de desistir.

— Já temos uma oferta de cinquenta mil dólares garantida — disse Lock.

— Temos? — perguntou Adams.

— Sim — respondeu Lock. — Minha e da Daphne. Seja qual for a peça que Claire criar, a gente vai pagar cinquenta mil dólares por ela. E também vamos incentivar outros lances.

— Legal — disse Tessa. — Posso fazer uma matéria com foto para a revista. Peça de museu. As pessoas vão *enlouquecer*. Os lares da ilha andam tão fora de controle com suas televisões de plasma, seus jardins esculpidos, as cortinas que custam milhares de dólares. Aposto que as pessoas vão querer agarrar a oportunidade de possuir um trabalho importante da Claire. Vai ser uma peça única, certo?

— Isso — disse Claire num gemido.

— Peça exclusiva. E ela não trabalha há dois anos. Vai ser ainda mais especial. Acho que a gente deve apostar nisso — disse Tessa. Sorriu para Claire. — Pode ir para casa e começar a soprar vidro!

Brent Jackson riu do comentário, e Edward Melior começou a aplaudir.

— Ótimo — disse Lock. — Tessa, você encabeçaria o comitê do leilão? Você é a pessoa certa para espalhar as notícias sobre a peça.

Claire voltou-se para Adams.

— Você acha que é uma boa ideia?

— Parece que o nosso diretor executivo tem toda confiança em você — disse Adams. — E Tessa tem razão sobre os veranistas terem poucas opções de peças exclusivas. A questão é como você vai encontrar tempo.

Claro, além de tudo, tinha isso.

Claire olhou para Isabelle, que estava quieta, guardando sua papelada na pasta de couro. O que ela pensava da ideia de Claire criar uma peça de museu para o leilão? Considerava uma boa ideia ou não? *Eu conheço seu trabalho.* Mas será que ela *gostava* do trabalho de Claire? Considerava vidro soprado *arte* ou achava que era um hobby como cerâmica ou tricô? Estranhamente, Claire flagrou-se sedenta pelo apoio de Isabelle, por sua aprovação. Mas Isabelle não dissera nada, parecia exausta. Viajara para aquela reunião com sua pauta absolutamente organizada, mas as coisas não haviam caminhado à sua maneira. Claire deveria estar satisfeita, mas estava tomada de dúvidas a respeito de si mesma. E se Max West *fosse* visto como vulgar e medíocre? E se contratar Siobhan para o bufê não *fosse* ético? E se Lock *fosse* o único a fazer um lance na sua peça? Será que Claire realmente sabia produzir uma festa beneficente melhor do que Isabelle French, que já o fizera para grandes organizações, na cidade mais sofisticada do mundo? Era tolice pensar que sim.

Se Claire era uma vitoriosa relutante, Isabelle era uma perdedora estoica. Amassou o papel da pauta de um modo que demonstrava mais resignação do que raiva.

— Estou cansada — disse. — E morta de fome. Ainda temos que discutir marketing e relações públicas, mas será que podemos deixar isso para uma próxima reunião?

— Fica para a próxima — concordou Lock, e o restante do comitê pareceu aliviado. Todos começaram a se preparar para a saída.

— Jantar? — Claire ouviu Lock dizer.

— Nossa, claro — respondeu Isabelle. — Onde?

— Fiz uma reserva no Twenty-One Federal — disse ele.

— A Daphne vai? — perguntou Isabelle.

— Não. Ela queria ver você, mas não estava se sentindo bem o suficiente para sair.

Claire tentou manter a calma. Lock estava levando Isabelle para jantar no Twenty-One Federal. Isso realmente, realmente, a incomodou, mas por quê? Afinal, Isabelle viera de outra cidade. Tessa, Lauren e Francine esperavam na porta. Esperavam por Claire, queriam falar com ela sobre a reunião, e Claire precisava agradecer a elas por terem comparecido. Agradeceria a Brent e a Edward também. Eles a haviam apoiado. Mas Claire não conseguia desviar sua atenção de Lock e Isabelle. Lock estava levando Isabelle e seu lindo cabelo para jantar.

Adams puxou Claire pelo cotovelo.

— Vamos tomar um drinque.

— Ah — disse Claire. — Não sei...

— Claire?

Era a voz de Lock. Claire virou-se, ansiosa.

— Você quer jantar comigo e a Isabelle no Twenty-One Federal? — perguntou. — Estamos indo.

Será que Claire queria ir ao Twenty-One Federal com Lock e Isabelle? Deus, não! Acabaria sendo um prolongamento desconfortável da reunião — ou Lock encorajando Claire e Isabelle a se conhecerem melhor. Claire preferia sair e tomar alguns drinques fortes com Adams e o restante do comitê. Mas não queria desapontar Lock. E se ele entendesse isso como uma rejeição? Talvez ela e Lock ficassem mais tempo que Isabelle, talvez pudessem voltar ao escritório ou ir para algum lugar longe, no carro de Lock. Se dissesse não para ele agora, quando o veria novamente? Ele telefonaria para a casa dela? Claire teria que inventar uma desculpa para aparecer no escritório? Se ela desse uma passada durante o dia, Gavin estaria por lá. Mas que razão ela poderia inventar para ir até lá à noite?

— Vamos tomar um drinque! — Era Tessa chamando do outro lado da sala. — Nós estamos indo ao Water Street, é isso, Adams? A gente encontra você lá.

— Tudo bem — disse Adams. — Claire?

— Você jantou? — perguntou Lock.

Claire sentiu-se como se tivesse sido atacada por galinhas, seus bicos furiosos. Mas por quê? Tanto podia ir tomar um drinque com Adams, Tessa e a gangue como podia ir jantar com Lock e Isabelle. O fato era: ela poderia passar a noite inteira ali considerando as possibilidades e não chegaria a uma resposta, o que provava uma coisa: Claire estava perdendo a sanidade.

— Eu comi mais cedo — disse para Lock, apesar de isso ser, obviamente, mentira. Ou uma mentira parcial: no jantar com as crianças, ela comera os restos do cachorro-quente de Shea.

— Acho que vou para casa. Meu filho menor não fica muito bem sem mim.

— Vamos tomar só um drinque — insistiu Adams.

Claire vestiu o casaco. Tinha dificuldade de respirar na Elijah Baker House. Sentia-se como se estivesse vestindo um corpete muito apertado de ossos de baleia.

— Fica para a próxima — disse. Encarou Lock e Isabelle, dirigindo-lhes um (crível?) sorriso, apertou a mão de Isabelle e disse:

— Obrigada por liderar a reunião. Você tem meu e-mail, não tem? Bem, se não tiver, o Lock tem. Ele passa para você. Ou então você me liga. Eu tenho que ir. Vejo vocês outra hora, ok? — Claire abriu caminho, passou por Lock e Isabelle — a qual a encarava como se fosse louca, o que não deixava de ser verdade — e depois deu a volta na mesa, sacudindo as chaves, querendo dizer que estava indo embora.

Quando finalmente alcançou a rua fria, quase escutou a pele do rosto estalar, como um molde quente estala quando colocado na bacia d'água.

Pegou seu celular e telefonou para Jason. Ele atendeu no primeiro toque e sussurrou: — E aí, linda?

Ela ficou tão feliz ao ouvir a voz dele que quase chorou.

— Olá — disse. — Estou voltando para casa.

CAPÍTULO CINCO

Ela se surpreende

Claire dormiu pela primeira vez com Lock uma semana depois.

Após a reunião com Isabelle French e o comitê, Claire foi embora pensando *Chega de Lock Dixon*. Pensando bem, era uma tolice adolescente, e o que eles estavam *fazendo*, dois adultos sensatos e casados? Claire foi para a cama com Jason e pensou: *Estou feliz aqui. Estou feliz!* O fato de Lock Dixon ter demonstrado interesse por ela a envaidecia, mas ficaria só nisso.

Como explicar o que havia acontecido? Claire sempre pensara no adultério como um país que não tinha coragem ou não desejava conhecer — até alguém lhe entregar um passaporte e uma passagem e, subitamente, lá estava ela embarcando. Lock ligou para o celular de Claire, algo que nunca fizera antes. Ela estava voltando para casa depois de deixar as crianças no colégio. Somente Zack estava no carro, e ele estava quase dormindo. Claire tinha tanta certeza de que era Siobhan, que atendeu sem olhar o visor, e disse, um pouco tristonha (porque não andava exatamente feliz por ter desistido de Lock; na verdade, sentia-se vazia):

— Oi.

— Claire?

Era ele. Ela corou. Depois, não conseguiu mais se lembrar do que ele dissera — algo sobre ele saber que ela achara a reunião difícil, mas que ficaria mais fácil com o tempo, pois Isabelle relaxaria, estava nervosa, passando por um divórcio complicado.

Tudo bem, disse Claire. *Certo, eu imaginei. Tudo bem, tudo bem.*
E, depois, depois do que parecia uma pausa significativa, Lock disse: *Você se incomodaria de passar no escritório hoje à noite?*
Hoje à noite?
Você está ocupada?
Não, respondeu ela. *Bem, eu sempre estou ocupada, mas posso ir. Posso dar uma passada.*
Ótimo, declarou ele.
Depois fez-se um silêncio. Era o momento para Claire mudar de ideia e recusar, mas ela não o fez. Podia "dar uma passada" no escritório — parecia casual e oportuno. Ele tinha algo para lhe dar, havia algum papel para assinar, revisar, analisar. Mas ela não perguntou o que era.
Tudo bem, disse finalmente. *Vejo você à noite.*
Vejo você à noite, disse ele.

Claire esperou até que Jason voltasse do trabalho para lhe contar.
— Tenho uma reunião hoje à noite.
— Meu Deus, Claire!
— Eu sei, me desculpe. Deve ser coisa rápida.
— Não posso acreditar nisso — disse Jason. — Por que vocês não se reúnem durante o dia quando as crianças estão na escola e a Pan está trabalhando? Por que sempre tem que ser à noite?
— Desculpe — repetiu Claire. — Vai ser rápido. Volto às nove.
— Promete?
— Prometo.

Depois do jantar, Claire deu banho nas três crianças mais novas, arrumou as meninas e seus livros e vestiu o pijama em Zack. Entregou-o a Jason, que parecia completamente desligado assistindo ao programa *Entertainment Tonight*.
— Você pode preparar a mamadeira dele? — perguntou Claire.
— Por que não faz isso você mesma?
— Eu até faria, se não tivesse que me arrumar.
— Se arrumar para quê?

— Minha reunião.
— Por que você tem que se arrumar para a reunião? Você está ótima.
— Eu queria mudar de roupa.
— Por quê?
Claire tremia de raiva, frustração, culpa, nervosismo.
— Esquece — disse ela. — Não vou mais. Me dê o Zack.
Jason fechou a cara.
— Você está se comportando como uma das crianças.
— Estou?
— Vá se aprontar para a reunião — disse Jason. — Mais uma vez eu fico aqui tomando conta deles.

Claire foi até a cozinha e preparou a mamadeira de Zack. Não estava certo fazer isso. Não estava certo sair de casa, deixar os filhos, deixar o marido para ir atrás de Lock. Ela não estava preparada para isso, era necessário uma coragem que não possuía. Sentiu algo se partir dentro dela — a bolha de expectativa que se expandia a cada segundo desde que Lock dissera: *Vejo você hoje à noite.* Ele estaria lá, no escritório, esperando por ela. Quando subisse as escadas, ele sorriria.

Claire escovou os dentes, vestiu jeans e um suéter de cashmere. Não fez nada no cabelo nem passou perfume. Brincos? Não, brincos seriam muita bandeira.

— Ok — disse para Jason. — Vou para a reunião. Volto às nove.

Jason não disse nada. Claire hesitou. Ele nem mesmo a ouvira. Ou ouvira e simplesmente ignorara. *Impeça-me!*, pensou ela. Mas só queria que ele a impedisse para ter uma razão para sair com raiva. Do jeito que estava, ela teria que dar aquele passo em nome apenas do seu livre-arbítrio. A decisão era sua.

— Jason? — chamou ela.

Ele estava concentrado demais na televisão e apenas acenara.

Quando Claire chegou ao escritório, estava tremendo. Não conseguia evitar, mesmo que dissesse a si mesma que nada aconteceria, que tudo correria de maneira absolutamente inocente. Apenas uma conversa sobre o evento de gala. *A gente quer fazer as coisas de maneira honesta e imparcial.*

Lock estava à sua mesa com duas taças já servidas. Mas eles não chegaram ao vinho até bem mais tarde, só depois de ele a ter tomado nos braços com um desejo insano, uma urgência frenética, depois de tê-la encostado contra a parede. Foi tudo muito rápido, eram como dois animais: atracavam-se e mordiam-se. Eram como panos encharcados de gasolina em que se ateara fogo, ambos em chamas em um segundo; eram dois fios desencapados causando uma explosão. Bum! Claire não pensava em mais nada a não ser nos desejos do próprio corpo. Ele tocou e beijou cada centímetro dela, nada era demais, nada era capaz de saciar o desejo. O corpo de Lock era tão diferente do de Jason. Jason era esguio e musculoso; tinha um abdômen definido do qual se orgulhava. Lock era mais macio, rechonchudo na região da cintura, o peito cabeludo — era tudo tão estranho para Claire —, mas os braços dele eram fortes, e ele a tocava com habilidade e desespero. Acariciou o corpo dela, depois o tomou, sugou, mordeu. Era um homem que não fazia amor há bastante tempo, e seu desejo não atendido era tocante, quase de partir o coração. Claire queria se entregar: *Pode me tomar, pode me devorar inteira, fique à vontade.*

Então ela aterrissou. Bem-vinda ao adultério.

Quando terminaram, Claire escorregou até o chão, chocada, e Lock, que também parecia chocado, sentou-se ao lado dela, deitou a cabeça de Claire em seu colo e acariciou-lhe o cabelo.

— Como você está? — sussurrou ele.
— Eu não sei.
— Eu também não — afirmou ele.
— Me sinto completamente confusa.
— Também me sinto assim — disse ele.

Ela estava grata por tudo ter sido rápido, tão rápido que não houvera tempo de questionar — sim ou não, certo ou errado. Quando, mais tarde, pensou no assunto, parecia que um ato da natureza se impusera sobre eles — um tornado, um raio: Lock.

Ela chorou a caminho de casa. Seu corpo todo tremia a despeito da taça de vinho, cujo propósito, ela percebera, fora o de acalmá-la. Estava triste porque fizera algo muito errado: traíra não apenas o marido mas também seus próprios valores. Era uma adúltera. Também estava triste porque o sexo havia sido fantástico, transcendente, ela fora uma refém do ato, uma refém de Lock. Estava triste também porque tivera de deixá-lo. Ele ficaria no escritório, tomaria um banho e voltaria para casa, para Daphne, enquanto Claire voltaria para seus filhos. E para Jason. Ela disse: *Quando nos veremos novamente?* Ele respondeu: *Eu ligo para você.*

O caso continuou. Encontravam-se uma, duas vezes por semana. Combinavam tudo por mensagens de texto ou e-mail. Claire não conseguia explicar, não conseguia compreender, era cativa de um país: *Adultério*. Lock a infectara, ele era um mal que ela contraíra, uma doença — talvez fosse apenas um resfriado comum, que a deixara fraca por uma ou duas semanas, mas talvez durasse e crescesse como um câncer. Talvez a matasse. Claire não conseguia decidir se a pior coisa do adultério era a culpa ou o medo. A culpa era debilitante. Era pior do que a culpa que cultivara em relação à Daphne e pior do que a culpa do nascimento de Zack. Aqueles haviam sido acidentes, tropeços. Não havia intenção. O caso era deliberado, o pecado mais deliberado que já cometera. Quando criança, ela decorara o ato de contrição: *Meu Deus, sinto-me absolutamente arrependida de tê-lo ofendido...* Um padre uma vez lhe dissera que pecadores só pensavam em Deus após pecarem, nunca antes. Essa era Claire. Dormira com Lock; penitente, implorara por perdão, e depois dormira com ele novamente.

Claire, então, foi inundada por memórias dos próprios pais. Seu pai, Bud Danner, era dono de uma loja de eletrônicos em Wildwood. Bebia muito e também era muito mulherengo. Não fora, segundo as palavras da mãe de Claire, "fiel por cinco minutos". Depois do trabalho, ia direto para o bar, onde se envolvia com todo tipo de mulher. Claire lembrava-se da mãe chorando, da mãe se culpando, da mãe com tanta raiva do pai que Claire achava que ela seria capaz de matá-lo. Ela gritava, quebrava coisas, e então ele fugia — parecia ter sempre lugar de sobra para ir — e, depois, a mãe de Claire batia repetidamente no próprio rosto. Era terrível. A pior coisa que Claire já testemunhara: o ódio que a mãe sentia de si mesma. Claire prometera nunca ser assim. Não se culparia por coisas além de seu controle. Mas é claro que se culpava, o tempo todo, aliás. Herdara os piores traços dos pais, o comportamento mais desprezível de cada um. Certamente nunca imaginara que seguiria os passos falhos do pai e *trairia*. No entanto, lá estava ela. Enquanto dava colheradas de purê de abóbora na boca de Zack, enquanto dava banho nas meninas e dobrava suas roupas, enquanto escolhia pêssego e carne no mercado, reconhecia-se uma mentirosa. Não era a pessoa que seus filhos pensavam que ela era — era alguém com uma vida secreta. Ainda pior do que sentir culpa era se esquecer de sentir culpa. A culpa devia ser parte do adultério, devia ser constante. Não sentir culpa era algo monstruoso. A culpa e a falta de culpa: essas eram as piores coisas.

A gente vai para o inferno, sussurrara Claire no ouvido de Lock uma noite.

Não existe inferno, sussurrara ele de volta.

A única coisa pior do que a culpa — e a falta dela — era o medo de ser flagrada.

Certa noite, quando Claire voltou para casa depois de ter estado com Lock, Jason disse:

— Você está com um cheiro esquisito.

O pânico quase deixou Claire de joelhos.

— Não estou, não.

— Está, sim. Por que você está com esse cheiro estranho?

Claire não olhou para Jason embora ele estivesse sentado na cama, encarando-a.

— Você é que tem um cheiro estranho o tempo todo — disse ela.
— Você cheira a cigarro. — E foi direto para o chuveiro.

Outro dia, não conseguia encontrar seu celular. Onde estava? Claire procurou por toda parte — debaixo da cama das crianças, dentro das gavetas, em cada uma de suas bolsas, no carro, pelo gramado, no ateliê. Onde estava? Será que Zack o pegara? Procurou na caixa de brinquedos. Será que o deixara no supermercado? Ligou para lá, ninguém encontrara um celular. Ligou para Siobhan. Siobhan disse:

— Liga para o seu telefone, boba. Veja se alguém atende.

Claire telefonou para o próprio número. Jason atendeu. Claire disse:
— O que você está fazendo com o meu telefone?

Jason respondeu: — Não faço a menor ideia. Nem sabia que estava comigo até você me ligar.

O estômago de Claire se contraiu até se tornar uma bola de medo. Aquilo parecia uma mentira. Será que ele pegara o telefone para conferir alguma coisa? Vira os telefonemas para o escritório da Nantucket's Children ou para o número desconhecido que era o celular de Lock? Vira as mensagens de texto? Encontre-me aqui, encontre-me ali? Claire devia tê-las deletado todas. Era tão *idiota*, tão inocente — não seguira a regra mais básica de eliminar os indícios. Pegou o carro e foi até o local onde Jason estava trabalhando, pensando num modo razoável de se explicar. A pior coisa seria se Lock ligasse enquanto o telefone estava com Jason. Mas havia uma explicação: a festa de gala. Perguntas e respostas eram sempre possíveis e necessárias em se tratando do evento de gala.

Ainda assim, quando Claire recuperou o telefone, apagou todas as ligações e mensagens com o coração aos pulos. O medo era a pior coisa.

Claire queria se confessar, mas o confessionário só estava disponível aos sábados às quatro da tarde, e todo sábado às quatro J.D. tinha jogo de futebol no Boys & Girls Club, e Claire não podia perder um jogo. Seria pior perder o jogo do filho do que não confessar seu adultério, concluiu, embora o desejo de confissão a pressionasse. Não tinha certeza de que seria capaz de contar a verdade ao padre Dominic, que batizara seus quatro filhos e fizera a Primeira Comunhão de J.D. e Ottilie. Claire adorava o padre Dominic, recebera-o em casa para jantar inúmeras vezes, e duas vezes os dois haviam ido ao cinema juntos — uma para ver *Chicago*, a outra para ver *Dreamgirls* (o padre Dominic era fã de musicais; Jason não os suportava). Quanto mais tempo Claire passava sem se confessar, mais se convencia de que não seria capaz de dizer as palavras *estou cometendo adultério* para o padre Dominic. Teria de esperar por um padre visitante que não conhecesse, e que não a conhecesse, ou então confessaria ao padre Dominic uma porção de pecados gerais, na esperança de que o adultério ficasse encoberto. Mas, de alguma forma, Claire compreendeu que uma confissão não seria realmente uma confissão se não confessasse ao padre Dominic tudo sobre Lock Dixon. Se não fosse assim, seria um escape, e não contaria. Portanto, ela foi. Saiu no meio do jogo, disse a Jason que estava com dor de cabeça e ia para casa.

— Leva o Zack com você? — perguntou ele.

— Não dá — respondeu ela.
— Eu não posso cuidar do Zack e da Shea *e* da Ottilie e do J.D. — disse ele.

Ottilie estava na torcida, adorável, usando um suéter com a letra N bordada e uma saia azul e branca de pregas. Shea chutava uma bola na lateral do campo, corria atrás dela, chutava novamente. Zack reclamava, agarrando-se ao pescoço de Claire. Ela não podia ir em paz e deixar Jason com todas as crianças, mas precisava ir à igreja de qualquer jeito.

— Tudo bem — disse. — Eu levo o Zack.

O padre Dominic ficou surpreso de ver Claire e Zack na primeira fileira de bancos quando saiu do confessionário; a surpresa ficou registrada em seu rosto. Uma mulher magra e alta, bonita e jovem saiu às pressas da igreja, e Claire se perguntou o que *ela* havia confessado, se seria algo próximo e tão absurdo quanto o que Claire estava prestes a admitir. O padre Dominic não disse nada; simplesmente gesticulou na direção do confessionário vazio, Claire entrou na cabine com Zack no colo e ajoelhou-se. Desejou ardentemente ter nascido protestante, porque, naquele momento, assumir aquele pecado enorme, confessá-lo em voz alta para outro ser humano pareceu-lhe uma punição colossal.

Começou pela penitência. *Meu Deus, estou absolutamente arrependida de tê-lo ofendido, detesto todos os meus pecados...* Zack arranhava o pescoço dela. Precisava cortar as unhas do filho: parecia que ele ia tirar-lhe sangue. Claire respirou fundo. Olhou para o padre Dominic, a cabeça dele estava baixa em oração. Claire tremia, aterrorizada como nunca estivera na vida. De que tinha medo? Tinha medo de que ele a desprezasse. Ele a via — não toda semana, mas muitas semanas — na igreja com as crianças. Devia pensar que ela era uma pessoa devota. Ele telefonara diariamente quando Zack estava no hospital em Boston, e rezara com Claire pelo telefone. Agora veria quem ela era de verdade.

— Estou cometendo adultério — disse Claire. Esperou ver o padre levantar a cabeça, esperou sua expressão de horror, mas ele não se moveu. Claire sentiu-se grata pela sua imobilidade, pela postura de aceitação.

— Estou tendo um caso com Lockhart Dixon. — Claire disse o nome dele, porque não dizer lhe pareceria omitir parte da verdade. Claire não fazia ideia se padre Dominic conhecia Lock — Lock era membro da Igreja Episcopal de São Paulo. Provavelmente se conheciam através dos programas da Nantucket's Children.

O padre Dominic permaneceu imóvel. Claire fechou os olhos.

— É isso — sussurrou. Zack começou a chorar.

Quando o padre Dominic levantou a cabeça, seu rosto era inexpressivo. Quando se tratava de uma confissão, padre Dominic certa vez dissera que era como se tivesse um buraco no fundo de sua cabeça. Os pecados das pessoas escoavam por ele assim que entravam. Mas Claire tinha certeza de que isso não aconteceria naquele dia.

O padre Dominic perguntou:

— Você pretende parar? Se veio se confessar é porque compreende que o que está fazendo é errado. Pretende parar?

As lágrimas caíram — as de Zack e as de Claire. Claro que ele pediria que ela pusesse um ponto final naquilo tudo, talvez até mesmo ordenasse.

— Não sei se consigo — disse ela.

— Consegue, Claire — concluiu padre Dominic. — Você deve rezar pedindo forças.

— Posso rezar pedindo forças, mas não sei se consigo parar de ver o Lock. Eu poderia dizer que vou parar, mas isso seria uma mentira.

Padre Dominic balançou a cabeça, e Claire sentiu uma indagação crescer dentro dela. Uma indagação que ganhava uma forma assustadora. O adultério fazia dela uma má pessoa automaticamente? As boas coisas que fizera — cuidar dos filhos, lavar as camisas de Jason, produzir um evento beneficente que visava melhorar a vida de famílias em dificuldade, ser uma amiga gentil e atenciosa, ajudar pássaros feridos no acostamento da estrada em vez de deixá-los sofrer — contavam também? Ou só os pecados contavam? Havia uma espécie de moral contábil que pediria sua cabeça? Ela não se achava *uma má pessoa* ou *uma pessoa do mal*. E o que o padre Dominic sabia sobre paixões de tirar o fôlego, afinal de contas?

Zack estava chorando; seu choro reverberava contra as paredes do confessionário.

— Você pode dar a minha penitência? — pediu Claire.

— Você precisa parar — respondeu padre Dominic. — Depois então eu passo a sua penitência.

* * *

Ela precisava parar. Repetiu a frase dentro do carro a caminho de casa. Zack gritava e balançava as pernas no banco de trás; seu choro ecoava dentro de Claire. Ela não era uma vagabunda de bar, em confusão mental alcoólica como o pai — era uma mulher sensata. Tinha que parar.

Quando chegou em casa, teve dor de cabeça, portanto tomou um analgésico, acendeu a lareira e serviu-se de uma taça de vinho; fez tudo isso com Zack pendurado em seu colo, quase dormindo. Colocou a panela de carne moída para esquentar no fogão, separou o pão de milho e o chutney de maçã. Às cinco e meia, quando já estava escuro do lado de fora, as crianças chegaram em casa com Jason, as bochechas rosadas de frio e dos exercícios.

Jason não perguntou como Claire se sentia, mas provou a carne moída com a colher de pau e disse que estava deliciosa. J.D. tirou as joelheiras e a roupa suada enquanto Ottilie colocava a mesa ainda com seu traje de líder de torcida.

Jason pousou as mãos nas costas de Claire e disse:

— Foi assim que sempre imaginei. A nossa vida.

A lareira, a carne moída, os filhos em casa numa noite fria de outono. Como não amar aquilo tudo? *Ela precisava parar.*

Claire fez um aceno positivo. Seu coração era uma maçã ruim, macilenta e podre.

— Eu também — disse ela.

PARTE DOIS

CAPÍTULO SEIS

Ele a ama

Era explodir ou estourar, o negócio deles, e estava começando a exaurir Siobhan. Ela suara a camisa durante o verão e o outono inteiros, recebendo telefonemas de futuras noivas impacientes e de suas mães. Acordava pela manhã sabendo que não veria os meninos nem sequer por cinco minutos do dia, porque tinha de preparar um almoço para quinze pessoas ao meio-dia, coquetel para cem em Brant Point às seis, e jantar em Pocomo às seis e meia. (Seria capaz de estar em dois lugares ao mesmo tempo? Não havia outra saída.) Esse inferno desenfreado, esse caos desgovernado era ligeiramente preferível a passar o inverno e a primavera preparando impecavelmente todos os jantares para oito pessoas que a Island Fare oferecia durante leilões de caridade, a preocupação constante com dinheiro e funcionários de quem não assinava a carteira, com a procura por novos trabalhos e, mais uma vez e sempre, com dinheiro. O negócio dava lucro, mas a vida era cara. Liam tinha o hóquei, que já custava uma fortuna mesmo antes de ele quebrar o braço e ter que viajar de jato para Boston por oito mil dólares, passar por duas cirurgias e gerar contas de três dias de hospital mais cinco semanas subsequentes de fisioterapia. Tudo bem, isso já ficara para trás, mas havia a hipoteca, as contas, o Natal que se aproximava, e Siobhan começava a suspeitar de que Carter tinha um problema com jogos de azar. O homem adorava esportes, o que não era estranho. Deus sabe que Siobhan já vira muitas vezes bares cheios de homens, inclusive seu pai e os cinco irmãos gritando como loucos para a tevê durante uma partida de rúgbi, ou pior, críquete. Carter passava tanto tempo dentro da cozinha que era saudável para ele ter algum escape, e Siobhan sentia-se feliz que fosse esporte em vez de pornografia na Internet. Carter apostava dinheiro em futebol, Siobhan sabia disso, e, então, em uma noite como outra qualquer, durante o jantar, ele anunciou ter perdido mil e duzentos dólares no jogo do Patriots. Mil e duzentos dólares! Siobhan quase explodiu. Não sabia nada sobre esportes, menos ainda sobre apostas em esportes, mas imaginava que não passava de um bando de rapazes exibindo notas de vinte no balcão do bar. Mil e duzentos dólares eram seis adoráveis jantares fora, um fim de semana inteiro em Stowe ou em Nova York.

Não exagera, dissera Carter. *Não é exatamente uma fortuna.*

Com certeza é, contra-atacara Siobhan. Era ela quem contava os trocados. Quando Carter decidira largar o emprego de *chef* de cozinha no Galley Restaurant para abrir o bufê, dissera que era por causa das crianças, por causa da agenda flexível, para ser seu próprio chefe. Tudo bem, mas não haveria melhora no estilo de vida se o dinheiro saísse voando pela janela. Para Siobhan, ter um negócio significava angústia e indigestão sem descanso.

Haviam feito um trabalho grande em novembro: o jantar do leilão do Instituto Montessoriano. Siobhan gostava de preparar aquele jantar. Como era o único grande evento entre a temporada de casamentos e as férias, conseguira dispor de tempo e cuidado exclusivos, e transformara seu ofício em uma obra de arte. Este ano o tema era Oriente. Siobhan deixara as crianças no colégio e fora para a cozinha do bufê, localizada nos fundos de um prédio comercial perto do aeroporto. Começou a nevar no caminho, o que melhorou seu humor. Siobhan adorava estimular os sentidos. Abriu a porta da cozinha, preparou um café da manhã irlandês e colocou o CD do Chieftains, que Carter não tolerava. A primeira neve do ano caía em flocos de penugem do lado de fora. Siobhan pegou seu caderno dentro da bolsa. Era responsável pelos aperitivos e pela sobremesa; Carter faria o prato principal. Seus aperitivos eram rolinhos de pato, de manga e de mariscos para cem pessoas, atum com crosta de gergelim sobre rodelas de pepino com gengibre e wasabi para cem pessoas, e camarão marinado com molho de amendoim para cem pessoas. Para a sobremesa, estava preparando uma musse de maracujá com coco, salpicada de macadâmia, que Carter dizia ser de uma complexidade insana. Mas era sua grande obra. Será que ele preferia que ela ficasse em casa lamentando as mil e uma maneiras como poderia ter gastado o dinheiro que ele jogara no ralo com o fracasso do Patriots? Siobhan amava Carter e, sim, jurara no altar que sempre o amaria, mas ele a vinha decepcionando.

A água do chá estava fervendo, o instinto irlandês aguçando, a neve empilhando lá fora. *Não pense no fim de semana em Stowe!* Siobhan começou a preparar o molho de amendoim. Tecnicamente, fora a mãe de Siobhan quem lhe ensinara a cozinhar, embora o mingau, o repolho e o hadoque defumado da juventude de Siobhan não lembrassem em nada as delícias que agora saíam de sua cozinha. Ela gostava de sabor, de cores e excentricidade; era um Liberace* tocando à beira da piscina à luz de candelabros, enquanto a mãe era uma organista de igreja, severamente tocando mais um lamento funerário.

Enquanto Siobhan estava refogando a cebola, o alho e o gengibre no óleo de amendoim, o telefone tocou. Olhou, um pouco confusa, em volta do ambiente vazio. Era o telefone da cozinha e não o seu celular, o que era raro. No caminho para atender o telefone, viu que na secretária eletrônica havia seis mensagens. Seis!

— Alô? — atendeu.

— Siobhan? É você?

Aquela voz. Ela riu, não porque estivesse entretida, mas porque fora pega de surpresa.

— Edward?

— Oi — cumprimentou ele.

Bem, ele devia estar mais nervoso do que ela. Edward Melior, seu ex-noivo. Viviam na mesma ilha, que tinha seis quilômetros de largura e vinte de comprimento, mesmo assim eles raramente se viam. Talvez uma ou duas vezes por mês passassem um pelo outro de carro. Edward sempre acenava, mas Siobhan nunca se dava conta de que era ele até que estivesse visível somente no espelho retrovisor. O que estava se tornando mais comum era o fato de Edward estar presente em algum evento em

---

* Popular pianista e showman estadunidense.

que Siobhan estivesse servindo — ela pressentia quando ele estaria presente — e ficava distante ou entregava o serviço inteiro a Carter. Não que evitasse Edward Melior — simplesmente não queria ter de oferecer-lhe um canapé.

— Oi — disse ela. — E aí, o que conta?

— Tudo bem com você? — Ele disse isso como sempre dizia: Tudo *bem* com você? Como alguém que realmente quisesse saber. Ele *realmente* queria saber; tinha interesse zeloso pelas outras pessoas. Lembrava seus nomes, o nome dos filhos, se estavam pensando em comprar um carro novo, ou se tomavam conta de um pai idoso, ou se o cachorro acabara de morrer. Esse era o tipo de coisa que ele catalogava. De certa forma era incomum o quanto ele lembrava, o quanto ele realmente se preocupava. Era... feminino. Mas era esse o motivo de ser um ótimo (e rico) corretor de imóveis. As pessoas ansiavam por isso.

— Ah, tudo bem comigo — disse Siobhan, animada. Lembrou-se das flores que Edward enviara quando Liam quebrara o braço. Eram lírios rosa, os favoritos de Siobhan, incrivelmente caros. Livrou-se deles antes que Carter e Liam voltassem de Boston. Não mandara um cartão agradecendo as flores — o que era monstruoso —, mas lidar com Edward era complicado. Ele ainda a amava. Tomava qualquer sinal dela como uma indicação de que voltariam a ficar juntos.

O relacionamento durara quatro anos, os primeiros de Siobhan na ilha. Enquanto ela servia sorvetes e sanduíches na Congdon's Pharmacy, ele cuidava de aluguéis na corretora do andar de cima. Edward fora seduzido pelo sotaque de Siobhan (e pensar que ela costumava ter vergonha do seu sotaque), apaixonou-se de imediato. Como Edward tinha muito mais dinheiro e conhecia muito mais gente do que Siobhan, assumira o papel de Henry Higgins na vida de sua Eliza Doolittle.*
Acreditava tê-la "descoberto". Olhando para trás, Siobhan se irritava com sua participação nessa ideia. Passou a cuidar da despensa do Galley, depois a gerenciar o fornecimento e depois a cozinheira do almoço.

---

* Personagens do filme *Minha Bela Dama* (1964), que conta a história da estranha relação entre Eliza Doolittle, mendiga vendedora de flores, e Henry Higgins, professor de fonética. Ele aposta com um amigo que pode transformá-la em uma dama da alta sociedade em um intervalo de seis meses. (N. T.)

Edward sempre se referia a ela como *chef*, embora não fosse adequado, mas ela nunca o corrigira. Ele, enquanto isso, tirara licença de corretagem e pensava em abrir a própria empresa, o que parecia a Siobhan uma ideia impulsiva. O mercado de imóveis de Nantucket era uma mina de ouro, uma mina de diamante. Os corretores estavam embolsando uma boa grana, mas Edward era um cara tão doce, tão diplomático, tão prestativo que Siobhan temia que fosse engolido. (Essa visão do apocalipse era honesta — ela era irlandesa, ora bolas!) Antes de Edward montar o escritório, ficaram noivos — numa tarde perfeita de outono no Altar Rock. Edward comprara champanhe, cerejas, melão, lírios rosa, ajoelhou-se e estendeu-lhe uma aliança de cair o queixo. *Você quer ser minha mulher?* Siobhan riu, cobrindo a boca, e concordou, porque quem diria não a uma proposta tão linda, tão bem orquestrada? Somente depois de o noivado se tornar público, depois de estar nos jornais, depois de os pais de Edward darem uma festa em sua casa em Cliff Road, Siobhan começou a duvidar. Ela não acreditava em Edward, e deu-se conta de que Edward não acreditava nela. Por que outra razão diria às pessoas que ela era *chef*, quando na verdade ficava em frente a uma frigideira durante doze horas preparando omeletes de queijo de cabra e ovos beneditinos com lagosta? Foi deixando de gostar da ideia de que era a escória irlandesa aprimorada e passou a irritar-se com o interesse contínuo de Edward por todos os seus pensamentos e humores. Ela crescera numa família de oito crianças; ninguém prestava muita atenção nela. Ansiava por ser deixada em paz com sua vida interior, não queria dar explicações.

E, também, havia um novo sub-*chef* no trabalho, um rapaz bonito que vinha do Balthazar, um restaurante de Nova York, cuja habilidade com a faca deixava até mesmo o *chef* principal envergonhado. E — coisa engraçada! — o sobrenome dele era Crispin. Siobhan o chamava de Crispy, crocante; ele a chamava de Problema. *Como você está indo aí, Problema?* O nome dele era Carter, o que fazia com que parecesse rico, embora, evidentemente, não o fosse, e Siobhan gostava disso. Estava ficando enjoada de Edward e sua renda arbitrária, de seu hábito de comprar coisas simplesmente porque podia. Esse tipo de desperdício ofendia sua sensibilidade irlandesa.

— Como vão as crianças? — perguntou Edward.

Siobhan sentiu o cheiro do alho com gengibre amargando e correu até o fogão para desligar o fogo.

— Como está o braço do Liam?

— Bem, bem melhor. — Siobhan alcançou o curry, a manteiga de amendoim, o molho de soja. Era capaz de cozinhar e bater papo o dia todo, mas não com ele.

— O que posso fazer por você, Edward?

— Liguei para você e deixei vários recados — disse ele. — No telefone do seu escritório.

— Acabei de ver nesse minuto — declarou Siobhan. — É a primeira vez que ponho os pés na cozinha desde o feriado, Edward.

— Estou ligando para falar do evento de gala da Nantucket's Children — disse Edward. — Sou o responsável pela parte do bufê, e a gente gostaria que você enviasse uma proposta. Uma proposta de bebida, jantar sentado e uma mesa de sobremesa. Mil pessoas. Você pode enviar um orçamento?

— Posso — respondeu Siobhan, incerta. Pensava várias coisas ao mesmo tempo e tentava ordenar as ideias na cabeça, exatamente como Carter organizava as cartas na mão enquanto jogava pôquer. Estava esperando por esse pedido havia algum tempo. Claire a convidara para o comitê do evento em setembro, e Siobhan concordara, pensando que isso significava que ela e Carter fariam o bufê, mas, quando Siobhan tocou no assunto, Claire recuou. Então Siobhan pensou: *Não tem a menor condição de eu fazer parte desse comitê se a gente não for fazer o bufê* — portanto, não fora a nenhuma das reuniões. Claire não lhe perguntara o motivo, e o assunto ficara suspenso. Isso deveria ter causado certo estranhamento na amizade delas, mas a amizade de Claire e Siobhan englobava um território tão vasto que a questão do bufê do evento de gala do verão não significava mais que um arranhão.

— A gente queria ter todas as propostas no primeiro dia do ano — disse Edward. — Mas não vou mentir para você: vai demorar um pouco para resolvermos. A maior parte das pessoas do comitê mora em Nova York, então tenho que passar os orçamentos para todo mundo, pedir para avaliarem, depois encontrar tempo para reuniões... A gente deve decidir em algum momento da primavera.

— Eu envio o orçamento por fax — disse Siobhan. — Vou fazer o jantar do leilão do Instituto Montessoriano no fim de semana, mas provavelmente consigo entregar isso a você antes do Dia de Ação de Graças.

— Ótimo — disse Edward. — Sabe, eu estava pensando em ir a esse jantar.

— Por que você iria? — perguntou Siobhan. — Você não tem filhos.

— Bem, você me conhece. Gosto de apoiar as causas da ilha.

Sim, ela o conhecia. Sabia que ele iria ao jantar porque ela estaria lá. E provavelmente se candidatara para o comitê responsável pelo bufê porque achava que isso podia significar que os dois trabalhariam juntos. Mais uma vez, a raiva de Siobhan irrompeu: por que Claire não lhe *contara*? Talvez quisesse que Siobhan tivesse uma surpresa; talvez Claire pensasse que Siobhan ficaria *feliz* com a surpresa. Talvez Claire achasse que Siobhan queria ter um caso com Edward. Era verdade que ocasionalmente deixava escapar algo sobre ter um caso com o rapaz das verduras do supermercado ou com o carteiro — mas era só conversa. Uma maneira de jogar dardos na cara de Carter sem feri-lo de verdade.

— Passo o orçamento por fax — repetiu Siobhan.

— Ou então passa no meu escritório — disse Edward. Fez uma pausa. — Já temos duas propostas lá, por falar nisso.

— Pode deixar. Obrigada, Edward.

— Se cuida, Siobhan.

Ela desligou. A última parte do discurso de Edward significava o quê? Uma provocação? Conhecendo Edward, era simplesmente uma informação. Ele jamais faria algo que não fosse ético, como pedir a ela que dormisse com ele em troca do trabalho. Ah, isso era tão absurdo, Siobhan riu. Depois, a sensação estranha que se instalava toda vez que Siobhan via Edward ou pensava acidentalmente nele. Ela ainda guardava o anel de noivado que Edward lhe dera. Ficava numa caixa de joias secreta, enfiada numa bolsinha de veludo azul. O anel era magnífico, dois ou três quilates sobre platina Tiffany e custara dez mil dólares a Edward. Era muito grande para que Siobhan o usasse trabalhando — ele não considerara sua profissão quando o comprara — e, portanto, ela o usara num colar em volta do pescoço durante algum tempo. Mas, no meio da turma rude e sem educação da cozinha do restaurante, o anel parecia uma ostentação. Siobhan tinha medo de que caísse no meio da massa, de que uma das (modestas) lavadoras de pratos o arrancasse enquanto ela andava até o carro no escuro depois do serviço. Começara a deixar o anel em casa, exatamente no momento em que Carter Crispin chegara, e isso fizera com que Siobhan e Edward começassem uma briga que levaria ao rompimento.

Quando Siobhan e Edward se separaram, o anel andou de um lado para o outro. Ela jogou o anel em Edward, ele o pegou na dobra do sofá onde aterrissara e o levou para casa. Voltou dias depois para conversarem, mas Siobhan mandou-o embora. Ele deixou o anel na caixinha na porta da casa dela, com o bilhete: *Comprei para você. É seu.*

Siobhan não desejava outra coisa que não fosse devolver o anel, mas não suportaria outro embate com Edward. Então, enviou o anel para o escritório de Edward pelo correio. Mais uma vez o anel apareceu na porta de sua casa. Siobhan captou a mensagem: o anel causava dor em Edward, ele não o queria e não precisava do dinheiro que recuperaria caso o devolvesse.

Tudo bem, pensou ela. O objeto, a princípio, foi para a gaveta de meias, depois para o compartimento secreto de sua caixa de joias, um lugar escondido como aqueles das histórias de mistério que os filhos gostavam de ler. O anel, quando ela pensava nele, irritava-a. Era como uma etiqueta incômoda da camisa, uma pedra no sapato, um milho de pipoca preso nos dentes. Ela o venderia, penhoraria, valia milhares de dólares — o que para ela, diferentemente de Edward, poderia ser realmente útil. No entanto, não conseguia desfazer-se dele, por mais estúpido que isso lhe parecesse, e, se alguém perguntasse o motivo (o que ninguém faria, já que ninguém sabia que ela o guardava, a não ser, possivelmente, Edward), ela diria que não estava preparada para privar-se dele. Seja lá o que isso significasse.

Droga, lá estava Edward telefonando e arruinando sua manhã agradável. Droga! Claire no meio disso tudo.

Enquanto recheava e enrolava os rolinhos primavera, Siobhan telefonou para Claire. Era quase meio-dia. Agora que Claire estava "de volta ao trabalho", disse a Siobhan que "só estaria disponível" na hora do almoço.

— Oi. E aí? — perguntou Claire, de boca cheia.
— Edward Melior? — disse Siobhan.
— Não entendi.
— Edward é o responsável pelo bufê?
— Ah, é — respondeu Claire. — Caramba, tinha me esquecido disso. Você está brava comigo?
— Um pouco.
— Não fica... Ele se ofereceu.
— Sei, e você não me disse nada.
— Eu não queria deixar você histérica.
— O que me deixou histérica foi ser pega de surpresa.
— Bem, que bom que ele finalmente a procurou — disse Claire.
— Você vai mandar um orçamento para ele, não vai?
— Vou.
— Ele vai contratá-la apenas se o seu preço for o mais barato. Mesmo que seja pouca coisa.
— Eu sei. Mas não sei o que é um pouco mais barato, sei?
— Não — disse Claire. — Eu também não sei. Não vi as outras propostas.
— Não, claro que não. Você é tão moralista quanto a mãe do papa — declarou Siobhan. Considerou mencionar o dinheiro perdido por Carter no jogo, mas resolveu não fazê-lo. Mil e duzentos dólares não era o fim do mundo; ele dizia que era dinheiro de gorjeta, além disso, renda pessoal. *Não exagera, meu amor*. Caso Siobhan contasse a Claire, ela se preocuparia e a coisa toda ganharia proporções inacreditáveis. — Como anda o ateliê?
— Óoootimo — respondeu Claire. — Ainda estou tentando acabar os vasos para a Transom. Não são tão fáceis como eu tinha pensado, e a Elsa quer tudo para o Natal. E tenho que começar o lustre para o leilão. É nisso que realmente quero trabalhar. — Grande suspiro.
— Lock fica me dizendo que sou uma artista, não uma artesã.
— O Lock tem uma visão meio distorcida das coisas — disse Siobhan. — Ele não tem mais nada no que gastar o dinheiro dele, a não ser numa peça de vidro de museu. E em cera para o Jaguar. E em abotoaduras. E em médicos para a Daphne.

— E em viognier — acrescentou Claire.

— O quê? — perguntou Siobhan.

— Nada — apressou-se em dizer Claire. — É o vinho favorito dele.

— Bom saber que você sabe o vinho preferido dele. Nem tinha certeza de que Lock Dixon bebia vinho. Na verdade, parece que ele tem um cabo de vassoura enfiado na bunda.

— Não parece, não — disse Claire.

— Parece, sim — afirmou Siobhan.

— Não, Siobhan, ele não é assim — declarou Claire. — Ele não é nada disso. Você não o conhece.

— Claro que conheço. Ele é um daqueles chatos que não saem da linha.

— Eu tenho que desligar — disse Claire.

Siobhan fechou mais um rolinho primavera, oito fileiras de oito, sessenta e quatro. Todos gordinhos e perfeitos, como bebês enrolados em uma manta.

— Me liga mais tarde — disse Siobhan. Desligou.

Siobhan preparou o marinado para o molho, pensando: *Edward, lírios rosa. Tarde demais para escrever agradecendo agora. Viognier e o vinho favorito dele.* Não de Edward. De Lock Dixon. Lock Dixon ficava dizendo a Claire que ela era uma artista, não uma artesã. Siobhan era uma cozinheira, não uma *chef*, não era genial; suas notas eram de regulares a baixas no colégio de freiras. Às vezes, ficava tão presa às variações de humor que seu bom-senso sofria. O marido dera um jeito de apostar e perder quatro dígitos debaixo do nariz dela. Debaixo do nariz dela. *É o vinho favorito dele.*

Alguma coisa estava acontecendo entre Claire e Lock Dixon? Nunca! Mesmo assim, dava essa impressão. Mas Claire era inabalável; apegada demais à ideia de ser boa e gentil, de mandar boas energias para o universo. Só pensava nos filhos e nos valores elevados da arte; além disso, o sexo com Jason era coisa de filme. Claire *nunca* teria um caso. E, se tivesse — impossível —, mas, se estivesse tendo um caso, nunca esconderia de Siobhan. Claire contava tudo a Siobhan — sobre suas cólicas menstruais, suas cutículas; contava quando o correio chegava ou a privada entupia. *É o vinho favorito dele.* Frase estranha, e Claire a pronunciara com orgulho. Claire e Lock Dixon? Nunca! Ainda assim... dava essa impressão.

Siobhan foi muito elogiada pelo jantar do Instituto Montessoriano, enviou uma proposta de orçamento para Edward, ficou de olho na jogatina de Carter, levou e buscou os filhos em seus intermináveis treinos de hóquei. Perto do Natal, quase foi à loucura em casa, cozinhando e decorando: fez pudim de figo, molho caseiro de parmesão com pimenta para o salmão defumado, preparou um bolo de gengibre com as crianças, embora elas já tivessem passado da idade de fazerem muito pouco além de raspar as tigelas. Seu presente para as amigas naquele ano seriam guirlandas de flores secas e pinhas dos pinheiros de Tupancy Links.

Siobhan fora a inúmeras jornadas de caça às pinhas, todas elas encantadoras e românticas. Enrolava-se numa echarpe de lã e carregava um cesto trançado, enquanto vagava por entre os pinheiros nas tardes frias, com a promessa de cantigas de Natal e bebida quente para aquecê-la quando chegasse em casa. Era uma menina de conto de fadas naqueles momentos, juntando somente as maiores e mais perfeitas pinhas, a única pessoa num raio de várias milhas, sozinha naquela parte imaculada da ilha.

Imagine sua surpresa quando, a caminho de casa com um cesto abarrotado de belas pinhas junto ao corpo, passou pelo carro de Claire. Siobhan estava indo embora, e Claire estava chegando. Claire dirigia muito rápido, e quando Siobhan se aproximou da curva na estrada poeirenta, o carro de Claire apareceu em frente ao seu, quase bateram. Siobhan suspirou diante da quase perda de controle, depois suspirou novamente diante do fato de ser o carro de Claire, de Claire estar ao volante e de haver alguém no banco do carona. Um homem — Lock Dixon. Pelo menos, Siobhan achou que era Lock Dixon. Tudo que podia dizer com certeza era que o homem usava protetores de orelha, e Lock era famoso na ilha por usá-los (cabo de vassoura na bunda). Siobhan sabia que Claire reconhecera o seu carro — como não reconheceria? —, mas não parou. Ela e Lock Dixon adentraram a floresta desértica que Siobhan acabara de deixar.

Siobhan seguiu em frente, confusa. Nos meses desde que Claire concordara em produzir o evento de gala, eram duas ou três reuniões semanais, sempre à noite. Jason se queixara com Carter, e Carter passara as queixas a Siobhan. *Parece meio excessivo, não parece? Todas essas reuniões. Você que nunca me invente de produzir um negócio desses.*
Nunca, respondera Siobhan. *É muito trabalho.*

O que Claire e Lock Dixon estariam fazendo juntos na floresta a uma da tarde de um dia de dezembro? Não estavam lá para colher pinhas, certamente. Siobhan considerou a possibilidade de segui-los. O que estariam tramando?

Mais tarde, naquele mesmo dia, Siobhan telefonou para a casa de Claire, e ela atendeu: — Oi, como vai? — Como se nada tivesse acontecido.

— Você não me viu? — perguntou Siobhan.

— Vi você fazendo o quê?

— Lá em Tupancy. Saindo da floresta. No meu carro. Deus, Claire, você quase bateu em mim.

Claire riu, mas Siobhan era sua melhor amiga, sua melhor amiga havia séculos, e ela sabia que era uma gargalhada falsa.

— Não sei do que você está falando.

— Eu vi você, Claire — disse Siobhan. — E o Lock Dixon estava no carona.

Mais uma vez a risada, um pouco fora de tom.

— Você pirou, amiga.

Siobhan bufou. Aquilo era loucura! Ela reconheceria Claire numa caverna escura, com um saco enfiado na cabeça.

— Então, você nega que foi a Tupancy hoje?

— Tupancy? — Como se Siobhan fosse maluca. — Eu não vou a Tupancy desde que meu cachorro morreu.

Ela estava negando! Mas, por quê? Claire poderia ter inventado uma porção de histórias plausíveis. Claire poderia ter dito a Siobhan *qualquer coisa*, e Siobhan teria decidido acreditar — mas negar ter estado lá quando ela quase batera no carro de Siobhan era um insulto à amizade e uma tolice, acima de tudo. Só poderia significar uma coisa: Claire e Lock estavam tendo um caso. Era traição no seu auge.

Mas não, pensou Siobhan. Era simplesmente impossível. Claire era quadrada demais. Nascera com uma consciência perturbadora. Sentia culpa quando deixava de ir uma semana à igreja ou quando matava uma mosca, sentia culpa quando *chovia*. Ter um caso não estava dentro das capacidades de Claire.

Então... o que estava acontecendo? Siobhan estava obstinada a descobrir.

                                ⁂

Quando ele era mais jovem, costumava beliscar-se o tempo todo porque achava que estava sonhando. O dinheiro continuava a entrar, mas não era o dinheiro a coisa excitante, eram as garotas, tantas garotas, e rapazes também, na verdade, e limusines e quartos no Four Seasons com toalhas felpudas, roupões enormes, Veuve Clicquot gelando no balde de prata, buquês de rosa, um jardim de rosas lançadas ao palco. Era a veneração, o respeito dirigido a ele por todos, desde executivos de gravadoras a chefes de Estado, até a Julia Roberts — ela e o marido eram fãs e tinham todos os discos. Fãs de Max West, de Matthew Westfield, garoto de Wildwood Crest, uma cidadezinha litorânea em Nova Jersey. *À beira d'água*, fora onde Matthew crescera, filho de um pai que sumira quando ele tinha cinco anos, e de uma santa mãe que trabalhava como secretária da igreja e que tudo que conhecia sobre a vida fora de Wildwood lhe chegava através das revistas que ficavam no caixa do supermercado. O que fazia ele, Matthew Westfield, em cima do palco, com setenta mil pessoas balançando os braços à sua frente? Elas o idolatravam: ele não era mais um menino problema de Nova Jersey, mas um deus. Podia ter o que quisesse — mulheres, drogas, armas, uma audiência com o papa (uma vez tentara persuadir a mãe a acompanhá-lo, mas ela não viajaria para a Itália, nem mesmo pelo Padre Sagrado).

Estava na Tailândia agora, em Bangkok, hospedado no Hotel Oriental. Fora do quarto, havia dois mordomos (ofereciam isso a todos os hóspedes) e dois guardas armados (esses somente para ele, uma vez que sugerira arrogantemente que uma muçulmana arrancara seu *hijab* para lhe dar, incitando a ira muçulmana que o forçaria a uma saída rápida do país). Era inverno na América, mas o calor na Tailândia era mais intenso que o do inferno. Quente demais para fazer qualquer coisa que não ficar sentado em frente ao ar-condicionado, bebendo champanhe gelada, fumando a deliciosa erva indiana que recebera como presente de Java, e simplesmente almejando o esquecimento. Porque a triste verdade era que Max West, o homem que podia ter tudo que quisesse, só queria o esquecimento, o abandono. Um tempo dentro do buraco negro. A paz de um simples mortal.

Mandaram garotas também, um grupo de magras e risonhas garotas de saias muito curtas, brincos barulhentos e maquiagem feita para mulheres brancas, ocidentais. Eram todas lindas, mas muito jovens, duas delas talvez tivessem menos de quinze anos, talvez nem mesmo menstruassem ainda. Penduravam-se umas nas outras como meninas de escola, e isso deixou Matthew melancólico. Deu a elas algum dinheiro e mandou-as embora. O mordomo olhou para ele, inquisitivo, e Matthew disse:

— Muito novas.

Menos de uma hora depois, batidas à porta, e uma garota solitária ali de pé, sorrindo para ele. Era mais *velha* — vinte ou vinte e um — e tinha uma aparência familiar, ocidental: vestia jeans, camiseta preta, argolas de prata. Chinelos, unhas dos pés pintadas e enfeitadas com pedrinhas coloridas. Parecia esperta e experiente, talvez fosse uma universitária em busca de algum dinheiro extra. Matthew gostou dela logo de cara.

— Sawasdee krup — disse ele, e ela sorriu. Tinha por regra saber dizer "olá" e "obrigado" na língua de todo país que visitava.

— Posso entrar? — perguntou a menina. O inglês dela era perfeito, apenas com um leve sotaque.

O nome dela era Ace (provavelmente não se escrevia assim, mas a versão americanizada do nome lhe caía bem — era uma jovem fria como um equilibrista, um tubarão de piscina). Entrou, permitiu que Matthew lhe servisse uma taça de champanhe e se acomodou no sofá. Ele se serviu, mas, quando viu que uma garrafa não seria suficiente para acalmar sua sede de algo mais forte, enfiou a cabeça do lado de fora do quarto e pediu ao mordomo mais duas garrafas. Compreendia que o que fazia era errado, mas agora ele já estava na metade do caminho, aquecido por dentro, ansiando pela erva e pela dose de amnésia que ela traria, perguntando-se sobre a jovem. Quem era ela? O que fazia ali? Onde aprendera inglês?

Matthew era, tecnicamente, casado. A mulher, Bess, estava na Califórnia, vivendo no castelo de vidro do casal em Malibu com os dois Border Collies — Pollux e Castor. Bess era orientadora na recuperação de toxicômanos em Hazelden, na Pensilvânia, onde Matthew se internara. Não fazia o estilo dela se casar com um rock star, especialmente um viciado aparentemente incorrigível como Matthew, mas fora vencida pelo desejo maior de curá-lo. Depois de seis anos de casamento, ela agora funcionava à base de tolerância zero, e anunciara — depois de ouvir a voz engrolada dele numa ligação da Indonésia — que, se ele pretendia beber na turnê (*que é o que está me parecendo, Max*), ela terminaria tudo com ele. Credenciais profissionais à parte, não aguentaria mais uma recaída. Desintoxicação não adiantara, vinte e oito dias não ajudaram (haviam sido oitenta e quatro dias no total), porque o problema estava enraizado, conectado ao que Bess chamava de "infelicidade profunda", a qual, ela suspeitava, fora causada pelo abandono do pai na infância.

Bess desenvolvera uma forte amizade com o contador de Matthew, um homem chamado Bob Jones, e Matthew concluíra que a estrada que Bess agora percorreria era a que levava à casa de Bob Jones. Ela seria esposa de contador, teria uma vida oposta à que levava atualmente. Em vez de passar noventa por cento do tempo sozinha, andando na praia, preparando refeições elaboradas para os cães, alimentando-se somente de grão-de-bico, teria uma vida de companheirismo constante. Cozinharia para Bob Jones e fariam tudo juntos: assistiriam à tevê, fariam sexo, dormiriam até serem acordados pelo suave sol californiano. O bom de Bess era que não tiraria um centavo de Matthew. Ela não queria dinheiro. Dinheiro era inútil, ela costumava dizer, no que se referia à conquista das coisas que realmente importavam.

Matthew tinha de admitir que não sentia nenhuma infelicidade profunda com o fim do casamento, prestes a acontecer. Exceto, é claro, pelo fato de que ele e Bess vinham tentando ter um filho, empreendimento que agora seria descartado. Bess teria, em vez disso, um bebê de Bob Jones. Uma criança capaz de somar e multiplicar, em vez de geneticamente predisposta ao gim. Matthew não se importaria se Bess já estivesse grávida. Gostava da ideia de ter um filho ou uma filha no mundo, e Bess seria uma mãe maravilhosa. Suas prioridades eram bem-definidas, e bebida, drogas e rock'n'roll estavam nos últimos lugares da lista.

Esses eram, é claro, pensamentos de um homem a caminho de ficar bêbado. O mordomo apareceu com mais duas garrafas de Veuve Clicquot absurdamente geladas, e, ao enfiá-las no gelo, Matthew estudou o próprio rosto refletido no espelho. Havia fotografias de Max West espalhadas por todo o quarto, capas de CD, pôsteres, jornais e revistas; no entanto, nenhuma delas mostrava a aparência verdadeira de Matthew. Seu rosto era ligeiramente inchado, pensou ele, e acinzentado, apesar do sol dos trópicos. O cabelo ainda era profundamente castanho, apesar de oleoso e grudento nas pontas. Possuía olhos castanhos que haviam sido descritos como "cheios de alma" e "profundos", mas o branco em volta deles estava vermelho, cansado, febril. Na pele da ponta do nariz, havia uma marquinha, adquirida aos sete anos, quando tivera sarampo; seu maquiador normalmente cobria-a com base, mas sempre confortava Matthew ver essa pequena falha, essa ligeira imperfeição que anunciava seu verdadeiro ser. Matthew ouviu um barulho e, pelo espelho, viu Ace cruzar e descruzar as pernas no sofá, impaciente. Ela não estava encantada com ele, tampouco impressionada. Matthew não era um astro do rock. Era uma bagunça de ser humano.

Ele tinha um patrocinador naquela viagem, um patrocinador que deveria estar ao seu lado todos os segundos do dia, menos quando Matthew subisse ao palco, e, mesmo lá, Jerry Camel deveria esgueirar-se nas coxias. Jerry era um homem bom, uma boa companhia. Matthew não tinha reclamações em relação a ele ou à sua devoção a Jesus. Jerry Camel era amigo de infância de Bruce Mandalay, era pago por Bruce para *manter Max West sóbrio!*

Jerry Camel, no entanto, contraíra um vírus perigosíssimo no estômago enquanto eles faziam uma escalada para visitar as piscinas vulcânicas místicas, coloridas como pedras preciosas na ilha das Flores,

Indonésia. Não havia hospital em Flores, portanto Jerry fora enviado de helicóptero para Dempasar, Bali, e depois para Cingapura. Matthew, que tomava às escondidas goladas de uma bebida nativa que carregava numa garrafinha, não contraiu o vírus quase fatal. O álcool salvara sua vida!

Mas também o estava matando, dava-se conta disso enquanto abria as duas garrafas de champanhe, entregava uma para sua copilota tai e bebia a outra. Por que insistir em formalidades como taças? Ace não parecia se importar. Dava goles direto da garrafa. Algum dia seria encontrado morto num quarto de hotel não diferente daquele, Matthew tinha certeza disso, principalmente agora que Bess fora embora. Morreria sozinho, vítima não intencional das próprias mãos, exatamente como Hendrix, Morrison, Joplin, Keith Moon. Vícios eram riscos ocupacionais, Max West costumava dizer, mas Bess afirmava que isso era uma desculpa esfarrapada.

Max apertou um cigarro de maconha e se sentiu repentinamente feliz de ter companhia. O restante da banda — Terry, Alfonso, os homens de família que Bruce insistira que tivesse em volta de si há tempos — passavam o dia livre em Bangkok: mercados flutuantes, Wat Phra Kaew, o templo do Buda de Esmeralda, Wat Pho, o templo do Buda deitado — trinta metros de comprimento — e a famosa casa de sedas repleta das mais finas antiguidades do sudeste asiático. Os outros membros da banda toleravam um tapinha ou outro de boa maconha, mas o condenariam se soubessem que estava bebendo.

Então, Ace. Matthew sorrira para ela enquanto acendia o baseado, mas, de repente, ficara sem energia para conversas superficiais — de onde ela era, o que queria da vida. Queria saber essas coisas, mas não conseguiu perguntar. *Uma infelicidade profunda.* Matthew tentou imaginar a infelicidade residindo nele. Estava brotando em algum recanto escuro, crescendo como um musgo. Era correto culpar o sumiço de seu pai por ela? Matthew não se lembrava do pai e nunca perguntara sobre ele. Na sua cabeça, sua infância fora boa: amado pela mãe e amado pelos quatro irmãos. Já adulto, todas as fantasias, todos os desejos — materiais ou não — haviam sido realizados. Compunha, cantava, tocava guitarra. Olhava para Ace, a pele castanha suave como veludo, os fios negros do cabelo brilhante como seda, a palidez delicada da parte interna dos punhos. Era bonita e indiferente (Matthew apreciava mais a indiferença do que a beleza), mas ele sabia que não dormiria com ela. Era o que esperava fazer quando a chamara, era o que ela esperava dele, mas Matthew estava cansado de relacionamentos vazios com lindas meninas sensíveis que não significavam nada para ele.

Uma infelicidade profunda. Matthew deixou a champanhe deslizar pela sua garganta, queimando-a, quase fazendo-o engasgar. Enquanto estava em Brunei, uma coisa muito estranha acontecera. Bruce telefonara para dizer a Max que ele iria para Nantucket Island em agosto para cantar para Claire Danner.

Claire Danner? Max se surpreendera.

Achei que você ia topar, disse Bruce. *Eu não estava errado, estava?*

Não, disse Max. *Não estava errado. Claro que eu quero, claro que vou.*

Era estranho o jeito como as coisas aconteciam, o jeito como o mundo funcionava, tão bizarro e imprevisível que Max nem sequer conseguia administrá-lo sóbrio. Ao ouvir Bruce pronunciar o nome Claire Danner, Max fora tomado por memórias doces e dolorosas de si mesmo quando adolescente. E Claire. Meu Deus, os dois eram tão jovens, incompletos ainda, mas, de alguma forma, perfeitos. Na cabeça de Matthew, Claire Danner já não era mais nem mesmo uma pessoa, era uma ideia: as mãos dadas, o cochilo na praia, enrolados juntos debaixo de um lençol; ela era sua visão, sua voz. Ele aprendera a cantar cantando para ela. Não sabiam nada do amor, e isso era bom, era a melhor parte — eram inocentes. Não sabiam quando ou como esconder seus sentimentos, portanto, compartilhavam tudo. De certa forma, eram crianças e felizes até quando estavam infelizes. *Claire Danner*, dissera Bruce. Fazia muitos e muitos anos que Matthew não a via, e, ainda assim, em seu pensamento, ela estava logo ali: a pele branca como leite, as mechas ruivas, as orelhas pequenas como conchas delicadas. Tinha cílios pálidos, os punhos finos, o segundo dedo do pé maior do que o dedão. Tinha um espirro silencioso que fazia Max rir toda vez. Ela não podia beber cerveja porque vomitava (ele podia afirmar isso), então bebia Wine Coolers. Ainda existia isso? Começara a acreditar, nas semanas seguintes ao pronunciamento do nome "Claire Danner", que Claire Danner era a mulher que ele melhor conhecera e compreendera na vida. Mais do que qualquer uma de suas mulheres, e certamente melhor do que Savannah Bright. E ele a deixara. Achava que não tinha escolha: estava indo para a Califórnia se tornar um rock star, ela ia para a universidade e acabaria se tornando uma artista, uma esposa, uma mãe. Pertencia a outra pessoa agora, e ele pertencera a muitas outras. No entanto, de alguma maneira, ele sempre pertenceria a Claire Danner, não? Max West, como a maioria dos astros do rock, construíra uma carreira sob a premissa de que todos nós, no fundo do coração, temos dezessete anos.

Passou o baseado para Ace. Ela o tragou de olhos fechados.

— E adivinha? — disse Matthew. — Vou lá, cantar para ela no verão.

Ace inclinou a cabeça.

— Aonde? Quem?

— Nantucket — disse ele. — Claire.

Sentia-se culpado? Sim e não. Era um terreno emocional delicado, e a melhor coisa de seu romance com Claire Danner Crispin era que, antes de ela entrar na sua vida, ele temia estar emocionalmente morto. Aquela parte em que sentimentos tinham importância acabara. Chegara ao fim, não nos meses subsequentes ao acidente de carro de Daphne (porque aqueles haviam sido os meses mais emocionalmente turbulentos de sua vida), mas nos meses depois daqueles meses, depois da "recuperação" de Daphne. "Recuperação" não era bem a palavra, uma vez que isso significaria que algo perdido fora recuperado. Daphne sobrevivera ao acidente, sim, mas as melhores partes dela haviam sumido. O charme, o senso de humor, sua devoção a ele e à Heather, a filha deles. Sumido. Haviam sido substituídas por raiva, suspeita e uma franqueza cruel que deixara Lock, Heather e todo mundo que conhecia Daphne chocado. Lock ficava na cama — depois de Daphne lhe dizer que casara com ele por dinheiro, que continuava casada com ele por dinheiro, que ele era péssimo amante e que ela fingira cada orgasmo desde 1988 — e se questionava: se o carro de Daphne tivesse batido de outra maneira, se Daphne tivesse batido a cabeça com mais ou menos força ou de outro ângulo, será que as coisas teriam tomado outra direção? Será que ela se manteria uma mulher amorosa e equilibrada? Por que acontecera de um jeito e não de outro? A perda da Daphne por quem se apaixonara fora o primeiro golpe, e este fora seguido da ida de Heather para o internato, e depois para um acampamento no Maine. Até mesmo o Dia de Ação de Graças ela passara com a família de uma amiga, nas ilhas Turks e Caicos.

Essas coisas haviam acontecido, e o poço de amor e felicidade de Lock secara; depois, finalmente, a tristeza, o desapontamento e a raiva também. Não sentia nada, era um deserto.

No entanto, era mais fácil viver assim do que ele imaginara. Mergulhara no trabalho. Amava o que fazia, mais ainda do que a carreira construída em vinte anos de Dixon Superconductors, em Boston. Gostava de estar em Nantucket, de ser parte de uma comunidade na qual podia fazer a diferença. Encontrara satisfação verdadeira captando e administrando fundos para a Nantucket's Children.

Ao contrário do que se poderia pensar, havia crianças na ilha verdadeiramente carentes, tão carentes quanto crianças da cidade, crianças que viviam em um apartamento sem janelas em que habitavam catorze pessoas que só tomavam banho uma vez por semana, cuja maior parte das roupas, dos sapatos, dos brinquedos e dos móveis vinha dos lixões da cidade, cujos pais trabalhavam tanto, por tantas horas, que as crianças eram deixadas jogando futebol no campo esportivo comunitário até oito da noite, tendo como jantar somente um saco de biscoitos. O círculo de amizades de Lock era amplo o bastante para incluir gente assim, todo mundo que o conhecia o respeitava e o tomara como um homem bom. Fazia um trabalho que precisava ser feito, apesar de não precisar trabalhar mais. Mantinha-se firme durante os ataques da mulher; era sólido como uma rocha. Um deserto. Não tinha sentimentos. As coisas não eram boas, mas eram fáceis.

Como explicar Claire? Conhecia-a havia anos, era um rosto na multidão. Nunca a achara particularmente bonita, nunca tivera queda por ruivas ou mulheres de palidez vitoriana. Sempre admirara o trabalho de Claire, mas era apenas uma admiração por sua arte. Algo nas curvas das peças lhe parecia sensual, e o uso que ela fazia das cores fazia eco à sua estética pessoal. Ele achava o trabalho dela tecnicamente bom, e o achava bonito. A escultura *Bolhas*, exposta na sala da casa de veraneio dos Klaussen o deixara perplexo como bolas de gude e caleidoscópios deixam uma criança. Decidira ver a escultura *Bolhas* do apartamento dos Klaussen na Park Avenue, assim como a peça exposta no Whitney. Um ano depois, a caminho da estação de esqui em Stratton, foram ao museu em Shelburne. No entanto, a admiração de Lock pelo trabalho de Claire era desconectada da artista, não explicava sua repentina paixão por ela. Acontecera como um acidente, como uma batida, uma pancada na cabeça na noite da primeira reunião sobre a festa de gala. Havia algo nela naquela noite — estava nervosa, séria e ainda assim confiante (em relação a Max West e ao seu trabalho com vidro). Vestia uma camiseta verde que apertava seus seios e um jeans justo; o cabelo ondulado emoldurava o rosto, e o perfume que ela usava mexeu com algo dentro dele quando ela andou pela sala.

Mulher, pensou ele. Perfume, cabelo, seios, sorriso. Um sorriso na voz. Sobre Max West, disse: *Naquela época ele era somente uma criança, como todos nós.* Bebera vinho e suas bochechas estavam coradas; era mulher e menina ao mesmo tempo. Quando se levantou para conferir a própria obra na estante — um vaso —, passou por ele, novamente o perfume, o jeans justo. Ela pegou o vaso e virou-o gentilmente — e, naquele momento, nasceu a fascinação de Lock. Ela *fizera* aquele vaso; soprara-o com os próprios lábios. Aquilo o excitou. Estava chocado — porque, junto com sua vida emocional, a sexual também morrera. Daphne queria sexo espasmódico: duas vezes por dia numa semana, depois não mais por doze meses.

Mas, observando Claire, partes inteiras dele reviveram repentinamente para possibilidades. Era como se a visse pela primeira vez. *Bum!*, uma pancada na cabeça, uma pancada no coração. Ela aceitara produzir o evento não por poder ou pelo desejo de ficar em evidência, mas porque queria ajudar, e nisso eles eram iguais. Ela era uma querida. Ele a queria.

Começara devagar. Um beijo, outro beijo, mais beijos — se ela tivesse dúvidas, teria pedido que parasse, certo? Ele fora universitário antes da era dos encontros com sexo obrigatório e do "não significa não", mas era pai de uma menina (agora adolescente), portanto, compreendia. Avançou lentamente, apesar de sentir ondas de dor e desejo acelerarem o passo. Beijaram-se, e ele tocara nos seios dela, depois nos mamilos delicados, e ela gemera como se ele a estivesse queimando. Afastara-se imediatamente: teria machucado Claire? Ido longe demais? Mas ela dissera: *Se você parar, eu te mato.* E os dois riram.

Sentia-se culpado — não por si mesmo, mas por ela. Claire tinha um marido, Jason Crispin, e dissera que o amava. Lock queria saber o que aquilo significava. *Como* ela o amava, *quanto* o amava e, se amava, *por que* desejava estar com ele? Porque *desejava*. Durante todo o outono, durante as férias, adentrando o inverno, eles se encontraram. Algumas noites, ficavam no escritório; outras, passavam no jardim Greater Light, agora uma reserva (pouco visitada) ecológica, e ficavam aos amassos como dois adolescentes. Claire sentada nos frios degraus de cimento enquanto Lock a tocava por baixo da camisa, depois, do jeans. Às vezes iam no Honda Pilot de Claire até o reservatório de água ou até o fim da rua que dava no lago Capaum, onde se agarravam no banco de trás, os pés espalhando as páginas dos cadernos de desenho das crianças, as caixas de suco vazias no chão do carro. Lock não gostava de fazer amor no carro, não por ser desconfortável (embora fosse), mas porque a presença das crianças era quase palpável. O Honda era um pedaço da vida real de Claire, uma extensão da sua casa, e Lock sentia-se um invasor. Mas Claire adorava tê-lo em seu carro; era maravilhoso lembrar-se dos dois fazendo sexo enquanto levava os meninos para a escola. Portanto, saíam frequentemente no carro dela, porque, mais do que qualquer outra coisa, Lock queria fazê-la feliz. Diferentemente de Daphne, ele *podia* fazer Claire feliz, e isso era o que mais o satisfazia, o que o preenchia. Claire sorria, gargalhava. *Me sinto uma criança de novo*, dizia ela. *Você mudou a minha vida.*

Ele a levara de volta ao ateliê, de volta ao trabalho. Lock não pensava nisso como uma estratégia de sedução; se pensasse bem, sentia como se fosse uma espécie de serviço público. O mundo, na opinião dele, não poderia viver sem a arte de Claire Danner Crispin. Quando pedira que ela criasse uma peça para o leilão, tinha certeza de que ficaria animada e lisonjeada. Não compreendia, na época, por que ela parara de trabalhar. Pensava que a interrupção era temporária: licença-maternidade. Agora conhecia toda a história, e, embora quisesse dizer muitas coisas em resposta, mantinha a boca fechada. Sentia-se feliz por tê-la devolvido ao ateliê, à arte.

Você enlouqueceria, disse ele. *Se passasse o resto da vida cuidando de casa.*

É bem provável..., divagou ela.

Estava claro que Claire adorava estar de volta ao trabalho. Seu motor fora ligado novamente.

Lock tivera dificuldade em convencê-la de que nem a queda nem o parto prematuro de Zack haviam sido culpa dela.

Fui eu que caí, disse ela. *Eu estava desidratada. Não estava bebendo água suficiente. A temperatura não era segura, eu sabia disso. Meu médico tinha avisado...*

Ela falava o tempo todo de Zack. Lock só vira o bebê uma única vez, e de passagem, mas Claire o descrevia como muito carente e "muito atrasado" em relação às outras crianças da idade dele. Lock achava isso ruim, ou potencialmente ruim, e, na tentativa de ajudar, passou a Claire algumas informações sobre um programa de terapia infantil (patrocinado anualmente pela Nantucket's Children), e também o nome de um médico em Boston. Lock imaginou que Claire ficaria grata pelas informações, mas ficou imediatamente claro que ela se ressentira.

— Você acha que tem alguma coisa errada com ele!

— Nem conheço o menino, Claire. Não passei nem cinco minutos com ele. Só lhe dei essas informações porque achei você preocupada, e quis ajudar.

Transformou-se numa discussão. Pela primeira vez, despediam-se brigados. Claire chorava por causa de Zack — havia algo errado com ele, era culpa dela, ela sabia disso, e Lock confirmava suas angústias dando números de telefone de médicos em Boston e de terapias infantis. *Se eu achasse que ele precisava de terapia infantil*, gritara ela, *teria procurado uma!* Lock só estava tentando ajudar. Facilitava coisas desse tipo o tempo todo. Não era trabalho seu dar diagnósticos, mas colocar pessoas com problemas em contato com pessoas que resolviam problemas. Tentara explicar isso a Claire, mas ela não escutara.

Lock não tivera sinal de Claire por cinco dias. Cinco dias vazios, quase insuportáveis. Ficava distraído no trabalho, e toda vez que o telefone tocava, parava o que estava fazendo para prestar atenção em Gavin. Seria Claire? Não. Toda vez que ouvia uma porta se abrir no andar de baixo, seu coração disparava. Não. Mandou um (vago) e-mail de desculpas, depois outro. Ela não respondeu, mas isso não era de todo surpreendente. Claire raramente checava seu e-mail. Por fim, resolveu que passaria na casa dela. A decisão era ao mesmo tempo brusca e cuidadosamente pensada. Por um lado, não queria ver aquela casa agitada e alegre e sentir-se infeliz e solitário, porque a sua era fria e branca como um cubo de gelo. Depois de Siobhan ter cruzado inesperadamente o caminho deles, criaram uma regra para encontros diurnos: não o fariam se não fosse em nome do evento de gala. Havia, é claro, uma série de assuntos legítimos sobre a festa: Claire trabalhava na produção do show; ela e Isabelle estavam decidindo tudo sobre os convites, possivelmente assinando-os, e listando tarefas para os membros do comitê. Antes da discussão, Claire e Lock haviam almoçado duas vezes juntos, uma com Tessa Kline, da *NanMag*. Tessa estava fazendo uma matéria sobre a Nantucket's Children e sobre Lockhart Dixon, seu diretor executivo, e a festa de gala anual, coproduzida por Claire Danner Crispin, artesã local.

— Sempre quis fazer uma matéria detalhada assim — disse Tessa —, incluindo todos os elementos diferentes e entrelaçados.

Estavam almoçando no Sea Grill, Lock e Claire sentados um ao lado do outro, Tessa de frente para eles, disparando perguntas. A certa altura, Claire cutucou Lock com a perna, e ele se afastou. Falavam o tempo todo da importância de "serem cautelosos". Siobhan já nutria suspeitas, eles não podiam se dar ao luxo de mais alguém em cima deles. Se fossem pegos, seria a ruína total: do casamento de Claire, de sua vida familiar, do casamento de Lock, de sua reputação e da reputação da Nantucket's Children.

O caso era uma granada. Bastava puxar o pino e tudo iria pelos ares.

Mas Lock não suportava pensar em Claire chateada por algo que ele tivesse feito. Não deixaria que nem mais um dia se passasse sem falar com ela.

Decidiu ir até a casa de Claire sob a desculpa de deixar uma pilha de cartas que ela deveria assinar e enviar o mais rápido possível. Antes do desentendimento (e aquilo não poderia ser chamado exatamente de desentendimento, porque não haviam brigado ou mesmo discordado — ele a ofendera inadvertidamente), Claire pedia o tempo todo que ele passasse na casa dela para vê-la. Seria fofo, dizia ela, e romântico, se ele a surpreendesse um dia.

Vai no começo da tarde, dizia. *O Jason nunca está em casa.*

Lock não estava preocupado com Jason. Tinha, inclusive, esbarrado com ele na época do Natal no Marine Home Center, onde os dois compravam pinheiros. Ficaram juntos na fila e conversaram um pouco.

— Claire está realmente envolvida nessa coisa que vocês estão fazendo juntos — disse Jason.

— É verdade — respondeu Lock. — O evento.

— Deve ficar incrível.

O homem mostrara-se afável, pensou Lock. Tinha a força e a masculinidade que faltavam em Lock, mas parte dessas características era o que Lock identificava como ignorância. Lock não estava dizendo que Jason era estúpido, mas não era polido ou versado e possivelmente não compreendia Claire.

Uma vez, depois de algumas taças de viognier no escritório, Claire dissera sobre Jason: — Metade do tempo eu sou mãe dele, e a outra metade sua escrava sexual.

Lock dissera, afastando o cabelo dela para beijar-lhe a nuca: — Você merece mais, você sabe disso. — Lock era da opinião de que Jason tratava Claire como uma serva feudal, e, embora ele tivesse raiva disso, também era grato. Os espaços deixados por Jason eram aqueles que poderiam ser preenchidos por Lock. Ele podia dizer a Claire que ela era bonita, podia conversar com ela sobre seu trabalho, podia apreciá-la, tratá-la com carinho e gentileza. Podia separar poemas da *New Yorker* ou copiar passagens de livros e saber que as palavras e os sentimentos eram novidade para Claire.

— Eu amo o Jason — dissera ela. — Mas ele não é você.

O que isso queria dizer? Lock imaginou que significava que ele dava a Claire algo que lhe faltava, algo de que precisava.

Claire fazia amor com o marido frequentemente. Usava a palavra "frequentemente" apesar de não qualificá-la. Para Lock e Daphne, uma vez por mês seria frequentemente; antes do acidente, faziam sexo uma ou duas vezes por semana. Lock temia que "frequentemente" para Claire significasse ainda mais frequência do que isso, mas não suportava a ideia de se prender a esse pensamento. Quando ele e Claire estavam juntos, não se podia permitir a distração de pensar se Claire havia prestado serviços sexuais a Jason no dia anterior ou naquele mesmo dia. Ela nunca mencionava. A paixão dela por Lock pulsava e se manifestava toda vez, e ele se sentia feliz com isso.

Bem, não tinha escolha. Jason era o marido, o pai dos filhos dela.

Lock foi até a casa de Claire depois do almoço com o gerente do Marine Home Center para discutir o plano de um ano de doações. No caminho de volta para o escritório, decidiu levar até Claire as cartas, as quais realmente deveriam ser enviadas. Já estavam quase atrasados.

Lock conhecia o bairro de Claire, embora não tivesse certeza de qual casa era a dela. (Estranho, pensou ele, que nem sequer soubesse em que casa morava sua amante.) Daphne fora à casa de Claire uma vez para um encontro de mulheres ou um chá de bebê, e Lock a deixara lá, mas isso fazia séculos, quase uma vida. Entrou na rua de Claire — travessa Featherbed — com o coração querendo saltar, o almoço tentando acomodar-se no estômago. Estava cruzando uma fronteira, atravessando a linha divisória que dava na vida real de Claire: a casa dela na aconchegante travessa Featherbed. Era diferente de Claire passar no escritório; o escritório era um espaço público que agora pertencia a Claire, assim como a Lock. Ela nunca sonharia em ir à casa de Lock, aquele palácio branco e frio. Não iria querer ver Daphne, e Lock não a culpava.

Identificou a casa na mesma hora. Havia algo de característico nela que ele havia esquecido: uma varandinha diante da porta de entrada. Quando Lock deixara Daphne lá, havia muito tempo, era verão, e o telhado da varanda estava tomado de hera (embora agora, em janeiro, no auge do inverno, estivesse nu, os galhos marrons), e, no degrau, havia uma grande garrafa verde com a palavra "Crispin" impressa. O carro de Claire estava na entrada e havia equipamentos de hóquei encostados na porta da garagem, além de uma rede de basquete jogada numa poça d'água. O dia estava muito claro e frio. Lock forçava a vista, apesar dos óculos escuros. Usava protetores de orelha — o que se tornara uma espécie de piada na cidade; as pessoas brincavam dizendo que, uma vez que estava perdendo cabelo, o que ele realmente precisava era de um chapéu, sobretudo e mocassim. Sentia-se como um vendedor ao se aproximar da porta. Uma Testemunha de Jeová.

A casa era uma obra de arte. Com acabamentos em mogno e cobre; a luminária perto da porta era uma antiguidade. A porta da frente fora resgatada de algum lugar — provavelmente de uma fazenda em Vermont. Lock bateu. Deveria ter ligado antes, mas isso teria ferido o princípio de "dar uma passada", aparecer repentinamente, que era o desejo confesso de Claire. Ela não queria que ele a surpreendesse? Bem, ali estava ele. Surpresa!

Lock ouviu uma voz abafada, quase imperceptível por causa do protetor de orelha. Depois a porta se entreabriu um pouquinho. Lock viu uma mecha de cabelo escuro, um olho escuro, um brilho prateado. Ouviu o barulho de um sininho.

— Pois não?

Agora ele realmente se sentia uma Testemunha de Jeová, um vendedor de aspirador de pó.

— Olá, meu nome é Lock Dixon. Eu trabalho com a Claire. Ela está?

A porta se abriu um pouco mais, revelando uma jovem, a babá tailandesa. A salvadora. A razão de Claire e Lock serem capazes de ter um caso.

— Ela está lá fora — disse a jovem. — No ateliê.

— Você é a Pan?

Ela fez um sinal afirmativo, o sino no pescoço dela tilintava. A porta se abriu mais ainda.

— Quer entrar? — perguntou ela.

— Tudo bem, vou entrar — respondeu ele. Então, num piscar de olhos, estava dentro da casa de Claire. À esquerda, havia um banco com almofadas coloridas e um lustre de vidro fumê. Uma porta levava a um lavabo prateado. O chão era de madeira clara, e, à direita de Lock, havia uma escada em caracol um tanto incomum, com o corrimão feito de algo que pareciam ripas de um barril de carvalho. A casa era quente e cheirava a cebola e gengibre. Ele adorou a casa imediatamente e detestou-se por isso. Seus olhos percorreram o ambiente, como se fosse um ladrão avaliando cada detalhe enquanto seguia Pan pela sala: uma lareira de pedra com abrasador, bancada de mármore rústico, tapetes persas, um sofá vermelho, vigas expostas, armários de cerejeira, vasos de cobre, flores secas, um quadro-negro grande e oval, em que se lia: *Buscar Shea, 16h! Leite!* Pan mexeu alguma coisa no fogão, o cheiro era delicioso. Atrás do sofá estavam alguns brinquedos: um tigre de pelúcia, um telefone com fio de plástico, alguns blocos de madeira. Lock colocou a pilha de cartas na bancada junto da correspondência. Ouvindo Claire falar, parecia que a casa estava caindo aos pedaços. Esperava encontrar gavetas abertas, pilhas de roupa suja embolada nas cadeiras, um centímetro de poeira nas estantes, cereal entupindo o ralo da pia. No entanto, a casa era organizada, limpa, confortável, esplêndida em cada detalhe. A porta para o vestíbulo estava aberta, e Lock pôde espiar casacos e botas, um par de sapatilhas de balé pendurado por fitas de cetim cor-de-rosa. Ouviu o barulho da máquina de lavar. O cômodo cheirava a serragem, gengibre, sabão em pó. Seus olhos encheram-se inesperadamente de lágrimas. Lock sonhara em salvar Claire daquele lugar, mas ela já estava a salvo. Aquilo era um lar, e ele era o seu destruidor. O que estava fazendo?

— Aquilo é para a Claire — disse Lock, indicando a pilha de cartas. — Eu só passei para entregar a ela.

Pan fez um sinal afirmativo com a cabeça enquanto mexia os legumes com uma colher de pau. Viu que ele a observava.

— Está com fome?

Lock levantou a mão.

— Acabei de almoçar — disse. — Obrigado. — Devia ir embora. Quando Claire estivesse pronta para falar com ele novamente, telefonaria.

Virou-se em direção à porta. De qualquer maneira, Claire saberia que ele passara por lá e não pedira para vê-la. Que tipo de mensagem *isso* implicaria? Lock pigarreou.

— Posso falar com a Claire? Ela está lá fora?

— Trabalhando no ateliê — disse Pan. Parecia um aviso para que ele fosse embora. Certamente, Claire não toleraria que alguém a perturbasse enquanto trabalhava.

— Entendi — disse Lock. Então, realmente deveria ir embora. No entanto, fora preciso reunir tanto esforço emocional para cruzar aquela linha e ir até lá... quase com certeza ele não o faria novamente, portanto... queria vê-la. Insistiria.

— Eu vou até lá — disse. — Tudo bem?

— A Claire está trabalhando — disse Pan. — E lá não é seguro.

Verdade. Não era seguro. Mas Lock insistiu:

— Por favor. Ela quer me ver.

Pan encarou-o. Lock tocou a mão dela, e ela encolheu os ombros.

— Tudo bem. Tenha cuidado. É quente no ateliê. E muito claro. Use seus óculos escuros.

Ele sorriu.

— Pode deixar.

Deixou a casa pela porta dos fundos e atravessou o jardim enlameado até o ateliê, que era menor do que uma casinha de ferramentas, porém maior do que um quarto. Soltava uma fumaça branca, como a de um reator nuclear. Frequentemente imaginava Claire trabalhando no ateliê, e agora finalmente a veria em ação. Bateu à porta de metal. Não houve resposta. Ela provavelmente estava ocupada e não pôde ouvi-lo. Ele esperou, tremia e batia o pé contra o piso frio, perguntando-se se Pan o observava. Olhou para a casa; as janelas estavam embaçadas. Bateu novamente, com mais força.

— Claire! — chamou. A propriedade ficava ao lado de um campo de golfe público e sua voz ecoou ao longo do gramado. Será que havia sido uma boa ideia?

Tentou a maçaneta, e ela girou. Deveria simplesmente entrar? Surpreendê-la era uma coisa, mas, e se ela se assustasse tanto que acabasse se queimando ou se cortando? Bem, ele não tinha o dia todo, precisava voltar ao escritório e, como estava determinado a mostrar a cara, tomou coragem e entrou no ateliê.

— Claire? — chamou. Meu Deus, que calor! Lock arrancou os protetores de orelha e desabotoou o casaco. Devia estar fazendo uns quarenta graus ali dentro. O forno rugia como um dragão. Os olhos de Lock foram atraídos pela claridade cegante, era como se olhasse o interior de uma estrela. Fechou os olhos e manchas verdes disformes dançavam à sua frente. Estava ali havia dez segundos e já queimava as retinas. Quando abriu novamente os olhos, viu Claire do outro lado do ateliê — de camiseta branca, jeans e tamancos. Se não soubesse que era ela, a imagem seria irreconhecível. O cabelo estava preso num coque apertado e ela usava enormes óculos de soldador. Estava saindo do forno com uma bolha de vidro derretido na ponta de uma cana de soprar. Ela virou o cana com destreza, e a bolha se transformou numa esfera uniforme, um globo gelatinoso perfeito e amarelo. Lock afrouxou a gravata — estava muito quente, quase insuportável ali dentro. Como Claire aguentava? Ele percebeu que ela suava, a camiseta estava úmida, grudada ao corpo. Ainda não o vira, e ele não sabia como anunciar sua presença sem assustá-la terrivelmente. Estava fascinado pelos movimentos dela, pela maneira como manejava a cana, como manipulava o vidro quente. O vidro era uma coisa viva na ponta da cana, com vontade própria; parecia querer seguir numa direção enquanto Claire o convencia de outra. Ela segurava a cana na boca e a soprava, a bolha expandindo-se como um balão. Parecia fazê-lo sem esforço. Virou-a mais um pouco; apoiou o balão na mesa de metal, rolou-o, deu-lhe forma e abriu a ponta com uma tesoura. Depois virou-se novamente para o forno. Lock tentou sair do seu campo de visão, mas não se moveu o suficiente. Não queria assustá-la, verdade, mas também não queria deixar de assistir àquela cena. Ela o viu e sua boca se abriu refletindo o choque daquela visão. Afastou a cana, e a esfera da ponta imediatamente perdeu a forma. Claire guardou a cana — a ponta com a esfera para baixo — dentro de um balde de água, gerando fumaça e sibilos. Ao mesmo tempo, o ânimo de Lock enfraqueceu. Errara em perturbá-la, destruíra o seu trabalho.

Queria ir embora rapidamente; no entanto, estava ali, e ela agora sabia disso, portanto deu alguns passos hesitantes à frente.

Claire fechou a porta do forno, e o ambiente imediatamente escureceu e resfriou. Ela suspendeu os óculos até o topo da cabeça e piscou com força, como se estivesse tendo uma alucinação.

Sou eu, pensou ele. *Surpresa!* A visita inesperada dera errado. Os cinco dias de silêncio haviam sido uma mensagem. Estava tudo terminado entre eles.

Mas, então, ela sorriu.

— Eu não acredito — disse ela. — *Não* acredito.

— Estou aqui — afirmou ele. — Vim deixar umas cartas.

— Cartas? — perguntou ela.

— Para você assinar.

— Danem-se as cartas — disse ela. Olhou em volta. — Aqui é seguro. A única pessoa que entra aqui sou eu.

— Então... — disse Lock, encaminhando-se para ela, envolvendo-lhe a cintura com os braços. — Posso contar a verdade. Eu vim vê-la.

Beijaram-se. Claire tinha gosto de metal e suor; os lábios e a pele do rosto estavam muito quentes, como se ela estivesse com febre. Era diferente, mas não desagradável. Quando os dois fossem para o inferno e se beijassem, seria mais ou menos assim.

— Estou horrorosa — disse ela.

— Você? Nunca.

— Meu cabelo? Caramba, estou cheirando mal.

O cabelo dela estava emplastrado na testa, e o rosto marcado onde os óculos apertavam sua pele. E tinha um cheiro azedo e almiscarado. Ainda assim, nunca estivera tão bela. Na verdade, Lock precisaria se esforçar para se lembrar de uma mulher mais bonita do que Claire estava naquele momento, trabalhando, suando, sorrindo em seu ateliê. Era uma rainha.

— Desculpe por aquele dia — disse ele. — Por lhe dar aqueles telefones. Eu só pensei...

Ela cobriu a boca dele com a mão.

— Esquece. Eu estava muito sensível. Não devia ter saído daquele jeito.

— Depois você não me ligou mais...

— E você também não *me* ligou.

— Achei que não devesse ligar — disse ele. — Mandei um e-mail. Dois, na verdade.

Claire não respondera. Lock não sabia se isso significava que ela os lera ou não, mas não tinha importância. Os cinco dias de silêncio haviam mostrado a ele que estava apaixonado. Talvez já o estivesse havia algum tempo, mas nunca tivera o ímpeto de dizê-lo. Dizer seria o ultimato do *não seguro*.

— Estou apaixonado por você — declarou ele.

Os olhos dela umedeceram — talvez fosse transpiração ou ilusão de ótica por causa do calor. Mas não, ele estava certo: ela estava chorando.

— Deve ser verdade — disse ela. — Você veio.

Ele a apertou o mais forte que pôde, temendo que ela derretesse como manteiga em seus braços, escorregasse e então desaparecesse. O vidro derretido na ponta da cana, aquela coisa quente e viva, aquele órgão que ela controlava e expandia simplesmente com a respiração — era o coração dele.

Não se beijaram muito mais e certamente não foram muito mais longe. O ateliê era muito quente, e havia Pan esperando dentro de casa, além do fato de Lock estar invadindo o território dela (e de Jason). Além da sensação de que o propósito daquela visita era mais profundo e significativo do que os encontros anteriores. Lock compartilhara algo, entregara-se, e agora a situação mudara. Elevara-se. Ele estava apaixonado. Ela devia algo a ele. Ele era dela.

— Tenho que voltar para o escritório — disse ele.

— Eu sei — concordou ela. — Posso pedir só mais uma coisa, por favor? Você subiria e daria uma olhada no Zack?

— Onde ele está?

— Lá em cima, dormindo. Só queria que você desse uma olhada nele.

— Por quê?

— Só porque ele é o meu bebê. Queria que você o visse. Por favor?

Entraram juntos em casa, porém distantes um do outro. Pan estava sentada no banquinho da bancada da cozinha, almoçando. Observou-os silenciosamente enquanto subiam a escada.

Entraram no quarto pintado de amarelo-claro. Havia um tapete de letras do alfabeto e cortinas transparentes, um berço de madeira clara e uma mesinha da mesma madeira, prateleiras de livros, uma poltrona de balanço, um cesto de bichos de pelúcia. Heather tivera um quarto incrível, que fora redecorado e agora era utilizado por Daphne como "estúdio", apesar de Daphne não trabalhar de fato ali, pelo menos não que Lock soubesse, a não ser quando escrevia cartas raivosas para o editor do *New York Times*, reclamando da linha liberal do jornal. O quarto onde estava agora era aconchegante, como o restante da casa, acalmava a alma. Caminhar atrás de Claire, olhar para o bebê que dormia — um gorducho ruivo com a pele branca de Claire — deu a Lock a paz que ele ansiava. Zack, de chupeta, estava enroscado debaixo de um lençol azul.

— Este é o Zack — sussurrou Claire.

O que Lock achou do bebê dormindo? Claire entrelaçou os dedos, nervosa. Achava que havia algo errado com seu filho, e isso a aterrorizava. Tinha medo, apesar de Gita Patel, renomada pediatra, ter-lhe dito que Zack estava bem, era normal e saudável. Por alguma razão, Claire queria um diagnóstico de Lock; desejava que ele apaziguasse seus receios em relação a Zack. Era a única coisa que lhe pedia.

O cabelo de Zack era vermelho e ondulado como o de Claire, e os cílios longos e curvos eram ruivos. A pele branca como cera ou talco ou neve ou mármore. As pálpebras estavam agitadas; ele sugava a chupeta em ritmo regular. Era a criança de Claire, seu bebê, e Lock sentiu uma onda de amor por ele. Se houvesse algo errado com aquela criança, Lock ajudaria Claire a descobrir, a consertar, a curar.

— Ele é lindo — afirmou Lock. — Ele é perfeito.

CAPÍTULO SETE

Ele a deixa

Para: isafrench@nyc.rr.com
De: cdc@nantucket.net
Enviada em: 10 de fevereiro de 2008, 10:02
Assunto: O convite

Isabelle,

Obrigada por me enviar o modelo do convite. Está lindo, de verdade, adorei os tons de pêssego e de verde-menta, achei muito elegante sem ser exagerado. Só queria levantar alguns pontos. Em primeiro lugar, parece que você mudou o nome do evento "Une Petite Soirée" tem certo charme continental, mas Nantucket não é Paris nem Saint-Tropez, e a festa se chama "Gala de Verão" há tanto tempo que eu acho que, para evitarmos confusão, deveríamos manter o nome. Por favor, mude "Une Petite Soirée" para "Gala de Verão".

Percebi que Aster se esqueceu de incluir *onde* será o evento; então, precisamos que ele adicione uma linha depois de "das 18 às 22h" que diga "Town Recreational Fields, Old South Road". Por último, por favor, mude meu nome para "Claire Danner Crispin" em vez de "Sra. Jason Crispin". Sem entrar nos pormenores do meu casamento, direi que ninguém nesta ilha, nem em lugar nenhum do mundo, me conhece como "Sra. Jason Crispin".

Obrigada!
Claire

Para: cdc@nantucket.net
De: isafrench@nyc.rr.com
Enviada em: 10 de fevereiro de 2008, 10:05
Assunto: O convite

Querida Claire,

Sobre os três pontos levantados no seu e-mail alguns minutos atrás: escolhi o título "Une Petite Soirée" com muito cuidado. Felizmente, Nantucket não é Lyons, nem Aix-en-Provence, mas "Une Petite Soirée" dará uma elegância extremamente necessária ao evento.

Segundo: descrever a localização como "Town Recreational Fields" acrescenta um ar de partida de domingo ao evento, que precisamos fazer o possível para evitar *a todo custo*; portanto, eu simplesmente apaguei o endereço quando passei as informações para Aster, imaginando que podíamos definir um nome para o lugar que fosse mais atraente para o nosso público do que "Town Recreational Fields". Podemos dizer simplesmente "Sob a Tenda, Old South Road". Isso faz com que pareça um circo viajante, mas é melhor do que "Town Recreational Fields", assim como "Une Petite Soirée" — você compreende a tradução, não é, "Um Pequeno Encontro"? — é uma melhora significativa em relação ao nome Gala de Verão.

Quanto aos nomes, a maneira como os escrevi — "Srta. Marshall French" e "Sra. Jason Crispin" — é como se faz tradicionalmente em Nova York. Concordo, é um pouco antiquado (e, acredite-me, com o divórcio, eu detesto usar o nome "Sra. Marshall French"), mas receio evitar a tradição, especialmente em função do nosso público, o qual, certamente, aprecia convites endereçados formalmente.

Obrigada!
Isabelle

Para: isafrench@nyc.rr.com
De: cdc@nantucket.net
Enviada em: 18 de fevereiro de 2008, 11:21
Assunto: O convite

Isabelle,

Desculpe minha demoooooooooooooooora em responder. Meus filhos estão doentes, meu marido precisa entregar um trabalho dentro do prazo, e, claro, você não teria como saber, minha ajudante está de férias no Grand Canyon, o que faz de mim a única responsável pela nossa sobrevivência diária. Como o tempo é precioso, irei direto ao assunto:

• Compreendo a tradução, obrigada por perguntar. "Une Petite Soiré", um pequeno encontro, é um nome caprichoso para certo tipo de festa, mas não para a nossa. Prefiro não ser irônica — não há nada de simples ou pequeno (nem francês) no evento. E, como eu disse antes, é perigoso mudar o nome de um evento tão consagrado como o nosso.

• *Temos* que usar "Town Recreational Fields" porque é o *nome* do *lugar*. Certo, não é um lugar glamoroso, meus filhos praticam esportes lá, mas é o único *grande o bastante* para esse tipo de evento e é *generosamente cedido* para nós pela prefeitura; portanto, deve constar no convite. Dizer "Sob a Tenda, Old South Road" é pouquíssimo informativo. Old South Road fica a quase cinco quilômetros de distância; já imagino nosso público rodando, tentando encontrar vestígios de uma tenda em cima das árvores.

• Terceiro: estamos no século vinte e um, e tudo bem hoje em dia as mulheres usarem o próprio nome. Não há razão para você usar o nome do seu ex-marido, assim como não faz sentido eu usar o nome de meu marido. Usarei meu nome de solteira porque é assim que sou conhecida, profissional e pessoalmente: Claire Danner Crispin. Não vou ceder neste ponto, e agradeço antecipadamente sua gentileza.

Obrigada!
Claire

Para: cdc@nantucket.net
De: isafrench@nyc.rr.com
Enviada em: 18 de fevereiro de 2008, 11:24
Assunto: O convite

Querida Claire,

Informarei a Aster a natureza da nossa discussão.

Obrigada!
Isabelle

Para: isafrench@nyc.rr.com
De: cdc@nantucket.net
Enviada em: 28 de fevereiro de 2008, 15:38
Assunto: Questão urgente!!!

Isabelle,

Hoje recebi por e-mail uma prova do convite e percebi que — apesar de lindo de morrer — só uma das mudanças de que falamos foi feita. Ainda apareço na lista como "Sra. Jason Crispin". E o local ainda está sendo descrito como "Sob a Tenda, Old South Road". Você disse que passaria as mudanças para Aster. O que houve???

Claire

Para: cdc@nantucket.net
De: isafrench@nyc.rr.com
Enviada em: 28 de fevereiro de 2008, 15:41
Assunto: Questão urgente!!!

Querida Claire,

Disse que informaria a Aster a natureza da nossa discussão. Ele estava disposto a mudar o nome do evento para que fosse coerente com os eventos anteriores (eu, no entanto, fiquei desalentada, acreditando, como acredito, que "Une Petite Soirée" é muito superior como nome do evento). Aster não viu necessidade de incorporar as outras duas mudanças.

Obrigada!
Isabelle

Para: isafrench@nyc.rr.com
De: cdc@nantucket.net
Enviada em: 28 de fevereiro de 2008, 20:24
Assunto: Apropriação de direitos

Isabelle,

Espero não ofendê-la ao dizer que Aster Wyatt, por mais gentil que seja ao criar gratuitamente os convites, não está em posição de tomar decisões em nome da Nantucket's Children, e estou irritadíssima por ele estar fazendo isso. Por favor, insisto, mude meu nome para "Claire Danner Crispin". Se você quer manter o endereço tão vago como está, tudo bem, faça como quiser, mas prepare-se para o caos.

Obrigada!
Claire

Para: cdc@nantucket.net
De: isafrench@nyc.rr.com
Enviada em: 28 de fevereiro de 2008, 20:27
Assunto: Apropriação de direitos!

Querida Claire,

Na verdade, Aster Wyatt está no comitê do evento, foi indicado por mim e eu o designei como o responsável pelos convites; portanto, as decisões finais referentes a isso ficaram por conta dele. Ele criou o convite de graça, apesar de o custo de impressão de 2.500 convites (incluindo envelope e cartão de resposta com envelope) ter ficado em quase seis mil dólares. Um velino impresso com o nome dos membros do comitê será inserido, mas apenas quando a comissão já estiver definida. Os convites acabaram de voltar da gráfica; imediatamente mandei um para você. Você concordará comigo que não podemos incorrer em nenhuma despesa *adicional* mandando-os de volta para alterar seu nome (que, devo ressaltar, não está escrito errado), simplesmente porque você não gosta assim.

Obrigada!
Isabelle

Enc: LDixon@nantucketschildren.org
CC: AFiske@harperkanefiske.com
Enviada em: 28 de fevereiro de 2008, 21:00
Assunto: Apropriação de direitos!

Viram isso??? Acreditam nisso??? Vou ser listada (debaixo de Isabelle, por falar nisso, apesar de meu nome vir antes, por ordem alfabética, e vocês acham que foi *decisão* de quem?) como "Sra. Jason Crispin". É um golpe tão baixo que acho que vou vomitar.

Para: cdc@nantucket.net
De: AFiske@harperkanefiske.com
Enviada em: 1º de março de 2008, 8:14
Assunto: Apropriação de direitos!

Seis mil é dinheiro demais, Claire. Não dá para voltar atrás e consertar. Por outro lado, Jason vai adorar.

Adams

Para: AFiske@harperkanefiske.com
De: cdc@nantucket.net
Enviada em: 1º de março de 2008, 09:45
Assunto: Apropriação de direitos!

Jason não vai entender! Vai ver o nome "Sra. Jason Crispin" e pensar que está sendo chamado de mulher.

Para: isafrench@nyc.rr.com
De: cdc@nantucket.net
Assunto: Lamentável apropriação de direitos!
(Não enviado)

Isabelle...

Acho difícil e desagradável trabalhar com você. Compreendo que esteja passando por um divórcio doloroso e, portanto, estou me esforçando para suportar um pouco mais. O que gostaria que você entendesse, no entanto, é que Nantucket é diferente de Manhattan. Nantucket, na sua essência, é uma cidade pequena, informal e humilde, mesmo nos meses de alta temporada. Nós não precisamos (ou queremos) de todas as honras e pretensões que podem atender a um evento de gala em Manhattan (ou Cannes, nem Nice, inclusive!). Eu não preciso (ou quero) de um título como "Sra. Jason

Crispin". Até mesmo os amigos dos meus filhos me chamam de Claire. Não importa que o endereço do evento, "Town Recreational Fields", não soe bem, porque é esse, de fato, o nome do lugar. Desculpe se isso é muito chinfrim para você. Desculpe se Nantucket, em geral, é pouco sofisticada e bastante cafona para você. No entanto, lembre-se disto: a natureza calma, modesta e relaxada da ilha é a razão de tanta gente estimada procurá-la como refúgio de verão. Como um *antídoto* à cidade grande, não uma versão veranista dela.

Obrigada!
Claire

Proposta para o Evento Gala de Verão da Nantucket's Children: Bufê Island Fare, Carter e Siobhan Crispin, Proprietários
Incluindo bar, cascata de champanhe, canapés volantes, canapés de mesa, jantar sentado, sobremesa: $225 por pessoa.
Nota: o menu que apresentamos a seguir foi pensado para ser um sucesso. É um desafio até mesmo para um bufê maior e mais sofisticado servir um jantar sentado para mil pessoas com sucesso. (Ouvimos queixas de que as entradas do ano passado estavam frias, malpassadas ou cozidas demais.) Nosso foco é a comida fresca, sazonal (se possível, plantada, colhida e pescada na ilha) que possa ser degustada em temperatura ambiente, como em um piquenique. Ofereceremos porções modestas de três entradas para garantir a satisfação de todos, e garantiremos uma apresentação elegante e criativa.

Canapés Volantes
Camarão ao leite de coco, com curry e chutney de manga
Gazpacho frio em copos de pepino
Quesadillas de frango defumado e abacate com milho
Folheados de cogumelos selvagens e Roquefort
Gougères
Wontons crocantes de porco com molho agridoce de damasco

Canapés de mesa
Ostras e mariscos crus ao molho mignonette
Camarões VG com raiz-forte, mostarda e molho cocktail
Brie *en croûte* com chutney de ameixa e nozes
Legumes crus com molho de cebolinha e pinhão, e pasta de grão-de-bico com pimentões vermelhos

Jantar sentado
Filé-mignon com molho de gorgonzola
Minirrolinhos de lagosta
Salada de arroz selvagem com cogumelos portobello e vinagrete de mirtilos secos
Tradicional salada Caprese: tomates orgânicos fatiados, muçarela de búfala, manjericão fresco
Pão de milho com manteiga de mel

Sobremesa
Brownies e blondies, morangos com calda de chocolate, *éclairs*, tortinhas de limão, marshmallows, doce de leite de açúcar mascavo, pé de moleque e trufas de chocolate com menta.

The Inquirer and Mirror, Caderno de Economia, 25 de fevereiro
Lockhart Dixon, diretor executivo da Nantucket's Children, confirmou ontem que o ícone do rock'n'roll Max West se apresentará no evento anual de caridade Gala de Verão, que acontecerá no dia 16 de agosto no Town Recreational Fields.

"Estamos muito contentes por esta oportunidade", afirmou Dixon. "Max West concordou em doar a apresentação. De outra forma, jamais seríamos capazes de arcar com um nome tão estimado. A coprodutora do evento, Claire Danner Crispin, é amiga de infância de Max West. Ela conseguiu fazê-lo confirmar a presença, e estamos todos muito gratos."

Ingressos para o evento custam $1.000 por pessoa e incluem coquetel, jantar e show de uma hora e meia de West.

"Tenho certeza de que será o grande evento do verão", declarou Dixon.

Gavin Andrews estava roubando da Nantucket's Children, apesar de não pensar nisso exatamente como *roubo* nem como *fraude*. Ao contrário, a imagem que lhe vinha à mente era de remoção de sobras, tão inofensiva quanto uma criança enfiando o dedo na cobertura de um bolo.

Começara a "remover" em outubro, quando foram feitas as contribuições anuais. Acontecia assim: ele recebia dez ou doze cheques totalizando oito mil e quinhentos dólares e depositava oito mil, guardando quinhentos, em dinheiro, no bolso. A quantia dos cheques era registrada num arquivo do computador, mas os depósitos eram feitos no banco, e o único documento era o comprovante de depósito (que Gavin havia jogado fora), além do extrato bancário, cuja responsabilidade pela averiguação era do próprio Gavin. Eventualmente, ele seria pego por um auditor, mas este só era chamado uma vez a cada dois anos, e já o fora em setembro, encontrando tudo em perfeita ordem, cada centavo em seu lugar. Lock ficara satisfeito com Gavin, dizendo não esperar menos dele, e dando tapinhas — literalmente — em suas costas. Duas semanas mais tarde, Gavin dera início às suas atividades. Quando o auditor voltasse, já estaria bem longe.

Ninguém o pegaria. O conselho diretor tinha um tesoureiro, um senhor chamado — comicamente — Ben Franklin, morador de Lincoln Park, Chicago, não muito longe dos pais de Gavin. Na verdade, Ben Franklin e o pai de Gavin, Gavin pai, pertenciam ao mesmo grupo social, e, por isso, Gavin sabia que Ben Franklin estava, nos seus anos de declínio, ficando senil. O sr. Franklin era o único membro do conselho que se candidatara ao cargo de tesoureiro. Tinha nove filhos e vinte e seis netos, e Gavin acreditava que se candidatara a tesoureiro menos para administrar finanças do que para escapar do caos de sua casa de veraneio. O velho Ben esperava que Gavin lhe passasse o orçamento e o balanço de investimentos minutos antes das reuniões do conselho. Ben Franklin comparecia às reuniões somente três vezes por ano — em junho, julho e agosto — e, no restante do tempo, Gavin ocupava o lugar de tesoureiro, prestando contas a ele mesmo.

Lock era a única pessoa com quem Gavin devia se preocupar, mas Gavin trabalhava para a Nantucket's Children há quase tanto tempo quanto Lock, e conhecia seu chefe tão intimamente quanto uma esposa. (O que pode ser considerado presunção por parte de Gavin. O que ele sabia, afinal, sobre ter uma esposa? Portanto, digamos assim: Gavin passava mais tempo com Lock do que Daphne.) E Gavin sabia o seguinte: embora Lock fosse um homem de negócios, suas predileções tendiam à interação com as pessoas e à construção de relações. Lock era persuasivo, confiante e inteligente, e fora assim que construíra sua fortuna. Não era, no entanto, um homem de números. Olhar para gráficos e mais gráficos de números fazia com que sua cabeça girasse e os olhos embaçassem até que implorasse a Gavin por um analgésico. Gavin percebera isso e gentilmente sugerira a Lock que deixasse as minúcias bancárias por sua conta. Lock ficou grato, e Gavin passou os anos seguintes conquistando sua confiança. O caixa era perfeito, o auditor estava satisfeito. Estrela de ouro.

A decisão de roubar, desviar — remover — de Gavin — não fora fácil. Apesar de ter o caminho livre e de seu plano ser praticamente infalível, ele morria de medo de ser pego. Seria o fim da vida que levava — o que significava seu trabalho, o uso da enorme casa dos pais, sem mencionar a relação com eles, com Lock e com todos os seus conhecidos. Então, por que fazê-lo? Preto no branco: Gavin acreditava que alguém em algum lugar lhe devia algo. Sua vida não saíra da maneira que deveria. Nascera filho único de pais ricos, de modo que sua vida deveria ser fácil. Um dos seus problemas era o fato de ter chegado ao topo muito cedo. Fora eleito o Mais Bonito no último ano da Evanston Day School, seus pais, no entanto, não se impressionaram com tal distinção, encararam o fato como mais uma coisa que lhe haviam concedido. (*Você nasceu com bons genes*, dizia a mãe.) Depois Gavin foi para a Universidade de Michigan, onde quase se perdeu; era impossível destacar-se no mar de azuis e amarelos* que habitava Ann Arbor. Gavin jamais esqueceria seu primeiro jogo de futebol na Big House, o estádio da universidade. Olhar para toda aquela gente o fez se dar conta da própria insignificância, a sensação que acomete algumas pessoas quando contemplam o infinito de estrelas no céu. O momento de definição na universidade ocorreu quando Gavin fez sexo com Diana Prell, uma linda caloura, no armário de vassouras de um pub irlandês. Ele não se lembrava de como haviam acabado naquela espelunca, mas se lembrava de ter sido ideia de Diana, de ter sido ela a encaminhá-lo para lá. Quando o sexo terminou, no entanto, ela o acusou de tê-la forçado. Não chegou a dar queixa na delegacia, mas o termo "estupro de encontro" foi silenciosamente anexado ao nome de Gavin. Acabou perdendo os poucos amigos que fizera, mas continuou indo às festas e começou a fumar para ter o que fazer, um grupo com o qual se associar, nem que fosse para filar cigarro ou para pedir fogo. Seu ressentimento e sua alienação cresceram, e ele sentiu algo apodrecer sob a sua superfície.

Depois da universidade, Gavin pai arranjou um emprego para Gavin na Kapp & Lehigh, uma firma de contadores de Chicago, e foi lá que sua vida de criminoso de colarinho-branco começou. Sucumbiu, ao que agora via como pressão clássica dos colegas de profissão, quando foi abordado por um grupo de contratados que tinha um esquema de desvio em curso. Poderia ter colocado a boca no trombone ou ter feito vista grossa, mas desejava tão desesperadamente ser aceito pelo grupo que fez o trabalho mais perigoso — moveu os fundos de uma conta para outra e alterou as quantias na transferência, depois depositou a diferença num fundo específico que mais adiante os cúmplices ratearam. Foram pegos apenas alguns meses depois, não por causa de Gavin, mas porque outro companheiro dedurou todos os envolvidos. Como tinham sido contratados recentemente, como eram jovens e incrivelmente idiotas e como a quantia desviada era menor que mil dólares, Kapp & Lehigh demitiu-os sem prestar queixa contra eles.

Ainda assim, Gavin ficou em estado de desgraça, era impossível que fosse contratado por outra empresa. Os pais estavam ficando velhos,

---

* Referência às cores da Universidade de Michigan: blue and maize. (N. T.)

e Gavin, desempregado, ficou com eles naquele inverno, ouvindo um jazz lamentoso e gastando o dinheiro dos pais em roupas de alfaiate que, imaginava, nunca mais teria motivos para vestir. No verão, foi com eles para Nantucket, e, no outono, sugeriram que Gavin ficasse e tentasse refazer sua vida ali. Talvez tenham pensado que o ar marinho e o inverno frio e cinzento fortaleceriam o caráter do filho ou simplesmente queriam vê-lo longe, enfiado numa ilha onde não tivessem de lidar com ele no dia a dia. Gavin recebeu permissão para morar na casa de frente para Cisco Beach de graça, mas tinha de encontrar um emprego para pagar as contas.

Nantucket era um lugar pequeno, e isso servia a Gavin, mas ele tivera dificuldade para encontrar um meio de se destacar. Tomou conta de quadros numa galeria de arte por alguns meses, mas achou o trabalho entediante. Foi garçom no Brotherhood, achou o lugar muito confuso e quente. Depois encontrou a Nantucket's Children, e uma luz se acendeu dentro dele. (O que era estranho, pensaram os pais, porque ele não gostava de crianças.) Suas habilidades, no final das contas, eram as de um administrador meticuloso. Era rápido, organizado, impecavelmente educado, e nunca se esquecia de nada. Construiu para si mesmo uma *persona* — o conversível vermelho, o gosto por música clássica, filmes cults e camisas italianas da Haberdashery —, mas ultimamente começara a sentir-se prisioneiro da própria identidade. Desejava amigos em vez de conhecidos, queria ser convidado para um show ou um drinque no Chicken Box, queria que falassem dele em vez de ser um desconhecido completo. Os amigos mais chegados eram Rosemary Pinkle, viúva recente que ele conhecia da Igreja Episcopal, e a mulher de Lock, Daphne Dixon, que gostava tanto de fofoca quanto ele.

Estava roubando não porque precisasse do dinheiro (apesar das contas da casa de quase seiscentos metros quadrados não serem nada baratas, e de seus aumentos nunca lhe proverem mais do que esperava), mas porque queria uma mudança. Usaria parte do dinheiro para sua fuga. Quando chegasse a hora, sairia do país — para a Tailândia ou para o Vietnã ou Laos, onde encontraria uma mulher linda e viveria livre, sem julgamentos.

Algo que surpreendeu Gavin em relação ao ato de roubar foi que melhorava o seu dia a dia. Em vez de flutuar sem sentido pelas mil e uma tarefas do dia, sentava-se na beirada da cadeira concentrado e prestando atenção em tudo, sem deixar passar nada. Estava ciente dos quinhentos dólares em seu bolso; estava ciente do comprovante de depósito amassado e enterrado na lata de lixo; podia sentir a pressão da ponta dos dedos contra o teclado do computador enquanto digitava a quantia depositada. Podia sentir o ar de encontro ao seu rosto barbeado; podia ouvir Lock, do outro lado da sala, inspirando e expirando; podia distinguir cada nota da polonaise de Chopin que tocava na rádio Bose. Que nota estaria tocando no momento em que fosse descoberto? Só de pensar, um arrepio lhe percorria.

O telefone tocou, e Gavin quase pulou da cadeira de rodinhas. Lock levantou o olhar.

— Muita cafeína no almoço?
— Café duplo — confirmou Gavin.
— Se for a Daphne, diga que não estou — disse Lock.

Gavin fez sinal positivo. O pedido era habitual. Apesar de Gavin enxergar Daphne como uma parceira na busca por manter a vida interessante, não contava a ela que o marido recusava suas ligações rotineiramente.

— Nantucket's Children.
— Gavin?

Gavin passou a língua nos dentes e olhou na direção do cabideiro à sua frente em que ficavam os casacos pendurados — parecia um boneco de desenho animado —, onde o sobretudo da Burberry de Lock encontrava o casaco de cashmere (mais bonito) da Hickey Freeman de Gavin. Era Claire Crispin... de novo.

— Olá, Claire.
— Oi. O Lock está acessível?

Acessível. Ela sempre dizia isso — talvez porque o marido fosse carpinteiro — e a frase deixava Gavin irritadíssimo. Lock estava acessível? Não, ele não estava acessível. Não estava acessível nem para trocar o rolo de papel higiênico do lavabo. (Gavin usara essa piada antes, depois se cansara dela.) Cansara-se de Claire em geral e de seus telefonemas frequentes para Lock, de suas aparições-surpresa. Ela aparecia às oito e quinze, depois de deixar as crianças no colégio, com uma aparência terrível em suas roupas de ioga que deformavam o corpo, sem maquiagem, o cabelo num coque embolado. Gavin nunca seria visto daquela maneira em público; não gostava daquela aparência nem mesmo na vida privada. Claire sempre tinha algo para buscar ou deixar ou desejava que Gavin procurasse algo nos arquivos ou então queria a opinião de Lock sobre o último conflito que tivera por e-mail com Isabelle French. Era cansativo, Gavin não prestava muita atenção. Quase sempre, Claire telefonava mais tarde no mesmo dia, e, quando Gavin atendia, ela dizia "Oi. É Claire. Sentiu saudade de mim?"

E Gavin pensava: *Como eu posso sentir saudade se você nunca vai embora?*

Na maior parte das vezes, Gavin tentava dar uma risadinha, então Claire dizia (reduzindo a paciência dele a um fiapo): *Lock está aí por perto?*

Desta vez, Gavin respondeu: — Só um minuto. — Apertou o botão de espera e disse para Lock. — É Claire.

— Ok — respondeu Lock. — Ótimo, pode passar.

Lock não atendia os telefonemas de Daphne, mas sempre atendia os de Claire. O que isso queria dizer? Gavin passou a prestar atenção em Lock. Os olhos dele pareceram iluminar-se quando disse alô, e a voz pareceu assumir um tom carinhoso. Depois, Lock girou a cadeira para ficar de frente para a janela e de costas para Gavin. Era um gesto que Gavin conhecia bem. Mantinha as mãos nos bolsos do paletó quando ia ao banco fazer algum depósito, e fazia todo o trabalho de banco no computador com a tela virada de costas para a mesa de Lock, normalmente quando Lock estava no almoço. Esses eram movimentos de uma pessoa com segredos. Virar as costas. Falar em frases curtas que pouco deixavam transparecer, como Lock fazia agora: *Sei, entendi o que você quer dizer. Ok. Agora não posso. Pode apostar. Eu também.*

Gavin apertou os olhos em direção às costas de Lock. Um caso? Era simplesmente impossível. Claire vinha ao escritório parecendo que tinha acabado de voltar da selva e não tivera tempo para um banho na volta à civilização. Não era assim que uma mulher se apresentava a um amante

(Gavin dormira com catorze mulheres na vida, nenhuma delas fora especial, mas todas limpas). Além do mais, Claire não era o tipo de Lock — e não apenas porque parecia ter-se vestido no escuro. Era muito casual para o seu chefe, muito desleixada e espontânea, nada refinada. Se Gavin sugerisse a Daphne que Lock estava tendo um caso com Claire Crispin, ela cairia na gargalhada e soltaria uma maldade qualquer sobre Claire que deixaria até mesmo Gavin desconfortável — "sem banho" seria o comentário mais gentil. Daphne se preocupava com Lock e Isabelle French, e estava certa, porque Isabelle French tinha beleza e educação clássicas... além de ter ficado solteira recentemente. (Gavin estava interessado em Isabelle, apesar de ela ser muita, mas muita areia para o caminhãozinho dele.) No entanto, Isabelle não aparecia na ilha havia meses, e raramente ligava. Quando telefonava, Lock, às vezes, pedia que Gavin anotasse o recado; quando não, as conversas eram sucintas, Lock demonstrando uma impaciência inconfundível.

Não, Gavin disse a Daphne com toda confiança. *Nada está acontecendo entre Lock e Isabelle French.*

Mas agora havia essa vibração, essa quase *certeza* de que Lock, como Gavin, tinha um segredo. Olhe só para ele, chutando de leve o velho aquecedor. Um tique nervoso. Gavin reconhecia porque monitorava os próprios tiques o tempo todo: o cantarolar baixinho, o estalar de dedos, a língua passando nos dentes, o ato de conferir compulsivamente os bolsos da calça — o dinheiro estava todo lá? Era preciso ser um criminoso para reconhecer outro criminoso, e Gavin reconhecia um criminoso.

— Ok — disse Lock a Claire. — Vou ver isso. Ok, a gente se vê.
— Desligou.
— Como vai a Claire? — perguntou Gavin, o mais distraidamente possível. Talvez estivesse só fazendo projeções: fazer algo ruim fora tão fácil para ele que imaginava ser simples para os outros.

Lock sorriu. Afetuosamente? Culpadamente? Gavin não soube dizer.
— Ela está bem — disse ele.

Carter ganhara mil e novecentos dólares no March Madness — um torneio de basquete muito grande e importante na América, explicou ele a Siobhan. Ela ficara irritadíssima com a aposta, apesar da vitória, mesmo depois de Carter tirar notas de cem da carteira e dizer:

— Compre alguma coisa para você.

Siobhan fez exatamente isso, mesmo achando que o certo seria depositar o dinheiro direto no banco para cobrir as dívidas, embora pensasse que deveria ter jogado o dinheiro na cara de Carter e dito, sem meias palavras, que ele tinha um *problema*. O mês de março fora péssimo para Siobhan — não havia trabalho, somente um infindável correr de horas gastas com as crianças no rinque de patinação no gelo, comendo pizza e pipoca e bebendo refrigerante sem gás. Claire andava estranha e distante — trabalhando o tempo todo no projeto para o leilão, indo a "reuniões" noturnas. Duas vezes Siobhan telefonara para ver se Claire queria tomar uma taça de vinho com batatas fritas na 56 Union, e ela recusara, dizendo ter uma "reunião".

— Quem vai a essas reuniões? Todo mundo? Ou só você e o Lock? — perguntara Siobhan.

Houvera uma pausa. Depois, Claire respondera:

— Existe um comitê.

Seu tom de voz continha a acusação de que, apesar de Siobhan fazer parte do "comitê", ela ainda não comparecera a nenhuma reunião. E não iria mesmo, pensou Siobhan com desdém. Até que lhe oferecessem o serviço de bufê.

O fato em questão era: as coisas entre Claire e Siobhan não andavam bem desde o dia em que Siobhan vira Claire e Lock indo em direção à floresta em Tupancy Links, e Claire negara tudo expressamente. Uma mentira deslavada — mas não era a mentira em si que incomodava Siobhan. Mas que a mentira cobrisse uma porção de outras mentiras. Para que todas aquelas reuniões? O que acontecia nelas? Jason talvez estivesse próximo demais para enxergar o que estava escrito em letras grandes e claras, mas Siobhan sabia ler. Alguma coisa estava acontecendo. Por que Claire não assumia? Estava escondendo alguma coisa, e Siobhan sentia-se ferida e ofendida com tudo isso; com raiva de Claire e de si mesma. Siobhan era muito sarcástica, ou muito durona — o resultado de ter que aprender a sobreviver no meio de oito crianças — e Claire era doce e suave como o recheio de uma trufa. Estava com medo de confidenciar a Siobhan. E Siobhan estava se mordendo para perguntar a Claire: o que você sente por Lock? Está gostando de trabalhar com ele? Vocês passam muito tempo juntos. Sente alguma coisa por ele? O relacionamento de Claire e Lock parecia ir além do normal, além do cotidiano, e parecia ter chegado a uma intimidade que superava o adequado. Mas Siobhan não tinha coragem de sugerir isso a Claire. Portanto, estavam num impasse. Claire não confidenciaria a Siobhan sobre Lock; Siobhan não confidenciaria a Claire sobre a jogatina de Carter ou sobre qualquer outra coisa. A amizade sofria. Havia sido um inverno brutal.

Siobhan pegou os quinhentos dólares da mão de Carter, enfiou-os no bolso do jeans e foi para a cidade. Quando ela estava saindo de casa, Carter gritou: *Compre alguma coisa bonita!* Como se ele fosse um mafioso e ela, sua amante. Que piada!

Tarde de um sábado de março: a Federal Street estava deserta — parecia uma cidade fantasma — e, ainda assim, estacionado ali, estava o carro de Claire. Siobhan o avistou quando entrou na Eye of the Needle. Era a loja favorita de Claire; talvez se esbarrassem e fossem ao Brotherhood tomar uma cerveja. Claire, porém, não estava na loja. Siobhan foi até o lado de fora, telefonou para o celular de Claire, e a ligação caiu na caixa postal. Instintivamente, Siobhan soubera que Claire estava no escritório da Nantucket's Children na Union Street — ela simplesmente sabia. Por que não ir até lá e ver por si mesma, acabar com as dúvidas de uma vez por todas? Siobhan sentiu-se como Nancy Drew — detetive feminina —, como Angela Lansbury.

Desceu rapidamente a Federal Street, movida por uma energia indescritível. Flagraria sua melhor amiga fazendo... o quê?

Siobhan viu Claire descendo os degraus da igreja. Olhou para o relógio. Quatro e meia. A missa era às cinco, mas Claire estava saindo da igreja, e não entrando. Todo bom católico sabia que só havia três razões para se ir à igreja no meio da tarde: casamento, funeral ou confissão. Siobhan não viu noiva nem noivo tampouco um caixão.

— Claire?

Claire virou o rosto rapidamente. Pega no flagra.

— Olá — disse ela num fio de voz.

Siobhan olhou para a igreja.

— O que você está fazendo aqui?

— O que *você* está fazendo aqui? Caramba, a cidade está morta — respondeu Claire.

— Você veio se confessar? — perguntou Siobhan.

Claire olhou para trás, como se estivesse surpresa de ver a igreja ali.

— Vim — disse. — Fico tentando trazer J.D. e Ottilie, mas eles nunca querem vir, então acho que devo dar o exemplo, sei lá. Um pouco de arrependimento não faz mal a ninguém.

Claire era a pessoa mais fácil de se ler do mundo. Naquele momento tinha duas manchas vermelhas nas faces. Siobhan — a detetive — tinha outra pista. Embora tivesse sido criada em County Cork, e Claire tivesse crescido no fim do mundo litorâneo de Nova Jersey, o catolicismo das duas era o mesmo. Siobhan não fazia uma confissão desde os doze anos, e sabia que Claire tampouco. Devia ser um *pecado enorme* para ela estar ali.

— Vou fazer compras — disse Siobhan. — Você quer tomar um drinque em algum lugar? Quer conversar?

— Não — respondeu Claire. — Não posso.

— Só um drinque. Vamos lá. Parece que não a vejo mais.

— Tenho que voltar para casa — disse Claire. — Jason, as crianças, o jantar. Você sabe como é a minha vida.

Siobhan concordou, beijaram-se, e Claire apressou-se até o carro. Siobhan dobrou a esquina, procurando ostensivamente algo realmente bonito na Erica Wilson. A verdade é que só queria sair de cena para recuperar o fôlego após o choque. Claire se confessando.

Você sabe como é a minha vida.

Sabia?

Havia uma música sobre "um mau dia" de que as crianças gostavam, e, quando tocou no rádio, Claire foi intimada a aumentar o volume para que as três crianças mais velhas cantassem enquanto Zack chorava. Claire detestava essa música, era assombrada por ela. A primavera — estação de renascimento e novas esperanças — estava se tornando um desastre. Um mau dia após o outro, sucessivamente.

Um bom exemplo era o que acontecia no ateliê. Havia meses ela tentava começar o lustre-candelabro retorcido para o leilão de gala. Mas eram falsos começos e tempo perdido. Soprava um globo bonito, o qual seria o centro da peça. Era colorido, puxando para um rosa transcendental, o rosa mais luminoso que Claire já conseguira, resultado do modo minucioso como amassara o material vítreo com o pilão. O globo estava perfeito, fino e maravilhoso como em *Bolhas*. Claire estava avançando. No entanto, o mesmo globo perfeito e platônico estilhaçara, e Claire chorou durante três dias. Chorava com Jason, chorava com Lock. Os dois fingiam compreender, mas não compreendiam, não verdadeiramente, e ela ficava irritada porque os dois, no fim das contas, reagiam do mesmo jeito. *Está tudo bem. Você vai fazer outro, e o segundo vai ficar mais perfeito ainda.* Usavam o mesmo tom de voz; eram, naqueles momentos, o mesmo homem. Perturbador. Claire tentava explicar que o problema não era o globo partido, mas sua confiança e vontade partidas. No entanto, tentou novamente, e o resultado foi quase tão bom quanto o primeiro, faltando ao globo apenas aquele toque de perfeição que, na cabeça de Claire, este novo não tinha. Em relação ao segundo, ela se comportou como uma mãe superprotetora. Quando estriou, colocou-o em uma manjedoura forrada de palha, e o admirava e vigiava como se fosse o menino Jesus.

Terminado o corpo do lustre, começou a trabalhar nos braços. Tinham que arquear e curvar, ter a mesma natureza retorcida dos castiçais que fizera muito tempo atrás para o sr. Fred Bulrush — todos aqueles vidros emaranhados e coloridos —, mas precisavam pender do globo como fibras, galhos de trepadeira, tinham de pingar. Isso significava que Claire precisaria puxar cada braço pela mão, fazê-lo curvar e contorcer ao mesmo tempo, sem erros. No entanto, a tarefa era impossível, estava além de suas forças, como certas posições de ioga — não conseguiria que o vidro tomasse a forma que ela desejava. Tentara sessenta vezes para conseguir um braço gracioso, um arabesque de bailarina e, quando finalmente conseguiu, chorou ainda mais porque pôde ver como ficaria incrível o lustre se algum dia o terminasse; não tinha certeza, porém, de que possuía paciência para mais sete braços. Na verdade, Claire puxou mais um lindo braço depois de outras dez tentativas; no entanto, como trabalhava com as mãos, e não com moldes, o segundo não correspondeu ao primeiro. O ângulo da curva ficou muito acentuado; se juntasse os dois braços ao globo, um deles pareceria deformado. Mais lágrimas.

— Você não tinha nenhuma garantia de que seria fácil. Na verdade, uma das razões para a peça ser tão valiosa é o fato de ser tão difícil. A gente está pagando pelo seu sangue, seu suor e suas lágrimas — disse Lock.

Claire quase o xingou. Era uma peça para leilão, uma *doação*, e estava consumindo todo o seu tempo. Fora um erro voltar àquele ateliê; ela perdera a mão, o lustre estava acima de sua capacidade e, mesmo assim, era a única coisa que queria fazer. Portanto, propusera-se uma meta inatingível, e sua recompensa eram a frustração e a sensação de derrota.

Jason tinha razão. Ela devia tê-lo deixado jogar uma bomba ou atirar flechas no ateliê. Derrubá-lo. Acelerar o Darth Vader para cima dele e colocá-lo abaixo.

Claire pôs o globo e o único braço na caixa do lustre e depositou-os no alto do armário, fora do campo de visão. Pensaria nele depois. A melhor coisa a se fazer quando o vidro não está cooperando, seus professores costumavam dizer, era afastar-se. Dar um tempo. Claire levou Ottilie e Shea para cortarem o cabelo — e, depois, como suprassumo do luxo, manicure. Claire fazia as próprias unhas, mas a simples visão das mãos fazia-a se lembrar do lustre, e ela saiu do salão com duas meninas sorridentes e o coração pesado. O lustre a chamava e a assombrava. Era um bebê que abandonara num lixão, gritando por ela, um pesadelo. Claire conseguiu atravessar o dia até a hora do jantar; depois que as crianças dormiram, porém, ela voltou ao ateliê e acrescentou uma pequena cúpula no final do único braço. Era o lugar da lâmpada. Doce e preciosa como um botão de lírio-do-campo. Claire se sentiu bem por cinco minutos, e então começou o braço seguinte. Quarenta e sete tentativas depois, estava novamente às lágrimas. Subiu na cama ao lado de Jason, que acordou por alguns segundos e disse:

— Meu Deus, Claire, esquece isso. Você está ficando maluca.

Para: isafrench@nyc.rr.com
De: cdc@nantucket.net
Enviada em: 27 de março de 2008, 01:32
Assunto: Peça do leilão

Isabelle,

Estou enfrentando dificuldades na produção da peça para o leilão. Planejei fazer um lustre, imaginando que ficaria muito bom, mas as coisas não estão saindo do jeito que eu esperava. Sei que é tarde para esse tipo de coisa, mas fiquei me perguntando se você seria capaz de conseguir outro item para o leilão. Talvez devêssemos repensar as aulas de canto, ou as entradas para o *South Pacific*, com encontro e cumprimentos a Kristin Chenoweth. Além de toda a responsabilidade que já tenho no momento, a ideia de produzir essa peça está me matando — não tenho conseguido dormir. (Como você pode ver, estou escrevendo este e-mail à uma da manhã. Estou perdendo o sono!) Você poderia me ajudar a pensar em outras opções, por favor?

Obrigada!
Claire

Para: cdc@nantucket.net
De: isafrench@nyc.rr.com
Enviada em: 28 de março de 2008, 07:32
Assunto: Peça do leilão

Querida Claire,

Tenho toda a confiança de que você criará uma peça de tirar o fôlego para o leilão. O sentimento do comitê durante nossa primeira reunião é também o meu: você é um tesouro artístico da ilha, e ter uma obra de arte sua no leilão é um grande acerto para a Nantucket's Children. O jantar com Kristin, apesar de ser uma ideia fabulosa, poderia ter sido uma opção para nós em outubro passado, mas agora todo o tempo dela para o próximo ano já está tomado. Realmente acho que devemos manter nosso plano com sua peça magnífica.

Obrigada!
Isabelle

Para: isafrench@nyc.rr.com
De: cdc@nantucket.net
Enviada em: 28 de março de 2008, 9·12
Assunto: Peça do leilão

Que tal o G5?

Para: cdc@nantucket.net
De: isafrench@nyc.rr.com
Enviada em: 28 de março de 2008, 9:13
Assunto: Peça do leilão

Como assim?

Para: isafrench@nyc.rr.com
De: cdc@nantucket.net
Enviada em: 28 de março de 2008, 09:35
Assunto: Peça do leilão

A viagem para algum lugar? O jantar a bordo? Achei a melhor ideia de todas! Ainda está disponível?

Para: cdc@nantucket.net
De: isafrench@nyc.rr.com
Enviada em: 28 de março de 2008, 09:37
Assunto: Peça do leilão

Não.

Abandone o barco, Claire, assuma que tudo isso está além do seu alcance. Ainda faltavam quatro meses para a festa. Certamente poderiam arrumar outra opção. Claire podia apostar que Isabelle estava insistindo no lustre por vingança. A peça sugaria toda a energia de Claire e lhe roubaria tempo e — depois — *depois*, para coroar tudo, ninguém além de Lock faria um lance, e toda a empreitada seria um fracasso. Desista! Estava tendo um dia ruim após o outro. Sua frustração com o lustre estava destruindo as demais áreas de sua vida. Atrasara-se para pegar as crianças dois dias seguidos e perdera a maioria dos jogos de J.D.

Uma parte de Claire acreditava que ela merecia o tormento que o lustre estava causando. Merecia aquilo porque era mentirosa e traidora. Estava tendo um caso com Lock Dixon.

Perguntava a si mesma se, depois de certo tempo, a intensidade de seus sentimentos por Lock diminuiria. Se a centelha se apagaria. Ele pareceria familiar a ela? Começaria a prestar atenção nos nove quilos que precisava perder ou na careca lustrosa no topo da cabeça ou nas palavras que usava rotineiramente para se exibir ("pernicioso", "presciente")?

Não. A cada dia, a cada encontro, Lock Dixon parecia mais incrível, mais misterioso e inatingível — portanto, desejável — do que nunca

Ela estava apaixonada por ele e isso a deixava triste. Quando não podia estar com Lock — o que era quase o tempo todo —, era refém do seu desejo por ele. Não conseguia se distrair com mais ninguém — nem com as crianças, nem com Siobhan, nem mesmo com Jason. Contava as horas, os minutos, reorganizava a agenda, ignorava tarefas importantes para poder passar mais uma hora com Lock.

Uma noite, Claire e Lock sentaram-se à mesa de reunião, as mãos dadas. Listavam as coisas que fariam se fossem livres e pudessem ficar juntos.

LOCK:

Jogar baralho.

CLAIRE:

Visitar a Espanha.

LOCK:

Que lugar da Espanha?

CLAIRE:

Ibiza.

LOCK:

Levar você para fazer compras. Ver você experimentando roupas.

CLAIRE:

Comer Big Macs.

LOCK:

Ir ao cinema.

CLAIRE:

Andar de roda-gigante.

LOCK:

Escalar a Torre Eiffel.

CLAIRE:

Escalar o monte Everest. Não, apaga isso. Muito difícil.

LOCK:

Ir pescar. Em Ibiza.

CLAIRE:
Fazer uma fogueira e derreter marshmallows.
LOCK:
Assistir a um show.
CLAIRE:
De quem?
LOCK:
Decisão difícil. Do passado ou do presente? Frank Sinatra.
CLAIRE:
Adoro. Minha vez. Dividir o jornal de domingo. Você pode ficar com o caderno de negócios.
LOCK:
Os dois juntos na fila do correio.
CALIRE:
A gente pode fazer isso agora se quiser.
LOCK:
Mas eu queria abraçá-la por trás e apoiar meu queixo na sua cabeça.
CLAIRE:
(Lutando contra as lágrimas.)
Ah...
LOCK:
Sua vez. O que mais?
CLAIRE:
Dormir na mesma cama. Só uma vez. Só uma noite.

Os dois ficaram em silêncio depois do que ela disse. Era um jogo divertido e engraçado, ao mesmo tempo, porém, desmoralizante. Tudo que gostariam de fazer juntos, mas não podiam. As coisas mais simples: ficar na fila do correio, dividir um banco na igreja, comprar um relógio novo, escolher um filme. Enquanto ficavam calados, suas mãos se apertavam, relaxavam e apertavam-se novamente (*Não largue!*), Claire perguntando-se o quanto a vida seria ruim se deixasse Jason e se casasse com Lock. Perguntava-se isso o tempo todo, e a resposta era: ruim. Muito ruim. As crianças a odiariam, ficariam do lado de Jason, suas vidas se tornariam uma confusão que nem mesmo muita terapia seria capaz de consertar. Claire perderia todos os amigos, inclusive Siobhan. Perderia sua posição na comunidade e tinha certeza de que Lock, uma vez casado com ela, se desencantaria.

Ainda assim, perguntava-se. Porque em noites como aquela — noites em que, em vez de fazerem amor como dois adolescentes, conversavam e passeavam pelas suas fantasias —, Claire pensava que não seria capaz de suportar nem mais um dia. Estava apaixonada por aquele homem. Queria estar com ele.

Claire estava na Hatch's, loja de bebidas, numa tarde de sábado chuvosa e fria. Jason ficara em casa com as crianças, e Claire queria sair por alguns minutos. Os fins de semana eram a morte, um terreno baldio sem Lock, e Claire ficava em casa, tentando cozinhar algo gostoso, tentando engajar-se na vida familiar. *Quer jogar gamão, mamãe? Quero, claro!* Ela podia fazer isso. Seria divertido. Jogaram cinco rodadas com Zack reclamando e enfiando as pecinhas coloridas na boca. Jason ficara sentado ao lado deles, assistindo a um torneio de boliche na tevê.

Tem cerveja?, perguntou.

Claire conferiu a geladeira. Estavam sem cerveja. Em vez de dizer a Jason: *Desculpe, amor, estamos sem*, ou de assumir um ar de superioridade por ter passado duas horas entretendo as crianças enquanto ele entretinha a si mesmo, enxergou o fato como uma oportunidade.

Antes que ele pudesse protestar, ela pegou as chaves do carro.

Loja de bebidas, disse ela. *Eu já volto.*

Postou-se em frente às torres de vinho branco segurando uma garrafa de viognier. A loja estava cheia, parecia uma criação de coelhos: pessoas molhadas comprando cigarros, bilhetes de loteria, petiscos, jornal, cerveja, vinho, champanhe, vodca, gim, uísque, Cuervo Gold, o que quer que as ajudasse a passar o dia. A porta tinha um sino que soava toda vez que alguém entrava ou saía. Claire não queria sair da loja, não queria voltar para casa. Era a personagem de um filme, a personagem de uma música de Bruce Springsteen. Saía para comprar uma garrafa de vinho francês muito caro e nunca mais voltava.

— Claire — chamou uma voz. — É você?

Claire virou-se.

Uma mulher de capa de chuva verde, segurando um guarda-chuva da Burberry. Uma mulher familiar, mas, por um segundo, a mente de Claire ficou em branco. Quem? Depois, um soco na boca do estômago: Daphne.

— Olá! — disse Claire, soando como uma maluca.

Daphne pegou a mesma garrafa de viognier que Claire tinha nas mãos, e Claire sentiu uma pontada no coração, depois, medo e novamente a pontada no peito. Daphne estava comprando o vinho de Lock — o vinho do casal para uma tarde em frente à lareira, vinho para algum plano que tivessem para o jantar. Jantariam fora? O que seria mais agradável? Claire escondeu a própria garrafa de viognier; o movimento deve ter sido brusco, porque chamou a atenção de Daphne.

— Você bebe viognier? — perguntou ela.

O tempo todo, teve vontade de dizer Claire. *É meu favorito.*

Mas isso estava fora de cogitação.

Claire olhou para a garrafa em sua mão.

— Eu só peguei a garrafa — disse. — Nem sei exatamente que vinho é esse.

Daphne a encarou por um segundo. Estaria suspeitando de algo? Saberia que ela e Lock tomavam viognier juntos no escritório o tempo todo? Ou estava somente espantada com a ignorância de Claire?

— Como vai você? — perguntou Daphne. — Como vão os preparativos para a festa de gala?

Pergunta traiçoeira? Nunca se sabia com Daphne.

— Tudo bem — disse Claire. Pareceu bastante indiferente mesmo para os próprios ouvidos. Desinteressada, até. — Aos pouquinhos, as coisas estão se encaixando.

— Que bom! — exclamou Daphne. — Finalmente convenci o Lock a dar uma escapada.

Claire fez um gesto afirmativo. Do que Daphne estava falando? Escapar? Dela? Ou... o quê? Claire parecia confusa, mas manteve o gesto afirmativo. *Que seja, Daphne, que seja!*

— A gente vai para Tortola daqui a uma semana — afirmou Daphne.

— Tortola?

— É uma das Ilhas Virgens Britânicas.

— Ah... claro — disse Claire. — Eu sei o que é. Só não me dei conta... — Ela não continuou.

— Vamos passar uma semana lá.

— Com a Heather? — perguntou Claire. Como deveria estar sua cara? Imaginava que seu semblante ainda estivesse firme, embora as pernas bambeassem. — É o recesso da primavera?

— Só a gente — disse Daphne. — Só nós dois. Vai ser bom. Estamos precisando. Vamos visitar a Heather antes, no fim de semana. Depois, vamos para Logan e em seguida para o Caribe. Estamos planejando ficar nesse novo hotel ultrachique, o...

— Nossa... fantástico — interrompeu Claire, depois percebeu que Daphne não havia terminado a frase. Mas não importava. Claire havia encerrado o assunto. *Encerrado!* Quando entrasse no carro, decidiria se chorava ou se vomitava, mas não podia fazer nem uma coisa nem outra naquele momento.

— Estou surpresa de Lock não ter lhe falado — comentou Daphne. — Ele está tão ansioso para viajar, é só nisso que fala.

— Bem, com o tempo que está fazendo aqui... — disse Claire. — Quem pode culpá-lo?

— Exatamente — respondeu Daphne. — E você? — Seu nariz enrugou, e Claire se perguntou se Daphne estaria prestes a fazer outro comentário perverso sobre ela e a falta de banhos. Bem, se fizesse, Claire lhe arrancaria o nariz do rosto. Ok, isso era ruim, um pensamento ruim, uma série de pensamentos ruins, uma situação muito *ruim* — encontrar a mulher do amante numa loja de bebidas, as duas comprando a mesma garrafa de vinho, a droga do vinho favorito de Lock, e depois a novidade das férias. Inexplicavelmente ruim.

— E *eu*? — indagou Claire.

— Você vai viajar? — perguntou Daphne. Alfinetou: — Disney?

— Não — respondeu Claire. — Este ano, não.

— Que chato — afirmou Daphne. — Imagino que seja difícil com as crianças.

— É difícil — concordou Claire. Esbugalhou os olhos, como se lembrasse de algo. — Tenho que comprar cerveja para o Jason — disse — Foi para isso que vim até aqui.

— Ah — disse Daphne. Parecia desapontada com a recuperação de Claire. — Ok. Aproveite o viognier!

— Obrigada — disse Claire, afastando-se. — Aproveite Tortola!

As emoções de Claire estavam tão embaralhadas que ela não sabia nem por onde começar. Lock ia para Tortola com Daphne, só os dois, por uma semana. *Vai ser bom. Estamos precisando.* E Lock nem se dera o trabalho de contar a ela. Precisou ouvir aquilo de Daphne. Era terrível. Era o fundo do poço. Cada minuto de cada hora depois de voltar da loja de bebidas, Claire usou para se castigar. Uma das regras quando se tem um caso é nunca se permitir esse tipo de ciúme. Claire não podia ter ciúme de Daphne. Ela era a mulher de Lock. Tinha direito legal de posse, de história, de nome, de casa, de filhos. Claro que ele sairia de férias com Daphne. Como Claire poderia protestar? Não podia. Concordar com um caso significava concordar com uma relação sem cobranças; Claire não tinha direitos sobre Lock. Sentir-se profundamente traída era um equívoco. Era Daphne quem devia se sentir traída, mas, em vez disso, Daphne passaria uma semana sozinha com Lock, num resort novo e ultrachique. Fariam amor numa cama macia e grande, e não em cima de uma mesa de reunião. Era horrível pensar em Lock e Daphne juntos, romanticamente, sexualmente. Como era hipócrita! Dormia ao lado de Jason todas as noites, faziam amor, tinha orgasmos — mas não com o mesmo desejo intenso que sentia por Lock. O que acontecia com Jason era exercício, uma sucessão afetuosa de movimentos, era vazio. Claire e Lock falavam cuidadosamente sobre isso. Concordavam: seriam mais felizes juntos, dividindo o jornal, comendo Big Macs, pescando em Ibiza. Era impossível invocar, naquele momento, a felicidade que sentiam simplesmente ao falar nessas coisas. *Tortola. Só nós dois. Estamos precisando.*

O celular de Claire tocou às oito e quinze da manhã de segunda-feira. Estava no carro, a caminho de casa, depois de deixar as crianças no colégio. Verificou a tela. Lock. Atirou o telefone com toda a força na porta do passageiro. O aparelho se fez em partes. Zack começou a chorar.

Encerrado!

Na entrada de casa, Claire encaixou as peças do telefone com as mãos trêmulas. Tocou de novo. Lock. Mais uma vez, ela ignorou a chamada. Entregou Zack a Pan e partiu para as tarefas do dia.

Encerrado!

O telefone tocava de hora em hora. Claire aguentou até as quatro da tarde. Pan tomava conta das crianças, então Claire levou o celular para o ateliê. Não se deu o trabalho de dizer "alô".

— Por que você não me contou antes?

— Fiquei com medo.

— Medo de quê?

— De você ficar com raiva.

— Já pensou em como foi humilhante ficar sabendo pela Daphne?

— Fiquei horrorizado. Teria ligado para você no sábado se pudesse.

— Você devia ter me contado. Seja lá quando foi que vocês combinaram isso. Um mês atrás? Dois?

— Desculpe, Claire. Pode ter certeza de que estou de quatro por você.

— Está?

— Estou! Meu Deus, eu amo você.

— Por que não me contou? Achava que eu não aguentaria?

— Não. Eu sabia que você podia aguentar. Mas achei que não fosse gostar.

— Você está certo — disse Claire. — Não gostei. Posso não ter razão, mas não gostei.

— Eu sei — disse ele baixinho. — Não quero que você goste.

— Então você está tentando me deixar com ciúme? É por isso que está indo?

— Não — respondeu ele. — Vou porque a Daphne quer ir para algum lugar quente, e não posso fazer nada, sinto culpa, Claire, e uma das maneiras de aplacar a minha culpa é jogar um osso para Daphne, e Tortola é esse osso.

— Você não podia ter comprado alguma coisa para ela? Um anel de diamante?

— Ela queria viajar.

Bem, isso era uma coisa que Claire podia compreender. A ilha estava fria e cinzenta, chuvosa e infeliz, sem um único sinal de primavera exceto alguns arbustos de açafrão. Talvez Claire e Jason *devessem* viajar também. Poderiam fazer como Daphne e Lock, ir para a Venezuela ou para Belize. Mas Jason jamais concordaria; não gostava de ir nem sequer para Hyannis.

— Está bem — disse Claire. — Eu entendo.
— Entende?

Entendia? Não!

— Entendo.

Ela compreendia, mas isso não significava que não estava com ciúme, raiva e desejo. Lock prometera que manteria contato por e-mail, mas, depois de conferir suas mensagens quinze vezes nas primeiras horas de ausência, Claire desistiu. Não tinha tempo para ansiar por alguém dessa maneira; não tinha tempo para entrar no escritório, ligar o computador, digitar a senha e esperar até que a máquina lhe informasse que não havia mensagens na caixa de entrada. Tinha de colocar seu coração numa manjedoura juntamente com o lustre; tinha de guardá-lo no armário até Lock voltar. Devia aproveitar esse período de afastamento e usá-lo para ficar com as crianças.

Zack estava completando um ano — seu bebê — e fizera algum progresso. Em vez de ficar sentado chorando para ser pego no colo, apressava-se arrastando o bumbum quando realmente queria algo. Claire deu uma pequena festa para comemorar o aniversário dele. Siobhan, Carter e as crianças compareceram, e Claire fez espaguete com almôndegas, uma bela salada e pão de alho crocante. Teve de dar duro para conseguir fazer um bolo de girafa. Embora Zack não conseguisse dizer a palavra "girafa", era o único animal que ele conseguia identificar. Quando Claire perguntava: "Cadê a girafa, Zack?", ele apontava na direção correta. Era seu animal favorito. Claire fez um molde de papel, preparou uma cobertura amarela e marrom, e usou balinhas para fazer os olhos.

— O bolo está lindo — elogiou Siobhan. — Deve ter dado um trabalhão.

— Deu mesmo, mas acabei ficando com tempo de sobra durante a semana — respondeu Claire.

Siobhan a encarou, e Claire ocupou-se do molho da salada.

O jantar de aniversário fora um sucesso, concluiu Claire, apesar de Zack ter chorado quando cantaram parabéns e apesar de ele estar mais interessado em mastigar o papel de embrulho do que nos presentes. Claire tomou quatro taças de viognier e ficou triste. Não sabia se Lock se lembraria de que era aniversário de Zack, embora tenha pedido que Claire anotasse o aniversário de todos os filhos para que não se esquecesse. Claire não previra quão emocionalmente carregado o aniversário de Zack seria — porque, sob a comemoração, estava o fato não dito de que quase o haviam perdido, de que nascera cedo demais, despreparado para a vida fora do útero. Com apenas um quilo e cem, cabia na palma da mão de Jason, a fralda era do tamanho de um guardanapo. Sem falar sobre a queda dela no ateliê ou o avião fretado para Boston ou as cinco semanas de hospital. Claire era a única que se lembrava? Olhou para Zack e disse mentalmente: *Mil desculpas, pequeno.*

A festa foi adorável, a comida estava deliciosa, o bolo era encantador. Zack estava bem, disse Claire a si mesma. Estava vivo, saudável e era amado.

Enquanto Claire lavava a louça, Siobhan, que já tinha tomado mais taças de vinho do que deveria, limpou as lentes dos óculos com o guardanapo e disse:

— Adivinha quem eu peguei indo se confessar na semana passada.

O coração de Claire deu um pulo, mas ela não disse nada. Jason e Carter perguntaram:

— Quem?

Siobhan continuou:

— Claire.

Claire colocou os pratos na pia e abriu a torneira quente com força total.

— Alguma coisa está atormentando a sua consciência, Claire? — perguntou Carter.

— Deve ser alguma coisa grande — complementou Siobhan.

Da pia saía fumaça.

— Ei — disse Jason —, deixem a Claire em paz. Vocês conhecem a peça, sempre parando o carro para deixar os porquinhos-da-índia atravessarem a rua, em vez de passar por cima deles como todo mundo faz. Ela é pura como a neve.

Todos riram disso, e o assunto foi encerrado. Ao fim da noite, quando Claire se despediu de Siobhan, experimentou certa amargura na amiga, como a de um antisséptico.

Ainda mais tarde, quando Jason foi para a cama, acariciou o quadril de Claire e disse:

— Sei por que você foi se confessar. A gente tem sorte de ele estar aqui, sabia? A gente tem sorte de Zack estar vivo.

Na manhã seguinte, Claire levou Zack ao consultório da dra. Patel para as vacinas de um ano. Claire checara seu e-mail mais cedo — nada — e checava o celular a cada vinte minutos, à espera de uma mensagem de texto. Certamente Lock poderia enviar uma mensagem de texto, não?

Zack estava ganhando peso, crescendo, sua visão era perfeita, assim como sua audição, o olfato; os pulmões estavam limpos, os reflexos eram automáticos. Gritou durante as vacinas, tanto que Claire tensionou os músculos e depois o segurou, deu-lhe a chupeta e ele se acalmou.

Gita Patel olhou para Claire e disse:

— Zack está ótimo. Você tem alguma preocupação?

— Olho para ele — disse Claire — e sinto que tem alguma coisa errada.

— O quê, por exemplo? — perguntou a médica.

— Como se ele não estivesse se desenvolvendo rápido o suficiente. Ele não anda. Não engatinha. Chora o tempo todo. Não fala uma palavra. Não é ativo nem interessado como meus outros filhos eram.

A dra. Patel levantou o indicador. Zack o agarrou. Ela segurou as mãos dele, e ele deu alguns passos até a mesa de exame. A doutora fez cócegas no pé dele, e o menino sorriu, depois começou a chorar.

— Viu? — disse Claire.

— Ele está bem — tranquilizou a dra. Patel.

— Ele nasceu tão pequeno — continuou Claire. — Ficou na incubadora por tanto tempo. Eu não devia estar trabalhando no ateliê. Foi uma irresponsabilidade. — Ela pegou Zack no colo e o abraçou. — Sinto tanta culpa.

— Ele está bem, Claire. Vai ficar tudo bem. As crianças se desenvolvem em ritmos diferentes, mesmo irmãos. Se eu tivesse alguma dúvida, diria, mas não tenho.

— Tem certeza?

— Tenho.

A dra. Patel pôs a mão no braço de Claire, e esse gesto somado às palavras eram tão confortadores que Claire quase disse: *Tenho um amante, Lock Dixon, e ele está em Tortola com a mulher. Sinto saudades dele. Preciso dele. O padre Dominic disse que tenho que parar, mas isso está além das minhas forças. Às vezes, não acredito que seja realmente eu, porque não sou assim. Sou uma pessoa boa, ou sempre tinha sido até isso acontecer. Você pode me ajudar?*

— Obrigada — disse Claire.

Um dia ruim seguido de outro dia ruim. Lock estava fora, ainda viajando. Como preenchia todas essas horas com Daphne? Claire pensou em Daphne, os seios escapando do maiô, nadando numa piscina de borda infinita enquanto algum garçom inglês lhe trazia um drinque. Claire considerou a possibilidade de enviar um e-mail para Lock contando sobre a consulta à dra. Patel; ele se interessaria, ficaria feliz de ouvir Claire repetir as palavras da pediatra. Mas não, ela não seria a primeira a fazer contato. Lock podia muito bem mandar um simples e-mail. Portanto... se ele se perguntava como as coisas caminhavam por aqui, que continuasse se perguntando!

Siobhan telefonou para dizer que Carter recebera um dinheiro inesperado, e, para celebrar, fariam uma pequena festa. Martínis e petiscos, sábado à noite. Isso animou Claire. Lock estava com Daphne em Tortola, mas ela tinha uma festa incrível para ir. Ficaria seriamente bêbada.

Claire estava muito animada para sábado à noite. Carter e Siobhan davam as melhores festas da ilha, e todos os amigos de Claire estariam lá, as pessoas de seu círculo social. Procurou algo para vestir no armário; ansiava por alguma roupa nova, apesar de nunca ter tempo para fazer compras. Acabou vestindo jeans e um suéter de cashmere verde-jade com colar de pérolas. Tentou não pensar em Lock. Quando ficou pronta, tomou uma taça de vinho, e Jason bebeu uma cerveja enquanto ouviam Max West no quarto. Jason estava de jeans, camisa preta, blazer preto e botas de caubói. Claire passou a mão no cabelo dele, úmido da musse, ajeitando-o. Estava cheiroso, barba de um ou dois dias, como ela gostava, e um bronzeado de quem trabalha ao ar livre. Havia semanas que não chegava em casa cheirando a cigarro, Claire se deu conta. Devia estar grata por isso. Jason era bonito, sexy, ela podia enxergar isso agora e racionalmente saber disso, mas era difícil conseguir sentir alguma coisa.

— Quer dar uns amassos antes? — perguntou Claire pensando que devia ser uma noite agradável em Tortola, Lock e Daphne saindo para jantar, pedindo alguma coisa chique como lagosta grelhada e mariscos fritos.

Jason olhou para o relógio de pulso. — A gente não tem tempo, tem?

Claire piscou para ele, bastante chocada. Em quinze anos, ele jamais recusara a mínima chance de uma transa. Já haviam se atrasado para todo tipo de evento por causa da libido de Jason, eram famosos pelos atrasos.

Ela encolheu os ombros.

— Acho que não. — Pegou-o pelo colarinho. — Você está bonito hoje, Jase.

— Você também — disse ele.

Claire serviu-se da segunda taça de vinho num dos copos plásticos de Zack, queria beber no caminho para a casa de Siobhan. Foram no carro de Jason. Estava quente o suficiente para abrir a janela, e Jason cantava alguma música dos Allman Brothers que tocava no rádio. Claire olhou para o perfil de Jason, tão familiar para ela quanto o próprio rosto. Era seu marido, haviam construído uma família juntos, uma casa juntos, uma vida juntos — e, ainda assim, não tinham mais nada em comum, fora o esforço mútuo para sustentar aquilo que haviam criado. Estavam sozinhos, fora de casa juntos pela primeira vez na semana, e sem nada a dizer. Claire poderia lhe perguntar sobre o trabalho, mas ele não gostava de falar desse assunto; ela podia recitar, pela centésima vez, as frases encorajadoras da dra. Patel sobre Zack, mas as palavras perdiam o efeito cada vez que as repetia. Queria perguntar a Jason por que a recusara mais cedo. Estava com raiva dela? Teria percebido seu humor estranho dos últimos dez dias e conectara o fato à ausência de Lock? Sabia o que estava acontecendo? Perdera o interesse por ela, finalmente, naquela semana — o desejo esgotara-se? Estava estressado com a casa em Wauwinet ou alguma outra coisa? Ela não fazia ideia do que se passava na cabeça dele.

— Suas costas ainda estão doendo? — perguntou.

— Um pouco — respondeu ele.

— Você tomou alguma coisa?

— Três analgésicos, logo que cheguei em casa.

Jason dirigia muito rápido, como se estivesse ansioso para chegar à festa. (Talvez para ver o irmão e fumar maconha no porão.) Claire também queria chegar, mas não estava suportando desperdiçar aquele tempo sozinha. Se não se encontrassem agora, o casamento acabaria. Tudo bem, isso era um exagero — uma manifestação da culpa e do estresse da própria Claire e duas taças de vinho fazendo cócegas nos seus sentimentos, além do fato de ter sido recusada mais cedo — no entanto, ela sentia isso, profundamente. Eles tinham *algum* território comum? De que falavam quando se conheceram, quando eram namorados, quando já eram casados mas ainda não tinham filhos? Estavam tão focados em se estabelecer, em se organizar para o resto da vida que não perceberam que o relacionamento era baseado em... nada. Bem, havia atração física, um amor em comum pela ilha, um desejo de formar uma família. Mas era só isso? Não deviam compartilhar uma paixão por algo mais — mesmo que fosse assistir a um programa de televisão de que os dois gostassem? Claire queria viajar com as crianças — levá-las a Machu Picchu e ao Egito para ver as pirâmides, mas isso aconteceria algum dia? Claire queria ler romances, assistir a filmes e conversar sobre ideias importantes. Claire estava lendo um livro de contos de um escritor aborígene que Lock recomendara, mas, sempre que começava a explicá-lo a Jason, ele olhava para outro lado.

Ela olhou em volta do carro escuro. Era uma bagunça — guardanapos manchados de café, pedaços de jornal velhos, caixas de CDs piratas, iscas de pescaria, balas de menta, chaves sabe-se lá Deus de onde, um pato de borracha com o bico mastigado, que devia estar ali desde que Shea era bebê, o chapéu de pescador que pertencera a Malcolm, pai de Jason. Claire pegou o chapéu.

— Você sente falta do seu pai? — perguntou.

Jason fechou os olhos por alguns segundos.

— Sabe que eu estava pensando nele hoje?

— Jura?

— Juro. Estranho você me perguntar isso. Eu estava pensando no meu aniversário de dez anos e me lembrei de que ele me levou para jogar minha primeira partida de golfe no Sankaty. Ele tinha se tornado sócio no inverno daquele ano e, como estava muito frio para andar, gastou trinta pratas num carrinho e levou uma garrafa térmica de café com conhaque ou alguma outra bebida dentro, e me deixou provar. — Jason engoliu com dificuldade. — Foi especial, sabe, porque era uma maneira de me mostrar que eu estava crescendo. — Balançou a cabeça. — É como sexo. Não importa quantas partidas de golfe eu tenha jogado, sempre vou me lembrar da primeira.

— Também sinto falta do seu pai — disse Claire.

— Ele era um cara bacana. O mais bacana de todos. Sabe, eu queria fazer uma coisa desse tipo no aniversário do J.D. Talvez eu faça. Vou ver se o levo para uma partida no Sankaty.

— Sem o conhaque — disse Claire.

— Certo — afirmou Jason.

Claire relaxou no banco. Pensou em Malcolm Crispin, pai de Jason e Carter, um cara bacana, um velho animado que trabalhara para a companhia de águas durante quarenta anos, que amava golfe, pesca, que adorava grelhar bifes gordurentos, beber vinho tinto e fumar charuto no deque do clube. Malcolm morreu de câncer de boca quando J.D. era bebê, mas dera a Claire um colar de pérolas — o que ela usava agora — por dar à luz o primeiro neto Crispin. Siobhan estava grávida de Liam quando Malcolm morreu, e nunca superara o fato de ele não ter vivido para ver os filhos de Carter ou o fato de que Claire ficara com as pérolas. No entanto, o próprio ressentimento de Siobhan era fruto de que eram todos um clã, os Crispin. E esse tipo de ligação é muito importante.

Jason estacionou em frente à casa de Carter e Siobhan, vários carros já se perfilavam na rua. Claire bebeu o restante do vinho.

Jason abriu a porta do carro e saltou.

— Jason? — disse Claire.

Ele olhou para ela, ainda dentro do carro.

— Obrigada por me contar essa história — disse ela. — Do golfe com o seu pai. Foi muito legal.

Ele balançou a cabeça.

— É estranho — disse. — É como se você tivesse lido meus pensamentos.

Naquele momento, Tortola parecia muito distante. Claire sentiu-se melhor. Entraram.

A festa estava incrível. A sala limpa e aconchegante, iluminada apenas por velas. As pessoas bebiam drinques e comiam canapés que pareciam joias. Conversavam, riam, ouviam acordes sensuais de Barry White ecoando através de caixas de som embutidas no teto. Siobhan estava do outro lado da sala, rodeada por convidados, com um vestido cor-de-rosa que deixava seus ombros nus. Claire tentou capturar seu olhar, mas, quando o fez, Siobhan acenou-lhe brevemente, e o cumprimento pareceu frio. O bom humor de Claire era como um cesto de frutas equilibrando-se em sua cabeça — balançava e perigava despencar.

Claire serviu-se de uma taça de vinho, depois de mais uma; conversou com pessoas que só via de passagem desde o último Natal — Julie Jackson, Amie Trimble, Delanie Kitt, Phoebe Caldwell, Heidi Fiske.

Onde você anda se escondendo?

Não ando me escondendo, dizia Claire, simpática. *Ando ocupada. Para lá de ocupada. Agora que voltei a trabalhar.*

Como vai o bebê? Ele deve estar enorme!

Enorme, reforçava ela. *Ele está ótimo, acabou de completar um ano. Está quase engatinhando. Está ótimo.*

Bebeu, conversou, quase não comeu, embora a comida estivesse maravilhosa — guacamole com milho, bolinhos asiáticos de caranguejo feitos no leite de coco, mariscos enrolados em bacon com molho de raiz-forte.

— Que delícia! — disse Claire para Siobhan quando a amiga passou por ela com costelinhas de porco suculentas. Siobhan lançou um olhar afiado para Claire através das lentes dos óculos quadrados, e o bom humor de Claire fraquejou. Siobhan estava chateada? Não se falavam havia dois dias. Claire deixara um recado, talvez dois, e Siobhan não retornara. Isso era incomum, mas Siobhan estava ocupada. Estava dando uma festa! Claire abriu caminho entre os convidados até avistar Siobhan oferecendo a costelinhas a Adam Fiske. Claire cutucou o ombro da amiga.

— E aí?
— E aí? — respondeu Siobhan, sem entusiasmo.
— O que houve? Está chateada comigo?

Siobhan fez um gesto indicando o corredor, onde a luz era baixa e não havia barulho. Claire a seguiu, o coração quase saindo do peito.

— O que foi? — perguntou Claire.
— Falei com o Edward.
— E?
— Você não sabe?
— O quê?
— Ele deu o bufê para outra empresa. O bufê do evento.
— Ele fez *o quê*?
— Contratou a À La Table.
— A Genevieve?
— A Genevieve.
— Não acredito.
— Tem mais.
— O quê?
— Nem foi o Edward quem me contou. Descobri pela própria Genevieve. Encontrei com ela no mercado de orgânicos e, você conhece a peça, ela não aguentou ficar calada, estava *tão feliz*! Tinha que me contar. Ela pegou o bufê da festa de gala da Nantucket's Children, Claire!
— Merda.
— Você não sabia?

— Não fazia a menor ideia.

— Porque perguntei a ele se você sabia, e ele me disse que mandou um e-mail.

— Ah... — fez Claire. — Talvez ele tenha mandado. Já faz alguns dias que não olho meus e-mails...

Siobhan deu um passo na direção da amiga, de maneira que a ponta de suas costelas tocassem a boca do estômago de Claire. Os óculos de Siobhan escorregaram-lhe pelo nariz, e seu rosto corou.

— Edward não entende nada de comida e entende menos ainda de vinho. Você pode dar a ele uma torradinha com cheddar e pasta de amendoim que ele vai achar uma delícia. Ou uma taça de fluido para isqueiro. *Por que* você deixou a responsabilidade do bufê nas mãos dele?

— Ele se ofereceu. E achei que ia escolher você. Tinha certeza disso.

— Mas ele não escolheu, escolheu?

— Me desculpe, Siobhan.

— Desculpe? Jura? É só isso que você tem a dizer?

— Que mais você quer que eu diga? É só falar, que eu digo.

— Você errou dando a responsabilidade do bufê para o Edward. Foi um erro crasso de julgamento da sua parte. Você tinha certeza de que ele ia me escolher, mas, se tivesse o mínimo de bom-senso, ou melhor, se tivesse *me perguntado*, eu teria avisado que o Edward *esperou* esses anos todos por uma chance para dar o troco, por uma oportunidade de me *humilhar* da maneira como acha que foi humilhado por mim quando terminei o noivado e me casei com o Carter. Senão, por que ele escolheria a Genevieve? Ela é péssima! A comida dela é um desastre, na verdade ela faz petiscos com cereal e não conseguiu fazer um evento direito desde que entrou no ramo. Edward escolheu a Genevieve porque *sabe* que ela é minha concorrente, *sabe* que detesto a Genevieve. Seria melhor que tivesse escolhido alguém sofisticado de Nova York. Mas a Genevieve! O motivo de ela ter um orçamento mais barato é que contrata a filha de dezesseis anos e as amigas da filha para servir.

— Mil desculpas — disse Claire. — Errei em colocar o Edward para gerenciar essa parte.

— Não fique se desculpando, Claire. Acho isso totalmente condescendente.

— Naquela época, na reunião, ele ficou elogiando você, falando para todo mundo como você era incrível, e levei a sério. — Claire estendeu a mão e tocou o braço de Siobhan, mas a amiga se afastou bruscamente e quase derrubou a bandeja de costelinhas. Claire estava bêbada e parecia não administrar bem a situação, mas Siobhan talvez estivesse ainda mais bêbada.

— Você sabe qual é a pior parte? — disse Siobhan. Sua voz fraquejou, e os olhos encheram-se de lágrimas. — Você está diferente. Desde que começou esse trabalho idiota de produtora, Claire Crispin, você virou outra pessoa.

— Não estou diferente. Não sou outra pessoa.

— Você mentiu para mim na época do Natal. A história de Tupancy — disse Siobhan. Sua voz agora era um sussurro de fúria. — Você quase passou por cima de mim e depois negou, disse que nunca tinha ido lá.

Claire ridicularizou o comentário, embora, internamente, o desconforto fosse enorme. Estivera em Tupancy com Lock, procuravam um lugar escondido, e encontrar Siobhan fora assustador, tão assustador que Claire seguiu dirigindo, convencida de que estava enganada. *O que devo fazer?*, perguntara a Lock. Ele respondera: *Negar*.

— Não acredito que você esteja me castigando por uma coisa que aconteceu antes do Natal — disse Claire.

— Admita que era você em Tupancy — continuou Siobhan. — Admita que Lock estava no seu carro.

— Lock? — disse Claire.

— Aí, outro dia, vejo você saindo da confissão. — Siobhan inclinou o tronco para a frente. — *Confissão*, Claire, caramba! Qual era o tema?

— Eu falei para você...

— Você acha que sou idiota, Claire?

Pronto, pensou Claire. Siobhan suspeitava de que algo estava acontecendo, mas fora deixada no escuro. *Eu devia ter contado para ela. Devia ter escolhido um momento tranquilo e contado.* Como teriam sido menos exasperantes os últimos meses se tivesse onde depositar seus pensamentos, seus sentimentos, os deliciosos e os malignos, os confiantes e os inseguros. Claire devia ter contado a Siobhan sobre Lock, mas, agora, não seria capaz, porque Siobhan ficaria furiosa — talvez irrecuperavelmente furiosa — porque Claire não confiara nela desde o início.

O quê?, diria, a ira irlandesa aguçada. *Você não confiou em mim?*

E a verdade, visível e malcheirosa, abriria um clarão entre elas.

Claire não havia confiado em Siobhan.

Não podia contar tudo agora, no meio da festa. Talvez nos dias seguintes... mas, não, nunca. Claire jamais contaria, mesmo que Siobhan a encostasse contra a parede. Enquanto fossem somente Claire e Lock, enclausurados no mundo deles, não seria real; depois que se afastavam, o caso desaparecia, era como se nunca tivesse acontecido, não poderia ser sugerido ou provado. Não havia rastro, nenhum objeto incriminador, nada tangível que implicasse os dois. Se uma árvore caísse na floresta e não houvesse ninguém por perto para escutar, existiria o barulho? Não, foi a conclusão a que Claire chegou. Enquanto ninguém soubesse, era seguro. Se continuasse em segredo, ninguém se feriria. No entanto, de alguma maneira, Siobhan se ferira. Sabia que o coração de Claire era agora outro. *Você é outra pessoa.* Irônico que Siobhan tivesse percebido, e Jason não. Siobhan era mais próxima de Claire em quase tudo, e Claire sentia-se tão mal, se não pior, por trair Siobhan.

Como evitar derrubar tudo, a bandeja, as costelinhas, por todos os lados?

— Andei triste por causa do Zack — disse Claire. Era verdade. — O aniversário dele trouxe tudo de volta. Depois, vindo para cá, o Jason começou a falar do Malcolm...

Siobhan riu com desdém. — Malcolm? — disse. — Ah, claro. — Virou-se e afastou-se com a bandeja nas mãos. — Lindas as pérolas, por falar nisso.

Claire estava prestes a segui-la (e prestes a dizer que não sabia como se redimir) quando viu algo que a deixou temporariamente sem fala: seu marido e Julie Jackson descendo juntos as escadas. Os degraus estavam iluminados por pequenas velas, mas, até onde Claire sabia, aquilo era iluminação decorativa, e não um convite ao segundo andar. O andar de cima estava às escuras e deserto, não fossem Liam e Aidan dormindo.

Claire pensou que fosse passar mal. Julie Jackson era a mulher mais bonita que Claire conhecia. Estava encostada no braço de Jason, segurando-se nele. Vestia uma saia curta e saltos muito altos, tinha dificuldade de descer as escadas. Claire lembrou-se da recusa de Jason no quarto antes de saírem. *A gente não tem tempo, tem?* Lembrou-se dele dirigindo em alta velocidade para chegar à festa. O que estariam Jason e Julie Jackson fazendo, sozinhos, no andar de cima às escuras? Claire poderia pedir a opinião de Siobhan, mas a amiga se afastara apressadamente. Claire tomou o restante do vinho e aproximou-se de Jason. Sabia que suas bochechas estariam vermelhas; sentia como se o rosto fosse explodir. Os olhos pareciam vidro quente, os lábios formavam um sorriso tão falso que seus dentes rangiam. Julie apertou o braço de Jason e afastou-se, indo em direção à cozinha.

— E aí, querida? — disse Jason.

— O que você foi fazer lá em cima? — perguntou Claire.

Jason riu e tomou um gole de cerveja.

— Você devia ver a sua cara.

— Eu fiz uma pergunta. — Não era possível medir o tamanho da raiva que sentia. Enquanto Siobhan a metralhava com estocadas emocionais, seu marido estava no andar de cima, levantando a saia de Julie Jackson e subindo em cima dela no quarto de hóspedes. Claire baixou a voz num sussurro: — Você estava transando com ela.

— Espere aí! — exclamou Jason. As sobrancelhas arqueadas.

— Não adianta negar — disse Claire. — Vocês dois estavam lá em cima sozinhos. Não sou idiota, Jason.

Jason colocou a garrafa de cerveja na mesa atrás de si com força.

— Eu estava mostrando a ela o acabamento dos rodapés do quarto de casal — disse. — Julie e Brent estão pensando em fazer isso na casa deles, e ela pediu para ver.

— Ah, claro, acredito. — ironizou Claire.

— Você está me acusando de traição? — retrucou Jason. — Sério mesmo, é isso que você está fazendo?

A voz dele estava alta, e, apesar de estarem separados do burburinho da festa por uma parede, as pessoas indo e vindo do banheiro podiam vê-los, talvez ouvi-los — Adams e Heidi Fiske espiavam da porta da sala. Fazer uma cena no meio da festa era péssima ideia; todo mundo comentaria no dia seguinte.

Jason segurou o braço de Claire. — Vamos perguntar a Julie o que a gente estava fazendo lá em cima. Anda, vamos agora, para você ouvir dela. Vem.

— Não — disse Claire. — Pelo amor de Deus, deixa para lá.
— A última coisa que queria era uma espécie de confronto sob os olhares de todos. Claire nunca mais seria capaz de olhar Julie nos olhos.

— Você acabou de me acusar de transar com ela — disse Jason.
— Depois de quinze anos juntos, treze de casamento e quatro filhos. Você acha que eu seria capaz de estragar tudo transando com uma das suas amigas numa festa? É isso que você pensa de mim?

— Ela é muito bonita.

— *Você* é linda! — gritava Jason agora. — Isso não tem nada a ver com beleza! Isso tem a ver com a acusação que você fez. Isso tem a ver com sua falta de confiança em mim! Em mim, Jason Crispin, seu marido! Você realmente acha que eu a *trairia*? — Ele estava fervendo de raiva, puto da vida. Primeiro, sua melhor amiga, agora, seu marido. Por que tudo naquela noite? O que havia feito de errado?

— Você não quis fazer nada comigo em casa — disse Claire.

— A gente ia se atrasar — retrucou Jason. — E as minhas costas estão me matando.

— Depois você dirigiu feito um doido...

— E você pensou o quê? Que eu queria chegar correndo aqui para levar a Julie Jackson lá para cima?

— Bem... — disse Claire.

— Você realmente pensa que estou tendo um caso? — perguntou Jason. — Você realmente pensa que sou esse tipo de cara?

— Está tudo escuro lá em cima — disse Claire. — Breu total. O que eu deveria pensar?

— Você acha que sou um traidor. Como o seu pai! Vamos, agora a gente vai embora.

— Não.

— A gente vai embora, sim. Vou pegar os casacos.

Claire sentou-se no degrau da escada e segurou entre as mãos o rosto em chamas. No outro cômodo, a música ficava mais alta, os casais provavelmente dançavam, e Siobhan provavelmente abria uma nova garrafa de Moët, mas Claire e Jason Crispin estavam de saída.

Jason jogou o casaco de Claire. — Toma.

— Mas a Siobhan... — Siobhan ficaria realmente brava com Claire, por arrumar uma briga na festa e sair cedo.

— Vamos nessa — disse Jason.

Marcharam em direção à porta e a bateram com força. Quando estavam na calçada, Carter colocou a cabeça para fora.

— Jase, cara, aonde é que você vai?

— Minha mulher está me arrastando para casa.

— Já? Cara, ainda vai sair a comida.

— Desculpa, parceiro — disse Jason. Entrou no carro, Claire fez o mesmo, sentando-se em silêncio, com frio e com raiva.

— Você fica — disse Claire.

— Não — retrucou Jason.

— Tudo bem, então fico cu.

— Não — ordenou Jason.

— Você não manda em mim — disse ela. — Você não é meu dono. — Claire chutou o porta-luvas com o sapato de salto alto. — Odeio esse carro. — Jason não disse nada, e isso a enfureceu. — Acho ridículo você chamá-lo de Darth Vader. Já pensou em como parece um imbecil dirigindo um carro que chama de Darth Vader?

Jason tirou o carro da vaga estreita com destreza e acelerou para casa. Claire apoiava-se no painel. Viu o rosto do marido quando passaram debaixo de um poste de luz. A boca era uma linha fina e tensa.

Quando chegaram em casa, Jason tirou a chave da ignição com raiva. Seus olhos estavam cheios de lágrimas.

— Chamo o carro de Darth Vader porque as crianças gostam. Acham engraçado — disse ele.

Claire encarou-o, desafiadora. Não agiria como uma mosca morta, não esmoreceria. Jason em lágrimas. Isso era novo, era terrível, e fora provocado por ela. Ele baixou a cabeça. Jason não era um imbecil. Não era estúpido, ignorante, atrasado ou limitado. Era um homem que gostava de ver os filhos sorrirem, gostava de ouvir os gritinhos de deleite aterrorizado de Shea enquanto acelerava de maneira ameaçadora. E Jason não era um traidor. Quando Claire o vira descendo as escadas com Julie Jackson, pensara: *Sei o que isso significa*. Vira a si mesma. Claire estava traindo, Claire estava mentindo, Claire fizera sexo com Lock Dixon na mesa da sala de reunião da Nantucket's Children — fizera sexo com Lock incontáveis vezes no próprio carro, e agora não permitia que Jason andasse nele. Claire projetara seu comportamento em Jason; espalhara-o sobre o marido como tinta.

Era Claire a traidora.

Na manhã seguinte, Claire acordou com a pior ressaca de sua vida. Não era culpa apenas do álcool, apesar da dor de cabeça, do estômago revirado e dos gases — Jason certamente reclamaria se estivesse na cama. No entanto, o lado dele da cama estava vazio; ele não dormira ali. Passara a noite no quarto de hóspedes; o acordo entre eles era que não fariam isso a não ser em caso de emergência conjugal, porque J.D. e Ottilie já tinham idade suficiente para compreender o que significava, e nem Claire nem Jason queriam histórias, verdadeiras ou falsas, sobre seus acordos noturnos escapando do domínio doméstico. Claire insultara-o, questionara seu amor e seu caráter; o que poderia ser mais ofensivo que isso? Quando chegaram em casa e liberaram Pan para ir dormir, Claire tentou explicar a Jason que estava chateada por causa da conversa com Siobhan, além de estar na quarta ou quinta taça de vinho, e, quando viu Jason e Julie descendo as escadas, tirou conclusões precipitadas. Acusara-o, sim, mas estava arrependida e implorou para que ele considerasse as circunstâncias.

As circunstâncias são, dissera Jason, titubeante com as próprias emoções, diante da televisão enorme e com o controle remoto na mão, *que você é um saco*. Ligou o aparelho e começou a procurar um programa sobre guerras.

Claire, enquanto isso, pegava um copo d'água e então dissera: *Vem para a cama. Vou recompensá-lo.* Ela não estava acostumada a brigar com Jason. Haviam dividido a vida conjugal em dois territórios, o território dele e o território dela, que coabitavam pacificamente, e seu terreno comum — o casamento — raramente era tópico de discussão como naquela noite. Naquela noite, o casamento era a Faixa de Gaza. Mesmo assim, Claire tinha certeza de que conquistaria Jason, como sempre.

Não, dissera Jason.

Você está dispensando sexo de novo?

Vou dormir no quarto de hóspedes, dissera ele.

Claire afastara o marido e a melhor amiga. Com Jason acontecera repentinamente; com Siobhan fora acontecendo aos poucos, ao longo de seis meses. Claire sentia-se uma pessoa desprezível; o coração bombeando sangue negro, lama, esgoto. Mal conseguia levantar a cabeça do travesseiro, tocar o chão com os pés.

Poderia voltar o relógio para as seis da noite anterior e começar tudo de novo? Poderia voltar àquele almoço no iate clube e, educadamente, declinar o convite de Lockhart Dixon dizendo: *Muito obrigada por pensar em mim, mas vou ter que recusar?* Poderia simplesmente ficar na cama o dia todo, como fazia na faculdade sempre que acordava com ressaca e arrependimento: seis tequilas, um garoto cujo sobrenome desconhecia e uma última parada no Cumberland Farms às duas da manhã para dois cachorros-quentes com chili e cebolas? Pelo menos, naquela época, apesar do comportamento lamentável, ela conseguia dormir.

Agora ouvia Zack chorar no andar de cima. Deus sabe onde as outras crianças estavam. Era domingo, folga de Pan. Insulto à injúria.

Claire vestiu a roupa de ioga, escovou os dentes e desceu. Sua cabeça parecia uma bola de vidro finíssima prestes a estilhaçar. Zack gritava.

J.D. estava no computador do corredor concentrado num jogo de corrida de carros — era obcecado por jogos de corrida. Jason permitia porque não era violento; não era violento, mas *era* tão hipnotizante que J.D. parecia não escutar os gritos do irmão no outro cômodo.

— Você não está escutando seu irmão? — perguntou Claire.

— O que você quer que *eu* faça? — respondeu J.D. — Ele não me quer. Ele quer você.

Claire teve vontade de bater no filho, mas J.D., inconscientemente, estava agindo como o pai. Era Jason quem falava com Claire como se ela fosse uma humilde serva, era Jason quem dava a entender que Claire era a única na família responsável por Zack — talvez por ser a única a quase matá-lo. Claire espiou dentro do quarto de hóspedes. A cama estava vazia e feita.

— Você viu o seu pai hoje? — perguntou Claire.

— Ele foi trabalhar — disse J.D.

— Trabalhar?

— Ele disse que o prazo estava apertado — respondeu J.D.

— Ok, mas hoje é domingo. Dia de descanso.

J.D. não achou resposta e voltou a ser abduzido pelo jogo.

— Cadê suas irmãs?

Também não respondeu. Claire entrou no quarto do bebê e tirou Zack do berço. Estava vermelho e quase inconsolável, soluçando, histérico. Era o neném mais triste que Claire já conhecera, e, mesmo depois de pegá-lo no colo, continuou chorando sem fôlego, talvez por perceber que ela não estava, de fato, presente.

Ottilie saiu do quarto dela vestindo a camisola por cima do jeans. Houvera uma manhã inexplicável em que pedira para vestir a mesma combinação para ir à escola.

— Vem aqui embaixo um minuto — disse Claire. — Vou fazer o café.

— Não estou com fome — anunciou Ottilie.

— Não importa — disse Claire. — Tem que comer.

— Não estou com fome porque a Shea vomitou na cama e o cheiro me fez perder o apetite.

— Shea vomitou na cama? Ela não fez isso!

Ottilie sinalizou positivamente com a cabeça, indicando a porta do banheiro.

— Ela está lá.

Claire encostou a orelha na porta. Escutou Shea cuspindo e sufocando.

Bateu à porta.

— Shea, minha flor, você está bem?

Gemidos.

— A cama dela está toda suja — disse Ottilie. — E tem um pouco de vômito no tapete também. O cheiro está horrível.

— Tudo bem — disse Claire, pensando: Jason estava trabalhando (para puni-la), era folga de Pan, uma criança gritava, outra vomitava, as outras duas eram inúteis. Dor de cabeça, coração pesado. Nenhuma melhor amiga, o amante em Tortola. Parecia justo, parecia correto. Claire pensou no padre Dominic. Essa era a sua penitência.

Claire forçou a porta e entrou no banheiro. Acariciou as costas de Shea enquanto ela expelia o conteúdo do estômago no vaso. (Ottilie estava certa, o cheiro era terrível. Fez com que Claire também tivesse vontade de vomitar; os canapés revolveram em seu estômago.)

— Alguma ideia do que pode ter sido, meu amor? Você comeu muito doce na noite passada? Muita pipoca com manteiga?

— Não — resmungou Shea.

Não, e isso fez Claire temer uma virose que contaminasse toda a família.

Tirou o pijama de Shea e colocou-a, nua, dentes escovados, na cama do quarto de hóspedes. Os lençóis daquele cômodo estavam entre suas posses mais valiosas — novos, brancos, seis mil fios, bordados em verde nas pontas. Havia dez travesseiros na cama, incluindo dois grandes de espuma, com fronhas europeias e brasões da letra C. A cama de hóspedes era uma extravagância perfeita para um líder otomano, e Shea estava tão feliz de ter a permissão de enfiar-se, despida, sob aquele algodão fino e macio, debaixo do cobertor de *chenille* verde e do edredom fofinho, que pareceu melhorar imediatamente. Era isso, ou estava experimentando a sensação de melhora iminente pós-vômito. Claire rezou para que Shea não vomitasse nos lençóis. Na mesa de cabeceira do quarto de hóspedes, havia um copo para água, e Claire o encheu na pia do banheiro. Colocou de volta na mesinha para Shea.

— Não bebe muito de uma vez, ok?
— Ok.
— E, se você ficar enjoada, promete que corre para o banheiro?
— Prometo.

Claire olhou para a filha. O cabelo vermelho estava úmido e despenteado, as bochechas redondas rosadas. Somente os bracinhos finos (porém enganosamente fortes) estavam visíveis sobre as cobertas da cama. Shea era um milagre, pensou Claire, e seus olhos encheram-se de lágrimas. Todos os seus filhos eram milagres, especialmente aquele que choramingava em seus braços.

— Eu amo você, minha filha — disse ela para Shea.
— Eu sei disso — disse Shea, pouco consciente ou impressionada com a emoção da mãe. — Posso ver tevê?

Sim, havia uma televisão no quarto de hóspedes, escondida num armário em frente à cama de dossel. Com tanta distração para convidados, era estranho que não recebessem mais visitas (a ideia de quatro crianças espantava muitos). Matthew ficaria naquele quarto em agosto. Claire realmente não queria que Shea vomitasse nos lençóis de milhares de dólares. Foi até o armário de roupa de cama, pegou um balde e o colocou ao lado de Shea.

— Para qualquer eventualidade — disse.

Um bilhete de Jason na bancada da cozinha dizia: *Trabalhando*. Claire serviu-se de café, depois tomou um copo d'água e três analgésicos. Fazia um dia lindo lá fora, ensolarado, primaveril; só aconteciam dois ou três dias assim no ano, deviam aproveitar. Piquenique em Great Point, uma caminhada no Squam Swamp, atividades ao ar livre com toda a família.

Abraçou Zack, beijou-lhe as pálpebras, o nariz.

— Eu amo o meu bebê — falou. — Posso colocá-lo na sua cadeirinha? Para eu tomar café?

Zack agarrou-se a ela. Não queria ser colocado de lado. Era impossível administrar bacon frito, massa de panqueca, achocolatado sem ter as mãos livres. Preparou tigelas de cereal para J.D. e Ottilie, depois os chamou para que descessem. Tentou interessar Zack com uma banana, mas ele apenas encarou a fruta.

— Banana — disse ela. — Para você comer. — Deu uma mordida, arrependeu-se. — Viu?

Claire lançou um olhar para o telefone. Devia ligar para o celular de Jason e pedir desculpas novamente? Devia telefonar para Siobhan? Não eram nem sete e meia, e, diferentemente dos filhos de Claire, Liam e Aidan eram conhecidos por dormir até o meio-dia nos fins de semana, portanto, não era o momento ideal para ligar para a amiga. (E o que diria quando ligasse? Prometeria falar com Edward e resolver a questão do bufê? Ela delegara a função a Edward, ele e seu comitê haviam tomado a decisão, e agora as mãos de Claire estavam atadas.) A outra questão, bem mais sólida, era como um abismo entre elas. Claire não contara nada a ela sobre Lock; Claire não contaria nada sobre Lock.

Chamou J.D. e Ottilie mais uma vez — podia ouvir o eco terrível do jogo de corrida —, mas sabia que eles não desceriam. Sabia também que, quando descessem e encontrassem o cereal gelado, reclamariam. Portanto, era melhor deixar para lá. O café da manhã era causa perdida.

Entrou no escritório de casa, Zack pesando de encontro ao seu peito, e ligou o computador.

— Computador — disse apontando para a tela.

Lock chegaria em casa de manhã. Finalmente, finalmente! Claire sabia que Lock não gastara com ela a mesma energia psíquica que ela despendera com ele. Claire estava com raiva de si mesma, mas, ao mesmo tempo, não podia fazer nada em relação a isso. Não conseguia controlar seus pensamentos, e, como demonstrara na noite anterior, muito mal controlava suas atitudes e palavras, e tudo isso convergia novamente para ele — Lock.

Abriu seu e-mail. Havia a desafortunada mensagem de Edward, com cópia para Isabelle, Lauren van Aln e as duas mulheres de Nova York, do comitê do bufê. Nenhum e-mail de Lock.

Claire apertou Zack, beijou-lhe a cabeça. Ouviu Shea vomitando lá em cima.

Nunca se sentira tão só em sua vida.

Pegou no sono atravessada na cama, Zack ao seu lado, o que era um presente precioso, deu-se conta ao acordar, apesar do fato de ter deixado as outras três crianças — uma delas doente — sem mãe. Olhou para o relógio: quase dez horas. Não havia nenhum barulho lá em cima, e subitamente Claire ficou alarmada. Era melhor ouvir o eco da maldita corrida ou os indícios do vômito de Shea, pelo menos assim sabia que as crianças estavam vivas. Espiou na cozinha. Tudo estava como antes — o bilhete irritante de Jason, as duas tigelas de cereal intocadas. Tentou dar um pouco a Zack, e ele voltou à posição inicial — pendurado no ombro dela. Claire era uma pirata, e ele o papagaio, pelo menos não tagarelava.

No andar de cima, o computador estava abandonado, o quarto de J.D., vazio (cama desfeita, pijama espalhado no chão em vez de colocado no cesto), o quarto das meninas também estava vazio, cheirando a vômito. Claire se esquecera de tirar os lençóis sujos da cama. Ela, a Rainha da Lavanderia, esquecera-se de fazer a segunda coisa mais importante depois de cuidar de Shea. Agora o quarto tinha um cheiro azedo e podre, o odor era ainda pior porque o dia estava quente, e a janela do quarto continuava fechada.

Mas, primeiro, as crianças. A porta do quarto de hóspedes estava fechada, e não havia ruído vindo de dentro, nem mesmo o som do Cartoon Network (Claire detestava o canal e só permitia que fosse ligado em momentos de maior fraqueza). Abriu a porta, certa de que o que encontraria ali não lhe deixaria contente — e lá estava Shea, dormindo, escoltada por vários travesseiros, e, ao pé da cama, Ottilie e J.D. desenhavam em silêncio. Era uma cena realmente encantadora — quando fora a última vez que Claire vira os dois quietos, fazendo algo juntos? Fazia anos. J.D. desenhava com lápis bem-apontados. Desenhava casas; queria ser arquiteto. Ottilie usava canetinhas especiais que Claire encomendara de um catálogo. Quando Claire entrou, as crianças olharam para cima e sorriram timidamente, sabendo que, apesar de não terem comido nada no café da manhã, não havia possibilidade de a mãe não ficar feliz ao vê-los. Faziam trabalho criativo *e* cuidavam da irmã doente.

Crianças-modelo, mais dois milagres, teria pensado Claire não tivessem seus olhos pousado sobre a canetinha roxa destampada em cima da colcha branca, deixando escapar a tinta em um círculo perfeito.

A colcha estava arruinada. Era algo tão pequeno em comparação com todo o resto, mas foi exatamente o que fez a garganta de Claire apertar; foi exatamente o que quase a fez cair em prantos.

— Vamos descer para tomar café — soluçou.

Às dez e meia o telefone tocou. Claire estava no andar de cima, tirando os lençóis sujos de vômito da cama, Zack agarrado ao seu pescoço, e o toque do telefone surpreendeu-a. Correu para o andar de baixo para atender. *Siobhan*, pensou, e seu coração iluminou-se. Ou Jason. Ou... Lock. Mas não, era domingo, ele nunca telefonaria para sua casa num domingo.

O identificador de chamadas mostrava *Número desconhecido*. Telemarketing, pensou ela, o coração afundando. Zack começou a chorar e a bater a cabeça contra seu peito. Não era um bom momento para atender a ligação, mas Claire estava grata por alguém querer falar com ela, mesmo sendo vendedor. Atendeu.

— Alô?

— Claire?

Era um homem. Lock? Não era Lock, mas a voz era tão familiar quanto a de Lock. Despertava as mesmas sensações na cabeça de Claire.

— Sim — disse ela.

— Sou eu.

Claire fez uma pausa, depois disse, titubeante: — Eu quem?

— Matthew.

— Matthew? — perguntou ela, atônita. *Matthew?* Ele mesmo: Matthew! — Meu Deus, não acredito.

— Você recebeu meu recado? — perguntou ele. — Bem, não em casa, mas na Califórnia?

Zack chorava. Claire não conseguia ouvir direito.

— Espera só um minutinho.

— Liguei numa hora ruim?

— Não! — exclamou ela. — Não, de jeito nenhum. — Aquela voz de repente fez sentido; conectou-se à voz famosa. Fazia tanto tempo... — Preciso falar com você. Quer dizer, preciso de um amigo, e todos os meus outros amigos, e meu marido, aliás... bem, estão todos com raiva de mim. Virei uma *persona non grata* por aqui.

— Então somos dois — disse ele.

— Espera um minutinho — disse ela.

Deixou o telefone de lado e tentou silenciar Zack, mas ele estava muito agitado, parecia não haver nada que pudesse acalmá-lo. Mas Claire queria falar com Matthew; se conheciam e haviam se amado muito antes de Jason ou Siobhan ou Lock entrarem em sua vida, e havia uma razão para estar telefonando agora, naquela manhã. Era um sinal, algo de que ela precisava.

Claire cedeu. Não tinha escolha. Bateu à porta do quarto de Pan.

Pan abriu uma frestinha. Vestia blusa esportiva cinza, calça comprida preta, e o cabelo jogado no rosto. Estava dormindo.

— Mil desculpas — disse Claire —, mas será que você poderia, por favor, ficar com ele dez minutos? Tenho que atender um telefonema muito importante.

Pan não respondeu, e Claire pensou que talvez ainda estivesse dormindo em pé, sonâmbula. Zack queria ir com ela, e Pan estendeu instintivamente os braços, pegou Zack e fechou a porta.

— Obrigada! — agradeceu Claire para a porta fechada. — Valeu, Pan. Dez minutos!

Correu de volta para o telefone.

— Você ainda está aí?

— Estou aqui.

— Que bom! — exclamou Claire. Foi para o lado de fora e sentou-se no último degrau sob o sol. Estava quente, pela primeira vez em meses. — Que bom que você me ligou.

— Me conta o que está acontecendo — disse Matthew. — Conta tudo.

Só então Claire chorou. Max West era um rock star, sim. Tocara para o sultão de Brunei, para o Dalai-Lama num anfiteatro lotado de monges budistas. Ganhara Grammys e conhecera presidentes. Mas ele era a sua infância, a sua adolescência; era parte de Claire, de quem ela fora, e de quem ainda era, no fundo. Quando eram amigos, antes de serem namorados, ele ia à sua casa nas manhãs de sábado e ajudava-a com seus afazeres: varrer e limpar a frente da casa. Subia no aspirador, e Claire o empurrava pela sala. Aparecera uma vez no meio da noite e encontrara Claire com o cabelo numa touca de alisamento, e os dois caíram na gargalhada até quase molharem as calças — literalmente. No ginasial, ele dirigia um Fusca amarelo 1972 sem setas ou ignição e, mesmo em fevereiro, quando fazia quinze graus negativos, deixava as janelas abertas para poder esticar o braço para fora e indicar que estava virando para um lado ou para outro. Às vezes, tinha que empurrar o carro para fazer o motor pegar no tranco, e lá estava Claire ao seu lado, correndo, empurrando, pulando no banco de passageiro. Matthew trabalhara como ajudante num restaurante de frutos do mar num píer na orla, e Claire encontrava-o depois do expediente — às vezes, ele surrupiava uma ou duas lagostas. *Presente do cozinheiro!* Comiam-nas com as mãos, nas dunas, de frente para o oceano negro. Naquelas noites de lagostas roubadas, a brisa no rosto de Matthew, a perna descoberta encostando na dela, e a hora tão avançada que as luzes da orla se apagavam atrás dos dois, ela sentia algo raro. Pensava: *Não quero que minha vida mude.* Nunca.

Mas mudou.

— Estou bem — soluçou Claire. Como chegara ali? Tão longe das dunas de Wildwood. Vivia em outro lugar agora, tinha quatro filhos, um marido, uma carreira, uma casa, uma melhor amiga, um amante e um compromisso enorme que lhe causava tanta ansiedade — mas o evento de gala era algo que lhe trazia Matthew de volta, e junto com ele essas memórias. Essas lhe davam força, no mínimo porque eram lembretes de quem ela era na essência. Naquele segundo, porém, ela era igual a Zack, não conseguia parar de chorar, embora estivesse feliz.

— Fala você primeiro. Conta você.

— Voltei a beber — disse Matthew. — Estou bêbado agora.

— Ah, não — lamentou Claire com o nariz entupido por causa das lágrimas.

— É verdade — disse ele. — Fiquei meses viajando em turnê. Fui para a Ásia, para a Indonésia, para ilhas distantes com dragões, para Bornéu, lugar selvagem onde ainda existe canibalismo. Show de horrores. Achei que conseguiria dar conta, mas o cara que estava comigo ficou doente e me deixou sozinho no topo de um vulcão em Flores, onde os lagos são cor-de-rosa e azul-turquesa por causa dos depósitos minerais. Os lagos eram de enlouquecer, Claire, pareciam desenhos da Disney, mas eram *reais*. Foi aí que Jerry Christian, meu acompanhante, ficou realmente mal, e foi aí que perdi o rumo. Para ser sincero, perdi o rumo muito antes disso. Comecei a beber no banheiro do avião, antes mesmo de levantar voo, e não parei mais.

— Diz para mim que não é verdade.

— É verdade, sim. Quando voltei para a Califórnia, a Bess pediu o divórcio. Ela disse que eu a tinha decepcionado, que não queria mais passar por isso. E eu disse a ela: "Você sabia que eu estava vulnerável, devia ter ido comigo."

— Verdade. Por que ela não foi?

— Ela odeia turnê. Odeia. E não queria deixar os cachorros sozinhos.

— Entendi — disse Claire, fungando. — Os cachorros.

— Acabou. Fim. Ela vai se casar com o meu contador e ter filhos. Vou desembolsar três milhões de dólares de pensão, apesar de ela dizer que não quer, que não precisa do meu dinheiro. E também não quer a casa, embora a tenha projetado e decorado tudo do jeito zen dela, mas não posso morar lá, estou alugando um lugar na montanha, tentando beber só dois gim-tônica por hora.

— Ah, Matthew...

— Eu sei. É o fundo do poço. Todo mundo pensava que o fundo do poço tivesse sido quando eu e a Savannah fomos pegos saindo do Beverly Hills Hotel...

— Aquilo foi péssimo.

— Aquilo foi sensacionalismo da mídia, exceto o fato de o marido dela ter contratado a máfia bielo-russa para ir atrás de mim. Eles tentaram me matar, Claire.

— Bem, ninguém está ameaçando matá-lo agora — disse Claire.

— Então a situação melhorou.

— Piorou — disse ele. — Porque estou, aos pouquinhos, me matando.

— Você tem que parar — disse Claire.

— Não consigo.

Certo. Claire lera sobre isso nos tabloides: clínicas de reabilitação, onde o viciado era tratado e desprogramado, medicado e acompanhado psicologicamente, mas assim que era deixado sozinho com os próprios mecanismos, buscava exatamente a mesma coisa da qual estava tentando se afastar. Claire compreendia isso agora, melhor do que jamais compreendera, porque estava viciada em Lock. Era incapaz de desistir dele, embora o vício arruinasse sua vida.

— Você não consegue parar — sussurrou ela.

— É uma doença — disse ele.

Claire pensou no feriado do Dia do Trabalho de 1986, algumas noites antes do início das aulas do último ano escolar dos dois. Houve uma festa numa casa vazia para alugar, oferecida pelo amigo E.K., cuja mãe era corretora de imóveis. Cerveja e strip poker. Claire, por alguma razão, era a única menina na festa depois da meia-noite, ou era a única jogando strip poker, e Matthew não queria que ela tirasse a roupa, mas era um jogo, portanto, despiu-se despreocupadamente, porque ela e E.K., Jeffrey, Jonathan Cross e todos os outros eram amigos, amigos desde o jardim de infância — eram como irmãos. Claire sentou-se praticamente nua, sentindo-se magra e assexuada — eles eram seus irmãos! —, mas Matthew ficou aborrecido, em silêncio, e bebeu, bebeu, bebeu até o sol nascer e todos se vestirem novamente. Claire teve de carregar Matthew até a porta de casa, ele não dizia coisa com coisa, falava *você me deixa louco. Eu te amo. Você me deixa louco, Claire Danner.*

Claire considerara a possibilidade de deixar Matthew em frente à porta da casa dele, mas teve medo de que engasgasse com o próprio vômito e morresse, exatamente como alertavam aos alunos na escola, então bateu à porta, e Jane Westfield apareceu do lado de fora com seu cigarro e sua xícara de chá. Claire pensou que Jane ficaria brava — haviam passado a noite fora, bebendo —, mas Matthew tinha quatro irmãos mais velhos, todos já haviam saído de casa, e Sweet Jane estava acostumada com as besteiras de adolescentes. Levou Matthew para dentro e acenou para Claire e, enquanto Claire atravessava a rua Westfield, ouviu Matthew dizer para a mãe: *Essa garota me deixa louco.*

Quando Claire rememorava o feriado do Dia do Trabalho de 1986, pensava *Foi aí que tudo começou*. O alcoolismo de Matthew. Mas podia ser apenas Claire se culpando mais uma vez por algo que não era responsabilidade sua. *Sem limites!* A verdade era que, nos anos após deixarem Wildwood, Matthew conhecera excessos inimagináveis para Claire.

— Me fala de você — disse Matthew. — Me conta por que você está triste. Nunca imaginaria ligar para Claire Danner e encontrá-la triste. Não me lembro de vê-la triste. Lembra quando você me disse que, quando saísse da casa dos seus pais, sua vida seria perfeita?

— É verdade — disse Claire. *Dissera* isso a Matthew. Prometera-se que deixaria Wildwood Crest com a ficha limpa. E sua vida havia sido feliz, havia sido abençoada. Até... quando? Quando haviam começado os problemas? Com o nascimento de Zack ou antes disso? Na noite do acidente de Daphne? Por onde Claire começaria se quisesse falar sobre Lock? O que diria? *Eu o amo da maneira como amava você, com abandono total, daquele jeito doloroso, cheio de desejo e perigo.*

— Fui a uma festa ontem à noite — disse Claire. — Bebi e estava com a cabeça cheia. Depois, briguei com a Siobhan, minha melhor amiga. A festa era dela, e fiquei me sentindo péssima, aí vi o Jason descendo as escadas com outra amiga nossa, a mulher é linda de morrer, e o acusei de estar transando com ela... Nossa, uma confusão total! A verdade é que eu criei a confusão. O Jason não está falando comigo, e Pan, a babá, provavelmente não está falando comigo, minha filha está lá em cima vomitando, e estou me sentindo... mal comigo mesma. E confusa. Olho para a minha vida e penso: *O que aconteceu? O que estou fazendo? Como as coisas chegaram a esse ponto?* Alguma vez você se sentiu assim?

— O tempo todo — respondeu Matthew. — Posso dizer que me sinto assim o tempo todo.

— Mas você é uma estrela — disse Claire. — Ninguém fica com raiva de você.

— A Bess está com raiva. Muito mais que raiva. Terminou comigo. Minha banda está com raiva. Terry e Alfonso estão desapontados e com raiva e, francamente, têm todo o direito de estar. Sou uma estrela, mas adivinha: sou uma pessoa toda errada. Posso compor, cantar, tocar guitarra, mas isso não significa que eu não tenha pontos fracos e dias ruins como qualquer ser humano. Todo mundo falha, Claire.

Ela estava chorando novamente. — Sinto saudade de você — disse ela.

— Eu também — declarou ele.

— Tenho que desligar, mas a gente vai se ver, certo? Em agosto? Você vai ficar aqui com a gente?

— Vou — respondeu Matthew.

— Você tem que parar de beber — disse Claire. — Pare só por uma hora. Você quer que eu ligue para o Bruce?

— Ele sabe de tudo — disse Matthew. — Já está a caminho.

— Você tem que ficar sóbrio para o meu show, Matthew — disse Claire. — Por mim, ok?

— Por você — disse ele. — Ok.

— Ok — disse Claire. Desligou e passou um momento do lado de fora aproveitando o calor do sol em seus braços. Estava sofrendo pelas últimas vinte e quatro horas e pelos últimos vinte anos. Tão confusa agora quanto estivera então; perplexa diante do mundo e das pessoas. Perplexa diante de si mesma.

— Mãe?

Entrou em casa.

❦

As férias poderiam ter sido de um jeito ou de outro. Lock e Daphne ficaram a sós durante oito dias e sete noites; as coisas poderiam ter melhorado ou piorado entre eles. Haviam viajado sozinhos de férias duas vezes desde o acidente de Daphne, uma vez para Kauai, outra para Londres, e nenhuma das duas viagens ajudara no relacionamento, mas sempre havia a esperança de que desta vez ia ser diferente. Desta vez o sol, ou a piscina, ou as instalações do resort inspirariam as mudanças pelas quais Lock tanto ansiava. Daphne voltaria ao seu antigo eu num rompante; quebraria o encanto das feridas na cabeça e acordaria, como a Branca de Neve ou a Bela Adormecida. *Por onde andei esse tempo todo?*

No final, as férias não surtiram um efeito nem outro. Tudo entre eles permanecera como antes. E isso significava o quê? Os dois dias em Andover haviam sido uma tortura. Heather não os queria ali. Pedira que se encontrassem fora do campus, num restaurante vegetariano da cidade. Havia outros estudantes no restaurante, alguns dos quais acenavam para Heather e murmuravam seu nome; no entanto, Heather não apresentou Lock ou Daphne a ninguém. Lock não podia dizer que culpava a filha, porque Daphne, sobretudo diante de pessoas desconhecidas, era imprevisível. Começou atormentando a garçonete por causa dos dreadlocks dela.

— Uma garota bonita e branca como você — disse Daphne segundos depois de pedir uma quiche de queijo — sabotando a aparência com esse cabelo horrível. Você não lava esse ninho de rato, lava? O que seus pais dizem?

A garçonete preferiu ignorar Daphne, ruborizou enquanto anotava os pedidos de Lock e Heather, então saiu rapidamente, ao passo que Daphne, inexplicavelmente, cacarejava como uma galinha. Heather a encarou, mortificada.

— Mãe — disse. — Para com isso.

— Parar o quê? — perguntou Daphne. — Só perguntei o que os pais dela dizem.

Lock tentou amenizar a tensão entre a mulher e a filha; tentou proteger Heather dos ataques de Daphne; mesmo assim, Daphne desferiu alguns golpes cruéis. As batatas da perna de Heather eram muito musculosas, disse Daphne. *Você parece um menino. Devia pensar em largar o hóquei no ano que vem.*

— Mas, mãe — disse Heather —, hóquei foi o motivo de eu ter vindo para cá.

— Você não quer virar lésbica, quer? — disse Daphne. — Não quero que você vire lésbica.

— Ok — disse Lock. — Chega.

Heather pareceu mais feliz quando ficaram somente ela e Lock, depois que Daphne voltou ao hotel para "descansar". Heather levou Lock ao campus, apresentou-o à sua professora de história da arte, mostrou-lhe seu quarto, e ele conheceu Désirée, cujos pais haviam gentilmente levado Heather às ilhas Turks e Caicos. Os pais de Désirée também tinham uma casa em Martha's Vineyard, Heather mencionou a possibilidade de passar o verão lá, e Lock respondeu: — Tudo bem. Ou então você e a Désirée podem passar o verão em Nantucket. A gente tem espaço de sobra — mas Heather fez uma careta, e Lock soube que sua oferta não seria cogitada. Sua filha, quinze tenros anos, havia partido, e isso fez com que sentisse uma raiva indizível de Daphne. Mas o comportamento da esposa estava além do controle dela. O que os médicos haviam dito? Era como se houvesse outra pessoa dentro de Daphne apertando os botões. Algum extraterrestre, algum invasor de mães e esposas. Lock não podia culpar Heather por querer passar o verão em Vineyard; se tivesse a oportunidade, talvez ele mesmo aceitasse o convite.

Antes de Lock voltar ao hotel para tomar banho e trocar de roupa — eles iam a um restaurante distante, por sugestão de Heather —, ela disse:

— Você e a mamãe não precisam se preocupar comigo. Eu vou ficar bem.

Lock olhou para a filha — para o cabelo escuro, a boca grande e bonita, tão parecida com a de Daphne, as pernas fortes, os pés finos e femininos dentro das sandálias — e quase chorou. Esperava ouvir essas palavras quando ela estivesse pronta para a viagem de lua de mel ou talvez quando fosse para a universidade — mas não agora, aos quinze anos. Pensou que já houvesse experimentado, e se libertado, de toda tristeza de perder a confiança da filha e a sua companhia, mas estava errado. O sentimento era fresco e novo.

Estava tão consumido na função de manter as coisas equilibradas entre Daphne e Heather — era exaustivo — que não tivera um segundo de sossego para pensar em Claire. Isso mudou quando ele e Daphne se afastaram da Phillips Academy, quando ficaram sozinhos de novo, no que parecia um interminável tempo de solidão a dois à frente. Daphne olhou em silêncio pela janela durante algum tempo, depois começou uma diatribe sobre Heather. Suas pernas eram as pernas de um garoto de dezoito anos, de um corredor, de um atleta com todos aqueles músculos. Se ela ficasse naquela escola, provavelmente viraria lésbica. Eles tinham de tirá-la de lá. Ela parecia infeliz, de todo modo, não parecia? Sombria, com certeza. Não sorrira uma única vez durante o tempo todo em que haviam estado lá. E o que dizer de ter virado vegetariana? Fora criada à base de filé-mignon! A culpa era do colégio — muito liberal, avançado demais, cheio de alternativas vergonhosas à maneira tradicional de viver. Será que Lock notara o cabelo da garota que os servira? Poderiam redecorar o porão, equipá-lo com aparelho de som de última geração, computador, tevê de plasma, geladeira — cheia de comida verde, se era isso que ela queria! Qualquer coisa para que voltasse para casa! *A Heather é tão preocupada com privacidade e independência que a gente promete que nunca vai descer e invadir o espaço dela.*

Lock ficou em silêncio. A ideia não era terrível. Lock queria tanto Heather em casa quanto Daphne, mas sabia que não aconteceria. Em resposta ao silêncio de Lock, Daphne começou a chorar, e Lock buscou sua mão, mas Daphne afastou-a com raiva.

— A gente devia ter tido mais filhos — disse ela. — Não acredito que deixei você me convencer do contrário.

Não fazia sentido lembrá-la de que, depois do nascimento de Heather, um cisto se formara num dos ovários de Daphne, e ela tivera os dois removidos. Desde o acidente de Daphne, a culpa pelo fato de Heather ser filha única recaíra diretamente sobre os ombros de Lock.

Em algum ponto do caminho até o aeroporto, Lock se lembrou de Claire, embora não seja exatamente correto dizer que se esquecera dela em algum momento. Em vez disso, ele decidira, em justiça à Daphne e à Heather, que faria o máximo para conter seus sentimentos por Claire. Iria guardá-los numa caixa — um pequeno baú dourado — e a manteria fechada, trancada a sete chaves. No entanto, enquanto Daphne despejava uma ofensa após a outra sobre ele, Lock abriu a caixa, só uma frestinha, e imaginou Claire dirigindo até o mercado, imaginou-a tirando um vidro do forno, deitando-se na cama. Na imaginação de Lock, ela estava sozinha, apesar de saber que, na realidade, esse jamais seria o caso. Mais imagens saíam da caixa: ouvia o som dos tamancos de Claire subindo as escadas da Elijah Baker House enquanto ele esperava, com duas taças de vinho nas mãos e a respiração suspensa, que ela adentrasse o escritório. *Olá.* Pensava em secar as lágrimas que apareciam no canto dos olhos dela depois de fazerem amor. Claire chorava por uma variedade de razões: o sexo fora incrível, a emoção fora intensa, detestava ter de deixá-lo, doía, fisicamente, afastar-se. E também havia a culpa — por Jason, por Daphne, pelas crianças —, e havia o medo de ser flagrada, o medo de ir para o inferno. Quase todas as vezes em que estavam juntos, falavam na possibilidade de parar, de se afastarem em nome de uma vida correta e ética, mas nenhum dos dois fora capaz de fazê-lo. Era catártico falar sobre o assunto, mas impossível realizar a ideia de um deixar o outro. Sentiam-se eufóricos, exultantes, ansiosos, corroídos pela culpa, desprezíveis — mas, na maior parte do tempo, sentiam-se vivos. Cada dia era recheado de primavera e de possibilidades — de encontros, de conversas, de toques — e essa emoção era intoxicante demais para abandonarem.

As férias, apesar de algumas partes dela serem prazerosas — o calor do sol, a água fria e cristalina, as comidas e bebidas deliciosas, o quarto luxuoso, o serviço excelente —, eram como um vácuo na vida de Lock. Um túnel de oito dias e sete noites sem Claire; algo a que precisava sobreviver. Prometera a Claire mandar e-mails, e, de fato, o resort tinha um centro de convenções que ele poderia ter usado a qualquer momento, mas achava que se comunicar com ela — tentar expressar com palavras seu vazio, depois se submeter à tortura adicional de esperar pela resposta — seria infinitamente mais doloroso do que simplesmente baixar a cabeça e suportar. Ele e Daphne passavam muitas horas em silêncio lendo à piscina, e, enquanto Daphne dormia, Lock caminhava na praia, pensando, não em Claire (sempre em Claire), mas em que tópicos poderia levantar no jantar para não incitar um ataque verbal de Daphne. O humor dela parecia ligeiramente melhor no resort, apesar de encontrar maneiras de insultar os outros hóspedes (na maioria ingleses, portanto, pessoas reservadas e inclinadas a não revidar, principalmente quando escutavam Daphne iniciar seu cacarejo). Haviam tido duas noites íntimas, e essas foram, talvez, os maiores desafios para Lock. Sexualmente, Daphne era agressiva e impossível de satisfazer. Lock, com a ajuda de três doses de rum, esforçou-se para se lembrar de como Daphne era antes de começar a atacar sua masculinidade ao mesmo tempo que tentava excitá-lo. Foi durante esses momentos íntimos que Lock pensou: *Não posso continuar casado com essa mulher.* Não seria capaz de suportar uma vida inteira de encontros sexuais como aqueles, mas também sabia que nunca seria capaz de se libertar de Daphne, por pior que fosse a vida com ela. Não havia um homem vivo que quisesse assumir Daphne, e os pais dela estavam mortos, portanto, isso significava que, se Lock a abandonasse, ela se tornaria responsabilidade de Heather, e Lock não poderia sobrecarregar a filha daquela maneira. Não o faria. Ficaria com Daphne.

Os melhores momentos das férias eram quando Daphne pegava seu livro, tomava um gole de rum e dizia:

— Obrigada, *baby* — esse era o apelido carinhoso que os dois costumavam usar um com o outro, e com Heather, antes do acidente —, por me trazer aqui. Estou me divertindo!

O momento mais infeliz aconteceu durante o jantar da última noite. Não era surpresa que Daphne tivesse guardado seu pior veneno para o *grand finale*; fazia parte da tortura permitir que Lock acreditasse que eles haviam conseguido passar uma semana inteira sem hostilidade declarada para atacá-lo na última hora, no último minuto. Daphne era mais esperta, inteligente e ferina agora do que antes do acidente.

Enquanto tomava uma taça de champanhe cara, pálida e borbulhante, ela disse:

— Tenho uma pergunta para fazer a você.

— Pode fazer.

— Você acha Isabelle French atraente?

Lock riu, derramando inadvertidamente um pouco da bebida efervescente na toalha de mesa.

— Não — respondeu.

— Você está mentindo.

— Não estou mentindo.

— A Isabelle French é uma mulher bonita. Qualquer um diria isso.

— Ela é normal, nada de mais. Outras pessoas podem considerá-la bonita, atraente, mas eu não acho. Conheço a Isabelle há muito tempo. Talvez esteja acostumado à aparência dela. Não presto atenção na beleza.

— Ela está atrás de você.

— Deixe de ser ridícula, Daphne.

— Você está ciente do que ela fez com Henry McGarvey no Waldorf?

— Claro.

— Se você encostar nela, eu mato você, Lock.

— Não vou encostar nela.

— Estou falando sério. Eu mato você enquanto estiver dormindo. Depois encontro uma juíza para me libertar.

— Não tem nada acontecendo entre mim e a Isabelle.

— Jura? — perguntou Daphne. Inclinou a cabeça. Os olhos tinham a expressão de uma certeza atípica. — Porque percebi uma mudança em você desde que ela foi convidada para coproduzir o evento de gala. Você trabalha até tarde todo dia agora.

— Sempre trabalhei até tarde — disse Lock. — É a única hora em que consigo fazer alguma coisa. Você sabe disso. Durante o dia, o telefone toca o tempo todo.

— Lock — disse Daphne. Inclinou o tronco sobre a taça de champanhe. Mais um centímetro e ela a derrubaria com os seios. — Não sou burra.

— Ninguém acha isso. Muito menos eu.

— Mesmo assim, você está tendo um caso debaixo do meu nariz.

Lock pensou que pudesse sentir algo diante dessa declaração, mas ela assumia o padrão das outras queixas de Daphne: começava com uma pergunta "inocente" (ele achava Isabelle French atraente?), depois se lançava em acusações diretas. Esse caso específico era um pouco mais complicado, porque ela estava parcialmente correta. Pressentira alguma coisa.

— Não estou tendo um caso com a Isabelle French — disse Lock com convicção. — E não gosto de ser acusado de algo assim na última noite do que parece ter sido um período de férias bastante agradável.

Daphne parecia divertir-se. — Diz que me ama.

— Eu te amo.

— Ando pensando em contratar um detetive particular.
— Você só pode estar brincando.

Daphne tomou um gole da bebida, e a pressão de Lock diante dessa intenção quase alcançou o teto.

— Estou sim.

Lock quase gritou com ela — era irritante, inconcebível que encontrasse constantemente maneiras de aturdi-lo. Isso nunca teria fim? Ela nunca seria uma pessoa equilibrada? Ele seria sempre o forte que esperavam que fosse, inabalável diante dos ataques dela? Mas Daphne riu levemente e voltou a atenção para o cardápio, e Lock deixou escapar o fio de ar que inconscientemente prendia. Pensou: *Isabelle French. Que ideia.*

Quando Lock voltou das férias, quando finalmente, *finalmente*, retornou ao escritório e começou a remexer a papelada absolutamente organizada por Gavin em sua mesa, as lembranças de Tortola, do sol quente, da água fria, dos livros lidos, de Daphne e de suas ameaças de detetives particulares desapareceram. Só conseguia pensar em quando veria Claire.

Como foram as férias?, perguntou Gavin. Lock olhou para ele, sem expressão alguma e disse: *A gente deu sorte, o tempo estava muito bom.*

Lock telefonou para o celular de Claire e disse, rapidamente (apesar de ter esperado, com prudência, que Gavin saísse para ir ao banco fazer um depósito):

— Voltei. Você pode dar uma passada aqui mais tarde para pegar o... lá pelas sete horas?

A precaução de evitar encontros diurnos terminara. Sete horas era muito cedo — ainda estava claro às sete. Teriam de ficar no escritório, escondidos; não poderiam dar voltas de carro. Seria melhor retardar o encontro para as oito, mas Lock não seria capaz de esperar tanto.

Sendo assim... Claire chegou às sete. Lock a ouviu subir correndo — isso, correndo — e os passos ecoavam em seu coração, seu coração estava correndo, só mais alguns segundos até...

Ele a encontrou no fim das escadas. Nem sequer olhou para ela, não precisava, não se importava com sua aparência — simplesmente a queria em seus braços. Apertou-a, ela estava chorando, e ele, sem ar e soterrado de amor, alívio, conforto e paz.

— Foi tempo demais — disse Lock. — Desculpe...

— Quase morri sem você — disse Claire. — Quase botei tudo a perder.

— Às vezes, eu mal conseguia respirar — disse ele. — Senti tanta saudade sua.

— Nunca mais vai embora — pediu ela. — Nunca mais me deixe.

— Prometo — disse ele. — Não faço mais.

Aconteceu como uma tempestade, uma torrente. Na semana de seu retorno de Tortola, viu Claire quatro vezes. Quatro vezes! Era inusitado e inseguro. Mas Lock disse a Daphne (verdadeiramente): *Você precisava ver a quantidade de trabalho em cima da minha mesa desde que voltei.* E Jason tinha algum prazo estourando no fim do mês, trabalhava até mais tarde todo dia. De qualquer forma, estava com raiva de Claire. Haviam brigado, e Jason dormia, alternadamente, no quarto de hóspedes e no sofá. Lock ouvira essa história, ouvira a história sobre Edward e Siobhan (Siobhan não estava falando com Claire também, não se falavam havia mais ou menos uma semana), e também ouvira sobre o aniversário de Zack e as notícias encorajadoras da pediatra. Lock e Claire atualizavam os fatos aos poucos, porque na maior parte do tempo se abraçavam, afirmavam um ao outro que estavam de fato ali. De certa maneira, era a melhor semana que já haviam tido. As emoções indo do arrebatamento ao delírio; o desespero da separação ficando no passado. A culpa fora suspensa, assim como o medo. Os primeiros pensamentos não eram mais para serem cuidadosos — no entanto, duas vezes, Lock tivera de evitar que Claire o abraçasse em frente à janela de vidro (estupidamente, o detetive particular o assombrava). Seus primeiros pensamentos eram relativos um ao outro.

⁂

Gavin aproveitara a semana de afastamento de Lock para roubar, roubar à décima potência. Desviou todos os cheques que chegaram ao escritório, incluindo um de cinquenta mil dólares de uma famosa marca de sapatos femininos de Nova York, a qual Isabelle French listara entre os convidados do evento de gala. (Ficou com mil dólares para si.) Tinha quase dez mil dólares em dinheiro guardados na gaveta de utensílios da cozinha da casa dos pais. Gavin achou quase fácil demais desviar dinheiro enquanto Lock estava fora; podia cobrir os rastros, depois conferir, e conferir novamente para ter certeza de que seus passos haviam sido encobertos. Faltava o risco de quando desviava fundos debaixo do nariz de Lock. Era quase mais excitante pegar dinheiro para pagar seu almoço quando Lock estava lá (o que ele também havia feito todos os dias durante as férias de Lock). Gavin estava feliz com o retorno de Lock não somente porque devolvia atrativos ao seu jogo mas também porque ele sentira falta de seu chefe. Lock era realmente um homem maravilhoso — isso ficara muito claro depois que ele partira. Gavin sentia-se mal por enganá-lo, mas essa culpa somente acrescentava excitação ao tesouro acumulado de Gavin.

Fantasiava ser flagrado o tempo todo. Seu cenário favorito era a casa dos pais, a cena sendo Daphne e Lock aparecendo para jantar e, na tentativa de encontrar um garfo ou uma colher de sobremesa, um deles abriria a gaveta e daria de cara com o dinheiro. E eles diriam: *Onde você conseguiu esse dinheiro todo?*

Apesar de saberem que só poderia ter sido num lugar.

Sou um ladrão. Gavin pensava isso quase sempre agora. Deixara de considerar o ato um "desvio". Desvio era quando ele tirava míseras centenas, mas agora que o montante chegava a cinco dígitos, estava qualificado como roubo. Ele era um ladrão. Claramente, sua mente fora deturpada (como sua mãe sempre temera) pelos filmes e pela tevê, porque sua autoimagem assumia contornos mais e mais glamorosos. Em vez de se ver como vil ou desonesto que se locupletava dos bens familiares e agora se apossava dos fundos de crianças cujas vidas eram infinitamente mais difíceis do que a sua jamais fora, colocava-se na categoria de Brad Pitt em *Onze homens e um segredo*, alguém que desarmava sistemas de segurança elaborados, desvendava códigos, usava luvas escorregadias de veludo.

No entanto, havia falhas, buracos em seu sistema, através dos quais seu pânico escapava. Não podia ser pego! Não que tivesse muito a perder

— a verdade nua e crua era que, se fosse pego, teria de se mudar da casa dos pais, perderia o emprego e alguns poucos amigos. De qualquer forma, tudo isso iria por água abaixo em algum momento. Quando tivesse dinheiro bastante (quanto era bastante? Cem mil? Seria capaz de roubar cem mil e *não ser pego?*), iria embora. Iria para uma ilha na Ásia, tão distante que nem sequer teria nome (pelo menos não um pronunciável por nativos da língua inglesa). Era importante para Gavin, porém, sumir em condição que julgava apropriada — em glória. As pessoas de Nantucket saberiam que ele era um ladrão, mas, quando isso acontecesse, seria tarde demais. Já teria desaparecido. Nunca mais ouviriam falar dele; teria escapado incólume. Isso era imperativo — diferentemente da debacle que ocorrera na Kapp & Lehigh, quando levara tapas nas mãos como se fosse um moleque; quando seu "crime" fora categorizado como ingênuo e juvenil; era importante que tivesse sucesso nessa empreitada.

Gavin estava se divertindo também. Se fosse pego, a graça seria abruptamente interrompida.

Certa noite, na semana após o retorno de Lock, Gavin experimentou pânico sem precedentes. Jantava com Rosemary Pinkle, a viúva recente com quem fizera amizade na igreja episcopal; os dois eram fãs do pastor daquela igreja, e a amizade entre eles passara a englobar jantares mensais. Esses jantares sustentavam o lado altruístico de Gavin e reforçavam sua crença de que ele não era um fracasso total no departamento da gentileza humana. Ouvia, com muita atenção, as histórias de Rosemary sobre o marido que partira antes dela. Rosemary e Clive Pinkle haviam viajado bastante, e as histórias eram fascinantes. De vez em quando, ela protagonizava momentos de melancolia — derramava lágrimas, desfazia-se em soluços —, e, então, Gavin segurava sua mão, na esperança de que, se seu pai morresse primeiro, haveria um jovem em Chicago fazendo esse papel para sua mãe.

Na noite em questão, Rosemary estava animada. Era uma jardineira motivada pelo bom tempo e pelo fato de os veados estarem longe das suas tulipas. Ela e Gavin jantavam no American Seasons, recentemente aberto para o verão. Exatamente no momento em que ia começar a tomar sua sopa, um pensamento paralisante o acometeu. Naquela tarde, no trabalho, ele mandara uma carta para a empresa de sapatos femininos em Nova York, agradecendo a doação e confirmando que, de acordo com o estatuto legal da Nantucket's Children, a doação era passível de dedução de imposto. Enquanto Rosemary detalhava como fora mais esperta que os veados (salpicara o adubo nos canteiros das tulipas com cabelo humano, recolhido num salão da cidade), Gavin se questionava quanto ao valor mencionado na carta. O cheque fora de $50.000; ele "depositara" $50.000 e sacara $1.000 em dinheiro, transformando o valor do depósito em $49.000. Esse número, $49.000, era o que estava cravado na mente de Gavin — e ele ficara mais e mais temeroso enquanto fingia tomar a sopa, e fingia escutar Rosemary (o salão ficara feliz de se livrar do cabelo), de que tivesse digitado $49.000 como valor da doação em vez de $50.000. A carta fora assinada por Lock (sem ler), selada e levada aos correios. No entanto, se Gavin realmente tivesse digitado $49.000 em vez de $50.000, alguém da empresa de sapatos femininos telefonaria com perguntas, e isso faria com que Lock ou Adams Fiske prestasse mais atenção nele.

Gavin tentou, tentou, *tentou* se lembrar. Estava absolutamente consciente de cada detalhe de seu crime; prestava atenção enquanto escrevia a carta, certo? Mas aí estava o problema: não se lembrava de digitar a quantia de $50.000 e não se lembrava de ter lido a carta antes de levá-la para Lock assinar. Gavin também não se lembrava de ter digitado $49.000, mas esse era o valor que, inconscientemente, atribuíra à doação. O coração de Gavin estava bombeando dentro do peito. A temperatura do seu corpo subia, e ele precisou afrouxar a gravata no pescoço — parecia estrangulá-lo —, embora, claro, detestasse fazer isso, porque não havia nada que fosse de um mau gosto tão grande quanto um nó desleixado. Gavin tinha certeza de que, se estivesse trabalhando com seu subconsciente, se tivesse escrito a carta no piloto automático — o que era bastante provável, já que não conseguia se lembrar do detalhe mais importante dela —, então provavelmente digitara $49.000 em vez de $50.000. Lock não lera a carta porque nunca lia as cartas — eram sempre as mesmas —, e porque Gavin olhava para a mesa de Lock com impaciência maldisfarçada. Queria ir ao banco, queria um cigarro, e algumas das cartas que Lock estava assinando o esperavam havia doze dias. Lock não prestara atenção ao valor. Estava cansado das férias e, na opinião de Gavin, parecia distraído, como se tivesse deixado a concentração em Tortola. Além disso, nunca houvera razão para conferir o trabalho de Gavin, porque Gavin nunca errava. Mas era fato que aconteceria algum dia, e o dia era esse. Gavin descansou a colher no prato sob a tigela de sopa. Não conseguia mais.

Rosemary percebeu. Era parecida com sua mãe em tantas coisas — *Coma, coma!*

— Você terminou? — perguntou ela. — Não está bom?

— Não estou me sentindo muito bem — respondeu ele. Não podia ser pego! Digamos que um representante da empresa de sapatos femininos *telefonasse*. Provavelmente, Gavin atenderia o telefone. E se o telefonema acontecesse enquanto Gavin estivesse almoçando? E se fosse antes de sua chegada ao escritório ou depois de sua saída? E se fosse enquanto ia ao banheiro ou atendesse outra ligação? Lock atenderia! A tortura da espera por esse telefonema seria suficiente para mandá-lo para o hospício.

A garçonete veio retirar seu prato. — Estava uma delícia — disse Gavin. — Eu é que não estou me sentindo bem.

Rosemary inclinou o tronco para a frente. Identificava-se com pessoas que não se sentiam bem. Seu marido, Clive, fora cedo para cama um dia, reclamando de acidez no estômago, e morrera dormindo.

— Tome um pouco de água — disse ela.

O mais crucial, o que pressionava com mais urgência seu peito e, mais abaixo, seus intestinos era a ideia de que devia ir ao escritório e conferir a carta no computador. E se ele estivesse enganado? E se o valor escrito *fosse* realmente $50.000? Ficaria tão aliviado! Se ofereceria para pagar o jantar, faria mais que isso: entregaria seu cartão de crédito para a garçonete e pediria que o passasse sem que Rosemary soubesse. Rosemary ficaria ofendida (sempre pagava pelo jantar; nisso também era igual à mãe de Gavin), mas tocada ao mesmo tempo. Gavin precisava desculpar-se, correr para o escritório, conferir o arquivo no computador e voltar correndo. Seu coração murchou, isso levaria muito tempo. Rosemary ficaria preocupada, procuraria por ele no banheiro ou pediria que um garçom o fizesse, e ele não estaria lá — como explicar *isso*? Mas ficar ali e comer costelinhas de cordeiro, sobremesa e tomar café não era uma boa opção.

Afrouxou um pouco mais o nó da gravata, dessa vez para que tivesse efeito. — Detesto dizer isto, mas acho que preciso ir para casa.

— Para casa? — perguntou Rosemary.

— Não estou me sentindo muito bem.

— Ah, querido — disse Rosemary. — Então é melhor você ir. Não precisa ficar mais por minha causa...

— Detesto deixá-la assim... — disse Gavin.

— Pode ir! Eu digo à garçonete o que aconteceu e peço a conta. A não ser que você queira que eu o leve em casa. Você quer?

— Não! — exclamou Gavin. Estava curvado, tentando passar a urgência de seu mal-estar. — Eu vou sozinho. Eu só... preciso chegar em casa.

— Tudo bem, pode ir — disse Rosemary. — Eu ligo daqui a pouco para saber como você está.

Ele beijou o rosto dela. — Você é um anjo. Desculpe...

— Vai — disse Rosemary.

Correu pela cidade de cabeça baixa, tragando ansiosamente o cigarro, resmungando baixinho, rezando para que fosse tudo um enorme engano, uma suspeita infundada. Será que todos os criminosos sofriam desse tipo de paranoia? Provavelmente! Quarenta e nove mil dólares. Sim, quanto mais pensava, mais certeza tinha de que colocara tudo a perder. Mas talvez não. Deus, ele não suportava essa dúvida. Apressou-se.

Atrapalhou-se com as chaves na porta. Suas mãos tremiam. Não estava exatamente em silêncio; não lhe ocorrera que Lock ainda estaria no escritório — eram quase oito horas —, mas, quando estava na metade das escadas, ouviu vozes. Lock estava lá. Droga! Gavin pensou em dar a meia-volta e ir embora, mas não, não podia: precisava conferir aquela

carta já! O que poderia dizer que fora fazer ali? Talvez pegar um número de telefone, um endereço de e-mail. Seria plausível? Enquanto Gavin pensava em possibilidades, percebeu que algo acontecia no escritório. Ruídos, respirações pesadas, voz de mulher. Gavin parou onde estava e grudou o ouvido na parede, como vira pessoas fazerem nos filmes. Uma mulher falava, gemia e chorava. Dizia o nome de Lock. Portanto, Lock estava lá. Um segundo depois, Gavin escutou Lock dizer, claramente:
— Ah, Claire, meu Deus.

Ok, pensou Gavin. Ok. Flagrara algo, algo sério acontecendo entre Lock e Claire. Sentiu a cabeça girar. Não era impossível, era? Passara-lhe pela cabeça que Lock escondia alguma coisa — e um caso com Claire fora uma das possibilidades, embora imediatamente desprezada —, mas descobrir isso agora, daquela maneira, era terrível. Precisava ir embora. Gavin, porém, estava confuso, horrorizado e curioso ao mesmo tempo, como o espectador de um acidente de trânsito. Continuou subindo as escadas, em silêncio, luvas de veludo, chinelos de veludo. Daria uma olhada, teria confirmação visual, depois correria dali.

Chegou ao topo das escadas e ouviu, claramente, o choro de Claire. Espiou a sala de reunião. Lá estavam eles. A primeira coisa que Gavin viu foram as costas de Lock — vestia apenas camisa amarela e cuecas. A calça estava no chão a alguns metros de distância, e Lock de pé diante da mesa de reunião. Claire estava sentada na mesa com as pernas desnudas enroscadas em Lock, a cabeça enterrada no peito dele. Estava chorando, Lock tentava acalmá-la.

Ok, pensou Gavin. Chega. É demais. Estava indo embora. Desceu as escadas na ponta dos pés; mal podia esperar para estar longe dali. Cuidadosamente, abriu a porta (era esclarecedor, pensou, o fato de que haviam trancado a porta). Tinham um sistema, um ritual; isso era algo que Gavin descobrira, algo grande! Deveria sentir-se excitado — satisfeito (ele *sabia* que Lock estava escondendo algo!). Deveria sentir-se aliviado por saber não ser o único tomando um caminho obscuro; também deveria ter reconhecido o valor daquilo que desvendara, o poder de barganha. Contudo, a primeira coisa que Gavin sentiu foi choque, seguido rapidamente de tristeza, desapontamento, desilusão Era como se descobrisse que o super-homem não existia, nada parecido com um herói de verdade. Lock e Claire. Gavin balançou a cabeça enquanto corria na noite escura em direção ao seu carro (o interesse na carta desaparecera).

Não podia mais confiar em ninguém.

CAPÍTULO OITO

Ela conta

Claire tentou consertar as coisas. Com Jason, isso significava pedir desculpas a cada hora — pessoalmente, por meio de mensagens na caixa postal, bilhetes pregados no volante do carro. Significava colocar-se à disposição. Cozinhava os pratos preferidos dele: frango frito, macarrão com salsicha e manjericão, a carne-seca da mãe dele e cookies de chocolate, os preferidos de Jason. Dobrava suas camisetas, abria uma lata de cerveja para refrescá-lo assim que ele entrava em casa e colocava as crianças na cama todas as noites para que ele pudesse assistir à televisão tranquilo. Ainda assim, Jason dormia no quarto de hóspedes ou no sofá; ainda falava com ela em tons de raiva; entretanto, no fim de semana seguinte, o conflito da festa já havia sido absorvido pela esponja da vida conjugal. Muita coisa estava acontecendo para se perder tempo com bobagem. Jason voltara para a cama do casal, procurava por Claire como se nada houvesse acontecido, e, depois, ainda acordada, ela se impressionava com o que um casamento era capaz de suportar. Era capaz de suportar brigas terríveis; era capaz de suportar o fato de ela estar desesperadamente apaixonada por outro homem.

A relação de Claire e Siobhan era outra história. Claire não falava com Siobhan havia dez dias. Dez dias! Era tempo suficiente para Claire imaginar que talvez Siobhan houvesse morrido. Claire tentara tudo; até mesmo telefonara para Edward Melior para falar a respeito do bufê.

Edward, em geral encantador, fora decididamente frio e profissional ao telefone. O que pode ter sido uma reação ao tom estridente de Claire (e ela prometera a si mesma que não faria isso, mas fora impossível evitar).

— Edward? Claire Crispin. Fiquei sabendo que você escolheu um serviço de bufê.

— Isso...

— Soube que você escolheu a À La Table.

— É, nós...

— Não sei se você sabe, mas a Genevieve contou para a Siobhan...

— É, fiquei sabendo.

— Teria sido uma boa ideia falar com a Siobhan, sabe? Para ela não ficar sabendo pelos outros.

— Mas eu liguei para ela. Deixei um recado na secretária eletrônica do escritório.

— Ligou?

— Liguei.

— Ela não confere o telefone do escritório no inverno — disse Claire. — Você sabe disso.

— Não, eu não sabia. Foi o número que ela colocou no orçamento.

— Você poderia ter tentado falar com ela em casa.

— Não me senti confortável para fazer isso, Claire. Por motivos óbvios.

— Sou coprodutora do evento, Edward. Você poderia ter *me* telefonado e *me* contado sobre a sua decisão. Aí eu poderia ter ligado para a Siobhan e acalmado a situação. — Claire fez uma pausa. — Na verdade, preciso dizer que fiquei um pouco surpresa por você não ter me telefonado, sabe, não ter falado comigo antes de entregar a galinha dos ovos de ouro para a Genevieve.

— Estranho você estar usando sua autoridade comigo, Claire. — disse Edward. — É isso? Porque fiquei com a impressão de que, quando você me pediu para coordenar o bufê, isso significava que eu e o meu comitê receberíamos orçamentos, avaliaríamos e escolheríamos o serviço. Parece que o que você realmente quis dizer foi que eu, como chefe do comitê, deveria ter agido como um fantoche enquanto você, a coprodutora, escolhia o bufê da sua preferência. E todo mundo sabe que você preferia a Siobhan.

— Claro que eu preferia, Edward.

— A Genevieve apresentou um orçamento quase quarenta dólares mais barato por pessoa. Entendeu? A gente economizou perto de quarenta mil dólares escolhendo a À La Table.

— Tenho certeza de que a Siobhan teria baixado o preço se tivesse sido consultada — disse Claire. — A vantagem de contratar a Island Fare é que a gente sabe que vai receber um produto excelente.

— Não gosto do rumo que a conversa está tomando — afirmou Edward.

— Tudo bem. Não tem a menor importância agora. O que está feito, está feito. O verdadeiro motivo de eu estar ligando é que eu gostaria de que você ligasse para Siobhan e pedisse desculpas.

A frase foi seguida de uma risada cordial.

— Só para deixar registrado, Claire, comuniquei a decisão do comitê. Mandei um e-mail para você e para Isabelle. Ela me respondeu prontamente.

— Realmente gostaria...

— Tchau, Claire.

Não fazia sentido levar o problema a Lock ou a Adams, porque Edward estava certo: ficara responsável pelo bufê, era sua função escolher o serviço e tinha compromisso legal em conseguir o melhor cardápio para a Nantucket's Children pelo menor preço, e, no caso em questão, tal orçamento viera da À La Table. Claire não podia discutir a economia de quarenta mil dólares no que seria um serviço de bufê semelhante. Edward enviara um e-mail para ela e para Isabelle sobre a decisão do comitê; o fato de o e-mail ter chegado durante os dez dias da ausência de Lock, período em que Claire declarou moratória à caixa de correio eletrônico, não poderiam ser encarados como responsabilidade de Edward. Isabelle respondera em quinze minutos. Claire recebera cópia desse e-mail também. Dizia, simplesmente: *Confio plenamente na decisão do comitê.* Edward dizia ter deixado recado para Siobhan no escritório dela, telefone anotado no orçamento. Isso era razoável. O fato de Siobhan encontrar casualmente com Genevieve no supermercado, e de Genevieve ter resolvido se gabar era simplesmente falta de sorte. Claire ter pedido a Edward que se desculpasse a Siobhan talvez fosse algo despropositado, no entanto, Siobhan era sua melhor amiga, e Claire queria fazer as pazes com ela desesperadamente. Claire não tinha limites.

Deixou recados na secretária eletrônica da casa de Carter e Siobhan, e deixou mensagens no celular da amiga, mensagens simples (*Desculpa. Me liga*) e elaboradas (duas delas documentavam a conversa telefônica de Claire com Edward). Siobhan não respondera; Siobhan não ligara de volta. Claire então resolveu passar na casa de Siobhan e Carter no sábado de manhã, uma semana depois da festa. Liam abriu a porta e disse a Claire, de maneira direta, que a mãe estava no andar de cima, descansando. Claire pensou em esperar no carro, do outro lado da rua, até que Siobhan aparecesse, mas isso se enquadrava na categoria perseguição e, conhecendo Siobhan, ela seria capaz de chamar a polícia e impetrar uma ordem judicial proibindo sua aproximação.

Os irlandeses eram tão teimosos! Siobhan almejava pela única coisa que Claire não estava disposta a lhe conceder: Sua confissão. *Estou tendo um caso com Lockhart Dixon desde setembro e escondi isso de você.* Claire viu Julie Dixon no carro, e ela olhou-a de maneira estranha (Simpática? Raivosa?). Claire sorriu e acenou como se tudo estivesse bem; internamente, porém, gemeu, rezando para que a substância da briga que tivera com Jason não tivesse sido espalhada pela festa. Seria a morte! Eles deveriam colocar a casa à venda, nesse exato momento.

Quando o silêncio de Siobhan adentrou a segunda semana, Claire, então, desistiu. Chegou a ver o carro de Siobhan em frente ao rinque de patinação — Siobhan assistia ao treino de hóquei de Liam ou Aidan, portanto, seria uma presa fácil — e não se dar ao trabalho de parar. Claire já fora banida do playground quando criança, assim como quase todo mundo, e sabia que não ficaria do lado de fora para sempre. Perdera sua melhor amiga, mas o mesmo acontecera com Siobhan. Ela voltaria a procurá-la, eventualmente — era essa a opinião de Jason. Ele mal falava com Claire, mas fora piedoso o suficiente para lhe dizer isto: se demorasse muito, telefonaria para Carter e marcaria um encontro familiar, uma reunião de acerto de contas. Parecia algo que vira em *Os sopranos*, mas Claire apreciou a intenção de intervir, se necessário fosse.

Claire consumia-se com Lock — quatro vezes em uma semana, cinco em nove dias. Se ele era a razão de sua vida estar descarrilando, então queria, ao menos, estar com ele. No ateliê, trabalhava como louca naquilo que agora imaginava ser um lustre imperial. Passou a segunda e a terça-feira tentando fabricar um segundo braço, oito horas de trabalho, 163 tentativas. Foi recompensada com não apenas um, mas dois braços. Claire não estava certa a princípio, mas, quando os juntou à esfera perfeita do corpo sublime, viu que se encaixavam magistralmente, mais do que magistralmente, pendiam e retorciam-se como a trajetória de uma pétala de flor caindo no chão, como um pensamento tranquilo e feliz saindo da mente para o papel. Claire pensou: *Esse lustre imperial vai ser a coisa mais linda que já fiz*. Elsa, da Transom, telefonara novamente, encomendando duas dúzias de vasos da série *Selva*, e, embora essas peças fossem mais facilmente realizadas, sem falar no bom dinheiro que renderiam, Claire respondeu que não poderia fazê-las. *Não tenho tempo agora*. Claire estava traindo Jason com Lock; estava traindo sua carreira com o lustre; estava traindo sua *vida* com o evento de gala.

Para: cdc@nantucket.net
De: isafrench@nyc.rr.com
Enviada em: 29 de abril de 2008, 11:01
Assunto: Mesa

Querida Claire,

Só para deixá-la informada, telefonei para o Lock e comprei uma mesa de $25.000 para a festa. Acho importante que, como coprodutoras, apoiemos o evento da melhor maneira possível, e uma delas é comprando os ingressos mais caros. Percebi, olhando a lista de ingressos vendidos no ano passado e no anterior, que você e seu marido compraram ingressos de $1.000 e sentaram no fundo. Você compreende, sem dúvida, a importância de estar na frente este ano — podemos conseguir mesas lado a lado —, no setor de $25.000. Comprei a mesa e convidei algumas pessoas. (Espera-se que, em retribuição, elas façam doações generosas à causa.) No entanto, é perfeitamente aceitável pedir a quem sentar à sua mesa que pague pelo assento, se você assim preferir. Comprei minha mesa logo, porque o verão está chegando e está na hora de começar a vender ingressos, e é sempre melhor/mais fácil incentivar essa atitude quando você, pessoalmente, já comprou ingressos.

Obrigada!
Isabelle

Claire olhou para a tela do computador, abismada.

Naquela noite, não havia nada que pudesse fazer para o jantar, portanto, Claire jogou alguns ovos na frigideira, presunto e cheddar em igual quantidade, cebolinha, tomate, e serviu a iguaria com torradas. Jason olhou para o prato com certa descrença e perguntou:
— O que é isso?
— Não tinha mais nada em casa, e não tive tempo de ir ao supermercado — disse ela.
— Por que você não pediu uma pizza? Eu poderia ter parado no caminho e comprado — respondeu Jason.

Diante da menção à pizza, as crianças começaram o clamor, até mesmo Zack, que nem sabia o que era pizza.

Claire levantou-se da mesa e encarou Jason:
— Tudo bem — disse. — Pede a pizza.

Naquela noite, quando Jason deitou na cama, perguntou:
— Você quer que eu ligue para o Carter amanhã para dar um jeito na situação com a Siobhan?

Claire releu o e-mail de manhã e o achou tão ofensivo quanto no dia anterior. Conseguira um favor impossível trazendo Max West para tocar de graça, gastara todos os domingos de um mês no ateliê trabalhando no lustre candelabro — e agora, *agora*, Isabelle basicamente a obrigava a cuspir $25.000 pelo show. Claire compreendeu: trabalho árduo e favores eram uma coisa, mas, na verdade, lá no fundo, a contribuição de alguém era medida, friamente, em dinheiro vivo.

Vinte e cinco mil dólares: parecia um desafio.

Era a primeira semana de maio, e, todos os dias, caía uma chuva fria e constante — confortadora. Claire fechou-se no atelier e soprou um par de vasos; estava irritada e desconcentrada demais para trabalhar no lustre. O pior era que compreendia o argumento de Isabelle. Claire concordara em ser coprodutora, aceitara a responsabilidade e seria ingênuo não entender que parte da responsabilidade era fiscal. Mas Claire não podia fazer isso. Dois ingressos de $2.500 somavam $5.000; isso já seria um *esforço supremo* para eles. (Seria mais palatável se Claire tivesse ganhado algum dinheiro nos últimos quatro meses, em vez de ter sido escrava do lustre.) Comprar uma mesa inteira de $25.000 estava fora de questão, por várias razões. Digamos que Claire pagasse pela mesa adiantado e, depois, pedisse que quem se sentasse nela entrasse com o respectivo valor. Ela nunca (a) teria coragem de pedir o dinheiro e (b) encontraria quem, amigo ou conhecido, concordasse em pagar o valor, mesmo que fosse corajosa o bastante para pedir. Sentia-se ofendida por Isabelle ter verificado suas compras de ingresso anteriores. Claire e Jason não haviam sentado "nos fundos" — mas, no meio, e, no ano anterior, haviam sentado com Adams e Heidi Fiske. Nem mesmo Adams Fiske, presidente do conselho de diretores, comprara um ingresso de $2.500. Adams pertencia ao grupo das pessoas normais com seus ingressos de $1.000. Claire não conhecia ninguém que estivesse disposto a desembolsar $2.500. Certamente não Carter e Siobhan (era seguro dizer que não iriam de qualquer jeito), nem Brent e Julie Jackson, nem Tessa Kline, nem Amie e Ted Trimble, nem Delaney e Christo Kitt. Possivelmente Edward Melior iria — mas Claire o afastara, portanto não contava. Possivelmente os clientes de Jason que tinham casa em Wauwinet, mas Claire realmente quereria assistir ao show — numa das noites mais importantes e glamorosas de sua vida — com clientes que mal conhecia? Não queria. Queria estar com amigos. Portanto... não compraria uma mesa de $25.000.

Mas dizer isso seria o mesmo que afirmar várias outras coisas. Estaria declarando que não tinha a mesma situação de Isabelle French, o que poderia ser um golpe no seu orgulho. No entanto, por quê? Claire crescera em Wildwood Crest, Nova Jersey, onde sua família sempre fora, definitivamente, classe média, a mais mediana das médias. Em comparação, ela e Jason viviam como a realeza — a casa, seus negócios, as oportunidades para os quatro filhos, Pan. Tinham todos os bens materiais de que precisavam — e muitos dos que desejavam —, mas não tinham $25.000 para gastar em uma noite. Ninguém que Claire conhecia tinha — e essa talvez fosse a questão principal: não comprando uma mesa de $25.000 sentia que cimentava a diferença entre veranistas e locais. Isabelle French e seus compatriotas da cidade tinham mais dinheiro que Claire e as pessoas maravilhosas que dividiam seu pedaço de chão. Tinham muito mais dinheiro — por que fingir que não era verdade? Todos estavam doando à causa — levantando dinheiro para as famílias trabalhadoras de Nantucket —, mas em diferentes graus.

Quanto mais Claire pensava no assunto, mais irritada ficava com Isabelle por pedir que se comprometesse com tal valor absurdo. Claire estava convencida de que esse era mais um comportamento passivo-agressivo de Isabelle. Isabelle dissera a Claire que comprasse, sabendo que Claire diria que não tinha o dinheiro (o que sublinharia a diferença de classes, ou, pior, daria a impressão de que Claire não era tão comprometida ou dedicada à causa quanto Isabelle) ou Claire conseguiria o dinheiro à custa da ruína financeira da família.

Mulher horrível!, resmungou Claire.

Não podia levar o problema a Jason. Ele enxergaria a questão de apenas um ângulo, porque era homem, porque não tinha nenhum apego emocional ao dinheiro que não fosse a felicidade (ou o alívio) relativa ao que ele pudesse comprar. Diria: *Se a gente tivesse vinte e cinco mil dólares para gastar em uma mesa na frente para ver o show, compraríamos um barco em vez disso.*

No fim das contas, Claire ligou para Lock. Estava hesitante quanto a fazê-lo porque, recentemente, cada vez mais achava que seus problemas estavam se transformando em questões que só Lock poderia resolver. Ou só Lock podia entender. Ou então Claire sofrera uma lavagem cerebral porque acreditava na autoridade dele (*Não existe inferno*), ao mesmo tempo que ele era a única pessoa para quem ela queria levar seus problemas, apesar da preocupação de que logo Lock a veria como alguém que não tinha nada além de problemas. Mas essa história, Isabelle, o dinheiro, o evento: tudo isso se enquadrava perfeitamente nas especialidades de Lock.

Claire telefonou para o escritório. Gavin atendeu o telefone, e seu tom com ela estava diferente. Normalmente convencido e impaciente, agora soava quase amigável ("Claire! Olá!"). Parecia não haver mais ninguém que desejasse ter do outro lado da linha ("Como *vai* você?"); tratou Claire como uma amiga de longa data. *Lock saiu da mesa um instantinho, mas vou ver onde ele está. Um segundo, olha ele aqui — Lock, é a Claire!* Estranho...

— Alô? — atendeu Lock. Sua voz soou amigável, não íntima. Claire ansiava por intimidade, por um ronronado, um arrulho, uma senha ou um apelido só para ela — mas isso era impossível. Era sempre saudada por algo amigável e apenas solícito.

— Eu amo você — declarou ela.

Ele riu.

— Legal ouvir isso — afirmou ele.

— Acabei de receber um e-mail da Isabelle.

— E...

— Ela comprou uma mesa de vinte e cinco mil dólares. E quer que eu compre uma mesa de vinte e cinco mil dólares. Para dar o exemplo, como coprodutoras.

— Certo — disse Lock. Pareceu constrangido.

— Você percebe a posição em que ela me colocou?

— Percebo.

— Percebe? — Claire perguntou-se se ele realmente compreendia. Lock disfarçava-se de reles mortal da ilha, mas, na verdade, era um milionário. Fazia doações anuais na casa dos seis dígitos; poderia facilmente comprar dez mesas de $25.000 num piscar de olhos. Esse pensamento (relativamente novo, porque ela nunca parara para pensar nas finanças de Lock — não se importava, queria-o príncipe ou mendigo) fora seguido de outra série de pensamentos... sobre o que Lock pretendia fazer quanto aos *seus* ingressos para o evento. Ele poderia, pensou ela por um segundo, comprar uma mesa de $25.000, e ela e Jason pagariam por dois lugares (imaginou que $5.000 era o valor mínimo como coprodutora), e Lock completaria a mesa como quisesse. Isso acrescido do bônus de Claire e Lock estarem na mesma mesa (além de, com pouco ou nenhum esforço, lado a lado). Poderiam colocar Jason ao lado de Daphne e de suas "belas tetas", e todo mundo ficaria feliz.

— Entendo... — disse ele.

E, quase ao mesmo tempo, ela perguntou:

— O que você pretende fazer? Onde você senta, normalmente? Você e a Daphne?

— Bem... — disse ele. Agora parecia realmente constrangido. — A Isabelle ligou para comprar a mesa e nos convidou para a mesa dela. E... bem, eu aceitei.

— Você aceitou?

— Não vi nenhum motivo para recusar. Tive a impressão de que Isabelle estava insegura, por causa do divórcio, entende? Não me convidou apenas, implorou.

— Então, você e a Daphne vão sentar com a Isabelle.

— Vamos.

— Tudo bem. — E, como palavras lhe faltaram, ela concluiu. — Beijos! — Sua voz era animada e plástica. Pensou em se despedir de forma abreviada, como se faz em mensagens eletrônicas — bjs! Desligou e encarou o telefone, em choque.

Alguns segundos depois, o telefone tocou. Claire pensou: *Lock, ligando de volta*. Saíra do escritório com o celular e estava escondido na Coal Alley, onde podia falar mais livremente. Ela quase não atendeu — estava mais engasgada com as novidades de Lock do que com o e-mail de Isabelle —, mas não tinha forças para resistir a ele.

— Alô? — atendeu ela.

— Oi — respondeu Siobhan. — Sou eu.

⁂

A casa alugada por ele nas montanhas era um bangalô em estilo colonial, com janelas de vitrais e mobiliário de Gustav Stickley, um esboço emoldurado de Frank Lloyd Wright pendurado na parede do lavabo e uma pepita de ouro, supostamente garimpada em 1851, guardada numa caixinha no escritório. Max amava a casa. Pertencia a uma família californiana; o marido era dono da cadeia de restaurantes Tex-Mex em todo o Estado, e a mulher, compositora de jingles para comerciais de tevê. Tinham cinco filhos, de adolescentes a bebês, e estavam todos passando o ano em Xangai. A casa era aconchegante, um refúgio, um ninho e, apesar de nem a casa nem nada dentro dela pertencer a Max, ele se sentia confortável ali e, sobretudo, livre para beber até não poder mais.

Bess lhe pedira somente uma coisa: que usasse sua influência para apressar o divórcio. Arrastar o processo, prolongá-lo, insistir em mediações ou presença em tribunais só tornariam as coisas mais dolorosas para os dois, dissera ela. Queria desfazer o casamento imediatamente e ficar somente com os cachorros.

— Vou lhe dar três milhões de dólares — dissera Max durante a última conversa por telefone.

Bess ficou em silêncio, e Max imaginou que ela estava chocada com sua generosidade. Mas depois ficou claro que este não era o tom do seu silêncio, que ela não estava interessada em nada daquilo.

— Max, não quero o seu dinheiro.

— Aceite, por favor — pediu Max. — Você não vai ficar me devendo nada. Três milhões.

— Não quero. Não mande esse dinheiro para mim. Se eu receber um cheque, vou rasgar.

Estaria blefando? Como ela esperava viver sem dinheiro? Bob Jones era contador de estrelas, mas não possuía fundos intermináveis como Max. Como Bess pagaria pelos luxos de seu estilo de vida anterior — a comida orgânica, os sapatos Donald Pliner, confortáveis mas nada baratos?

— Aceite o dinheiro, Bess.

— Não quero — afirmou, categoricamente. Houvera algum outro divórcio na história de Hollywood assim? Uma das partes oferecendo espontaneamente uma grande soma em dinheiro, e a outra parte recusando?

— Não é suficiente? — perguntou Max. — Você quer cinco milhões? — Silêncio. — Dez milhões? — Max sabia que sua fortuna estava avaliada em sessenta milhões de dólares (e, obviamente, Bob Jones também sabia disso).

— Quinze?

— Não quero dinheiro nenhum, Max. Só os papéis. Por favor.

Bess não queria o dinheiro dele porque achava que estava amaldiçoado. Não era o tipo de dinheiro que lhe traria felicidade. Ela o rejeitava, Max West, alcoólatra, drogado — e rejeitava seu dinheiro.

Os papéis do divórcio chegaram pelo correio. Max jogou suas cópias no lixo juntamente com um catálogo da Pottery Barn e um panfleto da Whole Foods. *Sayonara*, disse ele. *Adiós. Adieu. Arrivederci. Bayartai.* Sabia dizer adeus em quarenta idiomas — isso era alguma coisa. Max preparou café e ligou para Bruce. Bruce foi até ele, e, juntos, tomaram o café no deque, mal trocando uma palavra (Max adorava e valorizava Bruce por essa razão). Depois Bruce foi embora e Max pegou uma garrafa de gim, mas não tomou nenhuma dose. Estava bem sem beber, não era estranho? Pensou, *eu devia me divorciar todos os dias*.

Quando a caixa de sua mãe chegou, no entanto, a história foi diferente. Sweet Jane estava se mudando da casa em Wildwood Crest onde tinha morado durante cinquenta anos; estava indo para uma comunidade para idosos em Cape May. Max pagara pela mudança e pagaria as contas das acomodações. As três irmãs e o irmão dele, todos mais velhos, se dispuseram a estar em Wildwood para ajudar na mudança. Esperava-se que Max pagasse por tudo, mas não fizesse nada. Sua mãe, com a ajuda de uma das filhas — Dolores, provavelmente —, cuidara de cada armário e de cada gaveta da antiga casa. Empacotaram algumas coisas e jogaram no lixo outras. Tudo que era de Matthew Westfield fora encaixotado, porque, assim que as notícias da mudança de Jane Westfield se espalharam, um amontoado de fãs se postou do outro lado da rua à espera do lixo. Talvez o boletim escolar de Max fosse vendido no e-Bay? A letra de *Stormy Eyes* escrita à mão — num guardanapo de papel do

McDonald's — poderia ser vendida para o Smithsonian ou para o Hard Rock Café. Portanto, Sweet Jane e Dolores empacotaram tudo da adolescência de Matthew e enviaram para ele pelo correio.

Max abriu a caixa, e a caixa tinha o cheiro de Claire. Foi até a cozinha buscar a garrafa de Tanqueray, um copo, gelo, e depois foi até o jardim, onde pegou as três melhores limas que viu na árvore. Preparou um drinque generoso. A caixa tinha o cheiro de Claire — ou do que ele lembrava ser o cheiro de Claire, provavelmente algum perfume que as adolescentes usavam em 1986 — porque estava cheia de cartinhas de Claire, centenas delas, escritas à mão (perfumadas!), dobradas e entregues a ele no corredor da escola, na sala de aula, durante o almoço, na sala de música (onde Max ficava dedilhando sua guitarra), ou na sala de artes (onde Claire ficava desenhando ou moldando cerâmica).

Desdobrou uma das cartinhas com muito cuidado, porque o papel tinha vinte anos e estava tão fino quanto papel-manteiga. Leu: *"How Can I Tell You That I Love You?" A melhor música do mundo! Tudo do Cat Stevens é tão lindo! Você pode cantar como ele — aprende a música para mim, por favor! Tenho uma competição no Avalon hoje, mas meu pai vai estar em A.C. à noite, portanto, posso ficar na rua até tarde. Deixa a porta aberta!!! Te amo, abraços e beijos.*

Max tomou o drinque de um gole só, sem sentir gosto de nada que não o suave sabor de lima fresca. Em algum lugar da casa, estava sua... levantou-se e entrou, o primeiro drinque aguçando a necessidade do próximo. Onde estava sua guitarra? Pelas últimas contas, eram 122, mas somente uma, na verdade, sua Peal, de mogno e madeira de bordo com cravelhas de abalone, contava. Fora sua primeira guitarra, comprada, quando tinha quinze anos, de uma veranista rica que a adquirira para dar ao filho, que não a quisera; ela vendera o instrumento para Matthew por cem dólares. Max sempre tocava na Peal qualquer canção nova que compusesse. Era, de certa maneira, o único instrumento que ouvia de verdade. A guitarra se encaixava em seus braços da maneira que imaginava, um dia, que aconteceria com seu filho.

Preparou outro drinque e tentou tocar a música. *How Can I Tell You That I Love You?* Ele e Claire eram loucos por Cat Stevens;

compravam todos os discos e ouviam as músicas sem parar. Matthew aprendia os acordes e decorava as letras. Cat Stevens era excêntrico naquela época; depois convertera-se ao islamismo e desaparecera da vida pública, mas isso não tinha importância. Matthew e Claire o haviam descoberto juntos, desenterraram-no, tiraram-lhe a poeira; as músicas eram sua moeda, seu ouro, seu tesouro.

How Can I Tell You That I Love You? Claire, com short de fazer esporte, as pernas longas e brancas como leite, sardas atrás dos joelhos. Amava vê-la alongando aquelas pernas na corrida de obstáculos, os braços estendidos, o tempo perfeito. Claire também tinha explosão. Fazia parte de um time de revezamento; pegava o bastão, entregava-o. A mãe de Claire assistia às competições, mas passava quase o tempo todo com as mãos cobrindo os olhos: *Não consigo olhar!* E Bud Danner nunca comparecera. Matthew era a torcida dela. Era sua família.

Outro drinque. No último ano, Claire escapava de casa no meio da noite, corria até East Aster, passava na ponta dos pés pelo quarto de Sweet Jane em direção ao quarto de Matthew. Tirava a roupa e subia na cama — ele se lembrava de tudo como se tivesse acontecido na noite anterior. Acordava e encontrava Claire, quente e nua, em cima dele. Tinham dezessete anos. Era tão sublime como o amor pode ser.

Leu quase quarenta cartinhas — precisou da garrafa inteira de Tanqueray. Outras coisas na caixa também atraíam sua atenção: seu diploma; o programa do show de férias, do show de primavera, da festa de final de ano, do baile; contas pagas do Captain Vern's, onde ele era ajudante de mesas por dois dólares a hora; brindes que ganhava no tiro ao alvo ou em outro jogo de parque; um disco quebrado do *single My Kinda Lover*, de Billy Squier; um teste de álgebra II no qual tirara 84 (se fizesse o teste novamente, tiraria um 0). Havia letras de músicas, que ele depois reescrevera e que haviam se tornado hits. No fundo da caixa, dentro de um envelope de papel-manteiga, havia fotografias, mas ele não conseguiu olhar. Já bebera tanto, estava tão triste e as fotos eram todas de Claire.

Haviam conversado recentemente, e Max pensara ter ouvido uma leve abertura na voz dela, um espaço pelo qual poderia voltar a adentrar sua vida. Estava doido? Não sabia. Não via Claire havia muitos anos;

ela devia ser outra pessoa agora, mãe de quatro crianças. Era tolice, mas ele pensou nos filhos dela como seus, apesar de nunca tê-los visto. Estava bêbado, suscetível a ilusões, mas se dava conta de que Claire Danner morava em seu coração, que sempre morara, que era parte dele. Estavam conectados por uma história compartilhada, pelo fato de terem crescido juntos e de terem sido a primeira experiência de amor um do outro. Max não era espiritualizado como Bess, e não acreditava realmente em Deus, para grande desgosto de sua mãe, mas acreditava nas conexões entre as pessoas. Escrevera todas aquelas canções para Claire... Ela era tudo que ele conhecia; estivera lá desde o início. Todos os seus relacionamentos subsequentes haviam falhado. Decepcionara as mulheres — sua primeira mulher, Stacey, a segunda, Bess, e Savannah no intervalo entre as duas.

Poderia voltar para Claire? Ela o aceitaria? Teria restado alguma coisa?

Dedilhou a Peal. A Peal, como Claire, era seu instrumento verdadeiro, o original. Sentiu uma música fervilhar dentro dele, aproximar-se como uma tempestade. Uma música antiga, uma música nova.

Se sua mãe dissera uma vez, dissera-o cinquenta vezes: *Cuidado com o que você deseja.*

Quando criança, Siobhan desejara um cavalo. Viviam, afinal, numa fazenda que o pai herdara, mas era, na verdade, um mísero pedaço de terra, no qual era possível criar apenas algumas galinhas e plantar nabo. Quando Siobhan implorara por um cavalo, sua mãe a alertara: *Cuidado com o que você deseja. Se lhe dermos um cavalo, você não terá um minuto de sossego. Terá de alimentá-lo e dar de beber a ele, terá de penteá-lo e limpar sua sujeira, terá de exercitá-lo, o que significa montá-lo, Siobhan. O cavalo irá cansá-la como você nem pode imaginar. Um cavalo empobrecerá a mim e a seu pai mais rapidamente do que já acontece, e seus irmãos e irmãs odiarão você por isso. Deseje um cavalo, se quiser, Siobhan, mas a pior coisa que poderá acontecer será esse desejo se tornar realidade.*

Mais uma pérola de sua triste educação irlandesa! E ainda assim as palavras de sua mãe soavam verdadeiras mais uma vez. Siobhan desejara saber o que estava acontecendo entre Claire e Lock Dixon — estivera disposta a descobrir. Ameaçara, acusara e privara Claire do som de sua voz durante duas semanas inteiras.

Estavam sentadas agora na areia fria da praia, dois sanduíches não terminados entre elas. Fazia frio para se estar ali, mas Claire havia sido objetiva quanto ao lugar. As duas a sós, ao ar livre, rodeadas por uma paisagem maior do que elas.

Tem uma coisa que preciso lhe contar, disse Claire.

Siobhan pensou: *Desembucha!*

Estou tendo um caso com Lock Dixon. Estou apaixonada por ele.

O cavalo, a mãe, os nabos e as galinhas, a inveja dos irmãos e das irmãs. Cuidado com o que você deseja. Siobhan ouviu as palavras de Claire e viu a expressão em seu rosto — de uma dor tão intensa e sincera que era como se Siobhan estivesse torcendo seu braço atrás das costas. Imediatamente, Siobhan encheu-se de arrependimento. De choque e de horror. Era verdade, o impensável era verdade. A traição era real e completa. Um mandamento fora quebrado e agora se encontrava estilhaçado diante de seus pés. Fora quebrado pela única pessoa em cuja bondade acreditava piamente. Siobhan não sabia se estava mais decepcionada com Claire pela transgressão ou consigo mesma por fazê-la admitir.

Estou tendo um caso com Lock Dixon. Estou apaixonada por ele.

Apaixonada por ele?

Siobhan sentiu a revolta subir por sua garganta, um reflexo sufocante. Ia passar mal. Esta fora, a vida toda, sua reação imediata às más notícias: vomitar. Nojento e mortificante, mas espontâneo. Vomitara do lado de fora da igreja no funeral da mãe, embora a mãe estivesse para morrer havia meses; vomitara em seu apartamento durante duas horas depois de romper o noivado com Edward Melior. Claire estava apaixonada por Lock Dixon, e Siobhan estava prestes a vomitar ali, na areia fria. Era a rejeição física mais básica. Seu espírito gritando *Não!*

Tossiu na própria mão. Tudo bem.

Não era um filme com atores improvisando, não era uma novela exibida no meio da tarde — ela dormindo com ele que dorme com ela. Eram pessoas reais da vida real; pessoas ferindo outras pessoas. Claire ferindo, para começo de conversa, Jason. Pobre Jason... Siobhan apostaria tranquilamente suas economias de uma vida inteira no fato de que nunca diria tais palavras, porque Jason *não* era "pobre Jason". Era um homem forte, absolutamente imbatível, um daqueles machos da terra de Marlboro — esse era Jason. Baixara a guarda quando o bebê nascera. Siobhan o vira de lábios trêmulos, ameaçando chorar, mas o que fizera logo em seguida? Culpara Claire. *Ela não devia estar naquele ateliê. Sabia muito bem disso.* Jason era um Neanderthal. Carter era o irmão refinado; fazia coisas como cortar, refogar, assar; Carter tinha olho de artista, um toque delicado. Jason a vida toda o atormentara por cozinhar — Carter era gay, cozinhar era coisa de menina. Homens de verdade faziam... o quê? Levantavam peso. Sim, Siobhan tivera seus problemas com Jason, haviam discutido, e ele realmente não aparecia no topo de sua lista de pessoas preferidas. Mas ele era da família, e, assim como com seus irmãos e irmãs — alguns ela realmente detestava —, ficaria do lado dele contra alguém sem qualquer vínculo de sangue.

Pobre Jason.

Siobhan tossiu novamente. A garganta estava seca, coçava; o estômago dava voltas. Não comeria o sanduíche. Siobhan estremeceu e pegou o casaco ao seu lado. O céu estava carregado e baixo. Era difícil acreditar que era quase verão.

— Então? — perguntou Claire. — O que você acha?

O que dizer? A verdade? *Estou absolutamente chocada. Tentando não vomitar. Cuidado com o que você deseja. As crianças... e os seus filhos lindos?*

Claire começou a chorar.

— Você me odeia. Acha que sou desprezível.

Siobhan odiava julgar dessa maneira. Não fazia seu estilo. Era *ela* supostamente a polêmica, a escrachada, a desbravadora.

— Há quanto tempo? — perguntou ela.

— Desde o outono.

Siobhan engasgou, mas teve esperança de que Claire não a houvesse escutado. Esse tempo todo... Desde o começo, praticamente. Bem, Siobhan suspeitara de algo no Natal. Algo — mas não isso. *Estou apaixonada por ele.* Não era a mesma coisa de Claire rindo ao telefone falando sobre o rapaz que apanhava o lixo na porta de sua casa. Isso era real. Paixão. Amor? Claire era facilmente influenciada; deixava as pessoas se aproximarem muito rápido; amava com abandono; preocupava-se com as pessoas, cuidava delas, aceitava seus problemas. Estava em seu sangue, algum abominável traço herdado de seus pais. Seria possível que Lock Dixon, um homem que Siobhan só podia imaginar como alguém que levava uma vida deprimente — a mulher mentalmente danificada —, tivesse se aproveitado disso para usá-la?

— Diz alguma coisa! — implorou Claire.

Siobhan enterrou os dedos na areia gelada e pedregosa.

— Não sei o que dizer.

— Diz que você entende.

— Não entendo. Me ajuda a entender.

— Sei que estou traindo o Jason e as crianças. Mas você nunca ficou apaixonada de um jeito que *nada mais importava*? — Claire segurou e apertou as mãos de Siobhan, elas estavam inertes e frias, duas esponjas secas. — Você nunca teve a sensação de que o seu coração estava de cabeça para baixo?

Já tivera? Tentou lembrar-se: Carter? Edward? Michael O'Keefe, com seus olhos azuis, o cabelo absolutamente negro, as botas de couro de cano longo? Ele montava cavalos. Era por isso que a jovem Siobhan quisera um cavalo! Fora loucamente apaixonada por Michael O'Keefe. Era disso que Claire estava falando? Provavelmente, mas Siobhan tinha quantos anos na época? Onze? Eram adultas agora, sabiam das coisas!

— Você vai deixar o Jason? — perguntou Siobhan.

— Não.

— Bem... — respondeu Siobhan. —, então, se você não tem planos de deixar o Jason, que caminho imagina que as coisas vão tomar?

— Não faço a menor ideia.

— Você tem que parar, Claire.

— Você está parecendo o padre Dominic.

— Imagino.
— Não consigo, Siobhan. Eu já tentei.
— Tentou?
— Tento todos os dias.
— Então, você simplesmente vai manter...
— Não sei, não tenho a resposta.
— Porque, em algum momento, vai chegar um ponto em que... ou alguma coisa vai acontecer que...
— Você é a minha amiga mais querida em todo o mundo — disse Claire — e confio cegamente em você. Mas você não pode contar para ninguém. Nem para suas irmãs na Irlanda, nem para a Julie, nem para o Carter...
— Claire, claro que não vou contar — declarou Siobhan automaticamente, sem pensar em como esse segredo, esse verme insidioso a atormentaria. Seria capaz de guardar segredo? Siobhan puxou os óculos sobre o nariz. As lentes estavam embaçadas da brisa marinha.
— Não acredito que lhe contei — Claire estava chorando de novo.
— Sinto como se estivesse acabado de espalhar um vírus mortal. Parece que lhe dei a arma que você vai usar para me matar.

Siobhan deveria estar agindo de determinada maneira, havia coisas que deveria estar dizendo — palavras confortadoras, afirmativas —, coisas que lhe escapavam. Quisera a verdade, a verdade que agora tinha. Desejara o ar limpo; desejara ter Claire de volta. Cuidado com o que você deseja.

Siobhan tossiu na mão. Sua mãe estava em toda parte com suas máximas. Os irlandeses tinham palavras para cada situação amaldiçoada, e as palavras eram sempre precisas. Nessas situações a mão de sua mãe descansava em suas costas, afastando o mundo para longe, não importava que as coisas fossem ruins. *Isso também vai passar, Siobhan, meu doce. Isso também vai passar.*

Siobhan olhou para a amiga. Absolvição estava acima de sua capacidade, mas... conforto?

— Vai ficar tudo bem — disse ela.
— Você acha? — indagou Claire.

CAPÍTULO NOVE

Ela sopra / ela estraga

Diferentemente da Nova Jersey litorânea, onde Claire crescera, onde a primavera era amena, Nantucket ia de céus de chumbo e ventos de quarenta quilômetros por hora para um verão pleno e absoluto. A mudança de estação era perceptível em todos os cantos da ilha; era como se alguém tivesse aberto as cortinas para dar início ao show. Havia gente em toda parte, tráfego, filas nas lojas de conveniência e nas agências dos correios; as calçadas da Main Street estavam lotadas de pessoas tomando café, comprando flores em caminhões abertos, caminhando e falando nos celulares, passeando com cães, empurrando carrinhos de bebê. Os restaurantes estavam todos abertos e, neste ano, Claire e Jason foram convidados para todas as inaugurações porque ela era coprodutora do evento de gala, agora era considerada VIP, porque seu nome fora associado ao de Max West, porque Lock, de alguma maneira, incluíra o nome dela em cada uma das listas de eventos — quem saberia o motivo?

Estava ficando quase impossível ver Lock. Havia gente ocupando as casas próximas à rua da Elijah Baker House, havia gente visitando o jardim Greater Light dia e noite, e a polícia começara a fazer ronda até mesmo nas praias mais distantes. Os membros do conselho diretor da Nantucket's Children estavam todos na ilha e apareciam no escritório em horários inesperados. Certa vez, quando Claire e Lock faziam sexo calmamente na sala de reunião, alguém começou a bater insistentemente à porta do andar de baixo. Os dois deram um pulo e separaram-se, recolhendo rapidamente suas roupas, vestindo-as e endireitando-se. Lock andou na ponta dos pés até a janela que haviam deixado aberta (com o propósito de ventilar o ambiente, mas como era de dois séculos atrás permaneceu aberta até outubro). Lá embaixo, na calçada, estava Libby Jenkins, coprodutora do evento do ano anterior, com o marido e mais um casal. Libby certamente consumira vinho, e sua voz estava um pouco arrastada quando disse:

— Droga, está trancada. O escritório é lindo de morrer, tudo original do século dezenove... — Libby e seu grupo seguiram pela rua, mas Claire ficou assustada. Ela e Lock se abraçaram, a respiração pesada, até que houvesse passado tempo suficiente para que Claire se sentisse à vontade para sussurrar:

— Meu Deus!

— Eu sei.

— Não foi uma boa ideia vir para cá.

— A porta está trancada.

— Eu sei, mas e se um dia a gente se esquecer de trancá-la?

— Acredite em mim, não vamos esquecer.

Claire sabia que isso era verdade. Lock conferia duas vezes a fechadura, depois conferia mais uma vez.

— Mas o Gavin tem uma chave. O Adams também.

— Eu sei, mas... — murmurou Lock.

— Tenho a sensação de que, algum dia, vão flagrar a gente — disse Claire.

— Ninguém vai nos flagrar — afirmou Lock. — Confie em mim.

Isso parecia um daqueles ditos incontestáveis — *Não existe inferno* —, mas, por alguma razão, Claire não estava tranquila. Soava falso e presunçoso.

— Fale para mim — disse Lock. — Que alternativa a gente tem?

Claire apoiou sua cabeça no peito dele.

— Não sei — respondeu. — A gente podia dar um tempo.

— Dar um tempo? — repetiu ele. — Você quer dizer que nós devíamos ficar sem nos encontrar? Sem nos ver?

— Não — disse ela. — Deus, não. — Quando Claire estava sozinha, fazendo ioga, lavando a louça, no ateliê, e rezava pedindo força, essa parecia a resposta. Dar um tempo. Esfriar um pouco as coisas. Mas, quando estava com Lock, quando ele estava ao seu lado, quando ela ouvia a voz sofrida dele dizendo *Sem nos ver?* — era impensável. — A gente só precisa ter cuidado. Muito cuidado.

— Constância — falou Lock. — Firmeza no compromisso de manter isso em segredo.

Claire sentiu uma pontada de culpa. Compartilhara o segredo com Siobhan, porém não contara a Lock. Ele nunca, em milhares de anos, entenderia por que ela o fizera. Provavelmente ficaria com raiva e se sentiria traído o bastante para terminar tudo. Portanto, era oficial: Claire estava mentindo para todo mundo. Siobhan agora sabia a verdade, no entanto, desde o dia em que Claire lhe contara sobre a traição, não haviam tocado mais no assunto. Parecia que Siobhan estava com um buraco na cabeça, por onde a informação escapara. Isso era um alívio para Claire, mas era também intrigante. Por que Siobhan não queria, de jeito nenhum, tocar no assunto? Estaria realmente respeitando a vida particular de Claire ou achava tudo muito desagradável, perturbador, desprezível e inquietante para ser discutido? E, se não tinham planos de falar sobre o tema, por que Claire se dera ao trabalho de contar o segredo?

Tudo na vida de Claire estava ficando ainda mais complicado. Povoada de tantas emoções conflitantes, era impressionante que ainda fosse capaz de andar em linha reta.

— Eu tenho que ir — disse Claire. Detestava os momentos pouco antes de se separarem, especialmente porque, das últimas vezes, todas as noites pareciam ser sua última noite juntos. Beijou Lock com desespero, depois desceu a escada com pressa.

A pior parte do adultério era ter ciúme e ressentimento em relação à vida de Lock com Daphne. Por mais que Claire tentasse ignorá-la, ela existia: Lock e Daphne tinham uma filha, a quem amavam desesperadamente, cujo bem-estar discutiam, de quem tinham orgulho e com quem se preocupavam. Tinham uma casa repleta de obras de arte e antiguidades, e cada aquisição tinha sua história. Compartilhavam a companhia aérea preferida, a empresa favorita de aluguel de carros, marcas de xampu e de azeite, os lugares onde gostavam de encomendar comida, os programas de tevê a que assistiam nos domingos à noite, um tipo específico de travesseiro; tinham seus rituais de banho, posições sexuais favoritas, provedor de Internet, amigos de Seattle e de Saint Louis, fotografias da viagem à África do Sul e à Islândia, o jogo dos Red Sox em que Ramirez fizera um home run e Lock pegara a bola, a noite do concerto de Itzhak Perlman. Possuíam um vocabulário comum, anos e anos de experiências compartilhadas, todas as noites dormindo um ao lado do outro. Enquanto Claire e Jason levavam as crianças para Story Island nas férias, Lock e Daphne iam à Tortola e ficavam num hotel cinco estrelas, em que a areia parecia açúcar peneirado. A maneira de Lock e Daphne fazerem as coisas parecia superior, no mínimo porque era a maneira deles. Claire queria ter sua própria vida com Lock. Ter que viver sua vida com Jason enquanto Lock e Daphne levavam sua própria vida era terrível. A pior coisa.

Claire e Lock se viam com menos frequência sozinhos e mais frequentemente com seus cônjuges em vários eventos sociais. Esse era o problema. Claire detestava ver Lock e Daphne juntos — e parecia que no começo do verão Daphne saía com Lock todas as noites em vez de ficar trancada em casa, onde se enclausurara nos últimos anos. Agora andava ao lado de Lock, agora eram um casal de verdade, e Claire se defrontava com o casamento deles a todo momento. Arrepiava-se quando via o braço de Lock nas costas de Daphne, quando ele comprava um drinque para ela, quando estendia a mão para ajeitar o colar de sua mulher. Claire tentava concentrar-se em estar com Jason, mas Jason detestava exposição. Claire tinha de abraçá-lo, tinha de ajeitar suas roupas para ficar apresentável. Era como um adolescente, e sua impaciência era óbvia: passava a maior parte do tempo tomando cerveja no bar, conversando com o inútil Mikey, seu companheiro de pescaria, e olhando o tempo todo para o relógio. Quanto tempo mais até poder voltar para casa e assistir tevê?

Em algum momento durante os eventos, Claire e Lock se cumprimentavam, e isso era doloroso e estranho: Lock e Daphne cara a cara com Claire e Jason.

— Claire — dizia Lock inclinando a cabeça para beijá-la, depois esticando o braço para apertar a mão de Jason. — Jason.

— E aí, cara? — dizia Jason.

— Claire — dizia Daphne, sorrindo desdenhosamente.

Claire passava a língua nos dentes.

— Daphne. — Beijos no ar. Um olhar disfarçado para o peito de Daphne. Estava vestindo algo revelador? Daphne não fazia cerimônia para avaliar Claire e depois atirar insultos, um após outro, como bolas do outro lado da rede. *Olha só quanto sol você pegou — quantas sardas! Você sempre fica tão bem com essa camiseta. É a mesma que você usou no Five, não é? Você me disse que comprou na Target, é isso mesmo? Nunca pensei em comprar roupas lá! Meu Deus, esse vinho é péssimo, não acredito que você esteja bebendo esse vinagre! Meu paladar está definitivamente ofendido. Está comendo essas bolinhas de queijo — bem, você pode, é tão magrinha. Eu devia acompanhá-la ao toalete, para garantir que você não anda vomitando. Todo mundo se pergunta isso, sabe?*

Claire sorria e ria de tudo. Que mais poderia fazer? Jason ficava mudo ao seu lado, mal prestava atenção; enquanto isso, os olhos de Lock arregalavam e entristeciam. Ele segurava o braço de Daphne e tentava redirecioná-la, afastá-la, mas a separação também feria. Depois, Lock tentava encontrar Claire para se desculpar. *Ela é assim. Eu entendo, pode acreditar, afinal vivo com ela. Desculpe. Você está linda.*

Claire o encarava, ferida e pálida.

— Eu amo você — sussurrava ele.

Ela concordava com um gesto, sem dizer nada.

Os campeonatos haviam terminado, a escola estava de recesso, ficava claro até as nove da noite, e era impossível fazer as crianças irem para a cama cedo. Os dias esticavam-se, inacreditavelmente longos, e, ainda assim, incrivelmente curtos. Tendo de levar e buscar as crianças da colônia de férias e passear com elas na praia, Claire tinha pouco tempo para ficar no ateliê. O lustre até então tinha somente três braços, e era bonito em sua incompletude. Inquestionavelmente, seu melhor trabalho, mas isso não o tornava menos incompleto. Não importava que fossem ensolarados e repletos de possibilidades os dias de verão, Claire sempre sentia uma pontinha de culpa e de medo emitindo radioatividade dentro dela. Preciso terminar!

Finalizaria o trabalho antes de 10 de julho, decidira. Dez de julho era o dia em que os convites para a festa de gala seriam enviados. Na noite de 9 de julho, o comitê se reuniria na casa de Isabelle French, em Monomoy, e eles envelopariam, selariam e etiquetariam os convites. Isabelle chegaria a Nantucket no dia 8 com as caixas dos convites; portanto, na verdade, o prazo final para Claire terminar o lustre era o próprio dia 8 de julho, porque não suportaria o estresse de ter Isabelle na ilha sem o candelabro finalizado.

Primeiro, Claire analisou o que tinha: um glorioso globo cor-de-rosa ao centro, com três graciosos braços partindo dele. Precisava de mais cinco; depois teria de fazer as pequenas cúpulas em forma de sinos, onde iriam as lâmpadas. Ted Trimble telefonava toda semana para saber se o lustre estava pronto para a fiação.

Ainda não, dizia Claire. *Logo, logo.*

Claire encarava o lustre como um exame que tivesse de prestar ou uma tese que precisasse escrever. Sendo católica, acreditava que, para criar algo realmente incrível, realmente sagrado, era preciso sacrifício. Então, durante cinco dias, abriu mão de todas as coisas de que gostava. Abriu mão das noites a sós com Lock, do coquetel na casa de Libby Jenkins no Lincoln Circle, onde sabia que veria Lock; abriu mão de três tardes ensolaradas e perfeitas na praia, e abriu mão dos fogos de 4 de Julho com as crianças — Jason e Pan as levaram, juntamente com um piquenique maravilhoso preparado por Claire, que não o comeu. Nos dias que se afastara do mundo para terminar o lustre, Claire alimentou-se de comida sem gosto — bolos de arroz, torradas integrais, pasta de amendoim orgânica sem sal, folhas — e algo feito por Pan, chamado caldo Tai, insidiosamente condimentado e que Claire só bebia para se manter acordada.

Com tanto sacrifício, com tamanha dedicação no ateliê, Claire imaginava que o que faltava do lustre sairia rápido. Fazia poucas coisas na vida com muita autoconfiança, e soprar vidros era uma delas. Podia fazer com o vidro o que quisesse, era um dom. Depois de tantos anos soprando globos para a série *Bolhas*, ou transformando vidro em obra de arte para pessoas como Jeremy Tate-Friedman, de Londres, e Fred Bulrush, de São Francisco, Claire sabia como a matéria-prima se comportava. Tinha uma ideia clara sobre a aparência que queria dar aos braços do lustre: havia um esboço grudado na mesa, para referência. Sua alma católica acreditava que, ao sacrificar sono, ioga, sol, vinho, qualquer comida que não fossem grãos e folhas, além dos gritos de alegria dos filhos diante dos fogos que explodiam sobre suas cabeças, seria capaz de terminar o lustre. Conseguiria sair, por meio da própria força de vontade, daquele inferno.

Mas foi difícil. Tentou noventa e seis vezes até conseguir que o quarto braço saísse como queria — e depois quase o deixou cair, de tão cansada. Graças a Deus, tudo deu certo, o braço ficou perfeito, inteiro, sem danos. Claire foi para o forno e estava tão exausta que poderia chorar, mas se obrigou a voltar ao trabalho para mais um braço.

Seus braços doíam, a visão turvava; tentou novamente. Mais quatro braços. Precisavam pender e retorcer como os outros. Claire sabia o ângulo exato, podia vê-lo mentalmente, mas não conseguiu fazer o vidro quente se ajustar. Se conseguisse, pensou, seria por sorte. Mas não, não podia pensar assim, precisava acreditar que detinha o controle. Suava, bebia galões de água — galões! — e, ainda assim, estava sempre com sede.

Uma tarde, quando Pan e as crianças se encontravam na praia, enquanto Claire assava que nem um peru do Dia de Ação de Graças, fez o quinto braço — perfeito, lindo. Dez ou onze tentativas depois, conseguiu o sexto. Dois braços em uma hora, só faltavam dois... poderia terminá-los naquela mesma tarde, na tarde de 6 de julho. Voltou ao forno para mais uma peça e imaginou-se indo até a praia para um mergulho. Imaginou a água fria e gostosa do mar, pensou na água de um chafariz, em um colar de pedras frias de jade em seu colo, em uma tigela de pepinos gelados, em um som saindo de uma flauta, em um copo de limonada gelada, em drinques mentolados, em cisnes de gelo, em diamantes. Uma gota de suor pingou do nariz de Claire, foi de encontro ao ferro quente, assoviou e evaporou. Claire fechou a porta do forno, guardou o ferro e caminhou, vacilante, até o banco. Sentia-se enjoada. Dobrou-se e vomitou no chão de concreto. Levou os óculos de trabalho à cabeça, tirou as luvas e cambaleou até a pia, abriu a torneira, encheu as mãos de água e lavou o rosto. Caiu sentada no chão.

Música de flauta. Quem lhe encomendara uma flauta de vidro? Não conseguia se lembrar, nem sequer se lembrava se a fizera ou não. Era possível que tivesse feito. Lock adorava flauta; ela sabia disso porque haviam escutado música clássica juntos. Amava Lock; era o errado, mas era a verdade. Quantas semanas fazia que ela se confessara? Há quantas semanas padre Dominic lhe implorara para rezar pedindo forças para parar? Há quantas semanas prometera tentar, mas depois se descobrira incapaz? Perguntou-se quantos conhecidos seus teriam um amante secreto. Alguém? Ninguém? Não Siobhan. Siobhan achava que ela era uma herege. A cabeça de Claire doía; precisava deitar-se. Planejou recostar a cabeça, mas calculou mal a distância até o chão e a bateu com força de encontro ao concreto. Só faltavam mais dois braços.

Escuridão. Calor. Inferno.

Voltou a si no hospital, num cubículo branco antisséptico, deitada em uma mesa de metal azul. Jason estava lá, e também uma enfermeira grandona que Claire não reconheceu e que segurava um saco gelado de gel azul sobre sua testa.

— Claire? — chamou Jason.

— Oi — respondeu ela.

— Aconteceu de novo — afirmou ele. Seu rosto estava vermelho, a pele em volta dos olhos, inchada. Claire já o vira com aquela expressão, mas quando? Não conseguia lembrar.

— Só faltam dois braços — continuou ela. Pensava que Jason não saberia do que estava falando, mas o rosto dele se contraiu de raiva.

— Você nos daria licença? — dirigiu-se à enfermeira.

— Um médico precisa examiná-la antes de dar alta — informou a enfermeira. — Ela teve uma desidratação. Não está liberada somente porque acordou.

— Tudo bem — disse Jason.

A enfermeira saiu da cabine. Claire olhou para Jason.

— Desidratação.

— De novo — disse Jason. — Você fez de novo.

Claire esperou um segundo para ver se ele continuaria ou se era sua vez de falar. Tudo se movia tão lentamente, era como se o tempo andasse para trás.

— Você tem que parar — declarou ele. — Essa história toda. É como se você tivesse entrado para um *culto*, esse comitê de gala. Parece que você se mudou para outro planeta. O Planeta Gala. Ele está tomando conta da sua vida, você tem que parar.

Claire teve vontade de dizer *ok, eu vou parar*, mas, em vez disso, disse:

— Não posso.

— Você tem que parar — reiterou Jason. — Na verdade, o que eu gostaria de dizer é que você nunca deveria ter começado de novo. Tudo bem, vou dizer: você nunca deveria ter começado de novo. Porque é perigoso. Você não sabe a hora de parar, Claire, você vai até onde não é mais seguro. Devia ter aprendido a lição da última vez. Você se machucou, e a gente quase perdeu o Zack.

Claire começou a chorar. Havia um saco de gel azul congelado na sua testa, o que fazia sua cabeça pesar e dificultava seus movimentos. Jason acabara de dizer aquilo? Não, ele não o dissera. Era efeito da desidratação. Era a culpa.

Olhou para Jason. Os olhos dele pareciam de duas cores diferentes. Mas Claire não conseguia lembrar qual delas era a cor verdadeira. Anos antes, quando fizera os vasos para o museu em Shelburne, criara um da cor dos olhos de Jason. Eram azuis ou verdes? Ou das duas cores?

— Estou confusa — admitiu. — Não sei o que é real e o que não é.

— Porque você teve uma desidratação! — exclamou ele. — Você ficou dentro do ateliê tempo demais, estava fazendo cinquenta graus lá dentro, ficou sem água, foi longe demais, e caiu de novo, desmaiou de novo. E quase morreu. Você parece uma das crianças, Claire. Você não aprende!

— Desculpa — pediu ela. Lembrou de ter-se desculpado quando acontecera com Zack, na mesa de cirurgia, enquanto a levavam para fazer a cesariana. Desculpa. Desculpa. Desculpa. *Eles não sabem do bebê*. Claire pensara que Zack nasceria morto, mas sobrevivera e estava bem. As crianças se desenvolvem em ritmos diferentes, até mesmo irmãos. Claire tentou se sentar.

— Você nem voltou ao trabalho por uma boa razão — disse Jason.

— Você está falando de uma boa razão no sentindo financeiro.

— Estou falando de uma *boa* razão! A festa de gala! A peça do leilão! Lock Dixon convidou você. E daí? Nada disso vale a pena. Deixe que escolham outra coisa... uma viagem à Itália, um passeio de barco a Hinckley. Nada disso vale a sua vida.

— Não estou arriscando a minha vida, Jason — afirmou Claire. No entanto, lá estavam eles, no hospital.

— Você virou uma espécie de *robô* que essas pessoas *programaram*.

— Está quase acabando — declarou Claire. Decidiu que tentar ficar sentada seria inútil; portanto, recostou-se e fechou os olhos. Estava cansada. — Em seis semanas, estará tudo terminado. E não posso desistir se o Matthew está vindo.

— Ele não está nem aí se você está no comando ou se é outra pessoa.

— A razão de ele ter concordado é que era uma coisa *minha*. Por isso ele vem e, se eu desistir, o que isso vai querer dizer? Que não era importante para mim, afinal? Que não estou nem aí? Não posso desistir, Jase. Eu me comprometi e pretendo honrar o compromisso.

— Mesmo que isso custe o seu casamento? — perguntou ele. — Seus filhos?

— Vai me custar você e as crianças? — retribuiu Claire.

— Não sei — disse Jason. — Simplesmente não entendo. Primeiro você diz que quer ficar em casa com as crianças, dar um tempo do trabalho com o vidro, quer ser mãe, ficar com Zack e tudo mais, e depois, do nada, sem nem discutir o assunto comigo, aceita o convite do evento, que é como se fosse um emprego de tempo integral. Todas essas reuniões — se eles pagassem você por hora, estaria ganhando uma fortuna. E, para completar, resolve voltar para o ateliê, volta a trabalhar com vidro, resolve soprar a peça que será o seu apogeu. Ótimo, que seja, fico feliz por você. Pena que você não vai ganhar um tostão... mas Lock Dixon pediu, e o comitê, seja quem for que faz parte dele, tem uma expectativa, e agora você está presa. — Ele engoliu em seco. — Eles roubaram você da gente, Claire. Você foi embora, não está mais presente. Mesmo quando está na mesa de jantar, mesmo quando está na cama e estou em cima de você, parece que está em outro lugar.

O que Claire podia dizer? Ele estava certo, e ela estava impressionada que ele tivesse sentido isso.

— Preciso que você aceite essa situação por mais seis semanas — disse ela. — Depois, está tudo acabado.

— Você podia ter morrido, Claire — afirmou ele. — Se a Pan não tivesse ido conferir se estava tudo bem quando chegou da praia, eu estaria escolhendo o seu caixão agora.

— Desculpa...

— Desculpa? Você ficou inconsciente, Claire. Caindo, literalmente, por causa dessa porcaria de lustre.

Só mais dois braços, pensou Claire involuntariamente. Depois, porém: *Ele está certo. Sofri uma lavagem cerebral. Não sou eu mesma. Como voltar a ser eu mesma? Desistindo? Deixando Lock? Dizendo para Isabelle que ela pode pegar a "Petite Soirée" dela e ir para o inferno?*

A porta se abriu e o médico entrou.

— Bem — disse ele. — Parece que você tem sorte de estar viva.

Estavam num impasse. Claire prometera a Jason que não entraria no ateliê durante uma semana, mas isso faria com que não cumprisse o prazo que se impusera. E faltavam somente dois braços — apenas dois! Ela conseguiria terminar, sabia que podia; terminara dois braços em uma hora, e agora sabia como, tinha a fórmula, o ritmo. Disse a Pan:

— Vou trabalhar durante uma horinha. Você pode ir lá dar uma olhada em mim no ateliê daqui a uma hora?

Pan tocou no seu bolso da frente, onde guardava o celular. Claire sabia que isso significava que Jason pedira a Pan que lhe telefonasse caso Claire tentasse algo do gênero.

— Esquece — disse Claire. — Não vou trabalhar.

É claro, porém, que ela escapuliu segundos depois que Pan saiu para levar as crianças à praia. Encontrou a porta do ateliê trancada com um cadeado.

Ligou para Jason.

— Você é um cretino, sabia?

— Você viu a tranca? — perguntou Jason.

Claire desligou. Quase telefonou para Siobhan, mas a amiga ficaria do lado de Jason. Quando levasse a salada de frango com pepinos em conserva a sua casa para conversarem, diria: *Não vale a pena fazer o que você está fazendo, Claire.*

Portanto, Claire ligou para Lock, embora ele estivesse no escritório, sem liberdade para conversar. Contou o que acontecera — falou do lustre, do calor, do suor, da queda, do hospital, da briga, do cadeado.

— Ele é um ditador — disse Claire, referindo-se a Jason. — Acha que é meu pai. Mas ele não é meu pai.

— Não — afirmou Lock. — Ele não é.

— Me manter longe do meu próprio ateliê, longe do meu trabalho, não está certo.

— Não está certo — confirmou Lock.

— O que devo fazer, Lock? — perguntou Claire.

— Ir embora.

Ela olhou pela janela e viu seu ateliê trancado pela janela.

— Para onde?

Lock ficou em silêncio.

Era fácil para ele ficar do lado dela — qualquer coisa que o deixasse em oposição a Jason, qualquer coisa que fizesse de Jason o vilão, e dele, o herói. Claire agora estava *defendendo* Jason. Jason não a deixava entrar no ateliê porque se preocupava com seu bem-estar. O lustre a *estava* deixando louca. Claire *precisava* de um tempo. Ir embora? Para onde? Ibiza? Era injusto Lock dizer isso quando não tinha nenhuma intenção de fazer o mesmo.

— Claire! — Uma voz no corredor. Inacreditável: Jason estava em casa, às duas da tarde.

— Tenho que desligar.

Abriu a porta do quarto e deu de cara com Jason de pé, o rosto lívido, um braço estendido e trêmulo. Na palma da mão, a chave.

— Toma — disse ele. — Está aqui.

Claire pegou a chave. Jason girou nos calcanhares e saiu.

Claire segurou a chave até sua mão começar a suar. Era isso que ela queria. Jason tentava fazer com que ela sentisse que estava errada. Estava errada, tudo estava errado. Fora abduzida. Onde estava a antiga Claire? Desaparecida, morta, perdida. Fechou os olhos, e o pensamento que lhe veio à mente foi: *só faltam dois braços*. Encheu uma garrafa com água gelada e seguiu em direção ao ateliê.

Quarenta e nove minutos e dezoito tentativas depois, Claire tinha seu sétimo braço. Dentro do forno e... mais um braço! Estava feliz com seu triunfo. O dia seguinte seria 8 de julho, Isabelle chegaria e Claire teria... terminado! Pusera um fim no trabalho extenuante. Soprar as cúpulas seria tão fácil quanto soprar bolinhas de sabão.

Claire voltou ao forno e pegou mais matéria-prima; a chave para o sucesso era conseguir a quantidade certa de matéria para moldar. Parecia perfeita. Claire levou a peça para a mesa de trabalho, fazendo-a girar sobre a mistura de coloração rosa. Deixou que esfriasse sobre a mesa e levou-a novamente ao aquecimento; com seus alicates, puxou, torceu, envergou e enrolou. Voltou ao aquecedor mais uma vez, voltou a torcer um pouco mais. Pensou no redemoinho que sentia na boca do estômago quando via Lock — aquele era o redemoinho que queria recriar com o vidro. Achou que o braço tinha ficado bom, muito perto... aqueceu-o, torceu-o mais um pouquinho e, otimista, furou o braço em toda a sua extensão com uma agulha — era uma cirurgia delicada, um procedimento que já arruinara vários braços bons —, para criar um túnel estreito por onde passaria a fiação. Era impossível dizer que um braço estava bom até encaixá-lo no globo. Impossível que tivesse conseguido dois braços perfeitos *seguidos* — mas, sim, conseguira! Quando a peça esfriou o suficiente para ser manuseada com as pinças, Claire percebeu que ele era exatamente o que faltava no quebra-cabeça Encaixara tão perfeitamente quanto o sapatinho de cristal no pé da Cinderela. Era algo quase impossível de acontecer, mas estava acontecendo

Claire fizera um gol de placa, encaçapara a bola oito, tirara um royal flush, acertara um ace, garimpara um diamante negro. Bola dentro, gol!

O júbilo merecido, no entanto, era seu pior inimigo. Deixou cair o oitavo braço no caminho até o diretório de resfriamento — tremia de alegria e nervosismo, e, verdade seja dita, de sede. Espatifou-se aos seus pés.

Mais tarde naquele dia, quando se deitou na cama, depois de tudo ter sido dito e chorado, depois das desculpas ao marido, a Deus e a si mesma, lembrou-se do mito de Sísifo. O personagem da mitologia grega estava condenado a repetir sempre a mesma tarefa de empurrar uma pedra montanha acima, só para vê-la rolar montanha abaixo novamente. Quando Claire era uma aprendiz da arte de soprar vidros, seu professor lhe contara essa história. A satisfação não estava em terminar a tarefa, a satisfação estava no processo.

Claire temia que, como Sísifo, nunca terminasse. O último braço do lustre era sua grande pedra a ser empurrada, indefinidamente, montanha acima. Era sua punição.

O identificador de chamadas apontava para *Isabelle French*. Siobhan não se conteve: atendeu.

Depois, arrependeu-se imediatamente.

Isabelle French queria que Siobhan fizesse o bufê de uma festa naquela noite — bem, não era exatamente uma *festa*, mas uma reuniãozinha em sua casa. — Uma *soirée intime* — dissera Isabelle, e Siobhan chegou a pensar que fosse uma piada, Isabelle falando francês, porque, afinal, French era seu sobrenome. Mas não, Isabelle falava sério: a *soirée intime* seria o encontro para envelopar os convites da festa de gala.

— Fiquei pensando numa espécie de piquenique americano — dissera Isabelle a Siobhan. — Frango frito, pastinha de ovo. Os picles amanteigados da minha avó. Se eu lhe der a receita, você é capaz de fazer?

— Se sou capaz? — perguntou Siobhan. Não queria participar daquela reunião íntima. Queria dizer não a tudo que estivesse relacionado à festa de gala. Não queria nem pensar em fazer os picles amanteigados da avó de Isabelle French.

— Sei que é de última hora — disse Isabelle. — Mas vou pagar pelo seu esforço. O que você acha de três mil dólares?

— Quantas pessoas? — perguntou Siobhan numa tosse.

— Não tenho certeza ainda. Menos de dez.

Siobhan começou a anotar ingredientes em um caderno.

— A que horas?

— Sete.

— Vou chegar às seis para arrumar as coisas — confirmou Siobhan.

Sim, Siobhan podia ser comprada. Especialmente depois que Carter perdera seiscentos dólares na última quarta-feira e quatrocentos no último domingo com os Red Sox. Ele tinha de parar imediatamente de apostar, dissera Siobhan, ou então ela telefonaria para um serviço de ajuda. Carter prometera que pararia, mas viciados eram assim mesmo, não? Prometiam, até que ficavam cegos e surdos e faziam tudo de novo. Siobhan abrira uma conta-corrente sem que Carter soubesse, e todos os cheques daquele verão iriam diretamente para lá. Ele não tocaria em um tostão.

Siobhan já fizera bufês na casa de Isabelle French antes, e sabia mais ou menos como as coisas funcionavam. A casa era, tecnicamente, do "lado errado da rua" — ou seja, não no porto, mas numa pequena colina com vista para o porto. Não era uma casa enorme, mas espaçosa, arejada e perfeitamente decorada. Havia um jardim japonês na entrada, que poderia ser considerado um exagero na casa de qualquer outra pessoa, mas na de Isabelle era uma surpresa agradável. Havia uma cozinha clara e bem-equipada, aberta para o grande cômodo normalmente utilizado para visitas. A *soirée intime*, no entanto, seria realizada no solarium, onde duas mesas de jogo haviam sido preparadas lado a lado, cobertas com toalhas de couro macio. Isabelle encomendara arranjos de orquídeas brancas e roxas, margaridas brancas e lírios asiáticos perfumados, grandes como pratos de comida. Em uma das paredes do solarium, havia janelas de vidro dando para o lago, e Siobhan prepararia o bufê na parede dos fundos. Siobhan fizera o frango frito, assim como salada de batata, ervilhas marinadas, croquetes, pastinha de ovo e... o picles amanteigado. O picles havia sido facílimo de preparar, e ficara perfeito, uma delícia (Siobhan guardara a receita para usá-la outra vez). Também assara biscoitos de chocolate e folheados de pêssego e mirtilo. O piquenique americano precisara do dia inteiro para ser preparado, mas a primeira coisa que Isabelle fez quando Siobhan chegou foi entregar-lhe o cheque. Três mil dólares.

— Obrigada — disse Siobhan.

— Obrigada, você! — respondeu Isabelle. Inclinou o tronco e beijou o rosto de Siobhan, surpreendendo-a. Isabelle segurava uma taça de vinho cheia, mas não parecia bêbada, somente nervosa e excitada. Será que aquela prévia da festa de gala era mesmo algo muito importante? Siobhan telefonara para Claire, enquanto preparava a pastinha de ovo, para lhe dar a notícia. Claire ficou perplexa ao descobrir que haveria serviço de bufê na reunião.

— Isabelle está chamando de *soirée intime* — dissera Siobhan. — Uma noite íntima chez French.

— Caramba — retrucou Claire. — Bem, graças a Deus Isabelle não sugeriu fazer isso na minha casa. Teria sido um evento ao som de choro de criança com salgadinhos de petisco. E Jason expulsando todo mundo às nove, para poder assistir ao programa de tevê dele. — Siobhan queria perguntar a Claire se Lock estaria na *soirée intime*, mas não havia sido capaz de mencionar o nome dele uma só vez desde o dia em que Claire confessara que tinham um caso.

Siobhan não levou nenhum ajudante para a casa de Isabelle. Carter estava servindo um jantar para quarenta pessoas em Sconset — evento que agora chamavam *La Grande Soirée*, como piada — e levara Alec, mais dois ajudantes dominicanos com ele. Isabelle graciosamente se oferecera para ajudar e, junto com Siobhan, levaram os pratos da van para a mesa do bufê no solarium.

Quando terminaram, Siobhan parou para olhar os convites. Em uma das mesas havia uma caixa com os convites, outra com os cartões de resposta, outra com os envelopes, um pratinho com água e uma pequena esponja e um rolo de selos em cada lugar. Siobhan pegou cuidadosamente um convite de uma das caixas: era pesado e sedoso como o convite de um casamento. Siobhan sentiu uma raiva explodir e tomar conta dela. O dinheiro gasto naqueles convites (quantos havia ali... dois mil?) era suficiente para pagar a creche para todas as crianças de Nantucket durante um ano.

— Lindos — disse Siobhan.

— Lindos — murmurou Isabelle. Tomou um gole do vinho, depois pegou o papel onde estavam os nomes impressos e o sacudiu no ar.
— Aqui estão os membros do comitê — disse. — Vi que seu nome está na lista.

— Está? — perguntou Siobhan. Conferiu o papel — *Sra. Carter Crispin* — e riu.

— Bem, eu disse à Claire que ajudaria, mas acabei não fazendo muita coisa.

— Pois é — disse Isabelle. — Metade dessa lista são pessoas que recrutei, e a maioria delas nem fala comigo. Não vão ajudar, não vão mover uma palha, talvez nem *compareçam no dia do evento*, mas, como concordaram em participar do comitê, vão mandar um cheque. E emprestam seus nomes para o nosso evento. Mas são fantasmas.

— Fantasmas — disse Siobhan, conferindo a lista.

— Sei que isso enlouquece a Claire, ter gente no comitê que não quer arregaçar as mangas, mas é assim que a banda toca.

Ouviram passos, e uma mulher entrou no solarium carregando um instrumento grande num saco preto.

— Vou tocar aqui? — perguntou à Isabelle.

— Dara! Olá! Isso, aqui no canto, eu acho que é melhor, não é? — Isabelle virou-se para Siobhan.

— Essa é a Siobhan, do bufê. Siobhan, essa é a Dara, violoncelista.

— Uma violoncelista! — exclamou Claire. Estava ali dentro havia quinze segundos, tempo suficiente para pegar uma taça de champanhe da bandeja de Siobhan e escutar ecos do violoncelo vindo do outro ambiente

— Isabelle contratou uma *violoncelista*?

— Trouxe a mulher de avião de Nova York. Ela toca com a orquestra

— Não acredito! — exclamou Claire, mas Siobhan não respondeu. Tinha como regra não confraternizar com convidados em um evento que fizesse, e isso incluía Claire.

— Vamos sair depois? — sussurrou Siobhan na tentativa de encerrar a conversa.

— Não posso — respondeu Claire.

Siobhan fez uma careta para Claire, mas Claire nem percebeu, porque, naquele momento, Lock Dixon entrava na casa. Ele sorriu calorosamente para Siobhan.

— Olá, Siobhan.

— Olá, Lock. Champanhe?

Claire também sorria e bebia champanhe e mexia na bainha do vestido. Isabelle apareceu, vinda Deus sabe lá de onde.

— Lock!

Beijaram-se nos lábios, diante de Claire e de Siobhan. Lá estavam eles, pensou Siobhan — a cozinheira, o ladrão, a esposa e o amante.* Ou qualquer coisa assim.

— Isso é música? — perguntou Lock.

— Dara está aqui! Sei que você adora violoncelo! — disse Isabelle.

Claire virou-se para Siobhan. Siobhan desviou o olhar para o jardim japonês; o lago borbulhava aos pés deles. Gavin Andrews chegou — ereto e lisonjeiro como sempre —, seguido de Edward Melior. Siobhan trincou os dentes. Três mil dólares não era dinheiro suficiente para que tivesse de lidar com Edward. Se tivesse pensado um minuto que ele estaria ali, nunca teria aceitado o trabalho. Parecia-lhe incrível que o tivesse beijado *um dia*, abraçado, acariciado seus pés, mordido sua orelha, afagado seu cabelo, dormido com ele, declarado o seu amor, até mesmo concordado em se casar com ele. Lembrou-se rapidamente do momento em que atirara o anel de noivado nele, gritando *Acabou, Edward!* O rosto dele se contorcera de dor. Essa lembrança, Siobhan achava satisfatória.

No entanto, como garçons eram, entre outras coisas, atores, sorriu.

— Champanhe? Gavin? Edward?

---

* Em referência ao filme *O cozinheiro, o ladrão, sua mulher e o amante*, de Peter Greenaway. (N.T.)

Gavin pegou uma taça. Edward fez o mesmo, depois estendeu o braço, segurou o queixo de Siobhan entre o dedão e o indicador, e beijou-a na boca. Siobhan teria dado um tapa na cara dele, não fosse a regra estrita de "não bater em convidados".

— Oi, linda — disse Edward.

Siobhan teve vontade de enfiar uma faca de carne nas vísceras de Edward. O gosto dele agora estava em seus lábios — gim, ele estivera em uma festa antes —, e ela não tinha a mão livre para limpar a boca. Pior ainda, Siobhan sentiu algo entre as pernas. Aquele beijo a excitara. Impossível! Abominava aquele homem. Involuntariamente, pensou prendê-lo dentro do freezer de Isabelle para ele congelar. Pensou também em deixá-lo com tanto desejo que ele imploraria por ela. Beijara-a com autoridade. Como se atrevia? Detestava aquela autoconfiança de Edward. A bandeja de champanhe tremeu nas mãos de Siobhan e, por um segundo, ela a imaginou caindo no lago japonês. Droga de Edward! Não deixava nada cair nem pingar havia mais de dois anos. Edward aproximou-se de Isabelle e apertou-lhe a mão. Siobhan olhou para ele de soslaio, a camisa bem-cortada nos ombros, o volume da carteira no bolso de trás da calça cáqui.

Beberam bastante. Eram apenas seis pessoas, e, ainda assim, Siobhan não conseguia manter as taças cheias. Pois também tinha de garantir que a comida estivesse perfeita. Aqueceu o frango e diluiu o molho de mel com nozes-pecãs que viria em cima do frango; fritou os croquetes no último minuto na frigideira de Isabelle e serviu-os fervendo. Ofereceu-os primeiro a Edward, e ele queimou a língua.

Siobhan riu.

— Cuidado. Está quente.

Siobhan era bastante pé no chão em relação ao seu trabalho. Era contratada para ajudar, e ponto final. Isso nunca a incomodara, tinha uma ética profissional rigorosa e quase nenhum orgulho. Gostava de escutar, de ouvir escondido; fazia isso o tempo todo. Mesmo quando servia à melhor amiga e ao ex-noivo, ela era invisível, uma mosquinha. Siobhan, como Dara, a violoncelista, era música de fundo.

Primeiro prestou atenção em Claire. As faces estavam rosadas; ela bebia rápido e arranhou o prato com o garfo mais de uma vez. Inquieta, mexia no guardanapo no colo como se fosse um passarinho que tentasse acalmar. Estava sentada ao lado de Lock. Era a primeira vez que Siobhan os via lado a lado, e a visão era reveladora. Siobhan sabia a verdade — era a única —, mas era como se fosse aquela ilusão de ótica que nos faz transitar entre a figura da velha e a da moça. Primeiro, seus olhos viam somente a velha, mas depois, quando alguém indicava — Lá estava a linda jovem! Como poderia não tê-la visto antes? Era tão óbvio... Lock e Claire estavam virados um para o outro, falavam um para o outro. Sob a mesa, Siobhan percebeu que as pernas deles se tocavam levemente. Estava acontecendo debaixo do nariz de todos.

Siobhan também estava consciente da presença de Edward. Ele bebia bastante, gim, um pouco de tônica, um quarto de limão — ela sabia como ele gostava — e estava sendo engraçado e sedutor como sempre, mas pontuava suas histórias com olhares longos e penetrantes para Siobhan, tão marcantes quanto os acordes do violoncelo. Siobhan pegou-o olhando uma vez, e ele não desviou o olhar. Estavam presos ali, ligados um ao outro. O olhar dele dizia... bem, o que mais poderia dizer? *Quero você!* E o olhar de Siobhan era ao mesmo tempo encantador e desafiador. *Você não pode me ter!*

A voz de Isabelle penetrou os pensamentos de Siobhan.

— Claire, você já comprou sua mesa?

Houve uma pausa pesada. Isabelle fizera a pergunta em voz bem alta, no exato instante em que Dara havia terminado um número, para que o ambiente estivesse subitamente em silêncio e a pergunta tivesse a importância de um anúncio ou de um desafio proposto.

A resposta de Claire soou frágil.

— Ainda não.

— Mas você vai comprar, não vai? Vinte e cinco mil dólares? Assim você fica lá na frente, perto de mim. E do Lock!

Todos pareciam desconfortáveis, menos Gavin, que não parecia sequer interessado no assunto. *Uma mesa de vinte e cinco mil dólares?*, pensou Siobhan. Era absurdo. Bem, não para Isabelle e não para Lock — talvez não para Edward, mas para Claire, sim. Vinte e cinco mil dólares era o preço de um carro novo. O equivalente a um ano de hipoteca. Não era algo que Claire fosse — ou pudesse — jogar fora numa noite. Isabelle, concluiu Siobhan, era uma mulher diabólica por pedir isso a

Claire na frente de todo mundo. Olhe só para a pobre Claire — as faces em fogo e manchas vermelhas tomando conta do seu colo. Siobhan estava servindo picles aos convidados na mesa. Não deixava nada cair nem derramava nada havia mais de dois anos, mas, e se os picles fossem parar no colo de Isabelle naquele exato momento?

— Cada um contribui com o que pode. Ninguém espera que Claire compre uma mesa de vinte e cinco mil dólares — disse Adams Fiske.

— Por que não? — emendou Isabelle. — Ela é coprodutora do evento, assim como eu, e estou comprando uma mesa de vinte e cinco mil dólares. Espera-se que nós demos o exemplo.

Lock respirou fundo, como se fosse falar, e Siobhan pensou: *Isso mesmo, defenda a sua namorada! Prove para mim que você a ama!* Mas Edward, incapaz de manter a carteira dentro do bolso, disse:

— Eu topo comprar a mesa de vinte e cinco mil dólares.

Claire levantou o rosto. Estivera encarando a apetitosa pastinha de ovo em seu prato.

— Eu também — afirmou.

— Claire? — retrucou Adams.

Claire?, pensou Siobhan. *Você enlouqueceu?*

— O quê? — disse Claire. — Sou coprodutora. A Isabelle tem razão, devemos dar o exemplo. E já reservei o dinheiro.

Estava mentindo, e seu olhar se fixou novamente no sr. Ovo. Siobhan retirou o prato de Claire e cutucou-a discretamente. Claire olhou para cima. Siobhan balançou a cabeça. *Você não precisa entrar no jogo dessa gente.* Era como sempre dizia a Carter: apostar dinheiro que não tem não faz de você um homem corajoso. Mas um estúpido.

Lock girou o gelo em seu copo e disse:

— Isso é ótimo. Obrigado, gente. Tudo isso é muito importante para a nossa causa.

Já havia escurecido e mudaram-se para a mesa ao lado, começando a trabalhar nos convites. Siobhan trouxera sobremesa, o café e o licor. Dara, a violoncelista, guardara o instrumento e saíra para esperar o táxi. Siobhan limpara a cozinha. Essa era normalmente sua parte favorita da noite — embrulhar as sobras para os meninos, preparar-se para voltar para casa. Essa noite específica, no entanto, Siobhan divagava, dispersa e perturbada. Eram tantas coisas: Claire, Lock, Edward, Carter e sua jogatina, Isabelle. Siobhan decidiu que dali em diante só aceitaria trabalhar para gente legal, para pessoas boas. Não trabalharia novamente para Isabelle French.

Havia uma garrafa de champanhe sobrando na bandeja de prata, não estava mais gelada... mas quem se importava? Siobhan bebeu-a inteira. Sentiu-se melhor — mais leve, menos pesada. Os problemas de Claire não eram seus. Eram tão amigas que, às vezes, parecia ser assim — mas não era.

Siobhan sentiu mãos em sua cintura e depois uma boca quente em seu pescoço. Tinha treinamento em autodefesa, e o instinto quase a fez alcançar o esterno de Edward com uma cotovelada. Conteve-se, no entanto, e acabou somente o afastando.

— Me deixa, Edward.
— Você é linda, Siobhan. E tem gosto de pêssego.

O vapor da água quente da máquina de lavar louça embaçou a lente dos óculos de Siobhan. Portanto, quando ela se virou, não conseguia vê-lo muito bem, mas suas lentes logo clarearam e ela percebeu que Edward a beijava. Mais uma vez ficou excitada. Inacreditável! Passara tanto tempo desprezando Edward e sua presença constante que esquecera que ele era habilidoso na arte de beijar. Claro, Siobhan jamais teria perdido quatro anos de sua vida com alguém que não soubesse beijar ou que não fosse um amante extraordinário. Edward fora, sim, um amante extraordinário e atencioso, não tão selvagem quanto Carter, mas confiante — lembrou-se disso enquanto ele a beijava. Depois, afastou-o.

— Para, Edward, por favor.
— Sou louco por você. Olha para mim.

Siobhan olhou. Estava com muita, muita raiva dele, mas, estranhamente, sua raiva empurrava-a para Edward em vez de afastá-lo. Queria enchê-lo de socos e tapas. Edward nunca fora capaz de enxergá-la de verdade — a pessoa forte, inteligente, capaz que ela era — e Siobhan queria que ele visse agora.

Guiou-o até a despensa de Isabelle, grande o bastante para comportar uma cama king size. Deus, como era hipócrita. Tão moralmente correta com Claire e, agora, olhe só para ela...

A despensa era mal-iluminada e cheirava a sal trufado, coincidentemente um dos cheiros preferidos de Siobhan. Podia ouvir os convidados conversando no solarium; deveria conferir se suas taças estavam cheias, acender as velas de citronela. Faria isso, em um minuto. Por cima do ombro de Edward, viu farinha, fermento, pimenta preta em grãos, pimenta rosa, um frasco de mostarda Colman's e um frasquinho de cristal de sal trufado; o quilo custava mais de quarenta dólares. Edward olhava com expectativa para ela. Siobhan gostava de estar conduzindo a situação, de estar no comando. Inspirou profundamente. Edward também inspirou profundamente; os dois brincavam de espelho, mas ou Edward não percebeu o perfume no ar ou não sabia o que era. Não entendia nada de comida.

Siobhan beijaria Edward novamente na despensa de Isabelle? Não, não o faria.

— Me ajuda a levar as coisas para a van — sussurrou Siobhan.

Edward concordou, feliz. Quando virou-se para sair da despensa, Siobhan enfiou o pote de sal trufado no bolso do seu avental de *chef*. O que estava fazendo? Sentiu-se uma adolescente rebelde, do tipo que pinta o cabelo de rosa-choque, tem piercing na língua e frequenta o Piccadilly Circus. Roubando de uma cliente! Devolveu o sal trufado à prateleira.

Edward a esperava ao lado da pia da cozinha. Siobhan apontou para os pratos e as travessas secando sobre os panos de prato. E Edward pegou os objetos e seguiu-a até o lado de fora.

A noite cheirava a rosas e a damas-da-noite, e o único ruído era o dos grilos. Um carro parou do outro lado da rua, e Edward e Siobhan assistiram enquanto Dara e o motorista se esforçavam para guardar o violoncelo na mala do táxi. Depois o carro desapareceu, e as luzes que sua chegada emitira, apagaram-se novamente. Voltara a ficar escuro.

Siobhan acomodou as louças nos fundos da van, e Edward fez o mesmo. Depois agarrou-a pelo quadril e eles se beijaram, as mãos passando por baixo do avental de Siobhan, mais uma vez tomada de fúria. Não era a cara de Edward concluir que podia virar Siobhan como se fosse um ovo frito? Não era a sua cara concluir que ela sentiria por ele a mesma coisa que ele sentia por ela? Ela não sentia a mesma coisa! Estava irritada e diria isso a ele. Não tinha intenção alguma de seguir os passos de Claire pela floresta negra do adultério, independentemente da infidelidade (e inverdade) de Carter em relação às finanças familiares. Siobhan faria com que Edward a enxergasse e a ouvisse — depois sairia correndo dali.

Mas, naquele segundo, algo aconteceu. Edward parou. Afastou-se. Passou as mãos pelo rosto dela, os dedos em suas faces, depois sobre seus lábios. Suspendeu-lhe os óculos, exatamente como costumava fazer quando namoravam. Siobhan sempre adorara aquele gesto. Tinha de admitir que, em sua vida, ninguém prestara tanta atenção a ela como Edward. Pensou nas flores enviadas por ele quando Liam quebrara o braço. A campainha de sua casa tocara, e, quando abrira a porta e vira uma pessoa carregada de lírios, tivera certeza de que eram de Edward.

— Eu ainda amo você — disse ele. — Não deixei de amá-la um só segundo.

— Ah... — respondeu Siobhan. Sabia que era verdade e, mesmo assim, as palavras a surpreenderam. Ou foi o tom de voz dele que a pegou de surpresa — doce.

— Você me magoou — afirmou Edward. — Quando me deixou, quando me abandonou para se casar com Carter. Meu coração ficou partido, Claire.

Siobhan fez um gesto com a cabeça, estava chocada demais para falar.

— Você não sentia por mim o que eu sentia por você — declarou Edward. — Estava certa de não se casar comigo. Mas, olha a gente aqui, mais de dez anos se passaram e eu ainda amo você.

A raiva de Siobhan encolheu, virou uma pedrinha ao seu pé que podia chutar para longe. Não se permitia revisitar o fim de seu relacionamento com Edward com frequência, principalmente porque ela se comportara de maneira lamentável — jogara o anel na cara de Edward e, seis meses depois, casara-se com Carter na Irlanda. Não gostava de encontrar Edward porque encontrá-lo fazia com que se lembrasse da pessoa que fora na época — uma mulher capaz de romper um noivado e começar a sair com outro homem imediatamente. Siobhan não permitira um encerramento a Edward. Quando ele fora à sua casa para "conversar", Carter estava lá, e Siobhan pedira a Edward, de maneira curta e grossa, que fosse embora. Terrível! Siobhan ainda tinha o anel — símbolo bonito e caro do amor e do compromisso de Edward — na sua caixa de joias. O anel a assombrava. Não fora capaz de se livrar dele, de levá-lo a uma casa de penhor ou de vendê-lo no e-Bay, porque... por quê? Por causa de alguma coisa que Siobhan não conseguia compreender. Porque estivera esperando por algo. Estivera esperando, talvez, por aquela noite.

Siobhan encostou a cabeça no peito de Edward. Edward era um homem bom, uma boa pessoa, seria um pai maravilhoso e um provedor incrível. Siobhan não o amara o suficiente ou da maneira correta, e isso não era um crime; o crime fora não ter se comportado como uma pessoa decente. Encarar Edward todos aqueles anos — mesmo a visão embaçada quando passavam de carro um pelo outro — sempre significara encarar o pior de seus fracassos.

No entanto, não podia pedir desculpas. Não tinha palavras à sua disposição e temia que qualquer coisa que dissesse soasse tolo ou exagerado, sem falar nos dez anos de atraso. Portanto, levantou o rosto e o beijou o mais suavemente que pôde, e aquele beijo mexeu com ela, excitou-a de um jeito que já não acreditava mais ser possível, e, de repente, estavam se beijando loucamente, eram dois personagens de um filme, beijando-se e sugando-se e apalpando-se com desejo. Siobhan seguiria Claire pela floresta escura e sombria! Dormiria com Edward. Pecaria, mas o pecado seria amenizado, de certa forma, pelo fato de Siobhan estar consertando seu comportamento passado com Edward. Estaria dando a ele algo por que esperara dez anos.

Onde? Ali, nos fundos da van? O local estava tomado de pratos. O avental de Siobhan estava aberto, expondo sua camiseta, e a camisa de Edward estava desabotoada na parte superior. Ela podia ver que ele estava pronto, e ela certamente estava pronta também. Seu pensamento voltou-se para Claire, para Isabelle, para Lock — todos ainda lá dentro, certo? Passando cola nos envelopes com esponjas, separando selos, discutindo os nomes das pessoas da lista de convidados. ("É aquele da casa em Shawkemo Road... a mulher dele morreu de... e, depois, no verão seguinte, casou-se com uma garota de vinte e cinco anos.") Será que alguém estaria procurando por Siobhan ou por Edward? De qualquer forma, todos lá dentro estavam bêbados.

— Meu carro — disse Edward. — O capô do meu carro.

Siobhan achou que ele estivesse brincando. Já seria terrível o suficiente confessar o adultério ao padre Dominic; imagine o olhar na cara dele quando ela contasse que tudo acontecera no capô do Jaguar de Edward! Edward tinha um argumento: o capô de seu carro estava escondido sob os galhos de uma árvore enorme. Estava na sombra e era o veículo estacionado mais longe da casa de Isabelle.

Vamos! Rápido! Esgueiravam-se na ponta dos pés sobre o cascalho branco da entrada de carros da casa de Isabelle. Siobhan sentiu-se uma criminosa. Estava realmente prestes a fazer aquilo? Parecia que sim. Uma só vez, e era Edward, um namorado antigo, não um novo amante. Isso fazia com que fosse uma traição menor do que a de Claire? Claire estava apaixonada; essa era a justificativa dela. Siobhan não amava Edward; já havia se desapaixonado ou nunca fora propriamente apaixonada por Edward, mentira sobre isso para ele ou nunca se fizera entender; a mentira partira o coração de Edward, e Siobhan sentia culpa. Agora lá estava ela, pecando para corrigir as coisas. Isso fazia sentido para Siobhan, mas era absolutamente absurdo ao mesmo tempo. Será que iria para o inferno? Será que ela e Claire iriam juntas?

Siobhan sentiu o cheiro da fumaça de um cigarro.

— Quem está aí? — gritou uma voz.

Edward olhou em volta.

— Olá? — disse ele. Segurou Siobhan com uma das mãos e, com a outra, abotoou a camisa. Siobhan fechou o avental de *chef* e espiou em volta de Edward.

Gavin Andrews aproximou-se pisando forte. Quando viu Edward e Siobhan gritou:

— Ahh!

E Siobhan gritou em resposta:

— Ahh!

Gavin levou a mão ao coração.

— Meu Deus — disse. — Vocês me assustaram! Achei que tinha um ladrão aqui!

— Um ladrão? — perguntou Siobhan, pensando automaticamente no sal trufado. Mas ela o devolvera!

— Não tem ladrão nenhum — disse Edward. — Só a gente.

— Estou vendo — completou Gavin, tragando o cigarro. — Estou vendo.

Atravessaram um minuto em um silêncio estranho. Ok, pensou Siobhan. Não ia transar com Edward. Gavin Andrews, entre todas as pessoas, aparecera como um sinal de Deus e pusera um ponto final naquela loucura. Siobhan precisava agora se preocupar com o que Gavin poderia pensar. Será que dera a entender que ela e Edward iriam transar no capô do carro dele? Deus, Siobhan esperava que não. Era seguro apostar que metade da fofoca de Nantucket começava com Gavin Andrews.

— Eu estava ajudando Siobhan a colocar os pratos na van — disse Edward. De alguma forma, conseguira fechar os botões e ajeitar perfeitamente a camisa; sua aparência era absolutamente normal e apresentável. Mas Siobhan parecia ter acabado de cair da cama depois de um orgasmo sublime.

— Como está tudo lá dentro?

— Ah — disse Gavin. Soltou uma baforada de fumaça pelo nariz. — Tudo bem.

Os dois haviam bebido demais e estava muito tarde, era quase meia-noite, mas uma oportunidade como aquela não aparecia com frequência, portanto aproveitaram. Foram de carro até Altar Rock e apreciaram o luar. Fazia quase duas semanas que não ficavam a sós e, embora se falassem todos os dias, não haviam *conversado* de fato, portanto, quando Claire deitou-se nos braços de Lock, disse tudo que vinha guardando para dizer — que o amava, que sentia falta dele, que seu coração estava solitário, faminto, soterrado sem ele. Não tinha certeza de quanto tempo mais seria capaz de suportar aquela situação.

Lock a beijou no pescoço.

— A Torre Eiffel — disse. — Os correios.
— Eu sei — murmurou ela. — Eu sei.

Jogar cartas, comer Big Macs, ir ao cinema, fazer as coisas cotidianas, fazê-las juntos. Claire bebera demais e isso a afetava. Lá estava ela, no lugar mais lindo do mundo: Altar Rock, o ponto mais alto da ilha, não era muito mais que uma colina, mas tinha vista para os lagos e os barcos atracados. Sob a lua, ali era seu lar. Só viveria uma vez. Não deveria ser feliz?

Não sabia mais quanto tempo conseguiria ficar casada com Jason, aguentar Lock casado com Daphne. Ela e Lock estavam apaixonados, desesperada e estupidamente, cega e completamente. Claire estava viciada em Lock, era um caso perdido. Desistiria de tudo por ele.

Seria verdade isso? Conseguia realmente imaginar um futuro com Lock? Como seria? Claire sairia de casa? (Inconcebível.) Lock sairia de casa? (Mais provável, mas para onde? Não poderia morar com Claire *na casa de Jason*.) Os dois se mudariam e encontrariam um lugar para viverem juntos? Com quem ficariam as crianças? Com ela, provavelmente. Não conseguia se imaginar sem os filhos, mas tampouco conseguia imaginar Lock com eles. Fantasiava uma vida com Lock, mas se dava conta de que isso teria de acontecer numa realidade paralela, na qual não teriam emprego, responsabilidades, ex-cônjuges ou crianças de quem cuidar, amigos, conexões quaisquer. Teriam de se mudar para Ibiza — dois estrangeiros —, e começar tudo de novo. Claire sentia-se uma marionete; Lock podia mexer todas as cordinhas que a amarravam à sua vida atual, mas ela eventualmente entraria em colapso e morreria. Seria uma pessoa sem forma. A pior coisa do adultério é nos fazer enxergar a vida como ela é: algo de que é quase impossível escapar. Claire chorou um pouco por isso, Lock apertou-a e sussurrou:

— Ei, está tudo bem. Estou aqui. Eu te amo.

— Eu sei — disse ela. Viam-se com tão pouca frequência agora que, quando tinham algum tempo juntos, acabava sendo um tempo consumido e tomado de emoções. Isso era culpa de Claire. Tinha preocupações a apaziguar e problemas a resolver. Estava ficando cansativo, até mesmo para ela.

— Preciso ir embora — disse Claire.

Lock a soltou. Claire queria que ele dissesse *Ainda não* ou *Tão rápido?* Mas ele simplesmente concordou.

— É — disse ele. — Está tarde.

A cabeça de Claire rodava por causa da bebida. Conferiu cada uma das crianças, todas dormiam, até mesmo Zack em seu berço. Jason roncava levemente na cama. Levara os pequenos para comer pizza e tomar sorvete, depois ao parque em Children's Beach. *Mamãe tem outra reunião!* Jason parecia resignado em viver sem ela; parecia estar aproveitando, gostando até — e Claire tivera uma visão sombria de Jason fazendo as malas, pegando as crianças e indo embora com elas. Deus, ela mereceria. Ficou acordada na cama pensando nisso (para onde iriam? Yellowstone? Bar Harbor? Para algum lugar onde Jason pudesse pescar?), e depois se preocupou com outras coisas: Lock, o lustre, dinheiro.

Havia prometido algo que não poderia cumprir. Concordara em comprar uma mesa de $25.000. Parte dela soubera o tempo todo que faria isso, que nunca seria capaz de engolir em seco e dizer *Desculpe, mas não posso, não tenho o dinheiro.* Era uma questão de orgulho — na frente de Isabelle, na frente de Lock... Mentira e dissera a todos na mesa (assim como a Siobhan, que os servia) que reservara dinheiro para isso. Parecera possível. Não era, no entanto, nem remotamente possível — checara várias vezes suas finanças. Claire e Jason tinham fundos consideráveis, mas ela não podia mexer neles, e tinham $42.000 na poupança. Não havia como Claire detonar mais da metade do dinheiro guardado na festa de gala. Dissera a si mesma que depois do evento faria um esforço e solicitaria mais encomendas do sr. Fred Bulrush ou à Jeremy Tate-Friedman. Naquele momento, porém, Claire não podia nem mesmo pagar as contas de luz do ateliê, quanto mais a soma de $25.000. Considerara a possibilidade de ir ao banco e pegar um empréstimo para quitar ao longo do ano seguinte. Essa parecia a atitude mais responsável... até pensar em Matthew.

Matthew tinha milhões e milhões de dólares. Agora que Bess estava fora de cena, não havia nada nem ninguém com que ele pudesse gastar. Perguntar não custava nada. Claire vacilou entre esse pensamento e o medo de que, de fato, *poderia* custar... e muito: Poderia ser que Matthew surtasse e a chamasse de aproveitadora. Não falava com ele havia doze anos, telefonara do nada, pedira que tocasse de graça e ele concordara. Já não era um grande favor que ele estava fazendo? Claire pagaria o empréstimo com juros, mas Matthew poderia responder que muito menos era um banco, e que muito menos era um agiota. Fora, num tempo passado, seu amigo, e agora não apreciava ser presa de aproveitadores.

Assim, convencera-se a não ligar para ele várias vezes.

No entanto, estava escuro, silencioso, Claire havia tomado alguns drinques que anunciavam a promessa de que não seria negada. Telefonou para Matthew.

— *¿Hola?*

— Matthew? É Claire. Claire Danner.

— *Buenas noches, chica*. Sabia que era você, porque você é a única pessoa que ainda me chama de Matthew. Fora minha mãe.

— Sou?

— É sim. Tudo bem? Deve ser de madrugada aí.

— É madrugada — disse Claire. Matthew parecia sóbrio. Isso era bom. Sóbrio às nove e meia da noite. Em casa, e não em bares bebendo ou saindo com garotas de dezessete anos para esquecer Bess.

— Não o acordei, acordei?

— Não, não — respondeu ele. — Estava aqui deitado no sofá com o meu Berlitz.

— Que língua?

— Espanhol. Nunca é demais saber espanhol. E português. Pode parecer que as duas línguas têm o mesmo som, mas elas são, na verdade, bastante diferentes.

— Você tirava D em espanhol — disse Claire. — Qual é a história?

— É alguma coisa para fazer. Me mantém longe de confusão. Estou tentando mudar de vida, arrumando novas ocupações. Não sei o que estou fazendo. Bem, estou indo vê-la. Em seis semanas!

— Mal posso esperar. Estou com saudade de você.

— Eu também.

Claire engoliu em seco.

— Escuta, estou ligando para pedir o maior favor do mundo para você.

— A resposta é sim, seja lá o que for.
— Preciso pegar vinte e cinco mil dólares emprestados.
Silêncio.
Meu Deus!, pensou Claire.
— Eu me meti na maior confusão com esse evento. Sou a coprodutora, e a minha parceira é uma mulher riquíssima, chamada Isabelle French. Ela conseguiu me induzir a comprar uma mesa de vinte e cinco mil dólares para a festa. Mas não tenho vinte e cinco mil dólares, e não posso nem pensar na possibilidade de falar com o meu marido porque ele me mataria. Pensei em várias opções, e a que me pareceu menos dolorosa foi pedir a você. Mas eu vou lhe pagar. Eu juro.
Silêncio.
Meu Deus!, pensou Claire mais uma vez. Será que ele desligou? E se desistisse de tocar no evento agora? A possibilidade não lhe ocorrera até aquele segundo.
— Matthew?
— Estou procurando meu talão de cheques.
— Está? Quer dizer que você vai me emprestar?
— Bem, a gente pode chamar de empréstimo, mas, parafraseando minha ex-mulher, "se você me mandar um cheque, vou rasgar".
— Mas, Matthew...
— Claire, relaxa. É só dinheiro.
— Certo, mas é muito dinheiro.
— Lembra quando a gente era criança — disse ele —, e sua avó lhe deu cem dólares de aniversário?
Claire vasculhou a mente. Um cheque da avó? Aniversário de dezesseis anos? Era disso que Matthew estava falando?
— Lembro.
— O que você fez com a grana?
— Eu... a gente... a gente furou a orelha.
— Certo. Você pagou pelo meu furo na orelha e pagou mais um tanto pelo brinco de diamante. E comprou para você um brinquinho bem mais barato.
— Foi — disse Claire. Era verdade, lembrava-se disso: ela dirigindo para o shopping em Rio Grande e sentando-se na cadeira do Piercing

Pagoda. Os dois na cozinha de Sweet Jane com cubos de gelo nas orelhas, tentando não chorar.

— Quantas vezes você me deu cinco pratas para a gasolina?
— É, mas eram só cinco pratas.
— Quantas vezes você pagou pipoca e refrigerante no cinema? Quantas vezes pagou a cerveja?
— Eu tinha um emprego. E você, às vezes, pagava também.
— Você pagou o jantar antes da festa de formatura.
— Meu pai me deu o dinheiro.
— O que quero dizer é que, quando eu não tinha grana, você pagava para mim, sem perguntar nada. Não existia divisão entre o que era seu e o que era meu. — Ele fez uma pausa. — Eu queria que as coisas continuassem assim. Então vou fazer esse cheque, e não quero ouvir falar em você me pagar.
— Obrigada. — Pensou que ia chorar, mas estava aliviada demais para chorar.
— Obrigada.
— Essa mesa de vinte e cinco mil dólares significa que você vai sentar lá na frente?
— Na frente e no centro.
— Ótimo — disse ele. — Então vale a pena.

Quando desligou, já era uma da manhã, mas, para Claire, parecia que era um dia claro e ensolarado. O buraco em seu peito, percebeu, antes estava preenchido de concreto, mas agora o peso fora embora e ela podia respirar novamente. Matthew lhe enviaria um cheque pela manhã, e Claire teria sua mesa de $25.000. Problema resolvido.

Deveria pressionar a própria sorte? Algo lhe dizia que sim. Não estava cansada, e os efeitos do álcool já haviam diminuído. Pegou uma Coca-Cola na geladeira, trocou as sandálias por tamancos e, silenciosamente, deixou a casa, rumo ao ateliê.

Passou um bom tempo olhando para o lustre. Talvez essa tenha sido a diferença. Virou-o nas mãos, perscrutou-o lançando um olhar minucioso e meditativo sobre ele. Das outras vezes em que entrara no ateliê, estivera sempre apressada e estressada: terminaria logo? Quanto tempo levaria? Seus braços estavam constantemente cansados e doloridos, os músculos esgarçados. Naquele momento, porém, Claire estudava o lustre, imaginava o arco e torcedura do último braço, e visualizava como ficaria a peça depois de terminada.

Conseguiu na primeira tentativa, como pensava que aconteceria. Levou o objeto à mesa e, enquanto puxava e torcia o material, o braço final ganhou vida. Furou-o com mão firme. Sim, não havia dúvida, estava pronto, depositou-o cuidadosamente no forno. No dia seguinte sopraria as cúpulas. Fácil, fácil.

Voltou para dentro de casa. Quinze para as duas. De repente, estava com sono. Trocou de roupa, lavou o rosto, escovou os dentes, fez seu ritual de lavar e secar a pia e a bancada de granito. Depois caiu na cama, sentindo-se leve, limpa e livre, como se não tivesse nenhuma preocupação no mundo.

❦

Uma vez que os convites haviam sido todos enviados, cartões de resposta chegavam diariamente, alguns com números de cartão de crédito, alguns com cheques. Gavin mantinha os cheques numa pilha organizada sobre a mesa e, quando acumulava dez, ia ao banco fazer o depósito — e o desvio. Claire enviou um cheque de $25.000. Gavin não pôde evitar comentar isso com Lock.

— Claire comprou uma mesa de vinte e cinco mil dólares.
— Comprou?
— Comprou.

Lock se levantou da mesa e foi olhar o cheque, exatamente como Gavin sabia que faria.

— Bem, ela disse que compraria.
— E comprou — disse Gavin.

O fluxo de dinheiro para o evento de gala deixava Gavin eufórico. Seu estoque estava ficando cada vez maior. Retirara o dinheiro da gaveta de talheres (antecipando a chegada dos pais em 1º de agosto) e o guardara numa sacola verde debaixo da cama. Era tanto dinheiro que ele tinha medo de contar. Ainda assim, não temia mais ser pego. A carta para a mulher da marca de sapatos femininos acabara ficando perfeita. (Surpreendia-se com o fato de um dia ter ficado apavorado com essa carta.) Seus negócios estavam em ordem; seu rastro, coberto. Enquanto isso, as pessoas à sua volta cometiam indiscrições — primeiro Lock e Claire, depois, na outra noite, Siobhan Crispin e Edward Melior. Podia deixar de roubar e começar a chantagear, pensou.

Isabelle agora ligava todos os dias — para saber quem respondera, quem apenas mandara doações, quem pedira para sentar ao lado de quem.

— Os Jasper responderam?
— Não.
— E os Cavanaugh?
— Mandaram uma doação.
— De quanto?
— Mil dólares.
— Só?
— Só.

Isabelle suspirou.

— Eles têm mais dinheiro do que o Beckham. Podiam ter mandado dez vezes esse valor. Mas não mandaram por minha causa...

Gavin não sabia como responder, sentia que se tornava mais íntimo de Isabelle. Pensou que talvez ela ligasse com tanta frequência porque quisesse falar com ele.

— Kimberly Posen respondeu?
— Não vem. Mandou uma doação.
— Não vem?
— Não — disse Gavin. Mas mandou dois mil e quinhentos dólares.

A frase encontrou um silêncio momentâneo.

— Ela era minha melhor amiga — disse Isabelle. — Sou madrinha da filha dela.

— Bem.
— Tem certeza de que ela não vem?
— Vou conferir novamente — respondeu ele.

Gavin queria deixar Isabelle feliz, queria dar-lhe boas notícias.

— Sua amiga Dara Kavinsky confirmou presença, e Aster Wyatt também.

— Dara é a violoncelista — disse Isabelle. — E Aster fez os convites. Ele é meu designer gráfico. Por que as únicas pessoas que confirmaram são as que estão na minha folha de pagamento?

Com o passar dos dias, Gavin flagrou-se pensando mais e mais em Isabelle French. Ela era sexy, concluiu, atraente, sofisticada... e desiludida. Talvez Gavin fosse o único no escritório que percebesse que todas as pessoas que Isabelle convidara pessoalmente para a festa de gala haviam declinado o convite e mandado simplesmente uma doação. *É por causa do meu divórcio*, dissera Isabelle. *É uma espécie de doença: as pessoas têm medo de pegar. Odeio ser solteira.* Seria uma pista para que Gavin a convidasse para sair? Isabelle fora tão gentil com ele no dia em que enveloparam os convites. Colocara-o sentado ao seu lado, tocara em sua mão de maneira que um calafrio percorrera-lhe a espinha — e, num dado momento, ela roçara o pé na perna dele sob a mesa. Gavin acabara sendo o último a ir embora. A lua estava cheia, e Isabelle convidara-o para uma caminhada ao ar livre para que ele visse seu jardim fumar. Havia um canteiro circular de flores brancas noturnas — prímulas, dissera ela, e beijos-de-frade —, iluminado pelo luar. Havia também uma "fonte lunar" — uma esfera de ônix dourado, um pouco maior do que uma bola de boliche, que brilhava à medida que a água fazia com que ela girasse. O jardim lunar era o tipo de lugar mágico que Gavin esperava descobrir em suas viagens. Estava em êxtase; para o próprio desconforto, seus olhos encheram-se de lágrimas. Isabelle segurava seu braço — andava de saltos na grama e os dois haviam bebido bastante — e Gavin se perguntara se deveria beijá-la. Mas, no final das contas, intimidara-se. Uma mulher com senso estético suficiente (e dinheiro) para criar um jardim lunar (ela própria desenhara a fonte, dissera) era muita areia para o caminhãozinho dele.

Agora, é claro, arrependia-se de sua decisão covarde, e perguntava-se se deveria um dia reunir coragem para convidar Isabelle para sair. Alimentava a fantasia de levar Isabelle French para a cama. (Na casa dela, porque nunca, em milhões de anos, levaria Isabelle para a casa de seus pais. Talvez o fizesse — antes de 1º de agosto — e fingisse que a casa era sua. Será que ela acreditaria?) Ele e Isabelle poderiam tornar-se amantes;

e ele não precisaria esvaziar o saco verde de dinheiro porque ela o sustentaria. Mas era aí que seu entusiasmo vacilava. Apesar de sua falta de ambição, não seria um garoto de programa. Portanto, voltou à ideia de pegar algum dinheiro do saco verde e levar Isabelle para um jantar romântico no Chanticleer, a fim de seduzi-la. Simples assim.

O flerte crescente com Isabelle tornava o toque incessante do telefone mais palatável. No entanto, as ligações eram, na sua maioria, de adolescentes querendo saber como comprar ingressos para o show de Max West. No começo, Gavin tinha todo prazer em dizer:

— Isso aqui não é o Madison Square Garden, sabia? É um evento beneficente. O ingresso custa mil dólares.

Suspiro.

— Mil dólares?

— Isso — dizia Gavin. — Você quer comprar dois?

Clique.

No entanto, já estava cansado da brincadeira; sentia-se como o Ebenezer Scrooge ou o Grinch, anunciando um preço exorbitante destruindo esperanças. Depois, havia os telefonemas das pessoas das tendas e toldos, das mesas e cadeiras, da sinalização (quantas placas, onde, por quanto tempo?), da equipe da produção (luz, microfone, reservas da barca, será que o pessoal da casa teria um grill?) e da Genevieve, a dona do bufê, cujo propósito dos telefonemas parecia ser somente checar pela milésima vez se ela ainda estava escalada para o serviço. (Talvez os rumores do encontro de Siobhan com Edward tivessem se alastrado.) Gavin estava preparando a festa sozinho. Garantiu reservas na barca para o imenso caminhão que traria a grande tenda, confirmou que teriam hospedagem e um grill! para a equipe de produção; conseguiu o alvará de liberação para bebidas alcoólicas na prefeitura. Tentou tirar Isabelle da zona de desespero.

— Os Van Dyke confirmaram — disse Gavin. — Você conhece?

— Não — respondeu Isabelle. — Devem ser amigos da Claire.

Gavin, propositadamente, não guardava nenhuma anotação. A cada telefonema, tornava-se mais e mais indispensável. Claire se mostrava efusiva. *Meu Deus, obrigada, Gavin, o que seria da gente sem você? Você merece um aumento! Em setembro, quando tudo isso acabar, vou fazer a sugestão numa reunião do conselho. Vou dizer como você ajudou. Nunca poderia fazer tudo isso sozinha — simplesmente não tenho tempo.*

Daphne telefonou. Desde a descoberta de Lock e Claire no escritório, em abril, Gavin fazia o possível para ter conversas curtas e diretas com Daphne. *Olá, Daphne, você quer falar com o Lock? Ele acabou de sair. Eu digo que você ligou!* Gavin não podia fofocar com a mulher ao mesmo tempo que escondia um segredo enorme dela. Ele tinha limites. Chegara a experimentar, às vezes, certo sentimento de culpa. Daphne não fazia ideia da infidelidade do marido, ou melhor, até imaginava, mas identificara o alvo errado. Era crueldade deixá-la sem saber do caso entre Claire e Lock ou seria um ato de bondade? Gavin escolhera bondade. Era maduro o bastante, sofisticado o bastante para se dar conta de que, na verdade, aquilo que a pessoa não vê — e que talvez nunca saiba — não pode feri-la.

Naquele dia, Daphne não queria falar com Lock. Estava determinada quanto a isso.

Estou ligando para falar com você, Gavin. Quero lhe contar uma coisa.

Surpreendentemente, a "coisa" que ela queria contar não era sobre terceiros — não era sobre o carteiro namorando uma arrumadeira búlgara de vinte anos nem sobre o vício de Jeanette Hix em remédios para emagrecer que lhe davam insônia e faziam com que fosse parar na Cumberland Farms às quatro da madrugada para surrupiar um pacote de balas de caramelo de noventa centavos.

Em vez disso, Daphne disse: *Lock me contou que você está fazendo um trabalho incrível. Você, meu amigo, é um mago. Espero que esteja planejando férias longas e maravilhosas para algum lugar exótico quando tudo isso acabar. Você merece, querido, estou orgulhosa de você.*

Bem, obrigado, Daphne, disse Gavin. Desligou o telefone, impressionado. Uma conversa com Daphne sem referências à vida alheia nem espinhos e farpas. Somente elogio, aparentemente sincero, um elogio que ela estava passando adiante, porque queria que ele soubesse. Estava orgulhoso de si mesmo.

* * *

Certo dia, às cinco da tarde, quando Gavin se preparava para ir embora (para casa, onde ficaria sentado no terraço dos pais de frente para o mar, beberia vinho, fumaria seu cigarro, escutaria Mozart e leria seu guia Lonely Planet sobre a Ásia.... o Vietnã parecia, cada vez mais, a melhor opção), Lock interceptou-o.

— Gavin?

Gavin parou à porta. O tom de voz de Lock era agourento. Chegara a hora, então? Gavin não estava preparado... Pense! Use a sua arma. Tinha a faca afiada em sua mente; tudo que precisava fazer era empunhá-la.

Gavin sorriu expectante, a cabeça girando. O que havia planejado dizer? *Antes de você procurar as autoridades, direi apenas uma coisa: eu sei sobre você e a Claire. Entrei no escritório em uma noite de abril. Vi vocês dois... juntos.*

Lock demorou para falar. Parecia confuso. Deus, como era torturante! Gavin ficou ali parado, preso ao campo de forças do plano terrível que orquestrara — roubar da própria causa para a qual trabalhava tão arduamente para promover! — e acometido de remorso e desespero quase insuportáveis. Lock nomearia seus atos: estelionato, furto, apropriação indevida. Deixaria Gavin no chão. Cometer o crime era uma coisa, tê-lo exposto era outra completamente diferente. Não aprendera nada se aproveitando de Diana Prell no armário de limpeza? Não aprendera nada com o fracasso na Kapp & Lehigh? Gavin experimentara o que só poderia ser descrito como vergonha pura e absoluta. Era, como se dizia em algumas culturas asiáticas, um *desclassificado*. Gavin compreendia a expressão agora. Enquanto esperava que Lock descesse o machado, seu rosto estava em chamas. Não podia encarar Lock, portanto olhava para além dele, para a tarde de verão através da janela de vidro.

Lock se levantou e se aproximou dele. Instintivamente, Gavin se afastou, não rápido o suficiente, porém, para escapar. Lock segurou-o pelos ombros.

— Sei que as coisas não andam fáceis por aqui — disse Lock.

As sobrancelhas de Gavin se arquearam. Pensou em Rosemary Pinkle e em como ficaria decepcionada com ele. Era uma mulher tão boa e acreditava em Gavin. No dia seguinte, o combinado era tomarem drinques no jardim de Rosemary com uma sobrinha que ela queria lhe apresentar.

— Com a festa de gala, eu quis dizer. Todos os telefonemas. Isabelle puxando você de lado, Claire puxando de outro.

Gavin fez um gesto afirmativo, sem compreender. Seus pais estavam para chegar na semana seguinte. Não gostariam de aparecer no meio de um escândalo. Gavin não tinha certeza do que pensavam dele — nunca tivera certeza —, mas sabia que não devia ser algo muito bom. De alguma maneira, não estava à altura dos outros.

— Eu só queria lhe agradecer. Você anda fazendo um trabalho fantástico. — Lock deu um aperto no ombro de Gavin para enfatizar o comentário, tão forte que doeu.

— Estou? — indagou Gavin, num reflexo. Respirou aliviado, espantando o temor.

— Estou muito agradecido. Se essa festa se tornar uma lenda, como eu imagino que aconteça, grande parte se deverá ao seu esforço.

— Obrigado — exclamou Gavin.

— Mas você ainda não está liberado — disse Lock.

— Não? — indagou Gavin.

— O pior provavelmente ainda está por vir.

— Você acha? — perguntou Gavin.

— Tenho certeza — respondeu Lock.

CAPÍTULO DEZ

Ele estraga tudo

Só uma vez a vida dele fora tão frenética e difícil quanto naquele verão. Estivera à beira de comprar uma empresa, maior que a dele próprio; alguém ficara responsável pelas finanças para que ele pudesse focar nas negociações, o que era função previamente de um cavalheiro mais velho chamado Gus MacEvoy, dono da outra empresa maior e que se mostrava relutante em vendê-la. Na maioria das vezes, as negociações de Lock eram simples, clássicas e diretas, páginas saídas diretamente de um livro teórico, mas isso não as tornava menos estressantes ou consumidoras de energia. E, para deixar as coisas ainda mais complicadas, Daphne estava em casa com Heather, na época com um ano e meio, enlouquecendo a mãe. Daphne passara por uma cirurgia para a remoção dos ovários alguns meses antes, e ainda sofria com dores e desequilíbrios hormonais. Quando Lock chegava em casa (com tudo que estava acontecendo no escritório, às vezes não antes das oito da noite), Daphne estava, alternadamente, chorando, irada ou deprimida. Sua vida, dizia ela, era absolutamente tediosa. Era *Vila Sésamo* e esconde-esconde, infindáveis afazeres em casa, passeios pela rua enquanto Heather pegava flores ou colocava uma pedrinha na boca, ou saía correndo, tropeçava, caía e chorava. Heather atirava sua comida em vez de comê-la. Heather cuspia coisas, quebrava coisas, rasgava páginas das revistas de Daphne, reclamava, a menos que Daphne lesse uma história da Cinderela trezentas vezes seguidas. Tinha de ficar no colo. Gritava em protesto toda vez que sua fralda era trocada. Daphne levava-a ao parquinho, e uma das mães fazia algum comentário, porque Daphne lia a *New Yorker* enquanto Heather brincava com baldinhos na areia.

Não fui feita para ser mãe, disse Daphne. *Quero dá-la em adoção.*

Lock rira. Achava que Daphne estava brincando. *A gente não vai fazer isso,* respondeu.

Bem, você não tem direito a voto, disse Daphne, PORQUE VOCÊ NUNCA ESTÁ EM CASA!

Aqueles dias haviam sido difíceis, mas eles sobreviveram. Lock comprou a empresa com a bênção de Gus MacEvoy; Heather rapidamente se tornou uma criança charmosa e sedutora — por um tempo, a melhor amiga da mãe.

E, Lock disse a si mesmo, ele sobreviveria àquele verão. A festa de gala geraria dinheiro bastante para custear todos os programas e iniciativas, daria início às dotações, e ele e Claire conseguiriam voltar aos trilhos.

Agora, no entanto, o relacionamento afundava. Claire culpava-o, e, para evitar mais discussão, ele aceitava a culpa. Desculpava-se; não havia muito que pudesse fazer.

O que aconteceu foi isto: ele e Daphne jantavam no deque. Estava quente, logo pediram sushi, que comeram acompanhados de drinques efervescentes com gim. Contando, isso parecia agradável, mas Daphne se tornava mais beligerante e aviltante a cada gole, falava sobre essa ou aquela pessoa, especulava em voz alta sobre as preferências sexuais de gente que eles mal conheciam, e, depois, finalmente, perguntou sobre as práticas sexuais entre Lock e Isabelle French. Em vez de lutar novamente com Daphne, Lock se levantou para lavar a louça. E lá estava sua filha, Heather, subindo a escada da entrada principal. Lock quase deixou os pratos caírem. Ela voltara para casa.

Vineyard, Heather disse, estava lotado e barulhento, tinha muito trânsito, não havia nada para os adolescentes fazerem, e os pais de Désirée nunca queriam levá-las a lugar algum por causa do tráfego, portanto elas ficavam em casa, entediadas, e acabaram brigando. Désirée disse, *Se você detesta tanto ficar aqui, por que não vai para casa?* Logo... ali estava ela.

Lock a abraçou.

— Você sempre pode vir para casa, meu amor. Seus quartos estão todos prontos para você. Meu Deus, que felicidade ver você aqui! — Daphne ainda estava no deque, possivelmente dando continuidade à investida contra si mesma. Lock não queria que ela visse Heather ainda; não queria que arruinasse tudo. Heather podia ir embora tão repentinamente quanto chegara. Como estava, ficaria em casa por mais de quatro semanas. Era um presente pelo qual ele não esperara.

A situação não foi bem-aceita por Claire. Estava, naturalmente, feliz por Lock, feliz porque Lock estava feliz. Mas a presença de Heather colocava um limite nos horários em que podiam se ver. Agora, depois do trabalho, Lock ia direto para casa. Ele e Heather iam até a praia e nadavam. Lock estava ensinando Heather a pescar no mar, na arrebentação; ela chegou a pegar um peixinho na segunda noite. Heather tinha de treinar hóquei, pois voltaria a jogar assim que as aulas recomeçassem, por isso levantava-se cedo e saía para correr, mas Lock não gostava de pensar na filha correndo sozinha na estrada de terra nas proximidades de casa — onde Daphne sofrera o acidente. Então, Lock começou a levantar cedo para acompanhá-la; de qualquer maneira, ele precisava mesmo perder peso. Não podia encontrar Claire muito tarde, já que tinha de estar de pé às seis para correr. Não podia encontrar Claire porque ele e Heather iam pescar, ou ele e Heather haviam alugado *Uma noite no museu*, ou porque levaria Heather para jantar fora. Ou Heather estava no cinema com as amigas e de lá iriam tomar sorvete, e de lá iriam para algum bar. Quando o passeio terminava (onze da noite, seu toque de recolher), Lock ia buscá-la.

— Perfeito — disse Claire. — Você pode ficar comigo até as onze. Fala para a Daphne que a gente vai ficar trabalhando no esquema de localização das mesas.

— Tudo bem, mas a Heather pode precisar de mim antes das onze. Se quiser voltar para casa mais cedo.

— Você está brincando, não está? — perguntou Claire.

Ele esperara que ela fosse mais compreensiva. Tinha quatro filhos; era tão escrava das agendas deles quanto ele da de Heather.

— Preciso estar disponível para ela — afirmou Lock. Morria de medo de que Heather se entediasse e fosse embora, achando que a culpa era dele ou de Daphne. As crianças de Claire eram mais novas, ainda não estavam na idade de bater as próprias asas. *Mas espera até elas fazerem isso*, disse Lock. *Vão dar uma volta em você. Aí, sim, vai entender o que estou dizendo.*

— Estou me sentindo trocada — falou Claire.

— E eu vou me sentir mal se ficar longe de Heather na ilha — explicou ele. — Ela está sempre fora — na escola, em Vineyard. Agora que ela está aqui, vou me sentir pior, como se estivesse traindo minha filha.

Claire estreitou o olhar.

— Como você ousa dizer isso?

— O quê?

— Eu também tenho filhos. Tenho quatro crianças doces, adoráveis, em casa, mas não as jogo entre nós para fazer você se sentir culpado, jogo? Deixo as crianças fora disso. Heather não é diferente por ser sua; ela não é melhor nem mais especial do que os meus filhos.

— Eu não disse isso.

— Disse, sim. Você disse que se sentia como se estivesse traindo a sua filha. Todas as crianças estão sendo traídas, Lock — tenho convivido com isso desde o outono passado.

Ele a beijou na cabeça.

— Você está certa. Desculpe.

Ela se afastou.

— Você é tão sensível. Tão arrogante. Deus, isso me enfurece.

Ele estava tentado a deixá-la ir. Algumas semanas antes isso seria impensável. Ele precisava de Claire; sua felicidade dependia dela. Mas Heather era sua filha, sua única filha. Precisava ficar explicando isso?

— Estou com medo de que ela vá embora — disse ele. — Tenho que fazer tudo o que for humanamente possível para impedir isso.

Claire apertou a ponta do nariz.

— Vou indo — disse.

Lock conferiu o relógio.
— Ok — disse. Claire desceu a escada.
— Te amo — gritou ele. Ela bateu a porta.

Lock a viu novamente alguns dias depois e pediu desculpas. Estavam os dois sob muito estresse, disse ele. Assim que o evento terminasse, as coisas voltariam ao normal.
— O que *é* normal, exatamente? — perguntou Claire.
Lock riu, mas ela não achou engraçado. Ele mudou de assunto.
— Vi que você comprou sua mesa para o show.
— Matthew pagou para mim.
— Matthew?
— Max West. Ele me mandou um cheque.
— Você está brincando.
— Eu não tinha o dinheiro. Não tinha nem perto disso.
— Você disse que havia separado dinheiro para isso.
— Eu menti.
— Claire, se você precisava de dinheiro, podia ter pedido a mim.
— O quê?
— Você podia ter pedido a mim. Eu teria comprado a mesa feliz da vida.
— E o que exatamente você diria para a Daphne?
— Ela não ia nem perceber.
— Ela não ia perceber?
— Tudo passa pelo nosso contador — disse Lock. — Queria que você tivesse pedido a mim. Em vez de se jogar em cima do seu ex-namorado, um rock star.
— Você formulou de verdade essa frase? — perguntou Claire.
— O quê? — retrucou Lock. — Eu gostaria de ter ajudado você. Gostaria que tivesse pedido a mim em vez do Max.
— Você está arrumando uma briga comigo.
— Eu estou confuso. Por que você achou que devia mentir para a Isabelle?

— Não é óbvio?

— Não, não é. Não tinha nenhuma pressão para você comprar uma mesa de vinte e cinco mil dólares.

— Tinha, sim.

— Você fantasiou que tinha.

— Deixa de ser cretino, Lock. Tinha pressão, sim. "A gente tem que dar o exemplo, eu estou dando o exemplo, a gente tem que sentar lá na frente..."

Ela fazia uma imitação razoável da voz de Isabelle, e Lock sorriu.

— Não ria. Não é engraçado. Eu fui praticamente obrigada.

— Bem, você acabou não pagando. Devia ficar feliz.

— Feliz? — perguntou ela. Estava com raiva, agora. Seus lábios empalideceram e as bochechas coraram. Ele precisava abandonar o assunto. Estava afrontado por ela não ter lhe pedido o dinheiro? Sim, estava um pouco.

Ele a segurou. — Eu quero ser a pessoa que resolve os seus problemas. Quero que você me procure, conte comigo.

— Mas eu não posso — afirmou Claire. — Eu te amo loucamente, mas não posso depender de você para qualquer coisa, porque *você não é meu*. E nunca *vai ser*, vai?

Essa era a questão. O caso parecia tão certo no início; fora as respostas para as preces dele. Mas, a cada dia que passava, tudo ficava mais complicado. Ele sentia como se afundasse e desejasse afundar, queria ser absolutamente consumido por Claire, mas não podia dar o passo final e deixar Daphne. Certamente não estava planejando fazer isso com Heather em casa.

— Estou lhe dando tudo que eu tenho — disse ele.

— Você está me dando tudo que você tem — declarou Claire. — Mas não é o suficiente.

— Não? — perguntou ele.

No dia seguinte, Benjamin Franklin, tesoureiro do conselho de diretores do Nantucket's Children, entrou no escritório e pediu a Lock para ver os arquivos financeiros desde a auditoria. Lock olhou para a mesa de Gavin. Ele estava fora naquela tarde: os pais dele chegariam à ilha à noite e Gavin precisava de tempo para arrumar a casa, levar a Cherokee do pai ao mecânico, comprar flores e vinho para a mãe etc. Gavin sabia onde estavam os arquivos; seria capaz de explicar tudo a Ben Franklin. Quem saberia que Ben Franklin apareceria justamente no dia em que Gavin estava fora? Frustrante!

— Por que você quer ver essa papelada, Ben? — perguntou Lock. Isso era, afinal de contas, um pedido pouco usual. Ben Franklin era, na melhor das hipóteses, relutante quanto a ser tesoureiro, e preguiçoso, na pior; gostava que Gavin fizesse todo o trabalho para ele. E Ben deixara de ser a faca mais afiada da gaveta. Lock estudou-o. Será que ele sabia o que estava pedindo?

Ben riu.

— Minha neta Elisa trabalha como caixa no banco, no verão...

— E?

— E eu gostaria de dar uma olhada no caixa. Para ver o que é que vocês estão tentando esconder.

— Esconder? — perguntou Lock. — Gavin mantém as contas da maneira mais impecável do mundo. — Levantou-se, e Ben o seguiu até a mesa de Gavin. Lock abriu o arquivo. *Financeiro 2007-8*: uma pasta com os extratos bancários. Tirou-a e entregou-a a Ben.

— E eu preciso das entradas das doações — disse Ben. — E de uma cópia do orçamento mais recente.

— Ok, ok, ok — disse Lock, tentando não parecer impaciente. Um dos vinte milhões de netos de Ben trabalhava no banco como caixa de verão e, por essa razão, Ben queria ver o relatório financeiro? Não fazia o menor sentido. Lock entrou no computador de Gavin, puxou os arquivos, imprimiu-os. Ben Franklin e Lock ficaram em silêncio enquanto as páginas eram impressas; Lock estava ocupado imaginando quem do conselho poderia substituir Ben como tesoureiro. Era um trabalho ingrato; ninguém queria. Lock entregou a papelada a Ben. — Aí está, senhor. Tenho certeza de que vai encontrar tudo em ordem.

Ben deu um peteleco num chapéu imaginário.

— Com certeza.

Fizeram um pacto: bastava de brigas. As coisas ficaram tensas entre eles.

Eu sinto como se você estivesse dando um jeito de me espremer na sua agenda, disse Claire.

Eu sinto a mesma coisa, desde o início, respondeu Lock. *Eu sempre tenho que me adequar à sua agenda. E você é uma mulher assustadoramente ocupada. Agora estou mais ocupado por causa da Heather. Eu encaixo você, eu me encaixo. A gente se encaixa. Nada neste relacionamento é de mão única como você pensa, Claire.*

Não?, questionou ela. Estava com muita vontade de desafiá-lo. Bastava ver o nome dele no *display* do celular e ficava combativa. Não estava certo.

Então, selaram um acordo de paz. Apertaram as mãos. Passariam pelas três semanas seguintes, pelo evento de gala, Heather voltaria para Andover, as crianças para a escola. Começariam de novo. De acordo? De acordo. Os preparativos para o evento de gala estavam quase prontos. Era hora de curtir. Afinal, era uma festa, uma comemoração!

Uma festa! Isso, ele estava certo. O lustre candelabro estava pronto. Ted Trimble instalava nele agora — muito cuidadosamente — a fiação elétrica. Claire tinha oito lugares em sua mesa para preencher. Como Matthew pagara pela mesa, Claire podia distribuir cadeiras. Convidou Siobhan e Carter primeiro, e — surpresa! — Siobhan ficou felicíssima. Claire convidou Adams e Heidi Fiske, Christo e Delaney Kitt. Convidou Ted e Amie Trimble em agradecimento pelo serviço elétrico do lustre. Claire já se sentia melhor. Estava excitada. Ficaria lá na frente, rodeada de seus amigos mais queridos. Era o *seu* evento. Max West pagara, e Pietro da Silva leiloaria a primeira peça que ela criara em dois anos. Era codiretora. Era a *sua* festa, realizada numa tenda maior que um hangar de avião. Uhu!

Precisava de um vestido. Tirou a manhã inteira com Siobhan, e as duas foram juntas à cidade. Era impossível comprar certas coisas em Nantucket — lençóis de algodão, por exemplo, ou meias de ginástica, roupa íntima infantil, escorredor de plástico, bola de softball, qualquer coisa em quantidade. Mas procurar um vestido de festa em Nantucket era uma total utopia. Claire e Siobhan foram às compras na Hepburn, na Vis-à-vis, David Chase, Eye of the Needle, Erica Wilson. Tantos vestidos sensacionais! Siobhan queria algo preto, algo dramático, algo que contrastasse com seu paletó de *chef*. Encontrou um vestido de matar na Erica Wilson, decotado, rodado, bordado. Absolutamente lindo. Mas tudo vestia bem em Siobhan; tinha cores saudáveis e corpo esbelto. Claire era mais difícil. Experimentou de tudo: algumas coisas vestiam pessimamente, contrastavam com seu cabelo ruivo, faziam com que parecesse um cadáver. Encontrou outras de que gostou, nada que tivesse adorado.

Almoçaram na varanda do Rope Walk — rolinhos de lagosta, mariscos fritos. Claire se sentiu turista, o que lhe pareceu bom, se não estranho. Para completar, beberam vinho — Claire, uma taça de viognier (pedia automaticamente, agora), e Siobhan tomou um chardonnay.

Siobhan suspendeu sua taça. — Isso é legal — disse. — É disso que eu sinto falta.

— Eu também — corroborou Claire.

— Não — disse Siobhan. — Eu estou falando sério. — Cobriu a mão de Claire com a sua, menor. Claire conhecia intimamente as mãos de Siobhan — o tamanho diminuto, as unhas roídas até o sabugo, a aliança simples de ouro branco.

— Quando tudo isso acabar, vou ter você de volta?

— Deixa de ser boba — respondeu Claire. — Você já me tem.

Siobhan puxou os óculos de grau até a ponta do nariz.

— Vou ter você de volta, Claire?

Claire tomou um gole do vinho. Seu estômago revirou com o cheiro de comida frita. Ali, naquele dia livre de compras, Siobhan lhe pedia algo. Queria Claire de volta com Jason, de volta ao clã Crispin, encaixada em seu lugar. *Vou ter você de volta?* Significado: chega de Lock.

Os anéis de cebola que pediram chegaram naquele exato segundo, e uma mulher da mesa ao lado perguntou se Siobhan poderia tirar uma foto dela com a família. Claire recostou na cadeira de aço e olhou para o píer azul brilhante, as gaivotas circulantes, o branco das velas no mar, os fios de nuvens. O dia estava glorioso. *Isso é legal. É disso que eu sinto falta. Vou ter você de volta, Claire? Vou ter você de volta?*

Claire tomou mais um gole do seu viognier e aproveitou o sol em seu rosto, apesar de as sardas serem inevitáveis. A família disse em coro: "Xis"! A pergunta ficou no ar, sem resposta.

Onze dias, faltavam onze dias. Claire acordou desconfiada. Alguma coisa não ia bem. Rolou na cama. Jason já se levantara. Estava no Downyflake; ainda sonada, ouvira-o se levantar, vestir-se e sair. Na cozinha, encontrou seu celular e telefonou para ele. Era considerada falha grave interromper o café da manhã de Jason, mas Claire tinha uma sensação incômoda e persistente de que algo estava errado. Imaginou-o num aeroporto lotado, indo embora, cansado de tudo. Teria ido embora?

— Oi — disse Jason. Parecia sem paciência — mas por isso ela já esperava. Estava contando os dias até a festa de gala. No último domingo, deitado na sua cadeira de praia, ele dissera entre dentes (Claire achava que ele estava dormindo): *Daqui a duas semanas essa porcaria vai acabar.*

— Está... tudo bem?
— Tudo bem.
— Você está no Downyflake?
— Claro — disse ele. — Onde mais eu estaria?

Claire preparou o café das crianças. Estava preocupada, mas podia fazer tudo aquilo até dormindo. Devia ligar para Siobhan e ver se estava tudo bem? Não, estava ficando maluca. Estava era buscando problema.

— Mãe! — disse J.D.
— O que foi? — Claire olhou para cima, alarmada.
— Eu quero ir pra Nobadeer. A Pan fica levando a gente para o Eel Point, e lá é praia de *bebê*.
— Pensa na Shea — falou Claire. — E no Zackie.
— Eu quero ondas — disse J.D. — Não usei minha *Morey Boogie* uma só vez o verão inteiro.

— Bem, que pena — disse Claire.
— Você não liga para mim.
— Isso não é verdade.
— Você só liga para o Zack.
— J.D., você sabe que isso não é verdade. Me machuca você dizer isso.
— Me machuca eu não poder ir a Nobadeer.
— Eu não posso deixar a Pan levar você lá. O Zack se afogaria em dez segundos. E sua irmã ainda é pior — ela se jogaria naquelas ondas, tentando imitar você, e... — Claire estremeceu. — Não consigo nem pensar nessa hipótese.
— Me leva você, então.
— Hein?
— Por que você não me leva?
A resposta óbvia era que estava ocupada. Estava fazendo mais uma leva de vasos para a Transom — pelo rendimento, para acalmar Jason — e, do nada, o sr. Fred Bulrush, de São Francisco, telefonara. *Soube que você voltou aos trabalhos.* Como ele soubera? Claire não fazia ideia — ainda tinha que ligar de volta para ele —, mas seria bom conseguir um serviço para ganhar dinheiro de verdade. Claire deveria encontrar Isabelle ao meio-dia para repassarem a distribuição dos assentos, apesar de isso ser, na verdade, infrutífero: Isabelle acomodaria as pessoas onde bem entendesse, sem dar importância à opinião de Claire. Então, por que *não* passar a tarde em Nobadeer com J.D.? Adorava ficar com as crianças, uma de cada vez, apesar de raramente ser possível. Por que não aproveitar e satisfazer seu filho? Comprar sanduíches e refrigerantes no Henry's e levar J.D. para pegar onda? Podia ler o novo romance de Margaret Atwood enquanto J.D. manejava sua *Morey Boogie*.
— Ok — disse. — Vou levar você.
— Eu quero ir — disse Ottilie.
— Eu também — emendou Shea.
— Não — respondeu Claire. — Só J.D. irá. Vocês duas irão com a Pan. Vou colocar biscoito de chocolate extra para vocês levarem.

Ottilie fez uma careta; Shea foi apaziguada com os biscoitos. O telefone de Claire tocou. Era Lock — ligando às cinco para as oito? O medo amoleceu os joelhos de Claire. Lá estava: a má notícia.

— Alô? — atendeu Claire.
— Tenho más notícias — avisou Lock.
Claire desligou o fogo do bacon.
— O que foi?
— A Genevieve não vai poder.
— Não vai poder o quê?
— Fazer o bufê para a festa.
— Ela não vai poder fazer o bufê da festa? A dez dias do evento e ela não pode...
— Isso. Aconteceu alguma coisa com a mãe dela no Arizona — está doente, terminal, acho eu. Ela terá de ir para lá agora, hoje, e não sabe quando vai voltar, não vai poder preparar um evento para mil pessoas, e não tem ninguém para colocar no lugar, ninguém que possa assumir. A gente precisa encontrar alguém.
— Tipo quem?
— Bem, eu pensei que você podia chamar a Siobhan.
— Siobhan — disse Claire.
— Isso. É a resposta óbvia, não é?
— Certo — respondeu Claire. Mas era? A questão do bufê fora um problema desde o início — causara uma fenda na amizade de Claire e Siobhan —, e só agora as coisas haviam se acalmado. Só agora Siobhan parecia confortável com o resultado. Reabrir as discussões sobre Carter e Siobhan fazerem o bufê da festa era injusto. Mas, se Genevieve não podia fazer o serviço, alguém teria de assumir o comando, e, se Claire não procurasse Siobhan — se Siobhan não fosse a primeira a ser consultada —, um novo inferno se instauraria.
— Ok — disse Claire. — Vou ligar para ela. — Desligou e olhou para J.D.
— Vá se vestir.
J.D. respirou aliviado.
— Graças a Deus — falou ele. — Achei que você ia me dar uma volta.
— Dar uma volta em você? — disse ela. — Nunca.

Claire pegou Zack, limpou suas mãos e o rosto. Levou-o para o quarto e telefonou para Siobhan.

— Oi — disse Siobhan.

— Oi — respondeu Claire. — Sabe que eu acordei com uma sensação estranha de que alguma coisa horrível ia acontecer? Aconteceu.

— As crianças estão bem? — perguntou Siobhan.

— Está tudo ótimo. É outro tipo de coisa horrível.

— Fala.

— A Genevieve furou.

— Hein?

— Ela cancelou o bufê. A mãe está doente no Arizona. Ela terá que ir para lá. Furou com a festa.

Silêncio. Depois uma gargalhada. Siobhan ria em notas musicais. Havia dois caminhos por onde isso não era engraçado: não era engraçado o fato de a mãe de Genevieve estar morrendo (Claire perdera a mãe de câncer, e Siobhan também), e não era engraçado o fato de a festa ter ficado sem bufê.

— Detesto perguntar, mas...

— Ah, não! — exclamou Siobhan. — Sem chance!

— Você não faria?

— Você está brincando? — emendou Siobhan. — Eu tenho dois assentos na frente e um vestido de arrasar. Por que, diabos, eu trocaria isso por dez dias suando como uma escrava na cozinha? Já é mal o suficiente que eu tenha o Pops no sábado. Não tenho a menor vontade de começar a preparar outro trabalho enorme no domingo.

— Mas é uma grana boa, Siobhan.

— Fico feliz em dizer: não estou nem aí.

— Então, você não vai fazer?

— Não faça essa voz chocada.

— Não estou chocada. Mas achei que você ia querer o trabalho.

— Não — disse Siobhan. — Depois da lama que eu tive que aturar... quer dizer, eu me dei conta de que "sou do comitê", e isso significa que eu deveria estar disposta a salvar vocês, mas o Edward teve a chance de me contratar e deixou passar. Escolheu a Genevieve. O fato de a Genevieve ter furado é totalmente previsível. Acho gratificante ela ter furado, porque isso significa que eu *não* estava falando mal dela pelas costas em abril, mas falando a verdade. Ela não é profissional e nunca deveria ter conseguido esse trabalho. Quando alguém consegue baixar quarenta dólares o preço por pessoa, tem um motivo.

— Ok, tudo bem, se você não vai fazer, quem mais eu devo procurar? Preciso de alguém hoje. — O telefone de Claire fez um ruído. O display mostrava *Isabelle French*.

— Ai, merda, é a Isabelle na outra linha. Ligo para você depois. Quem mais eu posso chamar?

— Para alimentar mil pessoas em dez dias? — questionou Siobhan. — Ninguém que eu conheça. É agosto, Claire. As pessoas estão agendadas e lotadas. Se alguém está livre, tem um motivo, e você não deveria contratar.

— Ótimo — disse Claire. — Então, você está me dizendo que as únicas pessoas que eu quero não estão disponíveis.

— É por aí.

A chamada de Isabelle French interferiu novamente. Claire deveria pegar a ligação em espera, mas não estava pronta para aquele momento de histeria.

— Ok — falou Claire. Sabia que deveria entrar em pânico. Não tinham bufê para a festa. Não tinham comida nem bebida. Mas Claire ficou calma. Acordara com um mau pressentimento, e lá estava sua intuição materializada. J.D. entrou no quarto de sunga, toalha em volta do pescoço. Ela deveria furar com ele e passar o dia no escritório com Isabelle, telefonando para cada serviço de bufê do catálogo? Era essa a coisa certa a fazer? E escolha certa era normalmente a mais difícil. Quem lhe dissera isso? Padre Dominic? Sua mãe? Mas colocar a festa na frente da família e desapontar o filho não podia ser a escolha certa. Portanto, neste caso raro, a escolha certa era a menos difícil.

— Escuta, estou levando o J.D. para Nobadeer, só nós dois. Quer me encontrar lá com os meninos?

— Estou atolada até o pescoço no evento do Pops — disse Siobhan. — Mas dane-se! Vou e fico uma hora.

* * *

As horas que Claire passou na praia foram como horas despendidas sonhando. O sol estava quente, a água refrescante, e J.D. feliz e revigorado pelas ondas e pelos primos. Siobhan ficou por uma hora e trouxe meio sanduíche de frango para Claire, um copo descartável com gazpacho e uma garrafa de limonada italiana sofisticada. O telefone de Claire não parou de tocar — Isabelle, Lock, Edward, Genevieve —, no entanto, Claire não atendeu nenhuma das chamadas. Lidaria com a questão do bufê mais tarde, e, possivelmente, quando desse a ela sua total atenção, o problema seria resolvido. Era libertador deixar para lá, fortificante passar quatro horas sendo ela mesma — uma mulher que amava a praia, a mãe de um menino de dez anos. Claire até mesmo tentou pegar umas ondinhas — estava muito quente para ficar fora da água. Surfou até a arrebentação, aproveitando a corrente, aproveitando a sensação da areia dentro do maiô e do sal que ardia seus olhos.

Deixaram a praia às quinze para as cinco, a tempo de chegar em casa e liberar Pan. Claire estava tão relaxada que permitiu que J.D. voltasse sentado no banco da frente, ao seu lado. O cabelo louro-escuro e úmido, o tronco queimado de sol e exibindo músculos emergentes. J.D. seria bonito e forte como Jason. Mudou a estação de rádio quinze vezes — finalmente podia controlar a música! — e terminou de tomar sua Coca-Cola, para depois apoiar casualmente o cotovelo na janela aberta do carro. Quando dobraram a esquina de sua rua, J.D. disse:

— Mãe, foi incrível. Você é demais.

Claire riu, a pele do rosto esticada e quente de sol. Dez anos, concluiu, era a idade perfeita de um menino. J.D. não precisava do cuidado constante que exigiam seus outros filhos, mas seu coração e mente ainda eram os de uma criança.

— Você é uma ótima companhia — disse ela.

Havia um carro desconhecido na entrada de casa. Quando Claire estacionou, seu bom humor evaporou. Não era exatamente desconhecido o carro, era o Jaguar conversível verde que Lock dirigia durante o verão. Lock não era um homem que se importava muito com carros. Como diretor da Nantucket's Children, ele sempre dizia, devia dirigir uma minivan velha. Mas ele adorava aquele carro. Era confortável, macio e rápido, de um verde-escuro de carro de corrida. Não o deixava estacionado na rua; passava o verão inteiro no estacionamento do Iate Clube. Agora, lá estava ele na entrada da casa de Claire. Lock, sentado numa das cadeiras Adirondack ao lado da porta de entrada. Vestia paletó cáqui, camisa cor-de-rosa de algodão, gravata de um rosa mais escuro e mocassins sem meia. Um galho de gerânio pendia sobre sua cabeça; algumas pétalas haviam caído no ombro de seu paletó. Há quanto tempo estaria sentado ali? Tinha o tronco inclinado à frente, os antebraços nos joelhos, olhava expectante em direção à entrada da casa de Claire. Esperando que ela aparecesse? Bem, sim, logicamente. Claire nunca vira Lock esperar por nada. Era um modelo de eficiência, sempre ao telefone, revisando documentos, redigindo cartas, lendo artigos relevantes em revistas filantrópicas ou no *Economist* ou no *Barron's*. Era quase como se ali não fosse realmente ele.

— Quem é esse cara? — perguntou J.D.

Claire congelou. Mal foi capaz de girar o punho para tirar a chave da ignição. Estava chocada com a presença de Lock. Ele só passara lá uma vez sem avisar, e isso fora em janeiro, quando entrara em seu ateliê enquanto ela trabalhava. Naquela época, ficara surpresa, sim, certamente, mas uma parte dela estivera esperando por ele. Naquela época, estava sempre pensando em Lock; os pensamentos sobre ele a seguiam por toda parte; portanto, o fato de aparecer do nada parecia certo. Aquele dia, pela primeira vez, Lock dissera que a amava. Fora mágica sua aparição para lhe declarar isso, algo sobrenatural. Naquele momento, Claire estava tensa, em guarda, sentia até certa repulsa. Parte dessa sensação se devia à sua péssima aparência. Quando saltou do carro, isso ficou evidente: suas pernas estavam vermelhas, ela vestia uma saída de praia úmida que já fora branca um dia, mas era agora da cor de chiclete mascado e velho, o cabelo um emaranhado só de algas marinhas e sal. Os pés cheios de areia e ela pressentindo as sardas explodindo em seu rosto. Não queria que Lock a visse assim, parecendo uma coisa devorada pela praia. Nem queria ver Lock todo de rosa sazonal, sem meias, o cabelo fino desarrumado pelo passeio no carro conversível. Fizera um trabalho hercúleo para mantê-lo longe de seus pensamentos e tinha conseguido esquecer, com sucesso, toda a confusão do bufê.

Mas agora teria de lidar com o problema.

No entanto, não foi isso que deixou Claire petrificada. O que a deixava assim era a sensação de que Lock não viera em missão oficial em nome do bufê da festa de gala, mas, sim e finalmente, para levá-la embora. O Jaguar era o cavalo branco. Lock a olhou com tanta avidez, e levantou-se tão repentinamente quando ela saiu do carro, que Claire pensou *Meu Deus, ele vai tomar uma atitude — vai me pedir para fugir com ele*. Queria que ela montasse no Jaguar e sairia dirigindo, deixando uma nuvem de fumaça e J.D. chocado na varanda.

Claire abriu o porta-malas do carro, tirou dele toalhas sujas de areia e ganhou tempo sacudindo-as. Tirou a prancha e entregou-a a J.D.

— Você a lavaria para mim, meu amor?

J.D. olhava para Lock. Lock olhava para Claire.

O menino levou a prancha até a mangueira na lateral da casa. Claire andou até a escada da varanda em seus chinelos baratos. Lock nunca pediria que ela fugisse com ele, deu-se conta. E, de repente, era tudo que ela queria, que ele pedisse, que ele implorasse.

— Olá — disse ela.

— Olá — cumprimentou ele.

Claire se perguntava onde estariam Pan e as outras crianças. Ainda não estavam em casa; lá dentro estava tudo muito calmo. Ocupou-se dobrando as toalhas úmidas.

— Você me pegou de surpresa — disse, encaminhando-se para a porta.

— Saí do trabalho e estava indo para casa — disse ele. Sorriu. — Tentei falar com você o dia inteiro. A gente precisa conversar.

Claire se virou para ele. Não conseguia respirar. Se ele pedisse, se o pedido fosse verdadeiro, se prometesse todas as coisas certas, se tivesse pensado em tudo cuidadosamente e ainda conseguisse ser romântico e espontâneo, fizesse parecer que era a grande chance da vida, a chance de felicidade com um homem que a compreendia melhor, de maneira diferenciada, iria com ele? Não, nunca... Mas poderia.

— Sobre o bufê — disse ele.

* * *

Entraram em casa, Claire perguntou-se: estava uma bagunça? Na sua cabeça, a casa estava sempre uma bagunça, os fragmentos de suas vidas empoeirando cada superfície — contas, correspondências, revistas, os elásticos de cabelo das meninas, as chupetas e mamadeiras de Zack com resto de leite azedo, óculos escuros, chaves, porcas, parafusos, as moedas que Jason retirava dos bolsos toda noite. Sim, estava tudo ali, a vida da família exposta: um band-aid usado na bancada, e Claire jogou-o rapidamente no lixo. Nunca fora à casa de Lock, mas imaginava que fosse um desses lares em que tudo fica guardado de maneira que o ambiente tem sempre tanta personalidade quanto um quarto de hotel.

A secretária eletrônica piscava. Oito mensagens.

Claire abriu a geladeira.

— Quer uvas?

— Você não precisa me entreter — disse Lock.

Claire retirou o pote com as uvas de qualquer jeito e colocou-o sobre o balcão.

— E uma cerveja?

Lock encolheu os ombros.

— Depois do dia que tive? Com certeza.

Ok, então ele falaria sobre seu dia, um inferno de dia, enquanto Claire ia à praia, pegava onda e bebia limonada italiana. J.D. entrou e Claire disse:

— Banho lá fora, por favor.

— Já vou.

Lock estendeu a mão para ele.

— Oi. Você deve ser o J.D. Meu nome é Lock Dixon.

J.D. apertou-lhe a mão, olhou-o nos olhos, sorriu.

— Prazer em conhecer você, sr. Dixon.

— Sou amigo da sua mãe.

— A gente trabalha junto — disse Claire. — Trabalhamos no evento juntos. O sr. Dixon é presidente da Nantucket's Children.

— Ah, tá — disse J.D. E desapareceu pela porta dos fundos.

— Ele é educado — comentou Lock.

Claire pegou uma das cervejas de Jason na geladeira e a abriu.
— Copo?
— Não, obrigado.
Lock estava ali, na sua casa, conhecera e aprovara seu filho mais velho, bebia a cerveja de Jason, e Claire se sentia absurdamente desconfortável com tudo aquilo.
— Vamos aos fatos — declarou Claire.
Lock tirou o paletó e pendurou-o nas costas da cadeira. Dobrou as mangas da camisa cuidadosamente. Ali estava Lock Dixon tomando uma cerveja para relaxar após o trabalho. Claire observou-o. Era seu amante, mas um estranho também.
Claire ouviu passos na porta de entrada. O restante da gangue entrava, Zack chorando, Pan parecendo cansada e aborrecida. As meninas, assim como J.D., pararam o que estavam fazendo (implicavam uma com a outra), largaram as toalhas molhadas no chão e olharam para Lock.
— Quem é esse? — perguntou Shea.
— Esse é o sr. Dixon — respondeu Claire. — Que está ajudando a mamãe na festa de gala.
Lock acenou para Pan.
— Bom ver você novamente.
Pan sorriu e entregou Zack a Claire. Ele estava com calor e irritado, a fralda molhada e cheia de areia.
Claire não sabia o que fazer. Não era exatamente assim que queria que Lock visse sua vida.
— Aquele é seu carro? — perguntou Ottilie.
— É sim — respondeu Lock.
— Gostei! — exclamou ela.
— Preciso conversar com sua mãe agora — afirmou Lock. — Mas, da próxima vez, levo você para dar uma volta.
— Posso ir também? — perguntou Shea.
Alguém bateu à porta. A porta da frente, o que significava correio ou alguma criança da vizinhança vendendo rifa.
— Ok — disse Claire aos filhos. — Para o banho, por favor. — Usou seu tom de Julie Andrews. *Eles são jovens apenas uma vez! É preciso aproveitar!* Queria que Lock visse que era uma boa mãe, a melhor das mães, apesar de seus defeitos.

— Me dá licença um minuto — disse e se dirigiu para a porta.

Mais uma batida antes que Claire alcançasse a maçaneta — forte e insistente. Claire olhou pela janela — outro carro na entrada, um Land Rover vermelho-cereja com um para-choque enorme. Nada de escoteiros. A primeira coisa que Claire viu quando abriu a porta foi o cabelo, comprido e brilhoso.

— Isabelle! — exclamou Claire. Agora estava oficialmente perplexa. A fralda de Zack estava tão pesada que caía. Claire podia ouvir suas filhas batendo à porta do box externo para que J.D. saísse.

— Olá — cumprimentou Isabelle, com um misto de surpresa e desgosto, como se Claire a tivesse emboscado em casa, e não o contrário. Entrou.

— Lock está aqui?

— Está — respondeu Claire. Olhou para sua saída de praia, suas pernas, seus pés. Isabelle parecia bronzeada e estilosa em seu vestido branco; Claire vestia um pano de chão e tinha quatro crianças endiabradas e famintas correndo pela casa como índios selvagens. Quando acordara de manhã e pressentira que algo ruim aconteceria, jamais poderia prever que seria algo tão *ruim* quanto aquilo. Mas, enquanto Isabelle passava por ela e entrava na sala sem uma palavra de desculpa ou, no caso, um cumprimento, Claire refletiu sobre a situação. Lock e Isabelle haviam aparecido sem aviso e se aboletado em seu lar. Não se permitiria um sentimento de desconforto em relação à própria aparência ou sobre o fato de não haver um lago borbulhante na entrada ou gim-tônica e canapés. Lidaria graciosamente com aquela gente, depois as mandaria embora.

No entanto, primeiro precisava dar conta dos índios.

— Preciso trocar uma fralda — disse. — Lock, você serviria um vinho para Isabelle, por favor? Tem uma garrafa de viognier na geladeira.

— Inacreditavelmente, isso era verdade, e Claire ficou secretamente feliz. Levou Zack para cima, lavou-o na pia, trocou sua fralda e vestiu-o com uma linda roupinha azul. Quando voltou para o andar de baixo, Lock e Isabelle estavam sentados no bar com seus drinques, comendo uvas geladas, enquanto as três crianças estavam plantadas no meio da sala, enroladas em toalhas, molhando o chão e parecendo náufragos.

— Vão se vestir — disse Claire —, e depois vocês poderão assistir a um pouco de tevê antes do jantar.

— O que vai...

— Bife — anunciou Claire. — E milho.

As crianças saíram, lançando olhares furtivos para os estranhos na cozinha. Assim que os pequenos se foram, Isabelle começou a falar.

— A gente tem um problema sério.

Pela janela da frente, Claire viu o carro de Jason estacionar na entrada. Sentiu uma onda de alívio.

— Vamos encontrar outro bufê — disse Claire.

— Já liguei para todo mundo em Nantucket. Passei o dia inteiro no telefone, Gavin e Lock também. Ninguém está disponível. Telefonei para todos os restaurantes, até mesmo para a responsável pela cafeteria do colégio.

— Difícil de acreditar — declarou Claire.

— Alguém me disse que a mulher tem um serviço de bufê particular. Liguei para catorze lugares no Cape, para todos em Wareham, e ninguém pode fazer o serviço. A festa é muito grande, eles não têm uma equipe grande o suficiente, é muito caro vir até aqui, a gente não tem uma cozinha preparada...

— Isso não está me cheirando bem — disse Lock. — Trazer alguém de Nova York talvez seja a solução, mas vai ser muito caro. E a gente continua com o problema da cozinha. — Tomou um gole da cerveja. Claire também precisava de um drinque, mas Lock não a servira. Serviu-se ela própria de uma taça de vinho. Olhou para Lock e Isabelle, sentados lado a lado em suas roupas de verão, como duas pessoas que haviam saído de um quadro de Renoir. Eram um par natural. Claire pôde enxergar isso com clareza, sem sentir nada a respeito. Deviam ficar juntos. Isabelle estava desquitada, os dois encaixavam-se muito melhor do que ela e Lock. Não foi capaz de seguir com o pensamento, porque, naquele momento, Lock soltou a bomba.

— A gente precisa que você faça outra tentativa com Siobhan.

O "a gente" a irritou completamente. "A gente" significava Lock e Isabelle querendo dizer as pessoas que haviam trabalhado duro em função do problema enquanto Claire estava na praia, querendo dizer a Nantucket's Children... não importava.

— Já fiz isso — falou Claire. — Ela disse não.

— A gente precisa que você tente de novo. Que você implore. Não tem comida, não tem bebida. Ou comida e bebida tão caras que a gente não vai conseguir fazer um centavo com esse evento, depois de todo o trabalho que tivemos. Entendeu? Não temos alternativa. Desespero total.

— Desespero total — repetiu Claire. Olhou para Isabelle, a cabeça dela estava apoiada nas mãos juntas como se estivesse orando. Parecia que tudo dependia somente de Claire — mais uma vez. Isso nunca teria fim?

A porta dos fundos bateu. Jason entrou na cozinha. Olhou para Isabelle, depois para Lock, depois novamente para Isabelle. Claire sentiu uma pontada de ciúme, mas, como impedir que Jason olhasse para Isabelle e seu lindo cabelo comprido, o bronzeado perfeito, a pulseira fina de ouro em seu pulso e as unhas tão perfeitas que pareciam postiças? Era a mulher mais sofisticada que já entrara em sua casa.

— Aquele Jaguar é seu? — perguntou Jason.

— O Rover é meu — respondeu ela.

— Jason, essa é a Isabelle French, coprodutora, junto comigo, da festa de gala. Isabelle, meu marido, Jason Crispin.

— Prazer — disse ela, e eles apertaram as mãos.

— Jason — cumprimentou Lock, levantando-se. Jason e Lock trocaram apertos de mão.

— O Jaguar é seu? — perguntou Jason.

— É.

— Legal. — Jason olhou para os drinques. — Lock, outra cerveja? Isabelle, mais vinho? — Jason, de repente, era o melhor dos anfitriões.

— Estamos fazendo uma reunião. A pessoa que faria o bufê da festa, a Genevieve, não vai poder honrar o compromisso. A mãe dela está doente. Não conhecemos outra empresa que faça o serviço — disse Claire.

— Vocês deviam falar com o meu irmão — disse Jason para Lock.

— E Siobhan. Eles vão topar.

— Já falei com eles — disse Claire. — Não querem fazer.

— Fale de novo — insistiu Jason, abrindo uma cerveja. — Ou, então, deixe que eu falo.

— Isso seria ótimo — afirmou Isabelle. — Ficaríamos muitos gratos se você perguntasse de novo. Não temos alternativa.

— Sem problema — Jason deu um tapinha no ombro de Lock.

— Vocês vão ficar para o jantar? Claire, o que tem para o jantar?

O que estava acontecendo? Claire estava confusa. Talvez ainda estivesse dormindo na sua cadeira de praia.

— Bife — disse ela. — E milho. — Suspendeu as sobrancelhas em direção a Lock. Se não tivesse cuidado, diria algo muito inapropriado.

— Vocês são bem-vindos, se quiserem ficar.

— Não, obrigado — agradeceu Lock. — Tenho um jantar no Iate.

— Que engraçado — disse Isabelle. — Eu também.

Engraçado? Quando Claire sorriu, seus dentes estavam gelados. O rosto ressecado de sol e sal. Queria Lock e Isabelle fora de sua casa. Podiam jantar no Iate, tudo bem. Claire queria sentar-se com as crianças no quintal dos fundos e, enquanto o milho cozinhava e o bife grelhava, tomar um banho longo e quente no chuveiro do lado de fora. Jason podia ligar para Carter e Siobhan, perguntar mais uma vez sobre o bufê em nome de Isabelle, mas eles diriam não, e Claire terminaria o dia com um gordo e sonoro *Eu disse para você*. Lançou outro sorriso para Lock e Isabelle. Não haviam terminado seus drinques, mas ela não se importava.

— Levo vocês até a porta — disse Claire.

Isabelle bebeu o vinho de um só gole. — Vai dar tudo certo — afirmou ela. — Sinto isso. — Deslizou do banco e, na porta, deu os braços a Lock. Lock olhou para Claire. Claire não conseguiu olhar de volta.

— Desculpe ter invadido sua casa assim — disse Lock. — Tentei ligar.

— Eu sei — admitiu Claire. — Eu estava evitando os telefonemas.

— Estamos metidos em uma confusão e tanto — disse ele.

— Sei disso — respondeu Claire.

— Sinceramente, Claire, nós dois achamos seu desaparecimento um tanto decepcionante e imaturo — disse Isabelle. — Você foi à praia! Devia ter nos ajudado. Você é a coprodutora.

Claire mal podia esperar que fossem embora. *Vão para o carro*, pensou. *Por favor! Saiam!*

— Acham? — disse Claire. — Bem, que pena. Desculpe.

— Você não parece arrependida.

— Levei meu filho à praia. Tive um dia ótimo.

Lock pigarreou. Parecia querer arrancar o braço de Isabelle, mas era educado demais.

— O evento é daqui...

— Sei muito bem quando é o evento, Lock.

Lock suspirou e procurou no rosto dela um sinal... de quê? Amor? Carinho? Um sinal de penitência por não ter passado o dia pendurada no telefone tentando falar com serviços de bufê? Naquele segundo, Claire pensou: *Fuja com Isabelle, já que ela é tão devotada à causa!* Lock e Isabelle acharam-na imatura e decepcionante. O que era decepcionante era o fato de terem jogado o desastre do bufê em seu colo, e agora a tornarem responsável por ele.

Saíram pela varanda, o braço de Isabelle como uma cobra entrelaçado com o de Lock. Isabelle seguiu Lock até o carro e, depois que ele entrou, ficou do lado de fora, certamente sussurrando algo sobre Claire.

Jason estava na cozinha.

— Claire! — chamou.

Claire queria Jason ao seu lado na porta da frente. Ele era a outra metade do seu exército: os *felizes* Crispin.

— Claire! — chamou ele.

— O que foi? — respondeu ela. Se ele queria jantar, podia começar acendendo o grill.

— Olhe isso.

Claire virou-se e viu Jason agachado, segurando as mãos de Zack com as suas. Depois as retirou e Zack deu um, dois, três, quatro, cinco passos, bateu no armário de panelas e caiu de bumbum no chão.

Claire deu um grito.

— Ele andou!

Zack riu para os pais, depois começou a chorar.

— Ele andou! — exclamou ela.

— Ele andou — disse Jason. — Está andando. — Segurou a mão de Claire, puxou-a para si e beijou-lhe o pescoço. Claire o abraçou e, de repente, sentiu-se tão, tão feliz... feliz como não se sentia havia muito tempo.

— Ele está andando — disse ela. E desejou que essa fosse sua única lembrança daquele dia.

Na manhã depois que Claire lhe oferecera o serviço de bufê da festa e Siobhan recusara — de uma vez por todas, esperava que isso ficasse claro —, Siobhan foi acordada por uma voz em seu closet. Olhou para o relógio: seis e dez. Que absurdo! Saiu da cama, nua em pelo, e postou-se diante do closet para ter certeza.

Sim, Carter estava lá. Ao telefone. Quando era criança, Siobhan e os irmãos cobriam o rosto com lençol, falavam línguas inventadas, esticavam o fio do telefone até a escada do porão, depois batiam portas pedindo privacidade. Fofocavam sobre Michael O'Keefe e, alguns anos mais tarde, sobre o lugar onde haviam escondido as cervejas. E não faziam isso para dar um descanso aos ouvidos dos pais.

Siobhan não bateu à porta — apesar de, com as crianças andando descalças pela casa, ser essa a regra — porque o closet não era exatamente um cômodo. Siobhan escancarou a porta e lá estava Carter, também nu, com a bunda peluda no banquinho e o jornal no colo. Ao telefone com Tomas, seu agenciador de apostas em Las Vegas (onde eram três da manhã!), colocar dinheiro na porcaria dos Red Sox. O que Siobhan ouviu Carter dizer foi: *Pode colocar cinco mil dólares. O Schilling vai jogar.*

Como descrever a cena que se seguiu? Cinematográfica. Shakesperiana. Siobhan arrancou o telefone da mão de Carter e correu feito uma coelha até o banheiro da suíte. Olhou para a água do vaso e seu semblante refletido nela. Ia vomitar. Ouviu Carter se aproximando. Não teve tempo para pensar! Jogou o telefone no vaso e deu descarga.

O que você está fazendo, caramba?, perguntou Carter.

Siobhan cancelou o cartão de crédito deles. *Roubo*, justificou ela. Quando desligou, Carter a encarava. Cinco mil dólares! Demitiu Carter imediatamente — demitiu-o do negócio que tinham juntos, do negócio do qual ele era o cozinheiro-chefe. Siobhan não fazia ideia se tinha direito de fazer aquilo, mas não pôde ser mais enfática: *Você não faz mais parte do Island Fare. Não contrate mais trabalhos. Não coloque mais os pés na cozinha. Você está jogando cada centavo que a gente tem numa vala qualquer em Vegas.*

Carter fez várias tentativas. Pediu desculpas com o desespero de um drogado implorando pela última dose ao traficante. Chorou. *Por favor, baby, por favor, só mais um jogo. É garantido. Eu prometo. O Schilling vai ser o lançador, baby!* Siobhan estava tão chateada que não conseguia sequer falar. Saiu em direção à cozinha para tomar um café, Carter seguiu-a, chorando, os dois nus. Siobhan serviu-se de café, mas não acertou a xícara; o líquido espalhou-se pela bancada e pingou no chão, e isso foi o limite para Siobhan. No sussurro mais venenoso de que foi capaz, disse: *Você está tentando nos arruinar!*

Não, baby, eu não...

Você não tem vergonha?, perguntou ela. Realmente, eles tinham uma hipoteca para pagar e, além disso, dois filhos pequenos lá em cima que, diferentemente deles dois, um dia iriam para a faculdade. Carter ficou confuso com a pergunta. Vergonha? Siobhan disse *Olha só para você. Patético.*

Diante disso, Carter resolveu partir para a briga.

— Você não pode me dizer o que fazer! Não pode me demitir da minha própria empresa! — E saiu de casa enfurecido, não sem antes parar na garagem, pegar um short e sua prancha de surf.

Siobhan telefonou para Claire. Se isso tivesse acontecido em agosto passado, Siobhan a teria presenteado com todos os detalhes sórdidos, teria exposto as vísceras de Carter ao contar sua visão da bunda do marido no banquinho de veludo que herdara de sua avó. No entanto, agora, as coisas estavam mudadas. Siobhan e Claire operavam na base daquilo que era necessário saber, e tudo o que Claire precisava saber era que, sim, a Island Fare faria o bufê da festa. Estavam ansiosos por isso.

Claire comemorou e entoou alguns gritos de celebração dos caubóis. *Ontem foi um dia tão ruim*, disse ela. *Mas depois o Zack deu os primeiros passinhos e agora você vai fazer o bufê do evento, exatamente como nós duas planejamos no começo! Parece que tudo está entrando nos eixos, a gente vai fechar um ciclo! Eba!* Claire ficou ansiosa para sair do telefone; não podia esperar para ligar para Isabelle e para Lock e *contar a boa notícia!*

Claire não pensou — jamais, nas atuais circunstâncias, pensaria — em perguntar *Por que a mudança súbita de ideia?* Por que Siobhan fora tão incisiva na noite anterior e parecia tão interessada naquele momento? Acontecera alguma coisa? Claire não perguntou e, na verdade, estava tudo bem. Siobhan não precisava de cuidados. Era uma garota de fibra, dura como ferro, má como uma galinha com fome; era uma sobrevivente. Faria o trabalho sozinha; ficaria muito melhor sem mentirosos e traidores e apostadores que a derrubavam. Ficaria muito bem.

CAPÍTULO ONZE

Ela esconde o jogo

Os dias até a festa foram um borrão, e Claire não conseguia lembrar o que acontecera e em que ordem — na verdade, muitas coisas haviam acontecido simultaneamente —, mas cada detalhe daqueles dias tinha peso e importância.

Na segunda-feira, completaram a última mesa de dez pessoas. Havia mil convidados. Gavin atendera o telefonema e anotara o número do cartão de crédito da mesa final, e foi ele a comandar a celebração — apertando a mão de Lock, beijando e abraçando Isabelle, Claire e Siobhan, todos que estavam no escritório cuidando dos detalhes finais do bufê.

Também na segunda, a última edição de verão da revista *NanMag* entrou em circulação, ostentando um artigo sobre a Nantucket's Children e a festa de gala. O texto da matéria era longo e bastante inflamado sobre a causa em alguns trechos, mas tudo bem — poucas pessoas realmente o leriam. O que importava eram as fotografias. Havia uma de Lock, de pé em frente à Elijah Baker House, rodeado de meia dúzia de crianças; havia uma do lustre (sem instalação elétrica), tirada no ateliê de Claire; havia uma foto antiga que Claire encontrara de si mesma com Matthew na época do colégio — estavam nas dunas de Wildwood Beach, Matthew segurando sua guitarra, Claire olhando profundamente para o oceano; e havia uma de Claire e Lock sentados lado a lado (mas não se tocando) na mesa de Lock.

Estavam no escritório quando viram a matéria — na verdade, foi Isabelle quem conseguiu um exemplar da *NanMag* diretamente da gráfica — e todos o folhearam juntos, Lock segurando a revista enquanto Gavin, Isabelle, Claire e Siobhan liam por cima de seu ombro. Lock leu trechos em voz alta. ("A população de veraneio pode acreditar que sua linda ilha é imune à dura realidade enfrentada por outras comunidades — moradias precárias, crianças abandonadas, crimes menores cometidos por adolescentes, gangues, consumo de drogas —, mas está errada. Por exemplo, nos meses de inverno, Nantucket tem o mais alto índice de uso de heroína per capita — e, muito frequentemente, são as crianças da ilha que pagam o preço.") Claire estudou a fotografia em que ela estava com Lock. Era, até onde sabia, a única juntos. Pareciam um casal? Não, não pareciam, concluiu. Eram completamente dessincronizados, um filme francês dublado em italiano, uma girafa com listras de tigre. Claire ainda se ressentia com a maneira com que a situação do bufê fora conduzida; as palavras de Isabelle "decepcionante e imatura" não saíam de sua cabeça.

Claire não tinha coragem, porém, de ser irônica ou presunçosa com Isabelle, porque Isabelle já era intratável o suficiente. Nenhuma das pessoas que convidara para a festa confirmara presença. Isabelle era aberta quanto a isso, mais aberta do que Claire provavelmente seria na mesma situação. *Mandaram cheques*, disse ela, *mas não virão*. Claire achou por alguns minutos que Isabelle fosse culpar Max West por isso, mas ficou claro por seu comportamento quase choroso que tomara as recusas como algo pessoal. Não viriam por causa dela, por causa do que quer que tivesse acontecido no último outono, no Waldorf.

Graças a Deus, Isabelle estava distraída pela matéria na revista. Siobhan disse para Claire:

— Seu cabelo está bonito. — Foram as únicas palavras gentis proferidas por Siobhan desde que chegara ao escritório. Estava exausta do evento do Pops. Terminara muito tarde no sábado, demandara um domingo inteiro de limpeza e Carter não ajudara em nada. Ele estava doente, disse Siobhan. E ela concordara em fazer o bufê da festa, mas não parecia feliz com isso. Fez com que todos no escritório soubessem da sua infelicidade, e todos no escritório, inclusive Claire, curvaram-se a ela porque representava a única esperança do baile.

— Obrigada — disse Claire docemente, embora discordasse a respeito do seu cabelo — que tentara a todo custo alisar —, que fazia com que parecesse Alfred E. Neuman, o personagem símbolo da revista MAD.

— Seu cabelo também está lindo — disse Gavin para Lock. E todo mundo riu. Menos Isabelle.

Claire precisou de alguns minutos para perceber, mas Isabelle estava vermelha de raiva. Deixou escapar algo — e afastou-se do grupo.

— Ótima matéria — disse sem emoção. — Realmente mostra todo o seu trabalho pelo evento, Claire.

A sala ficou em silêncio. E Claire ficou surpresa, não por Isabelle ter ficado ofendida por não ter sido fotografada ou mencionada como coprodutora, mas porque nem ela nem Lock (ou Gavin, que revisara o artigo semanas antes) *haviam percebido* que Isabelle não fora fotografada ou mencionada como coprodutora. O que Claire pensou foi *Ah, merda*. O que Claire disse foi:

— Todos nós sabemos o quanto você trabalhou nesse projeto, Isabelle. Não posso acreditar que não há nada na matéria sobre *você*...

— Não há *nada* sobre mim na matéria! — exclamou Isabelle.

Claire passou os olhos no artigo.

— Com certeza seu nome está na lista como...

— Não está! — exclamou Isabelle. — Fui completamente ignorada.

— Foi uma falha da *NanMag* — afirmou Gavin. — Devíamos ligar para eles imediatamente e reclamar. Talvez publiquem uma errata no próximo número.

— Uma errata? — questionou Isabelle. — Que bem isso pode fazer? — Pegou sua bolsa Peter Beaton e saiu enfurecida.

Lock fechou a revista. Gavin, Siobhan e Claire foram pegar seus pertences; ninguém disse uma palavra. Dizer o quê? Isabelle estava certa. Ela — a mulher que contratara uma violoncelista da Sinfônica de Nova York para tocar na reunião que tratara dos convites, a mulher que cortejara Manolo Blahnik para emprestar sua assinatura ao evento pela bagatela de cinquenta mil dólares, a mulher que incansavelmente dera centenas de telefonemas no dia da crise do bufê... fora ignorada.

Será que desistiria?, perguntou-se Claire. Agora, na última hora? Será que não compareceria ao baile?

— Vamos dar um tempo para ela esfriar a cabeça. Mais tarde telefono para ela — disse Lock.

Lock estava ao telefone com Isabelle — no meio de uma longa e chorosa (por parte de Isabelle) conversa — quando Ben Franklin entrou no escritório. Eram quase seis horas; Gavin já fora para casa. Ben ficou diante da mesa de Lock com os arquivos financeiros nas mãos durante os vários minutos em que Lock tentava acalmar Isabelle. ("Ninguém está subestimando o seu trabalho. Todo o comitê reconhece o seu esforço, sabe quanto você deu de si para esse evento...")

Lock levou as mãos ao bocal.

— Não posso agora, Ben. Estou tentando tirar alguém do desespero aqui.

O rosto de Ben estava impassível. A falta de emoção e a maneira como segurava à frente as pastas faziam com que parecesse um mordomo.

— É importante — avisou ele. — Eliza tinha razão.

— Ligo para você pela manhã — disse Lock. — Primeira coisa do dia.

Ben acenou afirmativamente e, girando nos calcanhares, deixou a sala.

Na terça-feira, o telefone não parava de tocar no escritório. Todo mundo queria ingressos para o baile!

— Está esgotado — dizia Gavin. — Desculpe. Vou colocar seu nome na lista de espera.

Ao meio-dia, a lista de espera tinha quarenta e seis nomes. O que significava essa procura enorme? Será que todo mundo lera a matéria na

NanMag? Ou eram todos procrastinadores e não pensavam nos planos de sábado à noite até a terça anterior? De um jeito ou de outro, estavam sem sorte. Gavin pensou nisso com certo ar de superioridade. Apesar de não ser nem um pouco seu estilo de música, iria à festa como convidado de Isabelle. Telefonara para ela na tarde de segunda-feira para saber como estava, e Isabelle o convidara.

Você seria meu acompanhante na festa de gala?, perguntara Isabelle.

A princípio, Gavin pensara que ela estivesse brincando. Riu.

Ela disse: *Não é brincadeira, é sério.*

Tem certeza de que não tem ninguém mais que...

Não!, respondeu Isabelle. *De jeito nenhum! Quero ir com você.*

Isabelle French — a coprodutora linda e rica do evento — iria acompanhada de Gavin Andrews, bonito (O Mais Bonito de 1991, Evanston Day) e solteiro, auxiliar de escritório. Gavin estava nas nuvens! Desejou ter sabido que isso aconteceria. Se soubesse, jamais teria...

Lock voltou do almoço à uma da tarde e disse:

— Droga! Esqueci do Ben Franklin!

— Ben Franklin? — perguntou Gavin.

— É — respondeu Lock. — Ele deu uma olhada nos relatórios financeiros. Que bom que resolveu se interessar por isso *agora*, pela primeira vez na vida, quando eu estou completamente ocupado com outras coisas.

Completamente ocupado com outras coisas. Sim: Gavin estivera tão ocupado atendendo o telefone e cuidando de outros assuntos do baile, pensando em transar com Isabelle French, que nem sequer dera falta dos relatórios financeiros. A respiração de Gavin se entrecortou, precisava ir ao banheiro. Precisava sair dali antes de ser preso. Precisava ir para casa, pegar a bolsa com o dinheiro e fugir. Ir para Hyannis, pelo menos, depois decidiria seu destino. Deveria ter um plano melhor! Mas esperara não ser pego tão cedo. Ben Franklin pegara os relatórios? Inacreditável. Ben Franklin era um tolo. Mesmo que examinasse os relatórios, perceberia o que estava acontecendo? Perceberia o dinheiro desviado dos depósitos? Seria capaz de descobrir seu plano?

Gavin precisava ir embora. Quanto menos estardalhaço à sua saída, melhor. Diria simplesmente que estava indo ao Even Keel tomar um café e nunca mais voltaria.

Mas a questão era que... Gavin não *queria* ir embora. Não queria deixar o escritório que o mantivera ocupado e engajado — e que, nas últimas semanas, pelo menos, parecera o centro do seu universo. O trabalho que estava fazendo o preenchia. Voltava para casa feliz. Deixar o escritório agora, com o melhor ainda por vir: o show, ao qual compareceria com Isabelle French, seria o fim do mundo. Deixar Nantucket para sempre seria ainda pior. E seus pais! Na noite anterior os três haviam jantado juntos no Pearl, e tanto o pai quanto a mãe frisaram como ele parecia estar bem. Gavin finalmente recebera a aprovação que tanto perseguira. Mais do que isso, impressionara-se ao perceber que seus pais estavam velhos — o pai usava aparelho auditivo — e que não havia ninguém no mundo para cuidar deles não fosse ele.

O que foi que fiz?, pensou Gavin. Estúpido, idiota, imbecil, imaturo, inseguro, desonesto, insignificante, ignorante e patético: tudo isso era apenas o princípio da descrição do joguinho que vinha fazendo desde outubro. O que significava o dinheiro? Nada. O que Gavin desejava era estima e, justamente quando começava a merecê-la legitimamente, seus crimes o alcançavam.

Como desfazer?, perguntou-se. Devia haver uma maneira.

— Vou ligar para o Ben agora — disse Lock. — Segure as outras ligações para mim.

Gavin concordou. Não tinha tempo de desfazer o seu erro. Precisava sair dali. Mas, então, ouviu passos na escada, e Heather apareceu no corredor, o retrato de uma adolescente descontente.

— Pai — disse ela.

Lock, ainda discando, bateu o telefone. — Deus, esqueci! — Deu um pulo da cadeira. — Você chama isso de branco?

Heather encolheu os ombros. Vestia uma camiseta Lacoste cor-de-rosa, short jeans quase branco de tão velho e um cinto verde largo. E tênis cujo cadarço fora colocado de trás para frente; portanto, o laço ficava na altura de seu dedão.

— Temos um jogo de tênis entre pai e filha — disse Lock para Gavin. — O momento não podia ser pior, mas a gente tem que jogar, não tem?

— Você é que está dizendo — disse Heather.

— Temos que jogar sim! Greta e Dennis Peale? Vamos acabar com eles! — Virou-se para Gavin: — Tudo bem para você segurar as pontas aqui?

— Tudo bem — disse Gavin.

⁂

Claire estava a caminho do campo recreativo para "supervisionar" a construção da tenda. Não seria consultada quanto a nenhuma das decisões, mas o rapaz do departamento de tendas da prefeitura, proprietária do campo, queria um representante da Nantucket's Children "à mão", caso houvesse alguma pergunta. Claire telefonara para Isabelle com o intuito de ver se ela não queria ajudá-la na missão, mas Isabelle não atendera o telefone. Ainda estava revoltada com a matéria da revista. Portanto, Claire decidiu ir sozinha e sentar-se sob o sol inclemente enquanto a equipe do Tennessee levantava a tenda de doze mil metros quadrados.

Sentou-se à mesa de piquenique, bebendo *chá gelado diet* e jogando paciência. Tentou fazer com que as cartas lhe dissessem algo: devia ficar com Lock ou deixá-lo? Continuar rezando para ter forças ou simplesmente demonstrá-las, recuperando sua vida, lutando por seu casamento? Amava e odiava Lock. As piores coisas do adultério, pareceu-lhe, eram incontáveis.

Ao meio-dia, quando a equipe deu um intervalo para almoçar, Claire foi embora.

A caminho de casa, parou na cozinha industrial de Siobhan, para ver se podia ajudar de alguma maneira. Não era capaz de construir uma tenda, mas, se tivesse orientação, poderia bater os ingredientes de um chutney de manga.

Claire entrou na cozinha sem bater. Por que bater, afinal? Esperava encontrar o lugar cheio de gente — Siobhan, Carter, Alec, Floyd, Raimundo, Vaclav. Estavam em meados de agosto, e a Island Fare tinha uma tarefa hercúlea pela frente. Não batendo à porta, no entanto, Claire interrompeu algo. Entrou na cozinha — onde todos os ventiladores estavam ligados, possivelmente encobrindo o barulho de sua entrada — e flagrou Siobhan e Edward. Edward Melior? Simplesmente impossível.

Mas, sim — ele e Siobhan estavam diante da bancada de aço inox, muito próximos um do outro. Siobhan viu Claire primeiro e deu um salto, afastando Edward, ou foi assim que pareceu, e Edward girou rapidamente, viu Claire — e, apesar de seu rosto registrar culpa, também demonstrava alívio. Claire não era Carter.

— Olá — disse Claire alegre e de forma casual, como se não houvesse nada de mais em encontrar Edward Melior na cozinha de Siobhan. Na bancada, estavam os ingredientes de uma das receitas em preparo. Claire apontou para eles e disse:

— Humm, meu favorito.

— O que você está fazendo aqui? — indagou Siobhan.

— Oi, Claire. Como anda a montagem da tenda? — perguntou Edward.

Claire tirou uma amêndoa de um pote cheio, comeu-a.

— A tenda está subindo! — exclamou. O que estava acontecendo ali, exatamente? Siobhan não podia ouvir o nome de Edward numa conversa — e lá estavam eles, juntos, sozinhos. Claire perguntara-se se algo havia acontecido entre eles na reunião dos convites na casa de Isabelle — os dois haviam se afastado da mesa durante um longo tempo. Mas, quando Claire perguntara *Como foi com o Edward naquele dia?*, Siobhan encolhera os ombros e dissera *Trabalhoso. Como sempre.* Claire estava surpresa com a presença de Edward ali. E onde estava Carter? Será que algo estava lhe passando despercebido?

— O que você veio fazer aqui, Edward? — perguntou.

— Ah — fez Edward. Sorriu, tinha um sorriso para cada ocasião, e aquele era o momento do modelo "fingindo ser inocente".

— Vim ajudar a Siobhan a rechear os wontons.

— Jura? — perguntou Claire. Aquele era o Edward capaz de comer pasta de amendoim debaixo de telhas de zinco e não saber a diferença entre vinho branco da Borgonha e outra bebida?

— Siobhan está sob muita pressão — disse Edward. — Quem não estaria? Está salvando a nossa pele, assumindo o evento assim, na última hora.

— Com certeza — concordou Claire. E olhou para Siobhan a fim de ver a reação dela ao ser tratada na terceira pessoa. Os lábios de Siobhan estavam absolutamente contraídos, e seu nariz cheio de sardas se movia como o de um coelho.

— Vim pela mesma razão. Para ver se podia ajudar. Posso ajudar?

— Está tudo bem — respondeu Siobhan. — Acho que consigo terminar tudo sozinha.

— Ok — disse Edward. — Tenho uma reunião à uma da tarde, de qualquer maneira.

— Tem certeza de que não quer ajuda? — perguntou Claire.

— Tenho.

Edward revirou moedas no bolso.

— Talvez eu fique mais um pouco e ajude Siobhan a terminar essa leva.

— Achei que você tivesse uma reunião — observou Claire.

— Eu tenho.

— Você deve ir — declarou Siobhan.

— Não quer que eu fique? — perguntou Edward.

Houve um silêncio desconfortável.

— Vão! — mandou Siobhan. — Os dois!

⁂

Na quarta-feira, Gavin foi trabalhar, contrariando o bom-senso. Era um jogo quase tão cheio de adrenalina quanto o roubo. Lock teria falado com Ben Franklin? O escritório seria invadido por agentes federais? Gavin seria algemado? Todas eram possibilidades reais, ele sabia, mas o instinto de Gavin lhe dizia que estaria a salvo por, pelo menos, mais um dia, e desejou que isso fosse o suficiente para que descobrisse uma maneira de ordenar as coisas. Ficara acordado a noite inteira, pensando, e chegara à seguinte e chocante conclusão: não queria ir embora de Nantucket. Não queria fugir para a Ásia ou qualquer outro lugar. Portanto, tinha de descobrir um jeito de devolver o dinheiro. De "desroubar". Isso era mais difícil do que parecia. Desviara o dinheiro durante uma centena de transações. Não podia simplesmente depositar tudo de volta agora. A bolsa, na qual constavam $52.000, estava no banco de trás de seu Mini Cooper estacionado na Union Street. Gavin precisava que Ben Franklin se afastasse por um tempo. Quando a festa de gala tivesse passado e os veranistas voltassem para suas casas, Gavin encontraria um modo silencioso de equilibrar os quadros financeiros. Mas não podia fazer isso agora, com todo mundo o pressionando.

Lock chegou às cinco para as nove. Olhou para Gavin e sorriu.

— Ganhamos o jogo de tênis — disse.

E Gavin, decidido a não chamar atenção sobre seus temores, jogou sua resolução pela janela imediatamente.

— Você falou com Ben Franklin? — perguntou.

— Não — respondeu Lock. — Para ser honesto com você, não tenho tempo para lidar com ele agora.

— Entendi — declarou Gavin. — Ele não está lá batendo muito bem, de qualquer jeito. Você sabe disso, não sabe?

— Sei — disse Lock. — Vou aconselhar o Adams a encontrar outro tesoureiro no outono. Mas ninguém vai querer.

— Ninguém — Gavin fez eco. O telefone tocou.

— Hora de trabalhar — disse Lock.

※

*N*a quarta-feira, Ted Trimble telefonou para dizer que a instalação elétrica do lustre estava pronta.

— Você quer vir buscar? — perguntou para Claire.

— Quero — respondeu ela.

Do carro, Claire ligou para Lock no escritório. As coisas andavam esquisitas entre eles desde a confusão do bufê, mas, se alguém devia ir com ela buscar o lustre, esse alguém era Lock. Portanto, perguntou: iria com ela até o ateliê de Ted Trimble buscar o lustre? Lock a ajudaria a levá-lo ao campo recreativo? (Guardariam o objeto no balcão do bar, normalmente usado nos jogos infantis, porque podia ser trancado.)

Se eu tiver de movê-lo, disse Claire, *vou acabar quebrando. Estou tão nervosa que vivo tremendo.*

Você não tem por que ficar nervosa, disse Lock.
E, sim, disse ele. Iria ajudá-la.

O ateliê de Ted Trimble estava vazio quando Claire chegou. Um bilhete na porta dizia: *Claire, está lá em cima!* Claire subiu e entrou em um cômodo cavernoso cheio de fiações, cabos, lâmpadas, queimadores, radiadores. Havia duas mesas no centro do cômodo, uma de costas para a outra: uma para Bridget, a secretária de Ted, e outra era ocupada pela mulher dele, Amie, responsável pela contabilidade — mas nem Bridget nem Amie estavam no local. Claire não tivera tempo de almoçar, e a subida dos degraus a deixara tonta.

Ouviu Lock chamá-la dos primeiros degraus.
— Olá?
— Estou aqui em cima — respondeu ela. Não vira o lustre. Ouviu Lock subir as escadas e disse: — Não o estou encontrando.
— Está aqui — declarou ele.

Claire se virou enquanto ele suspendia o lustre de uma caixa branca. Lock segurou o objeto pela ponta, onde Ted fixara uma corrente prateada. No final desta corrente, havia uma cúpula invertida para os fios. O lustre balançava nas mãos de Lock, mesmo diante do ar parado do ambiente.

— Deus — exclamou Claire.
— É lindo — disse Lock. Acompanhou o arco dos braços do lustre com o dedo. — Absolutamente magnífico.

Claire conhecia a aparência do lustre, memorizara suas formas. Gastara mais tempo com aquele objeto do que com qualquer outro ao longo de sua carreira. Ainda assim, quando Lock o suspendeu, quando olhou para ele de longe, era como se o visse pela primeira vez. Aquele rosa profundo, aqueles braços retorcidos, pendentes — era magnífico. No que dizia respeito ao vidro, um trabalho de gênio.

Claire sentiu os olhos queimarem com lágrimas. Recordava todas aquelas horas de criação do lustre — o esforço, a energia, as horas que poderiam ter sido gastas, *deveriam ter sido gastas*, em outras coisas: seus filhos, seu casamento, sua vida. O lustre era o oposto de suas falhas; era o seu sucesso. E, em dois dias, seria vendido pela oferta mais alta.

— Não sei se vou conseguir me desfazer dele — disse ela. — Não sei se vou conseguir me separar.

— Ele vai parar em boas mãos — afirmou Lock com suavidade.

— Vai ficar nas minhas mãos. Pagarei o que for preciso.

Soou como a coisa mais generosa que alguém já dissera a Claire, as palavras deveriam confortá-la. Claire pensou no primeiro encontro sobre o leilão, quando Lock começara a campanha para que ela voltasse a trabalhar. Fora uma ideia naquele momento, agora era uma realidade, pendurada nas mãos de Lock. Assim como a atração entre eles na primeira noite fora uma pequena centelha de fantasia e curiosidade. E o que era agora? Tão frágil e complexo quanto o lustre.

O que não fora dito, claro, era que o lustre ficaria pendurado na casa de Lock e Daphne, enfeitaria suas refeições a dois. Jamais estaria pendurado na casa de Lock e Claire. Lock e Claire jamais compartilhariam uma casa, eles nunca ficariam juntos. Isso era repentinamente óbvio e opressivo como o calor naquele cômodo. Mesmo que Lock comprasse o lustre, Claire não o veria mais.

— Preciso sair daqui — disse ela. — O calor está me deixando tonta.

— Tudo bem — disse ele. — Ajudo você a levar o lustre para o campo recreativo.

Guardaram o objeto novamente na caixa, embalaram-na com plástico bolha e a lacraram com fita crepe. Estava segura. Lock carregou-a escada abaixo e Claire o seguia, insegura. Lock guardou a caixa no porta-malas do Honda Pilot de Claire.

— Você dirige? — perguntou Claire.

Lock pegou as chaves do carro de Claire, sentou-se ao volante, ajustou o banco. Estavam sozinhos no automóvel em compromisso profissional legítimo. Todas as outras vezes em que haviam estado sozinhos no carro fora em compromisso ilegítimo, o compromisso de seu *affair*, e isso fez com que conversar fosse algo muito esquisito, embora Claire quisesse dizer algumas coisas a Lock: queria falar sobre o silêncio ostensivo de Isabelle, sobre sua raiva em relação ao que acontecera com o bufê.

Claire não conseguia falar, mas queria que Lock falasse. Apaixonara-se por ele — o cinto com fecho prateado, a careca no topo de sua cabeça e seu enorme estoque de gentileza e generosidade, a nova ideia de si mesma que ele lhe dera. O viognier, a música clássica, o jardim Greater Light, beijá-lo nos degraus gelados de cimento — sentira-se novamente uma adolescente, uma mulher desejável para ele e para si mesma. Não era vulgar nem descuidado. Era real. Claire queria uma vida em que pudesse estender a mão e ajeitar a gravata dele, em que pudessem dividir um sanduíche, ficar juntos na fila do correio, o queixo dele apoiado em sua cabeça. A pior parte do adultério — adultério do tipo cometido por eles, pelo menos — era que essa vida jamais existiria, e isso era muito, muito triste.

Olhou para Lock. As faces, a orelha, as rugas margeando os olhos — conhecia cada centímetro dele tão intimamente... No entanto, Lock não disse nada. Nada!

O silêncio era opressivo. Se Claire abrisse a boca, sabia o que deixaria escapar. *Isso não faz sentido. A gente não tem futuro. Nunca vamos ficar juntos, não de maneira apropriada. Continuar é suicídio emocional. O que estamos fazendo? Como pode valer a pena?*

Precisamos parar.

Nunca devíamos ter começado.

Lock entrou no estacionamento do campo recreativo. A tenda estava montada, um elefante branco. Uma nave espacial.

— Foi bom ver você — pigarreou Lock.

Às oito e meia da manhã seguinte, não havia sinal de Pan, e Claire, ocupada lavando a louça do café da manhã e pensando em como resolver o problema com Isabelle — deveria desculpar-se pela matéria da *NanMag*, apesar de não tê-la escrito? —, deixou as crianças correrem pela casa de pijama. Claire bateu, insegura, à porta de Pan, o que era bastante atípico. Claire não lembrava de outra vez em que Pan houvesse atrasado cinco minutos; simplesmente nunca acontecera.

Um grunhido veio de dentro, o que Claire tomou como uma deixa para abrir a porta. Pan estava na cama, o cabelo no rosto. O quarto estava abafado. Pan não abria as janelas porque considerava até mesmo as noites de verão muito frias.

— Você está bem? — perguntou Claire. Internamente, começou a rezar uma Ave-Maria. Não dois dias antes da festa, não hoje, quando Claire tinha uma lista interminável de coisas a fazer, quando Matthew chegaria, não no sábado, quando Claire estaria indisponível do começo ao fim.

Pan gemeu. Claire se aproximou da cama. Havia uma tigela pela metade de arroz na cômoda.

— Pan, você está se sentindo mal?

Pan tirou o cabelo do rosto.

— Estou quente — disse ela.

Claire engoliu em seco. Pan estava coberta de manchinhas vermelhas.

A caminho de casa, voltando do médico, Pan apoiada na porta do carro — Tylenol, receitara o médico, banhos com bicarbonato de sódio, cama —, Claire telefonou para a casa de Isabelle. Ninguém atendeu, portanto, Claire deixou uma mensagem na secretária eletrônica.

— Oi, Isabelle, é Claire. Escuta, me liga quando você ouvir essa mensagem, por favor. Estranho não ter tido sinal seu durante a semana, só queria confirmar se está tudo certo para o baile. — Pausa. Devia mencionar o elefante no quarto? — Sei que você ficou chateada com a matéria da revista, e, honestamente, ninguém ficou mais chocada com o fato de não mencionarem você do que eu. Foi péssimo. Um esquecimento inacreditável. Vou falar com a Tessa. Ok, liga para mim, por favor.

Claire desligou, depois ligou para o celular de Isabelle.

Mais uma vez, ninguém atendeu. Mais uma vez, Claire deixou uma mensagem.

— Oi, Isabelle, é Claire. — Fez uma pausa, pensando: *Acho seu comportamento decepcionante e imaturo.* — Me liga quando puder!

⁂

Na quinta-feira, quando Lock entrou no escritório, parou primeiro à mesa de Gavin. Lentamente, Gavin levantou os olhos.

— É verdade que você vai à festa com a Isabelle? — perguntou Lock.

— É sim.

— Daphne me disse, mas não acreditei. Isabelle o convidou?

— Eu não me convidei.

— Claro que não. Tudo bem. Que bom que você vai com a Isabelle! Você trabalhou duro, merece.

— Sei que pode parecer estranho para você...

— Nem um pouco — disse Lock. — Você já resolveu o que vai vestir no sábado?

— Blazer azul-marinho, camisa branca, calça social, mocassim — respondeu Gavin.

— Gravata? — perguntou Lock.

— Não — respondeu Gavin. — Mas você devia usar, como diretor.

Lock fez um gesto afirmativo e foi até sua mesa. Gavin voltou a respirar. A coisa mais importante, concluíra na noite anterior, era tirar o dinheiro de dentro de seu carro e depositá-lo na conta da Nantucket's Children. Mas Gavin não podia simplesmente aparecer no banco com $52.000, podia?

⁂

Claire dissera que chegaria às duas para ajudar, mas não aparecera até quatro da tarde, quando Siobhan já estava com a corda no pescoço.

— Desculpe ter atrasado tanto. Você não vai *acreditar* no que aconteceu! — exclamou Claire.

Será que Claire pensava que era a única pessoa com problemas? Pensava ser a única absurdamente ocupada? Uma coisa era certa: desde que decidira ser coprodutora do evento, Claire entrara no mercado do drama. Siobhan não perguntou nada, e Claire ficou ali, expectante, aguardando

Siobhan morder a isca. Siobhan não morderia a isca! Estava cansada da maneira como se dava a amizade entre elas, os problemas de Claire constantemente à frente dos outros. Não perguntaria nada! Estava preparando seiscentas lagostas, uma porcaria de trabalho sem reconhecimento: era preciso arrancar as garras das pobres coitadas antes de jogá-las dentro d'água, do contrário ficavam com gosto de borracha. Siobhan faria Claire arrancar as patas. Ao pensar nisso, Siobhan sorriu, o que Claire tomou como deixa para prosseguir.

— Isabelle não está falando comigo por causa daquela porcaria de matéria da *NanMag*.

Siobhan não sabia o tamanho da raiva que estava sentindo de Claire até decidir, naquele segundo, ficar do lado de Isabelle.

— Mas ela não foi mencionada na matéria. Nenhuma vez.

— Sei disso — disse Claire. — Mas não é minha culpa. Como ela pode me culpar?

Siobhan não respondeu. Suspendeu uma lagosta; havia uma fileira delas no chão, uma subindo em cima da outra. Criaturas de aparência nada apetitosa.

— Toma — disse Siobhan. — Arranca as patas, tira os elásticos, joga na panela.

Claire fez uma careta.

— Não posso fazer isso.

— Você veio aqui para ajudar — falou Siobhan. — É exatamente isso que eu preciso que você faça.

— Que tal se eu fizer o gazpacho?

— Terminei há uma hora — afirmou Siobhan. — Se você tivesse chegado às duas, como estava combinado...

— Tudo bem — disse Claire. — Desculpe. Mas adivinha o que aconteceu? — Fez uma pausa. Estava esperando o quê? Rufar de tambores? — Para piorar tudo, Pan está com catapora!

Siobhan riu, embora rir da situação talvez fosse cruel e um pouco além da conta.

— Catapora?

— Ela está muito mal — declarou Claire. — E é uma doença altamente contagiosa; pelo menos, as crianças são vacinadas. No entanto, Pan não pode trabalhar. O que vou fazer para arrumar alguém?

— Quem está com eles agora?

— Jason. Ele devia ter ido trabalhar, mas topou ajudar. O que vou fazer com o baile? Que pesadelo!

Pesadelo? Claire queria mesmo um pesadelo? Siobhan poderia definir pesadelo para ela: Carter passara três dias surfando e andando pela casa como se fosse um inútil, não fazendo nada além de beber cerveja e comer as guloseimas que Siobhan comprava para as crianças — biscoitos, balas, picolés. E ela o pegara num telefonema muito suspeito. Carter dissera ser Jason, mas o número registrado tinha um DDD desconhecido, e isso era o fim da linha. Siobhan expulsou-o de casa. Adorava repetir a frase *Expulsei-o de casa*, embora, na realidade, tenha implorado: *Por favor, desapareça, Carter Crispin. Suma, viaje, saia da ilha por uns dias, saia de perto de mim até acabar essa confusão do baile. Depois a gente pode começar de novo, a gente pode conversar, encontrar uma maneira de fazer as coisas funcionarem e achar alguém para ajudar você. Você precisa. Ok?*

Carter dissera simplesmente: *Ok*.

Siobhan lhe dera trezentos dólares que tirara do cofre secreto. Por um lado, não podia crer que ele não tivesse lhe pedido para ficar e ajudar na festa de gala. Como, em nome de Deus, conseguiria fazer tudo sozinha? Por outro lado, estava feliz em ser respeitada por ele. Demitira-o, era a chefe. Carter faria exatamente o que ela dissesse.

Ele fez uma pequena mala. Siobhan o assistiu, os dois desafiadores e tristes ao mesmo tempo. Amava-o, claro, mas ele não passava de pedras em seu bolso naquele momento.

Para onde você vai?, perguntou Siobhan.

Carter encolheu os ombros. Não a olhou nos olhos. *Provavelmente para a cidade.*

New York City, pensou ela. Somente depois que ele partira, compreendeu que se tratava de Atlantic City.

Sem Carter, Siobhan fora forçada a deixar os meninos sozinhos em casa. Tinham nove e sete anos, e eram capazes de sobreviver semanas à base de batatas fritas, um banheiro funcionando e o controle remoto da tevê. Mesmo assim, Siobhan sentia culpa, muita culpa. Era um lindo dia de verão, e seus dois filhos saudáveis estavam no quarto, as cortinas fechadas, comendo porcarias que estragam os dentes e entopem as artérias, transformando seus cérebros em amebas, assistindo às bobagens da televisão. Devia tê-los levado consigo, mas, no passado, as tentativas de fazê-los ajudar, de fazê-los apreciar seu trabalho e talvez despertar algum interesse neles pela arte de cozinhar, provocaram reclamações incessantes e pegadinhas como, por exemplo, o preparo de pequenos sanduíches de meleca. Siobhan não podia ameaçar aquele trabalho trazendo Liam e Aidan para a cozinha, mesmo tendo deixado os dois em casa, porém, não parava de se preocupar — podiam se engasgar com um biscoito, ser eletrocutados, começar uma briga, podiam perceber que o dia estava lindo e arriscar-se num passeio de bicicleta até a praia, o que poderia levar a um afogamento no mar ou a um atropelamento na estrada. Não era seguro deixar um garoto de sete anos e outro de nove sozinhos, mas Siobhan não tinha empregada em casa, com ou sem catapora. Era sua própria empregada. Seria, pelos próximos dias, mãe solteira, assim como única dona e único membro da equipe daquele bufê, prestes a oferecer um jantar sentado para mil pessoas. Seiscentas lagostas para cozinhar — estava doida? Genevieve, da À La Table, teria comprado carne de lagosta congelada (comprá-la fresca era algo fora do normal de caro). No entanto, lagosta congelada era insossa e sem gosto, e, apesar das circunstâncias, Siobhan não comprometeria o paladar.

Claire arrancou as patas da lagosta com gosto.

— Sabe, isso é catártico. Preciso liberar um pouco de agressividade. — Arrancou as patas de mais uma.

Doze meses antes, Claire jamais seria capaz de arrancar as patas de uma criatura viva, e ali estava ela — gostando de fazer aquilo! O que queria dizer essa mudança? Siobhan balançou a cabeça.

— Fiquei chocada de encontrar o Edward aqui naquele dia — disse Claire. — Tem alguma coisa acontecendo entre vocês que eu deva saber?

— Alguma coisa acontecendo? — repetiu Siobhan.

— É. Vocês dois... voltaram a ser amigos?

Siobhan remexeu o conteúdo do panelão fervente com suas pinças de cozinha, retirou as lagostas vermelhas e jogou-as na pia cheia de água fria. Passaria a noite inteira ali com elas — literalmente —, e esse simples pensamento era o suficiente para fazê-la chorar.

Virou-se para Claire com toda a ira de que foi capaz:

— Não sou como você.

— O que isso quer dizer?

— Não sou uma traidora como você. Não sou nenhuma Madame Bovary, apaixonada por outro homem!

— Só perguntei se vocês voltaram a ser amigos! — exclamou Claire. — Não disse nada sobre...

— Você insinuou, que eu sei muito bem.

— Não insinuei nada! Só achei estranho. Você tem que admitir, *foi* estranho encontrar você e o Edward aqui sozinhos...

— Adultério é pecado, Claire. É algo ruim. Você quer saber o que acho? Eu vou dizer. Você está cometendo um pecado horrível. Contra o Jason, contra seus filhos e contra você mesma. Você é uma boa pessoa, uma pessoa que se lembra do aniversário do carteiro, que recolhe o lixo dos outros na praia. Mas agora você está diferente. Olha só para você... desmembrando crustáceos!

— Você me pediu! Disse que precisava que eu fizesse isso...

— É como se, de repente, você não se importasse com a sua alma — disse Siobhan.

— Minha alma?

— Você vai me dizer que ama o Lock Dixon. Vai me dizer que o Jason é emocionalmente indisponível e que os momentos mais íntimos que vocês têm são quando ele lê as entrevistas da *Penthouse* para você. Não importa. Você fez um voto, minha querida, de amor. *Até que a morte nos separe!* Lembra? Eu estava lá! Você quebra esses votos toda vez que beija o Lock, toda vez que liga para ele. — Siobhan estava num moto-contínuo, tirava e mergulhava lagostas na panela enquanto falava, o vapor subindo, fazendo com que a verdade borbulhasse para fora dela. Claire perdera a moral ou estava a caminho de perdê-la. — Ou você encerra esse seu caso com o Lock ou eu conto tudo para o Jason.

Claire encarou-a.

— O quê?

— Estou falando sério. Termina isso. Ou termino por você.

— Não acredito que você esteja dizendo isso.

— É sério. Vou contar tudo que sei para o Jason. Conto para todo mundo.

— Você não faria isso.

— Faria sim. Porque eu amo você, Claire. E vejo como isso a está transformando, enlouquecendo e enfraquecendo. Está arruinando você, Claire. Você precisa pôr um ponto final nessa história.

Claire continuou a encará-la, balançando a cabeça. Siobhan encarou-a de volta, desafiadora por um momento. Não planejara lançar um ultimato, mas agora isso já fora feito, e parecia correto. Siobhan tivera sua chance de dormir com Edward, mas não fora até o fim, e estava feliz por isso. Sua alma estava limpa — ou quase. Haviam se beijado na casa de Isabelle, e, depois, quando Siobhan aceitara o bufê do evento, Edward telefonara para agradecer. Telefonara no papel oficial de chefe do comitê, mas acabaram conversando por uma hora, e Siobhan lhe contara a respeito do problema de Carter com apostas. Edward fizera Siobhan prometer que telefonaria se precisasse de ajuda, e Siobhan respondeu, *na hora em que quiser passar pela cozinha, vai me encontrar trabalhando sozinha*. Carter fora no mesmo dia. Segurara sua mão, acariciara-lhe o rosto e beijaram-se mais uma vez, talvez fossem mais longe se Claire não tivesse aparecido. Siobhan, na verdade, havia telefonado para Edward naquela manhã, a caminho da cozinha, para contar sobre o êxodo de Carter para Atlanta e sobre ter deixado Liam e Adam sozinhos em casa. Edward se oferecera para cancelar seus compromissos e levar os meninos a Great Point, mas Siobhan recusara — as crianças não conheciam Edward, e qualquer notícia do passeio dos filhos com Edward chegaria rapidamente aos ouvidos de Carter. Agradecia a oferta, de qualquer forma. Era confortante saber que Edward faria qualquer coisa por ela — qualquer coisa —, porque a amava demais. Siobhan era tão hipócrita... mas, meu Deus, quem não era? Estava agindo de má-fé com Edward, usando-o onde seu marido falhava. Não amava Edward, o que estava fazendo era desonesto, ela deveria parar imediatamente. Venderia o anel de noivado e doaria todo o dinheiro — cada centavo — à caridade. Voltaria para o caminho da virtude. E, como política moralizadora, faria com que Claire também voltasse.

Um dia, Claire agradeceria.

Além do mais, o ultimato fora lançado. Não podia voltar atrás. Qualquer pessoa que tenha filhos sabe disso.

*

Lock estava quase pronto para sair quando Ben Franklin apareceu no escritório. Eram seis e meia e a luz trespassando a janela de vidro era dourada, o que significava que o verão estava chegando ao fim. O verão já estava chegando ao fim? Bem, sim, o baile de gala do verão era sempre o último acontecimento social da estação, e as instituições de caridade se beneficiavam da sensação de nostalgia que os veranistas sentiam quando percebiam que, em breve, deixariam a ilha. Heather voltaria para Andover na segunda-feira, e Lock não suportava pensar nisso. Com o caos envolvendo os próximos dias, ele e Daphne levariam Heather para jantar no Galley naquela noite. A reserva estava marcada para dali a uma hora. Lock não ficara exatamente feliz ao ver Ben Franklin atravessar a porta, mas tivera intenção de se comunicar com o homem a semana toda e, por diversas razões, não conseguira.

— Olá, Ben! — cumprimentou Lock, levantando-se. — Que bom que você me pegou aqui! Já estava com o pé na porta. — Estendeu a mão para Ben, mas este tinha os braços tomados de arquivos financeiros.

— Quer uma ajuda? — perguntou Lock.

Ben largou a papelada na mesa de Lock, sem fazer cerimônia.

— Está faltando dinheiro — avisou ele. — Bastante dinheiro.

A casa estava limpa, portanto o objetivo da sexta-feira era mantê-la assim.

— Estamos esperando visita — disse Claire às crianças.
— Um ídolo do rock — acrescentou Jason.

Parecia feriado. Jason ficara em casa, não fora trabalhar. Vinha se revelando um grande companheiro desde que Pan adoecera, mas seu bom humor parecia estar associado ao fato de que o dia do baile estava próximo e, portanto, era quase passado. Ainda riscava os dias no calendário. Três dias até ter minha mulher de volta! Dois dias!

Mais uma vez, Claire ficara acordada a noite inteira. Siobhan vinha quebrando toda e qualquer regra de melhor amiga existente. Colocaria um ponto final no caso de Claire, estava pessoalmente determinada a salvar-lhe a alma. Isso era tão absurdo que, primeiro, Claire não sabia se acreditava ou não nela — mas, sim, era melhor acreditar. *Vou fazer isso para o seu próprio bem.* Claire tinha de admitir: seu relacionamento com Lock não andava muito firme. Estavam tão consumidos com o baile, e Lock ainda por cima ocupado com a filha. Não estavam conectados e quase não se encontravam intimamente. Mas Claire poderia deixá-lo? Poderia voltar a ser a pessoa que fora antes de tudo aquilo — Claire Danner Crispin, mãe de quatro, artista local, uma pessoa boa e moralmente confiável em geral? Poderia voltar para Jason e Siobhan, forçar-se a começar do ponto inicial? O que seria a sua vida sem Lock? Não conseguia mais imaginar. A conclusão a que Claire chegara deitada na cama fora que diria a Siobhan que terminara o caso, e depois o manteria em segredo. Voltaria a mentir para todos.

Claire pensara que o dia antecedendo a festa seria um dia cheio, mas enganara-se. Tudo já estava providenciado: a tenda estava de pé, a equipe de produção cuidava da luz, do áudio, do palco. Os músicos contratados chegariam à tarde; um associado de Edward os buscaria no aeroporto e os levaria para o hotel. Gavin organizara a numeração das mesas, o quadro dos lugares, o quem-senta-onde. O lustre estava em segurança. No dia seguinte, seria desembalado e colocado em exposição.

Claire telefonara para Bruce Mandalay uma última vez, para ter certeza de que Matthew estava a caminho.

— O voo dele sai em uma hora — disse Bruce. — Ele vai chegar aí às sete, horário local. Você só precisa se certificar de não deixar dando sopa nenhuma bebida alcoólica na sua casa.

— Certo — disse Claire. — Pode deixar.

— Ele saiu atrás de bebida anteontem pela primeira vez em meses. Arrumou uma briga e passou a noite na cadeia. Saiu em todos os jornais hoje.

— Ah, não! — exclamou Claire.

— Matthew precisava mesmo sair da cidade — disse Bruce. — Nantucket vai fazer bem para ele.

Claire tirou meia garrafa de viognier da geladeira. Moveu a cerveja para a geladeira da garagem. Tirou a vodca do freezer. Gim, Mount Gay, Patron, Cuervo, vermute, amaretto e Grand Marnier do armário de bebidas, deixando ali apenas água tônica, suco e um pote pegajoso de cerejas marrasquino. Colocou todo o álcool no lugar secreto onde costumavam guardar os presentes de Natal das crianças e trancou a porta.

Matthew chegaria em algumas horas.

Claire ligou para o escritório. No dia seguinte seria o evento — certamente, haveria coisas a fazer, não?

— Tudo sob controle — disse Gavin.

— Você tem notícias de Isabelle? — perguntou Claire. — Deixei um recado para ela na terça, e outro ontem, mandei um e-mail, mas ela não me responde. Fiquei preocupada de ela não ir ao show.

— Ela vai sim — declarou Gavin.

Gavin parecia bastante confiante a esse respeito, e Claire relaxou um pouco.

— Então não tem nada para eu fazer? — perguntou.

— Nada — respondeu Gavin.

Jason ia levar as crianças à praia.

— Tem certeza de que não quer ir? — perguntou Jason.

— Tenho — respondeu Claire. — É melhor eu ficar aqui e esperar.

Esperar o quê? Matthew não chegaria até as sete da noite. Claire limpou mais uma vez a bancada da cozinha. A casa estava limpa, o quarto de hóspedes imaculado e confortável como os do Four Seasons. Claire abastecera a cozinha com achocolatados, biscoitos, e o freezer com sorvete italiano. Foi ver como estava Pan. A febre baixara e as bolinhas começavam a coçar, um bom sinal. Encontrou-a sentada na cama, lendo *Harry Potter*. Claire lhe deu um copo de água gelada e uma caneca de caldo Tai.

— Desculpe eu não poder trabalhar — disse Pan.

— Não precisa se desculpar. A gente vai dar um jeito.

Claire saiu do quarto. Telefonara para quatro babás e aguardava algum retorno. Daria um jeito! No começo da semana, Claire encontrara, por acaso, Libby Jenkins, uma das organizadoras da festa do ano anterior. Libby perguntara:

— Como vão as coisas?

E Claire respondera:

— Então ótimas. Tudo no lugar.

Libby dissera:

— Não se preocupe. Ainda é cedo. As coisas tendem a colapsar na última hora. — E rira.

Claire não rira junto e pensou *é óbvio que essa mulher não tem nenhum interesse em reforçar minha autoconfiança.*

De certo modo, tudo estava no lugar... mas por um fio. Matthew chegaria em breve, vindo de uma bebedeira terrível, Pan estava com catapora, Isabelle não falava com ela e Claire estava sendo chantageada pela melhor amiga. Como sempre, sucumbira a Siobhan; em vez de brigar com ela, acovardara-se. Em vez de dizer *Não, não vou deixar você me chantagear*, dissera *Ok, vou deixar você me chantagear. Vou terminar tudo com o Lock.*

Deixa só passar o fim de semana, dissera Claire.

Ok, concordara Siobhan. Despediram-se amigavelmente. Com beijinhos e tudo.

Certamente o lugar onde Claire seria mais útil naquele dia era na cozinha de Siobhan. Claire, no entanto, não queria trabalhar sob o olhar de juiz da amiga. Claire estaria picando coentro, e Siobhan estaria pensando: *Pecadora! Traidora! Madame Bovary mentirosa! Você não se preocupa com sua alma?*

Claire conferiu seus e-mails: nada. Isabelle não respondera. Claire conferiu a roupa da festa. Finalmente encontrara o vestido perfeito na Gypsy. Era um Colette Dinnigan verde de renda dourada. Era justo ao corpo, feminino e atraente — sedoso, rendado, sexy. Conferiu as sandálias de salto alto e as joias que pretendia usar. Confirmou a hora no cabeleireiro. De manhã, quarenta mulheres se juntariam para trabalhar na decoração do baile — toalhas de mesa, velas, arranjos de flores, balões discretos e de bom gosto. Lock faria um discurso, depois uma rápida apresentação em Power Point. Adams seria o responsável pelos agradecimentos. Pietro da Silva comandaria o leilão do lustre. Matthew faria o show.

Claire afundou no sofá. Não havia nada que pudesse fazer a não ser esperar. Esperar para que as coisas dessem errado.

Ele já tocara para a Rainha Elizabeth, para a Princesa Diana, para Nelson Mandela, Jacques Chirac, Julia Roberts, Robert De Niro, Jack Nicholson, para o sultão de Brunei, o Dalai Lama. Tocara na festa do segundo mandato de Bill Clinton e no vigésimo oitavo Super Bowl. Tocara na festa do Oscar e na do Grammy. Tocara no Shea, no Madison Square Garden, no Fenway, no Minute Maid Park, no L.A. Forum, no Soldier Field, em Meadowlands. Cantara com Buffett, Tom Petty, Bob Dylan, Eric Clapton, Ray Charles, Jerry Lee Lewis, Harry Connick Jr., Harry Belafonte e tocara com o Boss. Gravara a trilha sonora de dezesseis grandes filmes, de duas séries da HBO e de cinco comerciais, um deles da Coca-Cola e um da RadioShack. Mesmo assim, Max West, também conhecido como Matthew Westfield, talvez nunca tenha ficado tão nervoso quanto naquele momento ao chegar em Nantucket para rever Claire Danner.

Bem, talvez uma vez: no ônibus escuro, em dezembro de 1986, o ônibus que levava o coral de volta do asilo de idosos em Cape May para a escola em Wildwood. Matthew e Claire eram adolescentes, melhores amigos desde os doze anos. Já havia dormido ao lado dela, platonicamente, os dois na mesma cama, e Matthew já a vira pelada, vira-a vomitar cerveja pelo nariz. Claire terminara o namoro com Timmy Carlsbad e ele a ouvira chorar durante três semanas. Matthew terminara com Yvonne Simpson, e Claire caíra da escada a caminho do telefone às duas da manhã quando ele lhe telefonara para contar. Naquela noite, no ônibus do colégio, Matthew estava se sentindo bem. Fizera três números com o quarteto da barbearia, e os olhos dos velhinhos haviam se iluminado. Sorriram, aplaudiram e gritaram *Bravo! Mais uma!* Experimentava o gosto de ser um superstar pela primeira vez, gostara do sabor. Pensara: *Quero que essa sensação não acabe nunca*. Levara felicidade àquelas pessoas — cujas vidas estavam próximas do fim — simplesmente cantando. Portanto, digamos que tudo se encaixava: Claire colocara a cabeça em seu ombro, a mão na sua perna e dissera: — Você é grande, estou orgulhosa de você.

Imediatamente Matthew tivera uma ereção, o que, aos dezesseis anos, não era algo incomum. Na verdade, masturbara-se pensando em Claire mais de uma vez, embora nunca tivesse admitido para ela. Era sua amiga mais próxima, próxima o suficiente para ser sua irmã. Não devia ter esse tipo de sentimento por ela, mas tinha. Seu pênis era uma espada de aço. A cabeça dela em seu ombro e a mão na sua perna eram pontos brilhantes, quentes; as batidas do seu coração, um baixo amplificador. Com certeza, Claire percebia o que estava acontecendo, não? Devia beijá-la? Queria beijá-la. Mas ou ela ficaria com raiva, o que ele não queria que acontecesse, ou riria, o que ele não poderia suportar. Deixou passar alguns minutos agonizantes. Era corajoso o bastante? Tinha dezesseis anos, mas sabia, de alguma maneira, que outro momento como aquele não aconteceria tão facilmente: o ônibus às escuras, ele, um superstar.

Levantou a cabeça. Beijou-a — e o beijo permaneceu como o mais especial de sua vida.

Bobagem romântica? Essa era a pergunta que Matthew se fazia repetidas vezes desde outubro, quando soubera que veria Claire novamente. Era apenas uma bobageira romântica, uma fixação juvenil? Ele a reconheceria como a mesma pessoa quando a visse? Claire ainda teria alguma das qualidades que Matthew prezava e mantivera na lembrança durante todos aqueles anos? Teria envelhecido? Teria mudado? Esse era o tipo de nervosismo que imaginava que as pessoas sentiam quando iam a reuniões de ex-alunos de colégio... o que ele nunca fizera, por razões óbvias.

Meu Deus, ia morrer de ansiedade!

O pensamento que o invadia, claro, era o de que precisava de álcool — costumava levar bebida para o avião em emergências como aquela. Mas retirara tudo da bagagem para aquele voo, porque se conhecia. Sabia que começaria com um drinque, depois passaria para o próximo, mas não queria estar bêbado quando encontrasse Claire. Quase tivera uma recaída dois dias antes. Saíra com Archie Cole, baterista do Sugar Shack, tão jovem e sem noção que nem se dera conta de que Matthew era alcoólatra. Ficaram completamente bêbados de gim e tequila, e Archie arrumara uma briga com um imbecil num dos bares. Max, na tentativa de ajudar o colega, levara um soco no olho e acabara na cadeia. Era uma coisa completamente idiota. Ele precisava parar!

O avião pousou, mas houve atraso na saída da aeronave.

Matthew pegou o celular e enviou uma mensagem de texto para Claire. *Acabei de pousar. Estou nervoso.*

Um segundo depois, ouviu um bipe no seu telefone. A mensagem de Claire dizia *Não precisa ficar nervoso. Estou aqui sozinha.*

Havia no aeroporto um setor especial para aviões particulares. Matthew ficara sentado, olhando pela janela, impaciente. *Quero sair daqui!* Onde Claire estava? Estava lá fora, em algum lugar.

Finalmente abriram a porta, baixaram as escadas, e o piloto disse: — Bem-vindos a Nantucket. — Terry e Alfonso, os dois dormindo, acordaram e desceram antes dele. Às vezes, quando o avião de Max West pousava, havia uma multidão de fãs esperando, gritando, balançando cartazes, e isso nunca deixava de fazer com que Matthew se sentisse um dos Beatles. Mas daquela vez, naquela noite, quando ele desceu, só havia uma pessoa esperando por ele. Claire pedira autorização da segurança, estava ao pé da escada sozinha, como prometera. Matthew olhou para ela, e sua mente ficou vazia. Claire sorriu para ele — um sorriso largo, um sorriso de menina de dezessete anos — e estendeu as mãos.

No que estava pensando? A verdade é que não conseguia pensar. Estava olhando para algo bonito que perdera, mas que agora, surpreendentemente, encontrara. Claire. Era ela mesma, o cabelo vermelho, os punhos finos e brancos, os olhos verdes. Claire foi até Matthew e ele a abraçou, os olhos se enchendo de lágrimas. Não falaram. Matthew a levantou do chão. Claire era leve como uma pluma. Era um milagre, como se ela estivesse morta todos aqueles anos, entretanto, de alguma forma, trazida de volta à vida. Sua Claire.

No carro, Claire falava e Matthew a olhava perplexo. Sentou-se no banco da frente do carro dela, que tinha cheiro de xampu. Terry e Alfonso estavam atrás. Alfonso finalmente fumava, feliz por Claire lhe garantir que não tinha problema; cuidadosamente, ele soprava a fumaça pela janela. Matthew segurava a mão de Claire — não conseguia se conter, porque sua emoção primeira era de que ela iria desaparecer. Vira-a pela última vez, Jesus, doze anos antes, num show no Boston Garden. Claire fora ao camarim com Jason, que, naquela época, era seu noivo. Matthew estava casado com Stacey, embora estivesse bebendo de forma abusiva e o casamento, à beira de colapsar. Stacey ficara com ciúme de Claire, e o encontro no camarim fora caótico e estranho. Matthew estava bêbado ou chapado; dera atenção excessiva a Jason — tentara intimidá-lo ou impressioná-lo — e não muita a Claire, apesar de Stacey acusá-lo do contrário. Depois, Claire desaparecera na multidão, e Matthew estava muito alterado, não sentira a falta dela. Veio a sentir meses depois, na sua primeira vez em Hazelden.

Não a perderia de novo! Claire estava inteira e perfeita, uma bomba não detonada. Ela não sabia disso ainda, enquanto falava sobre o evento, mas Matthew não tinha nenhuma intenção de deixá-la escapar.

Claire deixou Terry e Alfonso no hotel, e depois ficaram sozinhos. Agradeceu-lhe, mais uma vez, por tocar de graça, e Matthew disse:

— Eu faria qualquer coisa por você, Claire Danner, e você sabe disso.

No sinal vermelho, Claire estendeu a mão e tocou no rosto de Matthew.

— O que foi isso?

Matthew tinha uma mancha roxa sob o olho e um hematoma amarelado e inchado na bochecha, onde levara o soco.

— Perdi a linha — disse ele. — Mereci.

— Você estava bêbado? — perguntou Claire.

— Bêbado e tolo — respondeu Matthew. Ele precisava de alguém que o mantivesse firme e determinado. Alguém como Claire! — Não vai acontecer enquanto eu estiver aqui. Prometo.

— Tudo bem — disse ela.

Chegaram. A casa dela era grande e encantadora, iluminada por dentro. Matthew imaginara Claire numa casa como aquela, adorável e clara. Ela merecia.

— Já é aqui? — perguntou ele. Devia ter pedido que dessem uma volta antes, que ela lhe mostrasse a ilha, embora estivesse escurecendo. Matthew não queria entrar e encarar o marido e os filhos. Queria Claire para si.

— Já é aqui — respondeu ela.

Max West era um rock star, mas, desde que Bess e os cães o deixaram, acostumara-se a ficar só. Claire vivia numa casa cheia de gente: o marido, um bando de filhos. Tantas pessoas!

— Matthew, esse é o Jason — disse Claire. — Você se lembra do meu marido, Jason Crispin?

Matthew não se lembrava de Jason. Não o distinguiria entre duas pessoas — haviam se conhecido tanto tempo atrás, Max estava doidão e não vira nada de extraordinário em Jason. Era um cara grande —

bem... maior do que Matthew — e musculoso, bronzeado, cabelo louro, barba por fazer. Um homem bastante bonito, pensou Matthew, mas seria especial o bastante para Claire? Max achava que não. Poderia enfrentá-lo numa briga? Isso ainda estava por ser descoberto.

— E aí, cara? — cumprimentou Jason. Tinha um aperto de mão firme e aquele brilho no olhar comum a todos quando conheciam *Max West*. — Bom ver você de novo. Sou seu fã!

Matthew sorriu. Pouco impressionante. Não era especial o bastante para Claire, nem perto disso. A coisa mais interessante em Jason era o fato de estar bebendo algo num copo plástico azul. Cerveja? E, se fosse, o Pouco Interessante Jason ofereceria uma a Matthew? Estar na casa de Claire, conhecer sua família o deixava ansioso e, quando ficava ansioso, sentia sede. Precisava de um drinque.

O Pouco Interessante Jason percebeu o olhar de Matthew. Deu um gole e disse:

— Chá gelado. Quer um copo?

Chá gelado? Matthew quase gemeu. Bruce telefonara.

— Não, valeu, cara — disse Matthew. — Estou bem.

Enquanto isso, Claire alinhara as crianças como bonecas russas, prontas para conhecê-lo, e os apresentava: Jaden, Odyssey... ou será que ela disse Honesty? Matthew deixou escapar o nome do terceiro, mas o nome do bebê, Zack, ele conseguiu pegar. Os filhos de Claire eram bonitos, graciosos, de cabelos acobreados, bronzeados do verão, os sorrisos sem alguns dentinhos. Eram os filhos dele.

— Que bom conhecer vocês! — disse Matthew para as crianças. — Trouxe presentes! — Abriu a mala de mão e pegou a sacola preta da Louis Vuitton que sua assistente, Ashland, lhe entregara quando embarcara no LAX. Matthew a mandara à Rodeo Drive na última hora para comprar presentes para os filhos de Claire. *São crianças*, dissera. *Talvez um deles seja um pouco maior. Dois meninos, duas meninas. Compre coisas diversificadas.*

As crianças avançaram sobre os pacotes como se fosse a manhã de Natal. Como se Matthew fosse o Papai Noel. Claire e Jason olhavam com educação.

— Não precisava trazer nada, Matthew. Eles têm tudo — disse Claire.

— Mas a gente não tem um desses. — O mais velho, como era mesmo o nome dele, gritou. Suspendeu um isqueiro Colibri de prata.

— O que é isso? — perguntou Claire. — Deixa eu dar uma olhada. — Abriu o isqueiro. Chama.

— É um isqueiro.

Matthew encheu-se de pânico. Lá estava uma atitude típica de rock star: comprar um isqueiro italiano de cem dólares para um menino de dez anos, para que ele começasse a fumar maconha no porão com estilo.

— Mãe, devolve — disse o menino. — Eu quero!

— Você vai tocar fogo na casa — declarou Claire. Estava rindo ou quase isso. Mas era um riso forçado. Matthew não conseguia olhar para Jason. A pior coisa era que Matthew teria que demitir Ashland por isso. Um isqueiro? Em que ela estava pensando?

— O que mais tem aí? — perguntou Matthew, nervoso. Um narguilé? Uma pistola?

Havia duas echarpes de seda Louis Vuitton para as meninas, bem como uma sombra de olhos azul da Chanel. Claire parecia prestes a explodir. Nunca fugiria com ele depois disso. Para o bebê, uma Ferrari Testarossa com controle remoto. O presente foi um sucesso para todos, menos para o presenteado. Jason, especialmente, parecia extasiado. Max respirou aliviado, relaxou um pouco. Ok, Ashland podia ficar com o emprego.

— Quer beber alguma coisa? — perguntou Claire. — Tem chá gelado, água, leite, achocolatado, suco de laranja, de maçã, de romã... eu posso fazer um café também. Expresso, cappuccino, normal, descafeinado...

Matthew estava morrendo de vontade de pedir uma cerveja. Só uma, gelada — a situação era absolutamente estressante, merecia uma cerveja. Não ficaria bêbado. Era um homem de gim; cerveja para ele era como suco. Mas não conseguiu pedir; Claire ficaria desapontada e saberia o quanto ele era fraco, incapaz de suportar dez minutos sem um drinque. Optou pelo café, e Claire fez um bule.

A noite foi passando. Matthew queria ficar a sós com Claire — viera ver Claire, afinal de contas —, no entanto, a casa dela era um circo, o calçadão da praia em noite de verão, um obstáculo. Matthew foi apresentado à babá, uma garota tai chamada Pan, que estava com catapora. Ela ficou do outro lado da sala, acenando para ele de lá, o que fez com que pensasse em Ace, de Bangkok. (No final, acabou dando cinco mil dólares a ela para que pagasse a universidade.)

— *Sawasdee krup!* — disse Matthew. Aprendera a dizer olá em quarenta línguas. Claire sabia disso? Pan riu e foi novamente em direção ao quarto. Matthew teria conversado com Pan, mas o Pouco Interessante Jason estava bem ali, ao seu lado, vigiando-o.

— É verdade, cara, você fez uma turnê pela Ásia. *Como* foi isso, cara?

Como foi isso? Matthew poderia falar do assunto o dia inteiro. Tocara para pessoas com crenças totalmente diferentes — budistas, muçulmanos, hindus —, mas o Pouco Interessante Jason, como todo homem americano, queria falar de mulheres, carros e dinheiro. Matthew precisava de uma bebida. Precisava de um tempo de descanso com Claire. Achava difícil acreditar que a humanidade tivesse criado o iPod, um pedaço mínimo de plástico capaz de tocar vinte mil músicas, mas fosse incapaz de inventar uma maneira de voltar no tempo vinte anos, aos melhores dias da vida, e permitir que se ficasse lá. *Claire!*

Claire estava animada com a presença de Matthew — trouxe uma tigela de biscoitos, a marca favorita dele, e um saco de ervilhas congeladas para colocar no olho roxo. Ficou tarde e finalmente Claire pediu licença para colocar as crianças na cama.

— É tão bom ver você — disse ela antes de subir. — Estou realmente feliz de você estar aqui.

— Mas você vai voltar, não vai? — perguntou ele. Havia desejo em sua voz. Soou, para os próprios ouvidos, como se estivesse se entregando. Jason ficou em silêncio e olhou para Claire.

— Vou — respondeu ela. — Volto para dar boa-noite.

Estava louco, pensou ele, acreditando que teria algum tempo a sós com Claire, estando o marido dela em casa. Seria mais inteligente esperar pela manhã do dia seguinte, quando o Pouco Interessante Jason fosse trabalhar. No entanto, para a alegria de Matthew, Jason retirou-se (acordava cedo, disse, parecendo desculpar-se). Matthew apertou a mão de Jason, feliz por vê-lo ir embora. A sensação de estar num túnel do tempo se intensificou. Quantas noites ele e Claire sentaram-se para assistir a um filme até tarde, esperando que Sweet Jane fosse para a cama para que pudessem namorar?

Deixado ao sabor dos próprios desejos, Matthew foi até a geladeira procurar uma cerveja. Nada. Havia um bar na sala, um bar com fileiras de copos de cristal, mas os armários estavam vazios de qualquer coisa que não fossem coqueteleiras e enfeites. Claire fizera o dever de casa. Era um ato de amor, uma demonstração de que se preocupava com seu bem-estar, mas era enlouquecedor. Matthew não sobreviveria mais um minuto sem um drinque, portanto, esgueirou-se até a geladeira da garagem. Vazia!

Voltou à sala, vencido, tremendo por causa da cafeína. Pan apareceu de camisola. Matthew notou seu colar — um sininho de prata — e estendeu a mão para tocar no objeto. — Bonito — disse ele.

— Obrigada — respondeu ela. Estava coberta de bolinhas vermelhas. — Quer alguma coisa?

Preciso de um drinque!, pensou. Podia pedir ajuda a ela! Mas Claire saberia, descobriria e ficaria tão desapontada, ou talvez, como Bess, fosse do tipo tolerância zero e pediria que ele se retirasse.

— Estou bem — respondeu. — Obrigado!

Pan curvou a cabeça, e Matthew voltou ao quintal dos fundos. A pele fina, ferida em volta do olho, latejou de dor. Era uma estrela do rock, o mundo era seu reino. Podia ter o que quisesse. Mas poderia ter Claire? Era uma criança mimada — Bess repetira isso muitas vezes. Estava acostumado à gratificação instantânea. As melhores coisas da vida, dizia ela, são aquelas que você precisa esperar para ter.

Bem, Matthew esperara vinte anos por Claire. Podia esperar mais dez minutos, não podia? Será que ela estaria sentindo as mesmas coisas que ele? Fugiria com ele? Queria saber naquele exato momento!

Amanhã, pensou, tomaria um drinque.

Matthew estava *ali*, na sua *casa*. Claire ainda achava difícil acreditar. A ressurreição de Matthew.

Ele esperava por ela no quintal dos fundos, os cotovelos apoiando o corpo na grade, os pés um pouco à frente. Estava de jeans, descalço, observando-a.

Claire sorriu. Matthew estava ali! Era ele!

— Meu Deus — disse ele. — Você ainda é tão linda.

Aquela voz. Sempre fora a voz, mais do que a beleza dele, que a cativara.

Matthew passou o braço em volta da cintura de Claire e ela recostou em seu corpo. Era confortável; os dois estavam voltando às antigas identidades, à adolescência.

— É *tão* bom ver você.

— Eu sei — confirmou ela. — Honestamente? Parece que a gente nunca se afastou.

Matthew apertou-a. Não disseram mais nada durante algum tempo, apesar das perguntas que ela queria fazer, coisas que queria saber — sobre Bess, sobre seu problema com a bebida, o caso famoso com Savannah Bright —, mas era melhor, de alguma maneira, fingir por um minuto que nada daquilo tivesse acontecido. Queria esquecer Lock, Jason, as crianças lá dentro, e simplesmente lidar com seu antigo eu. Queria ser aquela garota no calçadão, comendo lagosta nas dunas, pulando no banco do passageiro do Fusca amarelo. Queria descansar nos braços de Matthew e fantasiar, nem que fosse por cinco minutos.

Matthew continuava tendo o mesmo perfume. Seria possível? Quando adolescente, cheirava a qualquer marca de sabão em pó que estivesse em promoção da preferência de Sweet Jane e à fumaça do cigarro das irmãs. E era esse ainda o seu perfume. Olhou para o rosto dele, um rosto que vira a maior parte do tempo, nos últimos doze anos, na televisão. Matthew começou a cantarolar, e depois começou a realmente cantar. Cantou Stormy Eyes baixinho. Um show privativo para Claire. Compusera a canção para ela uma semana antes de se separarem. Stormy Eyes foi seu primeiro grande sucesso.

Matthew segurou o rosto de Claire. Ela estava chorando — claro que estava chorando. Ele não podia cantar aquela música para ela e esperar que ela não chorasse. E, então, beijou-a. Beijou-a devagar, cuidadosamente, e ela pensou em Matthew naquele ônibus escuro. Uma estrela súbita, uma surpresa. *Sweet Rosie O'Grady*. Matthew, com sua guitarra pendurada nas costas; Matthew na noite em que jogaram strip poker e ele ficara com ciúmes. *Ela me deixa louco*. Matthew de pé ao lado da mesa de exame: Claire estava grávida, ela tinha certeza, Matthew teria que vender a Peal, e ela iria direto para o inferno. *Anemia!* Matthew no palco do Pony, Claire de pé atrás dele, batendo o tamborim contra o quadril como Tracy Partridge — ele já estava longe dela, Claire podia enxergar isso, mesmo antes de Bruce se apresentar, mesmo antes de irem para Nova York no carro de Bruce e de Bruce comprar um cheeseburger e uma Coca para Claire na parada da estrada. Ela poderia ter aguentado um pouco mais, sabia disso também, mas deixou-o ir, e veja o que acontecera. Matthew virou uma estrela. E, como estrela, voltara para ela. Ali estava ele.

Caberiam todos esses pensamentos num único beijo? Parecia impossível, mas era assim.

Matthew se afastou.

— Eu te amo, Claire. Quero que você vá embora comigo.

Claire ficou confusa.

— E faça o quê? — perguntou.

— Vá viver comigo. Case comigo.

— Matthew? — disse ela. A ideia lhe pareceu engraçada e, depois, triste. Ele estava tão perdido. E ela também, tão perdida; Matthew nem imaginava.

— Você viria? — continuou ele.

— Ah — balbuciou ela. Ah, ah, *ah*! Pelo amor de Deus. Matthew estava falando sério. Era verdade. — Quem dera eu pudesse! Pode acreditar, uma parte de mim queria poder fazer isso.

— Seus filhos podem vir junto. A gente contrata um tutor... um monte de gente faz isso nas turnês. Vai ser bom para eles conhecer outros países, aprender outras línguas, experimentar outras culturas.

— Matthew — disse ela. — Eu tenho uma vida aqui.
— Você vai ter uma vida comigo. Por favor, vem? Eu preciso de você.
— Você precisa de alguém, mas essa pessoa não sou eu.
— É você. Vai me dizer que você não está sentindo?

Claire sentira alguma coisa. O que era? Vestígios de uma dor de cabeça antiga, uma nostalgia intensa, prazer em revê-lo, de tocá-lo, de ouvi-lo dizer que ainda era linda. Uma parte dela queria fugir com ele; uma parte dela queria escapar da confusão que criara, simplesmente ir embora, sair em turnê, levar as crianças ou deixá-las para trás, sair dali para sempre. Sentira muitas coisas, mas não confundira nenhuma delas com amor.

Beijou-lhe a ponta do nariz. Matthew ainda tinha a cicatriz — sarampo, aos sete. Não o via havia milhares de anos, mas conhecia-o tão bem, sabia o que era melhor para ele. Não queria ir para a Califórnia gravar o disco, não queria deixá-la. Ela dissera para ele que era para: *Se você não for agora, vai perder sua chance de ouro!* Brigaram em relação a isso; ela insistira. *Você tem que ir.* Matthew não conseguia entender por que Claire o afastava. Devia ser o contrário: ele devia querer ir, ela devia implorar para que ficasse. Estava tudo trocado. Matthew foi, compôs *Stormy Night*, tornou-se um ícone do rock.

Matthew podia ter esquecido tudo isso. Claire o lembraria de manhã. Deitou a cabeça em seu peito. Ali, seu coração batia.

— Vai ficar tudo bem — disse ela. Alguém lhe dissera isso recentemente, quem fora?

Sentiu Max relaxar, como se acreditasse no que ela dissera.

CAPÍTULO DOZE

Ela arrasa

Ela acordara com uma explosão de adrenalina, como se alguém ao seu lado tivesse tocado um sino. Estava na hora. Hora de encerrar as apostas.

Jason fora ao Downyflake. Tomaria café da manhã, daria uma olhada nas coisas de trabalho e estaria de volta às dez, para que Claire pudesse sair para fazer a decoração da tenda. Deixara um bilhete: *Dá uma olhada lá fora.*

Claire olhou: havia uma multidão de pessoas em frente à sua casa. O que estavam fazendo ali?

— Autógrafo — disse uma voz atrás dela. Claire se virou. Matthew olhava por sobre seu ombro. — Eles vieram atrás de mim.

— Vieram? — perguntou Claire. — Jura? — Isso ela não previra, que as pessoas saberiam que Matthew estava lá, acampariam do lado de fora com celulares e iPods, esperando para vê-lo, tocá-lo, falar com ele.

— Juro — disse Matthew.

— Acontece em todo lugar?

— Todo lugar.

— Acho que seu olho melhorou.

— Melhorou?

— Não — respondeu ela. Matthew sorriu, mas Claire sabia que ele estava sofrendo. O problema, concluiu, era o fato de nunca terem tido um término apropriado. O relacionamento deles era uma fogueira que se abrandara durante anos, mas nunca fora apagada. Matthew estava solitário sem Bess, era prisioneiro de seu alcoolismo e estava se agarrando a Claire porque sabia que ela era estável. Ou acreditava que era. Mas não podiam voltar a Wildwood Crest, 1987, por mais que os dois quisessem.

— O que você quer de café da manhã?
— Um Bloody Mary.
— Matthew.
— Brincadeira.
— Você me prometeu ficar sóbrio hoje à noite.
— Eu estava brincando!

Claire segurou o braço dele. Ouviu Zack chorar lá em cima.

— Sua vida seria terrível comigo.
— Eu não acredito nisso — disse ele.

Claire passou a mão no rosto dele, cuidadosamente, sob o olho roxo.

— Eu amo você, Claire — declarou ele.

E ela respondeu: — Eu sei.

Claire era uma máquina de resolver coisas. Ainda precisava arrumar uma babá, mas, enquanto preparava as panquecas para Matthew e as crianças, tivera uma ideia. Foi lá fora. Os fãs estavam amontoados no beco como um coro grego. Claire aproximou-se de três meninas adolescentes e perguntou se alguma delas poderia ficar de babá naquela noite. Todas as três haviam planejado penetrar na festa para ouvir Max West cantar, mas uma delas — a mais velha, de aparência mais composta, Hannah era seu nome — concordou em tomar conta das crianças se pudesse tirar uma foto com Max.

— Fechado — concordou Claire. — Você precisa chegar às cinco.

Claire era uma pilha. Gerente de palco, mãe exemplar, supermulher de mil e uma utilidades. Amarrou quinhentos balões prateados no encosto das cadeiras, preparou arranjos de flores e ajeitou toalhas de mesa, repassou o cronograma do evento com Gavin, inspecionou os camarins — nada de álcool por ali, certo? Certo. Dobrou programas, telefonou para Jason doze vezes — Shea tinha um aniversário de uma às três, o presente estava embrulhado, ele só precisava deixar a filha lá e depois buscá-la, Zack podia dormir no carro. J.D. ia para a casa dos Fiske; Ottilie não estava autorizada a usar a sombra de olhos que Matthew lhe dera, mesmo que implorasse, mesmo que fosse muito convincente. Nada de televisão para as crianças hoje e nada de cigarros para Jason.

— Preciso que você esteja lindo hoje à noite. Que você fale com as pessoas, bata papo, apesar de você odiar isso, tudo bem, Jase?

— Ok, chefe — respondeu ele.

Claire evitou a cozinha da amiga. Siobhan faria com que trabalhasse, e, embora não tivesse tempo de cortar e enrolar a massa de quinhentos brioches, não teria coragem de desapontar Siobhan.

Claire não viu Lock, nem Isabelle.

Quando voltou para casa para buscar Matthew, encontrou-o misturado aos fãs. Algum deles lhe dera álcool ou maconha? Claire suspeitara que sim, mas não tinha tempo de investigar.

— A gente tem que ir! — avisou Claire.

No carro, Matthew perguntou:

— Você está respirando?

— Se a gente não correr, você vai se atrasar — observou Claire.

— Acho que eu nunca a vi assim.

Buscaram Terry e Alfonso e foram à tenda para a passagem de som. Dessa vez, Claire procurou por Lock e também por Isabelle — sem sorte —, e sentiu uma pontada de indignação. Onde eles estavam? Por que não estavam ajudando — o diretor-executivo e a coprodutora do evento? Claire conferiu os camarins mais uma vez enquanto Matthew estava no palco. *Nada de álcool aqui, certo? Certo.* Claire foi ao cabeleireiro. Estava de cabeça para trás na pia, a água quente escorrendo pelo seu cabelo, quando o cabeleireiro disse:

— Você parece tensa.

Tudo bem, pensou Claire. Será que ela conseguiria começar a explicar? Esse era o dia, essa era a noite. O ponto alto de um ano de trabalho. Tanta coisa acontecera, tanta coisa mudara. Ela mudara. Gastara centenas de horas e milhares de dólares (milhares de horas e muitos milhares de dólares). Experimentara todo o estresse e a angústia prometidos no começo de tudo e mais alguma coisa. Em oito horas estaria tudo acabado. Claire estaria na cama. O pensamento deveria ser fonte de grande alívio e alegria, mas, em vez disso, Claire estava deprimida. Todo o trabalho, todo o esforço e espera, como tudo na vida, acabariam. Seriam deixados para trás com... o quê? Uma pilha de dinheiro. Esperança e felicidade para crianças necessitadas. Esse era o motivo de tudo.

※

Gavin chegou à casa de Isabelle às cinco da tarde. Teriam tempo para um drinque, depois precisariam ir: Gavin tinha uma miríade de responsabilidades na tenda. O evento não aconteceria apropriadamente sem ele lá, coordenando tudo. Talvez devessem pular a parte do drinque e ir direto para a tenda, mas Isabelle estava determinada — *Melhor você vir às cinco, a gente toma um drinque* —, e Gavin achou impossível dizer não.

Isabelle estava sentada no banco à beira do laguinho da entrada quando Gavin chegou. Não precisou bater, a porta da frente estava escancarada e ela o esperava com um vestido vermelho estonteante, o cabelo como uma fonte sobre os ombros. Levantou o rosto quando Gavin entrou, e ele teve certeza de que Isabelle andara chorando.

— Você está bem? — perguntou ele.

Ela se jogou em seus braços. A esperança de um drinque leve, animado e rápido foi por água abaixo.

— Acabei de desligar o telefone com meu ex-marido.

Gavin não tinha tempo para aquilo. Precisava chegar à tenda, onde uma equipe de cinquenta voluntários vestindo camisetas pretas e comendo quantidades industriais de cachorro-quente e salada de macarrão, doados pelo Stop and Shop, esperava por ele e por suas ordens. Gavin não sabia nada sobre ex-maridos, ou sobre intimidade emocional. Chame-o de autocentrado — era provavelmente verdade —, mas jamais o problema de alguém atraíra totalmente sua atenção. No entanto, naquele momento, sua reticência era bem-fundada. Precisava chegar à tenda! Comandar a festa! Isabelle era coprodutora, devia saber disso.

— Está tudo bem? — perguntou ele.

— Ele ligou para me desejar boa sorte — disse ela. — Mas, toda vez que falo com ele, a gente acaba entrando sempre na mesma lenga-lenga emocional.

Gavin a segurava, incerto. Ela estava quente em seus braços, e seu perfume era doce.

— Fiz uma besteira no outono passado — disse ela. — Tinha um outro homem. Eu estava apaixonada por ele, e ele dizia que estava apaixonado por mim. Na verdade, ele chegou a dizer que estava apaixonado por mim primeiro, foi por isso que eu me apaixonei. Mas ele era um mentiroso compulsivo. Não ia largar a mulher, nunca tinha tido a intenção, apesar de viver prometendo o contrário e, depois, disse que ficava com ela por questões financeiras, que me amava, mas não podia deixar que ela o encostasse contra a parede. E ele tinha filhos, uma filha com síndrome de Down e dois garotos na faculdade. Não queria perder os filhos... — Parou. — Você quer beber alguma coisa?

— Humm — balbuciou Gavin. — Claro. — Respirou fundo. O laguinho borbulhava aos seus pés, e viu os peixes nadando em velocidade na água. Seria melhor que tivesse nascido peixe. O mundo dos humanos, de se relacionar com eles de maneira significativa, o desnorteava. (Lock e Claire, Edward e Siobhan, os caras que o desviaram do caminho na Kapp & Lehigh, pobre Diana Prell no armário de limpeza, até mesmo seus pais — ele nunca os compreendera.) Não sabia como segurar Isabelle, se com mais firmeza ou gentileza. Ela se jogara sobre ele, mas agora Gavin já a segurava havia alguns minutos. Deveria deixá-la afastar-se ou puxá-la para mais perto? Na verdade, era melhor saírem logo.

Ela levantou o rosto, encarou-o.

— Você me daria um beijo?

Era oficial: estava aturdido. Quantas vezes castigara-se por não ter beijado Isabelle na noite dos envelopes, quando estavam a sós, no jardim, cerca um do outro, sob o feitiço intoxicante da lua? Fora um momento doloroso de covardia de sua parte, uma oportunidade perdida. Mas agora era diferente. A luz do sol era intensa, e cada músculo de Gavin estava atento à necessidade de *ir andando*! Sempre fora pontual (culpa do pai: *Chegar mais cedo é ser pontual, ser pontual é estar atrasado, estar atrasado é o mesmo que ser esquecido.*) Não havia tempo para beijo, mesmo assim, Isabelle estava em posição — olhos fechados, rosto suspenso, lábios ligeiramente entreabertos. Gavin era um homem, não precisava que lhe pedisse duas vezes. Beijou-a. O beijo foi suave e doce, ela era um biscoito, um confeito. No passado, fora muito agressivo com as mulheres, mas isso talvez se devesse ao fato de que as outras mulheres não fossem tão deliciosas quanto Isabelle.

Isabelle sorriu para ele. — Obrigada — disse. Deitou a cabeça em seu peito. Gavin tocou na cortina brilhante que era o cabelo dela.

— Estou ansiosa pela noite de hoje.

— É — disse ele. — Eu também.

⁂

Gavin era o homem no comando. Carregava uma prancheta com mil nomes e cem números de mesas. Tinha anotações de comentários de Lock e de Adam. Organizara os voluntários. Era a pessoa-chave para o pessoal da produção, para Siobhan e sua equipe, e para Max West no camarim.

— Se você tiver alguma dúvida — Lock ouviu uma voluntária de camiseta preta dizer —, pode perguntar àquele gatinho de calça listrada.

Lock tinha uma dúvida. Tinha uma série de perguntas. Havia, de acordo com Ben Franklin, mais de cinquenta mil dólares faltando na conta bancária. Cinquenta mil dólares! Lock passara o dia inteiro examinando arquivos financeiros — enquanto Gavin organizava as coisas na tenda —, caso Ben Franklin estivesse, de fato, ficando gagá. Mas não: Lock conferiu o dinheiro desviado de cada depósito e ficou louco. Não só Gavin seria demitido (e possivelmente preso), como Lock também perderia o emprego por não ter prestado atenção. Ou seria acusado de participar do esquema todo. Era algo impensável que o nome dele fosse jogado na lama por causa disso.

Lock foi a primeira pessoa a tomar um drinque no bar. Pediu duas taças de vinho branco, para ele e para Daphne, e uma Coca Diet com cereja para Heather, mas o tempo todo tinha os olhos focados em Gavin, claramente sentindo-se o máximo com sua prancheta e seu aparelho de escuta no ouvido. Vangloriando-se de sua autoimportância. Como Lock poderia estar se sentindo, senão absolutamente traído? Traído e, ao mesmo tempo, hipócrita. Lock escondia o próprio arsenal de pecados — e fora somente por essa razão que decidira esperar para confrontar Gavin depois da festa. Faria isso de maneira rápida e gentil — não somente para minimizar a repercussão sobre a Nantucket's Children, mas também pelo bem de Gavin.

Lock bebeu a primeira taça de vinho muito rapidamente. Do outro lado do gramado enorme, viu Claire. Estava linda. Droga! Sofreu ao vê-la. O vestido era verde-claro e dourado, e descia pelo corpo dela de maneira que Lock podia facilmente imaginá-la nua sob o tecido rendado. As pernas dela estavam lindas em cima do salto alto, e ela se adaptava a eles graciosamente, mesmo na grama. O cabelo fora escovado e alisado, caía-lhe em volta do rosto, emoldurando-o lindamente. Estava luminosa, uma estrela de cinema. Todos olhavam para ela, todos queriam falar com ela. Lock sentiu uma pontada de ciúme — ela era sua!

Tomou outra taça. Precisava ser cuidadoso, não queria beber demais antes de fazer seu discurso, antes de agradecer a todos pela presença, antes de fazer a apresentação no Power Point. Mas sua cabeça girava de um lado para o outro, era um trenó sem motorista, jogado montanha abaixo, na linha de tiro — Gavin, Claire, Daphne, Heather. À sua volta, o coquetel estava a todo vapor. Todo mundo conversando e rindo. Lock precisava sair dali e brilhar — era esse o seu trabalho. Queria, primeiro, encontrar Daphne e Heather. Daphne precisava ser monitorada, e Lock não queria desperdiçar um só minuto da companhia de Heather, ela voltaria para a escola dentro de dois dias. Mas havia gente ali com quem ele precisava falar. Apareciam em seu caminho, uma após outra, mãos que tinha de apertar, conexões que precisavam ser reforçadas. Queria manter os olhos em Claire. E em Gavin.

Batia papo com as pessoas, mas sua cabeça estava a mil. Espiou Isabelle French, bela em seu vestido vermelho. Isabelle era outro enigma... andava tão chateada, tão ofendida por causa da história da revista.

Dissera a Lock que iria até o fim com o evento, mas depois deixaria o conselho. Retiraria o apoio financeiro. Seria mais uma mancha na ficha de Lock.

Lock viu Daphne e Heather conversando com um vizinho. Daphne levantava a taça de maneira que Lock pudesse ver. Voltou ao bar para buscar-lhe outro drinque. Daphne! Claire! Isabelle! Gavin!

Gavin!

Quando Lock se aproximou do bar, Gavin estava ali sozinho. Recostado no balcão de maneira pouco característica, como se fosse um personagem de bangue-bangue. Quando viu Lock, sorriu.

— Isso é incrível — disse. — Todas essas pessoas. É maravilhoso.

Lock superestimara a própria bondade. Não suportou ouvir Gavin anunciar o quanto estava animado com a festa, quando o homem, sozinho, roubara mais de cinquenta mil dólares da causa. Agora, ao olhar para Gavin, Lock encaixava as peças do quebra-cabeça — a farsa de Gavin no escritório, seu senso de propriedade em relação às finanças, a ansiedade para ir ao banco na hora do almoço e a maneira como quando voltava da expedição: parecia um gato que comera um canário. Lock, na verdade, perguntara-se se Gavin teria uma paixonite por alguma caixa do banco, tão óbvia era a mudança em seu comportamento, de profissional a bem-humorado. A neta de Ben Franklin, Elza, fora quem chamara a atenção para Gavin primeiro. Prestava atenção especial às transações da Nantucket's Children porque seu avô fazia parte do conselho diretor. Por que Gavin saía com tanto dinheiro? Milhares de dólares, dissera ela a Ben.

Não parece certo, foi o comentário dela.

E Ben respondeu: — Não, meu anjo, não está certo.

Lock prometera a si mesmo esperar até a segunda-feira para discutir as finanças com Gavin, mas, com a raiva, o vinho e os pensamentos embaralhados em sua cabeça, achou que não podia esperar. Estavam apenas os dois no bar, ninguém por perto. Qual era a chance de isso acontecer? Era um sinal.

— Preciso conversar com você sobre uma coisa — disse Lock.

O sorriso sumiu do rosto de Gavin como um homem pulando de um prédio.

— O dinheiro está numa sacola — disse ele. — No meu carro. Quero devolver.

Lock encarou-o. Não estava preparado para uma confissão nem pela oferta de restituição. O dinheiro estava no *carro* dele? Queria *devolver*?

— Não vai ser tão fácil assim — falou Lock.

Gavin pigarreou. — Eu sei do seu caso com a Claire — argumentou.

Agora era Lock quem perdia a compostura, ou quase isso. Mas, naquele momento, o garçom do bar deslizou seus drinques pelo balcão, e Lock foi capaz de se distrair tempo suficiente para receber as bebidas e colocar algumas notas no pote de gorjetas. Sabia de seu caso com a Claire? Não! Como? Os olhos de Lock procuraram por Heather. Jesus.

— Não sei do que você está falando — disse.

Gavin suspirou. — Fui ao escritório uma noite e você estava lá com ela. Vi tudo, ouvi tudo...

Viu tudo, *ouviu* tudo? A sensibilidade de Lock fora ofendida. Uma noite, quando ele e Claire faziam amor, Gavin assistira?

— Ok — disse Lock com calma além do normal. Cometera um erro tático; deveria ter esperado, como planejara.

— Eu conto para a Daphne — ameaçou Gavin. — Conto para a Heather. Conto para o Jason Crispin. Conto para a Isabelle. Espalho a verdade nua e crua nesta tenda, e, na hora do jantar, todo mundo vai estar sabendo.

— Você faria isso? — Lock perguntou. — Claro que você faria. Anda roubando da causa há *meses*, não é surpresa você me chantagear para se safar.

— Eu quero devolver o dinheiro — declarou Gavin. — Foi um equívoco.

Um equívoco? Lock checou os arredores para ver se alguém estava ouvindo. O garçom? Lock precisava encerrar a conversa, de alguma maneira; não seria possível continuar o assunto naquele momento.

— Vamos falar sobre isso na segunda — disse Lock. — Eu e você, só nós dois. Dá para você chegar às sete?

Gavin fez um gesto afirmativo imediatamente. Estava calmo? Ficaria de boca fechada? Confiava que Lock o salvaria? Por que não? Era seguro dizer que confiança entre eles, agora, era algo fora de questão. O que os ligava era o medo.

Gavin pegou sua taça de vinho e a prancheta e desapareceu na multidão. Um *equívoco*? Quando a pessoa comete um crime ou quebra um mandamento — seja um mandamento religioso ou pessoal —, e faz isso com vontade, de olhos abertos, era justo chamar de equívoco?

Talvez fosse.

Nunca mais! Nunca mais! Nunca mais! Siobhan ouvia os gritos dentro de sua cabeça, mas repetia a frase aos sussurros. Nunca mais faria bufê de dois eventos titânicos seguidos, nunca mais trabalharia sem Carter, nunca mais faria bufê, ponto! Venderia a empresa, voltaria a fazer sanduíches e a servir sorvete na farmácia da Main Street. Casaria com Edward Melior e teria uma vida de prazeres, almoçaria em vez de servir o almoço. Porque aquilo ali era o inferno. A tenda em que trabalhava estava quente e sufocante. Ficara acordada três noites seguidas de um lado para outro, preparando o jantar, e, como sua equipe não era grande e seu marido era um apostador compulsivo, ignorara os hors d'œuvres. Tinha quinhentos pedaços de três coisas diferentes, o que, simplesmente, não era suficiente.

Claire espiou dentro da tenda do bufê. Siobhan percebeu, infeliz, que Claire estava linda. Parecia a Heidi Klum com aquele vestido sensacional e finalmente encontrara um cabeleireiro que sabia o que fazer com o cabelo dela — o aparecimento de Claire, porém, toda linda e tranquila, lépida e fagueira, enfureceu Siobhan. Para piorar tudo, Claire estava usando o colar de pérolas que o sogro delas, Malcolm, lhe dera em virtude do nascimento de J.D., primeira criança a carregar o nome Crispin. Estava desafiando a própria sorte ao usar aquelas pérolas; anunciava-se como "quem tem" para sua cunhada, a "que não tem". Siobhan sentia-se a própria Cinderela. Claire, a adúltera, bebia viognier, enquanto Siobhan se escravizava dentro de uma bolsa de plástico.

— Não tem entrada suficiente, Siobhan. As pessoas estão reclamando e ficando bêbadas. Detonaram a mesa de queijos e os petiscos do bar. As únicas coisas que sobraram foram as rodelas de limão e a casca do Brie. Você tem que mandar mais comida para lá agora — disse Claire.

Agora? Siobhan queria bater nela.

— Não tem nada pronto — disse Siobhan. — Deixa todo mundo ficar bêbado.

— O quê? — retrucou Claire. Olhou em volta. A equipe de Siobhan preparava o jantar.

— Cadê o Carter?

Finalmente ela percebeu que Siobhan estava fazendo tudo *sozinha*!

— Se eu fosse apostar, diria que no Harrah's, em Atlanta.

— Hein? — perguntou Claire.

— Expulsei o Carter de casa. É uma história enorme que não tenho tempo de explicar agora — disse Siobhan. — Você tem mais alguma coisa para falar ou só veio aqui perturbar mesmo?

— Siobhan...

— Lindas as suas pérolas — cuspiu Siobhan.

Claire pegou a chave do bar com o segurança. Estava na hora de buscar o lustre.

— Eu tomaria muito cuidado para carregar isso com esse salto — disse ele.

— Verdade — respondeu Claire. Devia ter pedido a ajuda de alguém, mas não conseguiu encontrar nem Lock nem Jason. Claire passou os olhos pela multidão. Avistou Jason de pé perto de uma das mesas de aperitivos, conversando com Daphne Dixon. Daphne estava deslumbrante, com um vestido coral que expunha seus "belos peitos". Claire suspirou. A visão de Jason e Daphne juntos desconcertou-a, mas ela não tinha tempo para se intrometer e afastar os dois. E onde estava Lock? Ok, deixa para lá: Claire levaria o lustre sozinha. Havia uma mesa na entrada da tenda onde o lustre ficaria para ser visto e admirado por todos a caminho do jantar.

Claire cruzou o campo, os saltos afundando na grama de vez em quando. Não chovera, graças a Deus, mas um gramado era sempre um gramado. Salto baixo teria sido a melhor opção, mas o vestido pedia saltos. Pagaria pela vaidade no dia seguinte, quando seus pés doessem.

Um casal estava diante da porta trancada do bar, conversando. Claire não olhou de perto para eles — não tinha a intenção de interrompê-los —, mas, quando a mulher fez um ruído, Claire virou o rosto em sua direção. Isabelle e... Gavin.

— Isabelle! — chamou Claire, contra a própria vontade. — Meu Deus, tentei falar com você a semana toda!

Isabelle fungou e ajeitou as alças do vestido. Seu traje era bonito e simples, um tubinho vermelho com debrum de seda.

— Oi, Claire — disse ela.

Claire olhou para Isabelle e para Gavin.

— Não quis interromper — disse. — Só vim buscar o lustre.

— Ah, claro — falou Isabelle.

— Está tudo bem?

Claire se perguntava se Isabelle estava chorando por causa da matéria da *NanMag*. Seria para tanto? Ou talvez estivesse chateada porque nenhum de seus amigos comparecera ao evento. Talvez chorasse por causa do divórcio. Fosse o que fosse, fizera uma escolha curiosa quanto à pessoa a servir-lhe de conforto. Gavin. Isso deu o que pensar a Claire.

— Desculpe — disse Claire. — Realmente não tinha a intenção de interromper. Ignorem a minha presença.

Claire destrancou a porta do bar. Atrás dela, a festa estava a toda. Embora não houvesse canapé suficiente, tudo ia bem. Não tivera coragem de aparecer no camarim para ver como estava Matthew; se o encontrasse bebendo, se desestabilizaria. Era melhor não saber. Além do mais, se entrasse e eles começassem uma conversa difícil, Matthew poderia começar a beber. Ficaria longe e esperaria pelo melhor.

O bar não tinha luz, portanto Claire precisou tatear no escuro à procura do lustre. Quando encontrou a caixa, percebeu que Isabelle e Gavin a espiavam da porta.

— Achei — disse Claire. — Vou desempacotar lá na mesa.

Hesitou diante da porta, indicando que os dois deveriam abrir espaço para sua passagem, o que fizeram, e Claire passou por eles. Devia dizer algo mais a Isabelle? Isabelle, mesmo nos piores momentos, era sempre animada e indomável. Escrevera bilhetes à mão em centenas de convites, apesar da vergonha; interrogara diversos bufês pelo telefone, inclusive a responsável pela cafeteria da escola. Claire deveria cumprimentá-la, em sinal de gratidão — tentar pela última vez conectar-se com ela. No dia seguinte, Isabelle French estaria fora de sua vida para sempre.

Mas Claire se conteve. Isabelle certamente não queria ser confortada por Claire. Pelo que Claire sabia, ela podia ser a própria razão do choro de Isabelle.

Claire já pegara o lustre e, naquele momento, devia se concentrar na tarefa de levá-lo em segurança até a tenda. Cruzar todo o gramado de salto alto? Claire caminhou devagar, com muito cuidado; a caixa estava pesada.

Colocou o lustre na mesa designada e desembalou-o, usando uma tesoura para retirá-lo do ninho de proteção de plástico bolha. Um cartão ao lado do lustre dizia: *Lustre de vidro retorcido fúcsia. Artista: Claire Danner Crispin. Lance inicial: $25.000*. Pessoas ao lado da mesa deixaram escapar exclamações de aprovação quando o objeto foi completamente revelado. Claire tentou não sorrir, mas, mesmo em cima da mesa, o lustre era magnífico! Trabalhara tão arduamente!

— É minha primeira peça em quase dois anos — disse, a ninguém em particular. Naquele momento, desejou ardentemente que Lock ficasse com a peça. Fizera o lustre para ele.

Tocou no arco perfeito do primeiro braço (quatro horas e meia, sessenta tentativas).

— Adeus — sussurrou. — Adeus.

⁂

Bebera dezoito cervejas desde que chegara para a passagem de som, mas não havia nada com que se preocupar. Terry e Alfonso não estavam felizes com ele, tinha certeza, mas não iriam puxar sua orelha também. Era só cerveja. Estavam aliviados por ele não estar bebendo algo mais forte.

Matthew podia ter o que quisesse. Havia um menino do Nepal, dezenove anos, chamado G-Man, cujo trabalho era dar a Max e ao restante da banda tudo o que desejassem. O que Matthew desejava era cerveja, e cerveja ele teve, Heineken após Heineken, em garrafas verdes geladas. *Namastê!*

Abriu mais uma cerveja. A de número dezenove. A pior coisa de beber cerveja era a vontade constante de urinar. Na última viagem ao banheiro, sentira-se ligeiramente tonto. Se era por causa da cerveja ou por causa de sua profunda melancolia pela partida no dia seguinte, ele não sabia dizer. Queria ir embora com Claire, mas não fora capaz, ainda, de persuadi-la. Mantivera fantasias de permanecer em Nantucket, de viver com Claire, Jason e as crianças, como uma espécie de tio excêntrico. A questão era que precisava de uma família; deveria ter constituído a própria, mas seu estilo de vida não cooperara. Muitas drogas, muitas noites maldormidas, muito pouca chance para rotina e coerência interna.

Matthew espiava o lado de fora da tenda, do outro lado do campo. Claire era o centro de sua atenção. Tentou apreciar outras mulheres, mas seus olhos sempre pousavam em Claire. Aquele vestido verde. Era impossível acreditar que Claire era ainda mais bonita aos trinta e sete anos do que fora aos dezessete, mas, sim, era verdade. Era uma mulher madura agora. Tão mais confiante, tão dona de si, doce e competente ao mesmo tempo. Claire flutuava, iluminada por dentro.

Naquele segundo, Matthew viu Claire conversando com um homem calvo de gravata cor-de-rosa. Claire aproximou o rosto da orelha dele e lhe sussurrou algo. Ele, por sua vez, tocou-lhe as costas, como se estivesse habituado a tocá-la. Era o todo-poderoso do evento. Entrara no camarim e apresentara-se alguns minutos antes, mas Matthew não conseguia lembrar seu nome. Dock? Dick? O homem não lhe parecera muito impressionado de conhecer *Max West*, como tantas pessoas, mas se mostrara gentil e profissional. Agora, Matthew via esse Dick e Claire trocando intimidades. Deus, a maneira como ele a tocara, a mão nas costas dela, praticamente tocando-lhe o bumbum, fez com que Matthew fervesse de ciúme. Não podia confiar em si mesmo, especialmente quando bebia. Era esse tal de Dick a razão pela qual Claire o recusara?

Matthew chamou G-Man:

— Você me conseguiria um Tanqueray com tônica e limão? — pediu. — Por favor?

Tudo estava indo rápido demais! Já era hora do jantar sentado. Todos estavam famintos. O coquetel — sempre inesquecível — fora um pouco magro no departamento de comida.

Claire respirou fundo e olhou em volta. Era *isso*! A festa de gala! A tenda estava iluminada por minúsculas lâmpadas brancas de Natal e velas; as mesas decoradas com toalhas de linho branco impecáveis, taças de cristal e arranjos de rosas-chá em vasinhos prateados. O ambiente era embalado pelo som das conversas e gargalhadas. Era uma festa bonita. Adams abriu uma garrafa de champanhe e serviu Claire, depois a beijou no rosto e disse:

— Você fez um excelente trabalho.

— Não fiz isso sozinha — falou Claire. Olhou para a mesa ao lado. Lock estava sentado entre Heather e Isabelle. Daphne estava do outro lado de Heather, e Gavin — agora Claire compreendia que ele era o acompanhante de Isabelle! — estava do outro lado dela. Dara, a violoncelista, estava na mesa com um amigo, e Aster Wyatt, designer gráfico, estava ali com o namorado. Nenhum outro conhecido de Isabelle comparecera. Ela parecia definitivamente chateada. Claire ergueu a taça de champanhe na direção de Isabelle. *A gente conseguiu!*, balbuciou. Isabelle virou o rosto.

O coração de Claire quase parou. Tomou um gole da bebida, depois deixou o copo na mesa. No dia seguinte, lembrou-se, a opinião de Isabelle não teria a menor importância.

Tudo tende a dar errado no último minuto. Já haviam passado do ponto em que tudo poderia dar errado, certo? Mas Claire estava preocupada com o jantar. Siobhan não conseguira dar conta do coquetel; mesmo Genevieve e sua trupe de dezesseis anos poderiam ter feito melhor. Quando o garçom serviu o prato de Claire, no entanto, tranquilizou-se: a comida estava linda. O medalhão estava rosado, a salada de lagosta, cremosa, o arroz selvagem decorado com cerejas secas e passas douradas, como se fossem joias. Claire olhou em volta: o serviço parecia bom. Claire imaginou ouvir um suspiro de alívio coletivo, depois percebeu expressões de excitação e alegria. Jantar!

* * *

Quando o jantar estava sendo retirado, Lock levantou-se. Claire sentiu um aperto na boca do estômago; não estava pronta para aquele momento. Lock pegou um microfone com um dos meninos da produção e disse, em voz ressonante que silenciou a todos:

— Boa-noite!

Aplausos. As pessoas sentiam-se bem; haviam sido aquecidas pelo coquetel, haviam comido. A noite estava prestes a decolar como um foguete.

— Meu nome é Lockhart Dixon, sou o diretor-executivo da Nantucket's Children, e gostaria de *agradecer* a presença de vocês no nosso baile de gala de verão!

Mais aplausos.

— A Nantucket's Children foi fundada em 1992, quando nossa fundadora, Margaret Kincaid, percebeu que as coisas em Nantucket estavam mudando. Crianças, filhos de trabalhadores, não estavam tendo suas necessidades básicas atendidas. A ilha precisava de opções de habitação acessíveis, melhores programas extracurriculares, creches...

Lock seguiu falando, Claire conhecia o discurso. Olhou em torno, pessoas atraentes, ricas, em volta dela. Será que *eles compreendiam?* A Nantucket's Children tinha a ver com crianças cujos pais trabalhavam duro para poder viver ali. A economia de Nantucket dependia dessa força de trabalho; a ilha tinha a responsabilidade de cuidar dessas crianças. Lock encerrou o discurso, levantou as mãos, e as luzes da tenda diminuíram. Um filme foi exibido na tela colocada no palco: crianças de todas as idades, tamanhos e cores jogando bola, estudando, andando de bicicleta, andando em grupos até a praia. A música escolhida fora "Lean on Me", confiar em mim, e Claire ficou emocionada. Uma fotografia de J.D. apareceu na tela, sentado ao lado de um menino especial na escola, um livro aberto entre eles. O programa de leituras, criado e custeado pela Nantucket's Children. Claire ficou confusa: ser coprodutora do evento fora tão difícil, tão cansativo, e a levara a viver situações tão complicadas. Olhava para o rosto daquelas crianças na tela. A função da festa era levantar dinheiro, dinheiro que faria a diferença. Aceitara o trabalho de coprodutora porque queria ajudar, porque queria devolver um pouco de boa vontade e esperança ao universo. Mas o tiro saíra pela culatra. Saíra?

O nervosismo de Claire atacou-lhe as pernas, os joelhos. Sabia o que estava por vir. Olhou para a mesa de Isabelle e alarmou-se ao vê-la se levantar, ajeitar a cadeira e caminhar em direção aos fundos da tenda. Aonde estava indo? Não sabia que os agradecimentos sucederiam o discurso? Gavin levantou-se e seguiu Isabelle.

Adams foi até o palco e pegou o microfone da mão de Lock. Claire virou-se, procurando em vão por Isabelle. Ela já se fora. Claire tentou fazer sinal para Adams, mas ele já começava seu discurso de presidente do conselho. Agradeceu a Gavin — aplausos educados, embora Gavin não estivesse presente —, depois fez um agradecimento a Lock, que voltou ao palco para retribuir os aplausos. Claire olhou para Daphne — como sempre, carrancuda —, e Daphne levantou-se e foi embora. Os aplausos eram ensurdecedores ou assim pareceu a Claire. Estava tomada de pânico. Lá estava o momento pelo qual tanto esperara, ou um dos momentos, e estava com medo. *Não!*, pensou. Seu rosto transformou-se em duas manchas vermelhas. *Calma.* Fizera coisas mais difíceis do que aquilo. Mantivera-se calma durante uma cesariana de emergência no nascimento de Zack: Vivo? Morto? Saudável? Debilitado? Fora apresentada ao público durante a exibição de sua *Bolhas III* no Whitney Museum; fora fotografada pelo *New York Times*. Tocara tamborim diante de uma casa noturna lotada. Devia ser corajosa, então. Bem, se tivesse sido, deixara de ser. Trabalhava sozinha no ateliê, construíra uma família; não era o tipo de pessoa que aceita um buquê de flores em frente a uma multidão intimidadora como aquela. Tropeçaria no salto, cairia, seu vestido estaria manchado num lugar constrangedor, haveria alguma comida em seus dentes. Procurou mais uma vez por Isabelle — nada. No banheiro. Também nada de Daphne. E Matthew, era outro que perderia o momento de brilho de Claire. Valia mesmo a pena ter um momento de brilho se as pessoas certas não estavam ali para assistir?

Isabelle!

— Agora tenho o imenso prazer — disse Adams — de apresentar as duas mulheres que tornaram esta noite possível. Essas mulheres vêm trabalhando há quase um ano, levantaram fundos, pediram favores, viraram suas vidas de cabeça para baixo a serviço da Nantucket's Children e do baile de verão. Por favor, juntem suas mãos e aplaudam nossas coprodutoras. Senhoras e senhores, Claire Danner Crispin e Isabelle French!

Mais tarde, Claire diria que ouvira o barulho. O som estava preso em seu subconsciente. O som de vidro quebrando. Portanto, mesmo que Claire estivesse subindo ao palco para aceitar um buquê de lírios e de delfinos (rainha do baile, vencedora do Oscar, Miss América), seu espírito estava em queda livre. Prestes a aterrissar com estrondo.

O plano para o leilão era o seguinte: Pietro da Silva viria dos fundos da tenda, segurando o lustre. E, para dar ainda mais dramaticidade, Ted Trimble adicionara uma bateria à peça, para que o lustre estivesse aceso quando surgisse no palco. Pietro da Silva era leiloeiro profissional; animava todos os eventos de caridade na ilha e gostava de tornar as coisas interessantes. Atravessar a tenda às escuras com o precioso lustre iluminado fora ideia sua. Um leilão teatral. Por que não? O preço iria às alturas.

Claire estava em estado de total agitação. As flores do buquê faziam cócegas em seu rosto. Sabia que Isabelle *não* subiria ao palco; Claire posara somente com Adams para as fotos dos jornais da ilha. Será que a plateia achava estranha a ausência de Isabelle? Claire não tinha certeza, nem estava certa quanto ao que sentia de estranho no coração, mas, definitivamente, havia algo errado. No palco, as luzes em seus olhos, tentou localizar Jason. Onde estava Jason? Pensou nele no dia em que se conheceram, o rosto jovem, quente e dourado pela fogueira em Great Point. Ele levara um isopor com mariscos, retirara-os da concha ali mesmo na areia e alimentara Claire, cada marisco em presente pequeno, doce e perfeito. Aquele Jason se fora e no seu lugar Claire tinha agora... o quê? O homem que tomara sua mão quando Zack dera os primeiros passos, que lhe beijara o pescoço, o homem que voltara a dormir ao seu lado, embora ela tivesse se afastado tanto de si mesma. Jason! Onde estava seu marido? Sentiu que algo terrível acontecera. Uma das crianças teria virado cinza no ateliê! Onde estava Jason? Seu lugar na mesa se via vazio. Shea vomitava na cama sozinha; Ottilie fora sequestrada por um estranho que a perseguia havia meses. Nos fundos da tenda, bem lá no fundo, Claire viu Siobhan, o rosto pálido e enrugado como a cobertura de uma torta, com seu avental de *chef* e de joelhos dobrados. Alguém morrera.

Quando Claire desceu do palco, Lock esperava por ela com o rosto fechado. *Tudo tende a dar errado no último minuto.* Lá estava, o último minuto.

— O lustre caiu — disse Lock. — Quebrou.

Caiu, pensou Claire. *Quebrou.*

— Quebrou? — perguntou ela.

— Em pedaços — respondeu Lock.

Não é possível, pensou Claire. O segurança fora contratado especificamente para garantir que nada acontecesse com ele.

A multidão silenciou enquanto Lock encaminhava Claire para fora da tenda. Não sabiam o que acontecera, mas pressentiam uma tragédia.

Adams falou ao microfone com entusiasmo crescente.

— Aproveitem a sobremesa! Max West vai começar o show daqui a alguns minutos!

Não era uma tragédia: o lustre, afinal de contas, era apenas um objeto. E, ainda assim, quando Claire o viu estilhaçado na grama — quebrado, destruído, arruinado —, gritou, depois caiu em prantos. Virou-se para Lock e disse:

— Cadê o Jason?

Mãos a envolveram.

— Estou aqui, meu amor. Meu Deus, estou muito triste por você.

Claire desmoronou em seus braços. Chorava tanto que Jason não conseguia entender o que ela dizia. Claire precisou respirar e dizer tudo novamente.

— Quero que você ligue para a babá. Pergunte para ela se está tudo bem com as crianças.

— Tenho certeza de que está tudo bem.

— Ligue para ela! — Claire pressentia que algo terrivelmente ruim havia acontecido; Claire sentia isso. O isqueiro! J.D. incendiara a casa. Ficara acendendo e apagando a chama do isqueiro debaixo das cobertas. Claire deveria ter levado aquela coisa demoníaca com ela ao sair. Os lençóis da cama dele pegaram fogo, bem como todo o quarto. Todo o andar de cima, onde as crianças dormiam. Morreram intoxicados pela fumaça. Hannah, a babá, decidira penetrar no show. Deixara as crianças sozinhas e agora estavam mortas.

Jason telefonou. Claire hesitava diante dele, tremendo. Formaram uma roda em volta de Claire: Lock, Adams, Ted e Amie Trimble, Brent e Julie Jackson. Siobhan não estava lá, embora Claire a tivesse visto pouco antes. Nada de Isabelle. Nada de Gavin ou Daphne.

Jason desligou o celular.

— As crianças estão ótimas — disse. — Já foram dormir.

— Até o Zack?

— Até o Zack.

— E a Hannah está lá? Você falou com a Hannah?

— A Hannah está lá, a Pan está lá. As crianças estão seguras.

Ok. Tinha permissão para relaxar agora — a raiva, o ódio, o desapontamento, o coração partido. A casa não estava pegando fogo, os filhos estavam na cama, em segurança. O lustre era apenas um *objeto* inanimado, uma *coisa*. Claire! Criticava-se o tempo todo pela quantidade de lágrimas que despejava, mas não conseguia impedi-las de cair. Centenas de horas de trabalho, todo o esforço e estresse, uma parada no hospital — ela quase *morrera* por causa daquela porcaria de lustre! Voltara ao ateliê somente para criá-lo, era um trabalho de amor, o melhor tipo de caridade, e agora não existia mais. Voltou-se enfurecida para o grupo.

— Como foi que isso aconteceu? — Queria saber. — Quem o derrubou? Ele não caiu sozinho! E onde está o segurança? O trabalho dele era *vigiar* o lustre!

Ninguém respondeu. Isabelle, pensou Claire. Ela saiu da tenda e, segundos depois, o lustre caiu. Isabelle não gostara de Claire desde o início...

— Cadê a Isabelle? — perguntou Claire.

— Voltou para a tenda — respondeu Adams. — Foi comer a sobremesa.

— Não consegui achar o Gavin — disse Lock. — Pensei que ele tivesse ido fumar um cigarro, mas procurei em toda parte e nada. Ele sumiu.

Sumiu?, pensou Claire. Gavin não era sua pessoa favorita, mas não havia razão alguma para que quebrasse o lustre. Para que o derrubasse e depois sumisse, como uma criança que acerta uma janela de vidro com a bola de beisebol.

— Alguém provavelmente esbarrou e deixou o lustre cair sem querer. — disse Jason.

Sem querer? Como?, pensou Claire. Balançando a bolsa descuidadamente? Teria que ser uma bolsa bem grande. Carregando a bandeja de sobremesa? Siobhan estava nos fundos da tenda, fazendo o sinal da cruz: *Em nome do Pai, do Filho e do Espírito Santo. Você não se preocupa com a sua alma, Claire?* Claire a vira — mas onde estava neste momento? Onde estava quando Claire precisava dela? Siobhan estava com raiva, Claire sabia disso. Estava ressentida. Não queria ter feito o bufê da festa. Queria ter ficado comendo, bebendo, com seu vestido sensual preto, sem precisar servir a todos como uma garçonete. Lançava um julgamento negativo sobre Claire, poderia muito bem ter resolvido fazê-la cair.

— Não acredito que ninguém tenha visto nada — disse Claire. — Onde está o segurança?

— Apareceram penetras — disse Adams. — Um bando de garotos tentando entrar sem convites. Estava tentando resolver a situação.

Claire foi até o bar e imprensou o bartender. Hunter, esse era o nome dele. Trabalhara para Carter e Siobhan durante anos e anos.

— Você viu quem foi? — perguntou Claire. — Você deve ter visto alguma coisa.

Ele levantou as mãos.

— Eu estava de costas — disse. — Não vi nada.

𝒫oucas pessoas tinham visto o que acontecera, e uma delas era Max West, de pé do lado de fora do camarim, tomando um drinque gelado. Max mantinha os olhos na entrada da enorme tenda, tentava escutar o que era dito por lá.

O copo azul estava cheio até a boca de gim proibido. Para Max, tudo girava e embaçava. Finalmente chegara no lugar onde gostava de estar quando bebia, sem certeza do que era real e do que não era, e o mundo, as pessoas, os acontecimentos e as circunstâncias pareciam ter sido criados para confundi-lo. Constantemente, enquanto estava bêbado, inclinava a cabeça em devaneio.

Vira o lustre cair, vira quem o derrubara, mas tinha medo de abrir a boca, porque, facilmente, poderia ter sido culpa sua. Andava cambaleante a alguns metros dali, ele também teria sido capaz de causar o acidente catastrófico. O lustre caiu e se estilhaçou na grama, embora a palavra "estilhaçou" indicasse barulho, e tudo o que Matthew ouviu foi um ruído abafado. Matthew olhou para o lustre na grama. Deveria pegá-lo? Pensou: *Preciso parar de beber.*

De volta ao camarim, tomou dois expressos e tentou falar com Bruce ao telefone. Bruce estava em Burbank, correndo na esteira da academia de ginástica, hesitou em descer. (Precisava perder nove quilos, dissera o médico, ou teria um infarto.)

— Alguma emergência, Max? — perguntou Bruce.

— Sim — respondeu Matthew.

Matthew tentou explicar a situação o mais concisamente que conseguiu: a peça do leilão — o lustre que Claire *fizera* — se quebrara, e precisavam de alguma outra coisa para leiloar no lugar. O que a gente pode oferecer?

— Tem que ser alguma coisa realmente incrível — afirmou Matthew. — Eles achavam que o lustre ia sair por volta de cinquenta mil.

— Cinquenta mil dólares? — repetiu Bruce. — Deus, Max! Você já não fez demais por essa mulher? Está fazendo um show de graça. E comprou a mesa dela, de vinte e cinco mil dólares. É o suficiente, Max. É bastante coisa. Por que você acha que tem que dar mais?

— Não tenho que dar — disse Matthew. — Quero dar.
— Como explicar o que queria dizer? Faria qualquer coisa por Claire. Estava ali numa missão! — O que podemos oferecer para eles?

Bruce suspirou.

— Que tal dois ingressos para o show em Londres, no Natal, com dois passes livres para o camarim?

— É um bom começo. Mas tem que ser mais que isso. Pensa grande, Bruce!

— E se a gente adicionar duas passagens de primeira classe, sete noites numa suíte do Connaught e um jantar de Natal no Gordon Ramsay com você, o Elton John e o Paul McCartney?

— Eu vou jantar com o Elton John e o Paul McCartney na noite de Natal?

— Vai.

— Gênio — disse Matthew. — Obrigado, Bruce. Isso deve ser suficiente.

Gavin atravessou correndo o acostamento coberto de mato da Old South Road apenas com a guimba do cigarro como fonte de iluminação. Corria, mas como estava terrivelmente fora de forma, perdia o fôlego, tossia e era forçado a parar e andar. Telefonara para a companhia aérea e marcara uma passagem, sob um pseudônimo, no último voo a deixar a ilha.

Deixaria Nantucket. Desfizera-se todo o dinheiro — menos quinhentos dólares que o levariam para onde ele estava indo — no banco de trás do Lincoln Continental de Ben Franklin. Dissera a si mesmo que não era roubo, já que estava devolvendo o dinheiro — era apenas um jogo que o divertira durante algum tempo. Matava-o ter de deixar Isabelle, mas ela merecia coisa melhor que ele; merecia alguém poderoso e inteligente, não um criminoso reincidente. Fugindo agora, fazia um favor a Isabelle. E a Lock e a Claire também. Poderia arruinar suas vidas, destruir suas famílias — mas o que ganharia com isso? Nada além de corações partidos.

Fugiu enquanto Isabelle estava no banheiro. Ficou de pé na parte mais longe da tenda do estacionamento durante alguns minutos; não podia afastar-se enquanto não soubesse o que aconteceria com o leilão. O que aconteceu foi isto: Pietro da Silva e Max West subiram ao palco e ofereceram o pacote mais absurdo que a ilha já vira — ingressos para o show de Max West, passes para o camarim, passagens de avião, hotel cinco estrelas e um jantar de Natal com Max, Sir Elton John e Sir Paul McCartney ou, como na piada autodepreciativa de Max: "dois reis e um valete". Saiu por cem mil dólares, e Max West fez nova oferta, mais cem mil dólares. Duzentos mil dólares! Gavin sentiu um aperto no coração. Tanto dinheiro para a caridade! Tão mais do que esperavam! Era estranha a felicidade de Gavin com o sucesso do leilão. Era contraditório. Correu.

Estava quase chegando ao aeroporto quando luzes se acenderam às suas costas. Jogou fora o cigarro, amassou-o com o pé na grama, depois sentiu vergonha de si mesmo pela porcaria. As luzes não eram as que temera. Ou eram? Ficou dividido entre se virar e checar ou simplesmente sair em disparada. Quanto mais aguentaria andando em velocidade? O suficiente para chegar ao aeroporto? O aeroporto não seria um lugar seguro agora de qualquer jeito. Teria de se esconder, mas onde?

As luzes giravam e piscavam. Sim, definitivamente luzes de carro de polícia, mas possivelmente não atrás dele. Virou-se. Um veículo grande parou ao seu lado. Havia dois policiais no banco da frente e um senhor no de trás. Ben Franklin.

— Gavin Andrews? — perguntou o motorista.

Fim da história, então. Gavin enfiou as mãos nos bolsos da calça xadrez e olhou para trás, na direção da tenda. Estava a menos de um quilômetro da festa, mas podia ouvir trechos da música cantada por Max West. A música, fosse qual fosse, era do tipo que grudava no ouvido.

— Deixe suas mãos visíveis! — ordenou o segundo policial.

Gavin levantou as mãos acima da cabeça, como via nos filmes. Todas as pessoas que Gavin conhecia estavam cometendo crimes — maiores ou menores —, estavam envolvidas em escândalos, corrupção, delinquência, ou a velha e boa má-fé — mas o único a ser pego fora ele.

Parecia.

Ele jamais cantara melhor. Apesar de Claire estar coberta de tristeza e raiva, ainda era capaz de perceber o quanto ele era bom. Matthew — Max West — estava dando um tremendo show, tocava seus maiores sucessos e os convidados cantavam e dançavam em animação total. Claire dançava com Jason, Ted com Amie Trimble, e Adams com Heidi Fiske. Todos faziam um círculo em volta dela, cuidavam dela, como se fosse quebrável.

O lustre se fora. Toda vez que Claire pensava nisso, ficava enjoada. Era um manuscrito de Hemingway esquecido no trem. Eram as bailarinas de Degas incendiadas. O pior pensamento era o de que algumas pessoas não enxergassem sua perda dessa maneira, poderiam vê-la simplesmente como vidro quebrado, varrido facilmente, facilmente substituído por ingressos para um show e um jantar com celebridades, o que, na verdade, levantara quatro vezes mais dinheiro do que talvez o lustre conseguisse. Max West, todos diziam, era um milagre. Salvara a noite. Mas isso não curava a ferida no coração de Claire. Dedicara a maior parte de seu ano ao lustre, era o melhor trabalho que já fizera, e cairia no esquecimento. Não havia consolo para isso.

Sentiu um tapinha no ombro: Lock. Todos dançavam, mas Lock estava de pé ali, com uma expressão que ameaçava entregar tudo.

— Preciso falar com você — declarou.

— Agora?

— Sim — respondeu ele.

Claire não queria perder um segundo do show, mas Matthew começou a cantar *Dancing Queen*, e, como não era uma canção sua, achou que não havia problema em se afastar um pouco.

Enquanto atravessavam a tenda, Lock tentou segurar sua mão. Claire olhou para ele.

— O que é que você está fazendo? — perguntou. — Está bêbado? Cadê sua mulher? Cadê sua filha?

— A Daphne foi embora porque achou que eu estava prestando muita atenção na Isabelle — disse. — E a Heather foi encontrar umas amigas.

— Aonde é que a gente está indo?

— Preciso lhe mostrar uma coisa — disse ele. — No bar onde estava o lustre.

— Acho que não é uma boa ideia — respondeu Claire.

— Por favor. Cinco minutos.

Claire o seguiu pelo gramado até o bar às escuras. Apontou para a caixa.

— Empacotei para você. O que restou.

— Era isso que você queria me mostrar?

— Eu sabia que era importante para você — disse ele. — Que não fosse tudo para o lixo.

Claire espiou dentro da caixa. Estava muito escuro para enxergar, mas pôde identificar um amontoado de fragmentos de vidro. A caixa era agora um caixão.

— Você não precisava ter recolhido os pedaços — disse ela. — É perigoso.

— Não tive coragem de jogar fora.

Era um gesto generoso da parte dele, um esforço que fizera para dizer que compreendia a perda dela, mas não foi o que disse.

Abraçou-a. — Eu te amo, Claire. Tudo que a gente passou o ano inteiro foi por esse motivo. Eu te amo.

Ela levou as mãos à lapela do paletó dele. Pensou no ano que havia passado, nas vezes em que o encontrara secretamente, nos momentos imediatamente antes de se separarem quando tivera certeza de que morreria de saudade, nos momentos confusos que passara com o padre Dominic, perguntando-se repetidamente: *Como uma boa pessoa pode fazer uma coisa tão ruim?* Gostaria de acreditar que sua atitude agora era um reflexo da força que pedira em oração. Mas a verdade era que seus sentimentos por Lock pareciam frágeis e confusos. Pensou na tarde em que ele fora à sua casa para falar sobre o bufê; parecera-lhe tão estrangeiro naquele dia, tão diferente do homem que amava, do homem com quem queria subir a Torre Eiffel, por quem queria que Frank Sinatra reencarnasse, do lado de quem queria estar na fila do correio. Naquela tarde prazerosa, ensolarada, Claire mal podia esperar para que Lock fosse embora. Pensou na manhã em que ele a ajudara a transportar o lustre. Haviam se sentado lado a lado no carro — Lock dirigindo, Claire no carona —, como teriam feito se fossem um casal de verdade, mas aqueles minutos entre eles haviam se perdido, pelo menos para Claire. Então, na noite anterior, quando Matthew fizera seu pedido — *quero que você venha comigo, Claire. Que você case comigo* —, Claire pensara: *Nunca poderia deixar o Jason. Nunca poderia deixar as crianças.* Mas podia deixar Lock facilmente. Era de Lock que desejava fugir.

— A gente tem tanta sorte de a única coisa quebrada ter sido o lustre — disse ela. Levantou o rosto e olhou para ele. Durante a maior parte do ano anterior, Lock lhe parecera maravilhoso e misterioso; parecera-lhe saber tudo, ser um reservatório de sabedoria, de respostas certas e bons julgamentos. Servira como seu salvador. Claire estava carente de uma maneira que nem mesmo ela sabia, e Lock a preenchera. Mas estava errada quanto ao fato de não existir inferno; existia um inferno e fora evitado por muito pouco.

— A gente podia ter arruinado nossas vidas. Meu casamento poderia ter acabado, ou o seu. Nossos filhos, nosso trabalho, nossas vidas... tudo isso podia ter acabado no lixo. — Claire pensou em si mesma morando com Lock numa casa alugada, os filhos dela em quartos estranhos, desalojados e ressentidos. Depois de seis meses, Lock estaria trabalhando até tarde para escapar *dela*; Claire, por sua vez, estaria telefonando secretamente para Jason. Claire afastou essa imagem de sua mente com uma emoção densa como mel, uma emoção que só conseguia descrever como agridoce. Deus, amara Lock Dixon tão loucamente, com tanta intensidade, que ficara cega. Mas, agora, finalmente, esse fogo se apagara.

— Claire...

Ela ajeitou a gravata dele. A pior parte do adultério, no final das contas, era ter abalado sua crença em coisas que sempre tivera como sagradas — amor, casamento, amizade.

— Preciso de uma coisa de você — disse ela.

— Claro — declarou Lock. — Qualquer coisa.

Ele parecia humilde, suplicante, sofria. Sofria desde que se conheceram; era o pássaro ferido no acostamento da estrada, aquele por quem ninguém salvaria não fosse Claire. Era o piche em seu cabelo, em suas mãos, fazendo peso num dos lados de sua cabeça, impossível de ser retirado. Era a pessoa a quem fora incapaz de dizer não. Até agora.

— Preciso que você me deixe ir.

Lock fez um gesto afirmativo. Talvez estivesse chocado ou talvez, em sua infinita sabedoria, estivesse dizendo: *Tem razão. Melhor ir agora, enquanto você pode.* Claire não perguntou. Correu de volta à tenda iluminada, em direção à música.

⁂

Siobhan sabia bem o que o padre de sua infância, padre Kennedy, diria: eram todos, cada um deles, pecadores. Isso incluía Carter, o marido apostador, e Claire, a melhor amiga adúltera. Isso incluía a própria Siobhan.

Tudo acontecera rápido demais, exatamente como quando Liam quebrara o braço: num minuto, ele segurava o taco, no seguinte estava em cima de uma maca, com o braço pendurado.

Siobhan preparava os pratos de sobremesa enquanto ouvia o discurso tolo e enérgico de Lock Dixon em prol das crianças. Para Siobhan, a ideia de que aquela noite, com o coquetel e as mulheres e seus diamantes de verão, tinha alguma coisa a ver com as crianças de verdade e as famílias trabalhadoras de Nantucket era pura tolice. Aquela noite tinha a ver com convidados celebrando a própria fortuna e a própria sorte; tinha a ver com assistir de perto a um astro. Não necessariamente tinha a ver com a atitude certa, mas com ser *visto* fazendo a coisa certa. Algumas pessoas naquela tenda provavelmente não faziam ideia de qual instituição de caridade seu dinheiro estava beneficiando! Tudo no mundo das instituições de caridade, concluiu Siobhan, era tolo e vazio. Mas talvez isso fosse uma atitude cínica de sua parte: Siobhan estava só cansada, exaurida, com um péssimo humor causado pela visão de Carter na mesa da roleta.

Acabara de sair da tenda quando o guarda — um rapaz forte do Reino Unido — passou correndo por ela. Havia penetras, fãs de Max West, tentando pular o muro. Durante a maior parte da noite, pessoas entravam e saíam da tenda para pegar drinques, para fumar e ir ao banheiro. Mas, naquele momento, todos estavam do lado de dentro, escutando discursos, esperando pela entrada de Max West no palco. As únicas pessoas atrás da tenda eram seu garçom, Hunter, atrás do balcão e o sr. Ben Franklin, que parecia falar sozinho. Siobhan sentiu certa empatia por ele, passara a noite inteira conversando consigo mesma, e não dissera nada de bom.

Olhou para a direita e viu Isabelle French pegar o lustre de Claire. O objeto pendia da mão esquerda de Isabelle. Isabelle dizia algo a Gavin que Siobhan não conseguia escutar. Siobhan lembrou-se da noite do *soirée intime* e em como Isabelle fora terrível, intimidando Claire com a história da mesa de vinte e cinco mil dólares. Uma espécie de competição entre adolescentes.

Siobhan não gostou da maneira descuidada com que Isabelle segurava o lustre de Claire. Não pensou antes de falar. Gritou para Isabelle, usando o pior tom irlandês que conseguiu.

— Coloca isso na mesa.

Sua voz soou alta e ríspida demais; era um tiro na escuridão. Fez com que Ben Franklin derramasse o drinque na bancada do bar. E Isabelle — naturalmente arisca e animada, e além disso, bêbada, segurando pela corda o objeto — desequilibrou-se, e o lustre desequilibrou-se com ela.

Siobhan gritou. Gavin gritou. O lustre por pouco não bateu na ponta da mesa.

Isabelle virou-se para Siobhan, acusadora.

— O que foi?

— Coloca isso na mesa — repetiu Siobhan.

Gavin pegou o lustre da mão de Isabelle e colocou-o de volta em segurança sobre a mesa.

Isabelle parecia prestes a explodir em lágrimas.

— Vou ao banheiro.

— Espero por você aqui — disse Gavin. Siobhan olhou para ele, pensando na noite em que a espionara com Edward. Gavin era um tanto assustador. Não olhava Siobhan nos olhos nem se desculpara por sua "namorada". Os dois se mereciam. Gavin acendeu um cigarro, abriu seu celular e desapareceu nas sombras.

Siobhan tocou levemente no lustre, era tão delicado quanto algodão doce. E pensar que Isabelle quase o quebrara. Dentro da tenda, acontecia a exibição de slides. Adams seria o próximo a fazer os agradecimentos e Claire seria a última, a estrela maior. Siobhan sabia que não devia se ressentir de Claire naquele momento, mas se ressentia. Não era justo que Claire ganhasse tudo. Era a artista, era a coprodutora; era a boazinha, e Siobhan, a perversa. Recebera as pérolas pela primeira criança da família do sogro, Malcolm; toda vez que Claire as usava, como hoje, era um tapa no rosto de Siobhan. Amava Claire mais do que qualquer outra mulher no mundo, mas, junto com esse amor, havia ressentimento. Quer perversidade? Siobhan permitira-se uma fantasia na qual destruía o lustre. Não deixava nada cair ou derramar havia mais de dois anos, desde a queda de todas as taças de licor no colo de Martin Scorsese durante o festival de cinema. Estava na hora de um acidente desafortunado.

Siobhan imaginou-se a vilã da história, depois estremeceu. Que horror! Estava tão perdida em seus pensamentos que não viu Daphne Dixon sair da tenda até que estivesse praticamente em cima dela. O que viu só pôde ser registrado por uma pequena fração de seu olhar como uma labareda, uma fumaça cor de chama. Era isso que Siobhan queria dizer com "a jato"— num segundo, Siobhan estava de pé sozinha ao lado do lustre, contemplando as injustiças da própria vida; no outro, lá estava Daphne, bêbada, cambaleando pela tenda em sua direção. Parecia querer dizer algo a Siobhan — ah, Deus do céu, o que será que ela queria falar? — ou talvez simplesmente precisasse de alguém que a segurasse. Daphne era bem maior que Siobhan e estava num momento um tanto assustador. Chocou-se contra Siobhan e esta se chocou contra a mesa, a mesa balançou, o lustre escorregou para o chão. Chocou-se contra a grama, fez-se em pedaços no chão.

Ah, não... quebrado. Tão quebrado. Siobhan se livrou de Daphne. Daphne se levantou ainda cambaleante; tirou os sapatos — seriam os sapatos o problema? — e afastou-se aos tropeços.

— Daphne! Daphne, volta aqui!

Daphne não se virou, tropeçou novamente. Estava muito bêbada. A primeira coisa que passou pela cabeça de Siobhan foi que não podia deixar Daphne entrar no carro. Alcançou-a e agarrou-lhe o braço.

— Você não vai dirigir — disse Siobhan.

— Foi um acidente — retrucou Daphne. — Acidente, acidente, acidente. Não precisa se preocupar, não foi culpa sua.

Siobhan segurou o braço de Daphne com mais força e fez sinal para o segurança, que caminhava no estacionamento. Deveria contar a ele o que acontecera com o lustre? Quem o derrubara? *Não precisa se preocupar, não foi culpa sua.* Com certeza, não fora! Mas Siobhan estava no lugar errado; poderia estar na tenda do bufê, lavando a louça. Siobhan tinha a terrível sensação de que *fora* sua culpa. Siobhan o derrubara, certo? Não tinha certeza... tudo acontecera muito rápido. *Acidente, acidente, acidente.* Isso mesmo, fora um acidente. Claire e Siobhan deveriam ter insistido para que Daphne entrasse num táxi tantos anos antes. Claire sempre se sentira culpada quanto a isso, mas não Siobhan, embora enxergasse que Claire estava certa. *Não precisa se preocupar, não foi culpa sua.* Mas fora culpa delas. A falta de ação fora negligência, fora criminosa. Deixaram que Daphne dirigisse para casa, embora estivesse completamente bêbada. Deveriam ter dado a ela uma pistola carregada também. Se pelo menos tivessem impedido Daphne, tudo agora seria diferente.

Ou não?

— Essa mulher precisa de um táxi — disse Siobhan ao guarda. — Ela não deve dirigir.

— Estou bem — cuspiu Daphne.

— Por favor, coloque-a dentro de um táxi — pediu Siobhan. — Ela andou bebendo.

O segurança encaminhou Daphne para a saída.

— Pode deixar. Onde a senhora mora?

Siobhan voltou para a tenda, pedrinhas dentro do seu tamanco de cozinheira. Eram todos, afinal, pecadores.

Quando Siobhan voltou, a tenda era chacoalhada por aplausos. Aproximou-se de Hunter, que limpava a bebida derramada por Ben Franklin na bancada do bar.

— Se alguém perguntar — disse Siobhan a Hunter —, você diz que estava de costas.

Hunter concordou com um gesto de cabeça.

Siobhan entrou nos fundos da tenda no momento em que Claire se levantava para receber flores. Siobhan lhe contaria mais tarde o que acontecera, quando estivessem a sós. Depois de todas as horas que Claire devotara ao lustre, haviam sido necessários somente dez segundos para destruí-lo. Menos: cinco segundos, três segundos. Como poderia Claire perdoá-la? (Ela o faria, Siobhan sabia, porque era Claire.) Siobhan pensou no saquinho de veludo azul no compartimento secreto da sua caixa de joias, agora vazio. Vendera o anel por sete mil e quinhentos dólares — e doara o dinheiro, anonimamente, à Nantucket's Children, mesmo precisando da quantia. *Carter!* O que Carter estaria fazendo naquele minuto? Estaria pensando nela, pressentindo sua angústia e seu tormento — ou estaria doidão de tanto lançar dados? Precisava encontrar ajuda para ele. Mas onde? De quem? Iria engolir seu resto de orgulho e perguntar a Lock Dixon; ele teria a resposta. Perdão.

Siobhan fechou os olhos e fez o sinal da cruz: *Em nome do Pai, do Filho e do Espírito Santo.* Era tudo o que podia fazer.

※

Eram cinco para as dez e Matthew estava ficando rouco. Esse era, sem dúvida, o pior efeito da bebida antes de um show: ele não esquecia a letra nem se perdia na melodia, mas sua voz se deteriorava. Matthew ainda tinha duas músicas para cantar.

Encostou a boca no microfone.

— Essa última música é para a minha... amiga, Claire Danner. — A palavra "amiga" era frágil e insuficiente, mas ele não podia dizer às centenas de amigos e companheiros de Claire que se apaixonara novamente por ela. Ainda assim, ele acrescentou: — Quando compus essa canção, vinte anos atrás, estava pensando nela. — Ele olhou para a plateia. Os olhos de Claire estavam embaçados. Ela piscou; as lágrimas caíram. Matthew tocou o primeiro acorde, e a banda o seguiu tocando *Stormy Eyes*.

Matthew queria que Claire subisse ao palco; queria que cantasse a última estrofe com ele. Ninguém sabia disso, mas Claire era capaz de cantar. Coral do colégio, soprano alto. Matthew acenou para que Claire subisse; ela balançou negativamente a cabeça. Dançava com o Nada Interessante Jason, Dick não estava por perto. Matthew sentiu-se sem esperanças.

No final de *Stormy Eyes*, o show estava oficialmente no fim. As luzes do palco se apagaram. A multidão gritou. Queria mais. Matthew sorriu. Por mil dólares o ingresso, esperava uma audiência diferente — mais educada, mais discreta —, mas aquele grupo rivalizava com sessenta mil nova-iorquinos no Shea Stadium no quesito barulho.

— Vamos em frente! — exclamou Matthew ao microfone. Tinha algo preparado, uma última música, e pensara um bocado nela. Tinha, na verdade, feito o arranjo da canção antes mesmo de chegar à ilha. Chamara cada um dos músicos — um segundo tenor, um barítono, um baixo — e confirmara que todos conheciam aquele estilo.

Ninguém a não ser ela compreenderia, e tudo bem, porque ela era a única que importava. Esperou até que a plateia fizesse silêncio, silêncio absoluto, e então tocou a primeira nota, com perfeição.

Sweet Rosie O'Grady, my dear little Rose.

Fora assim que a conquistara. Era tudo o que lhe restava.

E, sim, ela sorria de orelha a orelha, e, sim, as lágrimas escorriam pelo seu rosto e, sim, era como se fossem as duas únicas pessoas naquele lugar — Matthew Westfield e Claire Danner, namorados adolescentes de Wildwood Crest, Nova Jersey.

Mas, quando o quarteto encerrou a canção, quando as quatro vozes misturaram-se com beleza e ênfase inacreditáveis até mesmo para Matthew — e *Rosie O'Grady loves me!* —, Claire olhou-o profundamente nos olhos e balançou a cabeça.

Não, disse ela. *Não posso.*

Matthew cortou a nota. As luzes se apagaram e a plateia se ajoelhou. Ele teve ciúme, um ciúme que jamais sentira, não do Nada Interessante Jason, não de Dick, mas de uma vida que não se pode, nem se deve, deixar para trás.

Não, pensou ele. *Você não deve.*

Era hora de ir embora.

Claire acordou com Jason lhe beijando o pescoço.
— Que horas são? — perguntou.
— Seis.
— Cedo demais. — Ela fechou os olhos.
Jason deixou que ela dormisse até as nove, luxo inacreditável. Quando chegou à cozinha, as crianças já haviam sido alimentadas e a louça do café, lavada. Pan estava sentada no sofá, lendo para Zack. Ainda tinha manchas de catapora pelo corpo, mas se sentia melhor. Jason, de pé à bancada da pia, preparava sanduíches. Claire observava o marido, impressionada: alinhara os pães, passara maionese num (Ottilie), no outro manteiga (J.D.) e em mais outro mostarda (Shea). Quando viu Claire, parou o que estava fazendo e serviu uma xícara de café para ela.

Claire beijou-o e disse:
— Obrigada por me deixar dormir.
— Piquenique na praia hoje — afirmou ele.
— Ok — respondeu Claire. — Cadê o Matthew?
— Já foi.
— Já *foi*?
— O avião dele saía às sete. Para a Espanha. Fui deixá-lo no aeroporto.
— Ele me disse que o voo era às dez — disse Claire. — Nem se despediu de mim.

Jason pigarreou e começou a separar fatias de presunto.
— Ele me pediu para lhe dizer que a ama, mas que compreende.
Claire fez um gesto afirmativo.
Jason fechou os sanduíches, depois os partiu ao meio.
— Você produziu um evento e tanto. Devia ficar orgulhosa, Claire.

Claire levou sua xícara de café para o jardim, apoiou-se na grade e observou o campo de golfe. O dia estava glorioso.

Sua cabeça devia estar doendo, mas não estava. Seu coração devia estar ferido, mas também não estava. O lustre quebrara. A caminho de casa, depois da festa, Claire pedira a Jason que parasse no supermercado. Claire estava prestes a jogar a caixa no latão de lixo, mas descobriu não ser capaz de despedir-se do objeto sem cerimônia alguma. O lustre, quebrado ou inteiro, representava um ano de sua vida, e não havia coisas valiosas no último ano? Não havia nada que pudesse salvar? Podia, decidiu, salvar o lustre. Pensou no sr. Fred Bulrush, de São Francisco, para quem fizera castiçais retorcidos. Repararia o lustre e ele o compraria. Se estivesse torto, se tivesse rachaduras, se tivesse marcas e feridas, se contivesse uma história de amor, traição, êxtase e arrependimento, tanto melhor. *É como se, de repente, você não se importasse com a sua alma. A fila dos correios. Você precisa rezar pedindo força. A gente precisa de alguém que possa se dedicar completamente. Houve um acidente. Meu Deus, me perdoe por tê-lo ofendido, detesto meus pecados. Eles não sabem como está o bebê. Venho observando você há... mais ou menos cinco dias. Quando tudo isso acabar, vou ter você de volta? Ele está andando! Senhoras e senhores, Claire Danner Crispin!...*

Isso marcaria seu retorno triunfante.

AGRADECIMENTOS

Virginia Woolf foi quem melhor definiu: para uma mulher escrever, precisa de quinhentas libras esterlinas e de um quarto só seu. Em outras palavras, tempo e lugar.

Quanto ao tempo, preciso primeiramente agradecer à minha arrumadeira, "Za" Suphawan Intafa. Za pode ser mais bem-descrita como um anjo enviado diretamente do céu. Não haveria livro (na verdade, vida) sem Za. Também gostaria de agradecer à minha mãe, Sally Hilderbrand, por aparecer num momento de "revisão de crise" para me resgatar. E, enquanto ainda faço isso, também quero agradecer à minha avó, Ruth Huling, por libertar minha mãe trinta anos atrás. Prometo seguir o exemplo incrível, nada egoísta delas, e estar pronta para fazer o mesmo pela minha filha, Shelby, quando chegar o momento.

Quanto ao espaço, gostaria de agradecer a Anne e a Whitney Gifford as chaves em Barnabas. Barnabas foi minha inspiração e minha salvação. Obrigada, também, a Jerry e a Ann Longerot, por sua "cabana" em Lake Michigan, nos meus últimos e desesperados dias de necessidade.

Obrigada, Mark Yelle, da Nantucket Catering Company (o homem que meus filhos simplesmente chamam de *chef*), por me explicar os meandros do serviço de bufê. Peguei toda a genialidade de Eithne Yelle para Siobhan, mas, preciso dizer, Siobhan é uma ficção (!).

Tenho o prazer de fazer parte do conselho de três organizações não lucrativas em Nantucket — a Nantucket Boys & Girls Club, as Nantucket Preservation Trust e a Friends of The Nantucket Public Schools. Produzi eventos e eventos, e fico feliz em dizer que essas experiências são e têm sido enriquecedoras do começo ao fim. Minha apreciação se estende a Irene McMenamin Shabel e a Mary Dougherty, da Filadélfia, por compartilharem sua riqueza de conhecimento sobre filantropia na cidade grande. A fundação Arthur Ashe Youth Tennis and Education não sabe o tamanho da própria sorte!

Em Nova York, agradeço aos meus agentes e musos, Michael Carlisle e David Forrer da Inkwell Management. Eles tomam conta de mim de maneira inacreditável. Na Little, Brown, obrigada ao meu editor, Reagan Arthur, pelos conhecimentos, pela inteligência e pela *paciência* — também agradeço a Oliver Haslegrave, Michael Pietsch e David Young. Do outro lado do lago, obrigada a Ursula McKenzie e, especialmente, a Jo Dickinson, que fez deste um livro melhor em todos os sentidos.

Finalmente, em casa, gostaria de agradecer às pessoas do meu ninho. Primeiro, à "minha alma gêmea, minha querida, minha defensora, meu pé no chão e parceira de crime", Amanda Congdon. E às lindas mulheres que, diariamente, me oferecem amizade, gargalhadas e apoio: Elizabeth Almodobar, Margie Marino, Sally Bates Hall, Wendy Rouillard, Wendy Hudson, Rebecca Bartlett, Debbie Bennett, Leslie Bresette, Betty Dupont, Renee Gamberoni, Evelyn MacEachern, Holly McGowan, Nancy Pittman, as já mencionadas Anne Gifford e Eithne Yelle, e à minha amada absoluta, Manda Riggs. Um obrigada especial a Mike Westwood — sempre um rock star para mim —, por permitir que crescesse ao seu lado com amor e amizade.

Como sempre, obrigada a Heather Osteen Thorpe, pela primeira e crucial leitura, e por falar comigo quase todos os dias.

Quanto a meu marido, Chip Cunningham, e a nossos três filhos, Max, Dawson e Shelby, o que posso dizer? Sou novamente de vocês.

Impresso no Brasil pelo
Sistema Cameron da Divisão Gráfica da
DISTRIBUIDORA RECORD DE SERVIÇOS DE IMPRENSA S.A.
Rua Argentina 171 – Rio de Janeiro, RJ – 20921-380 – Tel.: 2585-2000